# 鹿 苑
The Deer Park

〔美〕诺曼·梅勒 著　刘新民 译

上海译文出版社

Norman Mailer
THE DEER PARK
Copyright © Norman Mailer, 1955,1983,
Chinese Simplified Characters Copyright © 2024
By Shanghai Translation Publishing House
All rights reserved

图字：09-2021-904号

图书在版编目（CIP）数据

鹿苑 /（美）诺曼·梅勒（Norman Mailer）著；刘新民译. -- 上海：上海译文出版社，2024. 11. (诺曼·梅勒作品). -- ISBN 978-7-5327-9679-3

I . I712.45

中国国家版本馆CIP数据核字第2024XZ8247号

鹿苑

［美］诺曼·梅勒 著 刘新民 译
责任编辑 / 徐珏 装帧设计 / 张志全工作室

上海译文出版社有限公司出版、发行
网址：www.yiwen.com.cn
201101 上海市闵行区号景路159弄B座
上海盛通时代印刷有限公司印刷

开本 889×1194 1/32 印张 13 插页 6 字数 240,000
2024年11月第1版 2024年11月第1次印刷
印数：0,001—4,000 册

ISBN 978-7-5327-9679-3
定价：88.00 元

本书中文简体字专有出版权归本社独家所有，非经本社同意不得转载、摘编或复制
如有质量问题，请与承印厂质量科联系 T：021-37910000

谨以此书
献给我的妻子阿黛尔
以及我的朋友丹尼尔·沃尔夫

……鹿苑，那美德和无邪的吞噬之所，多少受害者曾深陷其中，当他们回归社会之时，一个个已堕落、放荡、劣迹斑斑，他们在鹿苑邪恶无耻的官员们潜移默化之下，自然学成了这副德性。

这可恶的地方败坏了民众的道德，除此而外，它所耗费的国家资财，统计起来数额大得吓人。确实，谁能算清以下活动的庞大开支：派遣一批批善拉皮条的男女，走遍王国的每个角落，反复搜寻以发现目标；将罗致的美女运送至目的地；并以艺术所能提供的一切诱惑手段，施以粉黛，饰以华服，沐以香水，供以精品。除这些开支外，还需给那些未能激起苏丹王倦慵情欲的女子小费，她们虽未得宠幸，却因谦卑柔顺、谨慎理智而获得赏银，在她们最终被弃时所获的酬金就更多。

莫尔夫·丹杰维尔：
《路易十五的私生活，或他统治时期的主要事件、特定背景与轶事》

请别匆匆理解我的意思。

——安德烈·纪德

# 目 录

### 第一部
— 001 —

### 第二部
— 053 —

### 第三部
— 109 —

### 第四部
— 177 —

### 第五部
— 313 —

### 第六部
— 379 —

第一部

## 第一章

在加利福尼亚南部仙人掌丛生的荒原上，离我称之为电影之都的好莱坞二百英里的地方，有一座名叫沙漠道尔①的小镇。我从空军一退役便前往那儿，想去过几天舒心日子。那距今已有些时日了。

我所认识的住在沙漠道尔的人，几乎都有不寻常的人生经历，我也不例外。我是在一所孤儿院里长大的。当我身穿中尉军服，佩戴飞行胸章，来到这度假胜地时，我刚二十三岁。我从未受伤，还随身带了一万四千美元，这笔钱是在东京某家旅馆里和其他飞行员等候回国的航班时，玩扑克牌赢来的。奇怪的是我从来就不是个赌徒，甚至根本不喜欢玩扑克赌钱，但那天夜里我没什么东西可输，也许正是因为如此，我手气特别好，屡屡摸得好牌。这个话题就说到这儿罢。我离开空军后，无处可去，没什么家人可拜访，便来到了沙漠道尔。

沙漠道尔是二战之后建起来的，据我所知这是唯一全新的城镇。很久之前，那些淘金者曾把沙漠道尔这片地方称为沙漠之门。他们在这片绿洲的边缘搭起窝棚，然后进山去寻找金矿。但他们的遗踪已不复存在；当挑中这块地方建设沙漠道尔的时候，往日那些窝棚早已荡然无存。

是的，这儿的一切都是新的。在我于此逗留的几个月里，我对这度假胜地渐渐有所了解，但这种了解方式是无法运用于别的城市的。当初建这座城镇，没什么别的意图，纯粹是为了商业利益，因此，一切商业的标志都不允许出现。沙漠道尔没有主街，商店看起来根本不像商店。在那些出售服装的地方，根本就没有服装陈列展示。你只要等在时髦的起居室里，销售商便会打开墙上的镶板，展示各种夏装，或用双手抖开印有鲜艳花卉的热带披巾。有家珠宝店外形造得像艘游艇，人们从街上透过舷窗，可以窥见一块浮木的银质角枝上挂有价值三万美元的项链。这儿所有的旅馆——无论是帆船俱乐部、快活村、丝兰花广场、鹬鸟窝、克里德摩，还是沙漠道尔之徽等等——从外表上根本就看不出来。它们全掩在水泥砖墙或木栅栏后面，人们得走过一簇簇盛开的花丛，才会看见一栋栋浅绿、淡黄、粉红、玫瑰色或橙黄色的建筑。如果你走进全度假胜地最大也最高档的旅馆帆船俱乐部的大门，沿着弯弯曲曲的幽静隐蔽道路走上几百码，你正盼着最后迎面出现一座大厦呢，谁知眼前却只是一座汽车棚，一汪像不规则咖啡桌形状的游泳池，池旁是一溜曲墙围起的更衣室和一些玩凯纳斯特纸牌游戏的小桌，还有几个草地网球场：这可是南加州一带绝无仅有的草地网球场。入夜，黄色人行道两旁的热带树木上，悬挂着日本式宫灯，人行道跨过蜿蜒曲折的人造小溪。沿灯光映亮的道路盘桓而去，可见路旁散落着不少客房，它们色彩柔和而明亮的门构成这迷宫般布局的又一道风景。

我从自己的一万四千美元中抠出一部分，暂住进帆船俱乐部。不久我就另租了房子，作为在沙漠道尔逗留期间的住处。我可以把那所房子详细描述一番，但那有什么用呢？它和这地方的大多数住房差不多，式样新潮，当然是牧场房舍的风格，家具简便，地毯感觉是狗毛的。房子带花园，四沿有围墙，这是沙漠道尔建筑的通

---

① 此地名原文为Desert D'Or，作者在此处影射鹿苑（The Deer Park）。

病。沿着沙漠的台地,房屋墙壁全用玻璃构筑,以便眺望与平顶山一色的莽莽黄沙和紫色的群山。但由于一幢幢房屋挨得很近,建造者不得不用围篱将它们隔开,结果人就像住在四壁如镜的房屋里。事实上,我的房子里就有二十英尺长的镜子,面对着墙上的平板玻璃窗。不管我站在起居室的哪个位置,都可以望见房屋四周的花园,园中种植的沙漠花卉和那株孤零零的丝兰树。

在每年长达九个月的旱季里,太阳灼烤着这块度假胜地。每当黄昏降临,上千个喷洒器一齐喷水,从灰蒙蒙的绿叶上冲洗去尘土和沙粒。白天,烈日炙烤着一切植株的汁液,烧灼着小镇四周的无边沙漠,丛丛仙人掌屹立在地平线上。蒙满尘土的一堆堆巨石,就像聚集在远处的拾荒者。火辣辣的蓝天映耀着白晃晃的沙漠,我有时候会觉得,在沙漠道尔,没有什么树能生长叶子。那些棕榈树和丝兰树抽出的是条条缕缕或星星点点的扇形物或芽柄,并不是真正的树叶。在某些路段,两旁有高高的棕榈树,树干上垂着枯死的叶片,犹如鸵鸟的腿毛一般。

在淡季,人们的活动大多在酒吧间进行。酒吧是镇里的小村,或者至少犹如主街——既然这镇上没有什么主街。但它们与沙漠道尔灼热的室外截然不同,正如人体内脏与外表皮肤的差异很大。这儿的酒吧、鸡尾酒馆和夜总会,同南加利福尼亚州的许多地方一样,也被装饰得像是密密丛林,或水下洞穴,或现代化影剧院的休息厅。举例来说,在那家蔚蓝酒吧的深蓝色天花板下,是玫瑰黄色的墙壁围起的不规则空间,以及黄色人造革包镶的雅室。满是酒瓶和成堆柑橘的吧台上方的烟黄色假天花板,映在吧台后面的镜子里,使蚀刻在玻璃上的半裸女郎也流光溢彩起来。在那种氛围里喝酒,我从来就辨不清究竟是白天还是夜晚。我想这种浑然不知时辰的感觉也一定进入了每个人的闲谈。因三杯酒落肚而脸色酡红的男人，对那些慢斟细酌者喋喋不休，话匣子一打开便没有合上之时。在一个典型的下午，在空气阴凉如夜半的酒吧里，你可见到某位穿一身棕榈滩①衣装的肥胖老头，正对某个涂抹口红、有着本地典型棕褐肤色的年轻女郎夸夸其谈。相比之下，那女郎对老绅士显得更感兴趣。酒吧里挤满了推销商、旅游者、刚染过发的中年女人、参与驾车穿越沙漠竞赛的中学生。他们闲谈的内容无非是赛马、前一天晚间聚会上的事，以及轮盘赌装置。伴随某位竭力想赚钱的三流推销商的剧烈心跳，不时会爆出这个或那个金发女郎一阵歇斯底里的尖声大笑，她们的笑声似乎在表达这样的意思："我是傻，是傻，可你更是滑稽透顶。"

就这样，每一个下午渐渐融入黑夜，醉醺醺的黑夜又变幻成黎明，迎来沙漠之晨。人们似乎走出了戏剧性的晦暗的下午，进入灯火通明的夜晚。而当旭日在沙漠道尔冉冉升起之时，那些醉鬼们还以为那一轮红日是位陌生人在紧紧跟踪他们。就这样，我在沙漠道尔度过了最初的几个星期，几乎没干什么别的事，老是在酒吧为那些从电影之都来寻欢作乐的精明小星探们付账。在那些简略的生平传闻中——多数人就是这样互相了解的，我被说成是位空军飞行员，出身于美国东部的富贵人家。我甚至还添枝加叶，说自己婚姻破裂，因而沉溺杯中之物以求解脱。这说法作为逸闻，颇合情理，足资流传，有时候连我自己都相信了这杜撰的故事，并竭力想在沙漠道尔真切实在的太阳、仙人掌、群山及其爱与金钱的鲜绿枝叶中寻求慰藉。

---

① 棕榈滩（Palm Beach），美国佛罗里达州东南部城镇，冬令游憩胜地。

## 第二章

沙漠道尔许多老泡酒吧的顾客肯定对我留有一定的印象。我佩戴中尉肩章和飞行胸章,还有从亚洲战场上获得的战斗勋章,而这场战争[①]仍在断断续续地进行。甚至从外表看起来我也挺适合这种角色。我头发金黄,眼睛碧蓝,身高六英尺一英寸。我知道自己长得很帅,因为我曾久久对镜端详。然而,我一向不大相信自己能令人信服。每次穿上军装,我总感觉自己像个未受聘用的演员,装扮成某个角色,想引起正在物色演员的导演的注意。

当然,每个人都难免以自己的眼光来评判自己。究竟别人如何看待我,我并无太大的把握。那时我虽然很年轻,却偶尔会有老人的心绪;尽管我认为自己阅历甚广,我想做又能做的事却很少。然而,有赌扑克赢的钱,身上的空军制服,以及伙伴们的携手同心,许多人都肯定我有能力照顾好自己,而我也十分谨慎,不破坏他们的印象。况且,人们还常称赞我有一副重量级拳击手的好身板。

在沙漠道尔,我常去拜访的人并不多。要结交新朋友得费很大劲。在这样的旅游淡季,住在沙漠道尔的名人身边都有一帮捧场者。不管你去拜访谁,总有那么一帮人在为他斟酒,在为他说凑趣的笑话,在取悦他。于是,这些帮闲捧场者玩着他喜欢的游戏,说着他爱听的故事,他们还分化成若干小帮派,耍弄手段争相邀宠。若是有哪两位名人喜欢经常会晤,那简直是天大的稀罕事。

自从有一天晚上在酒吧里认识多萝西娅·奥费伊,她和朋友们把我带去她家以后,我便成了她家的常客。她把自己的家称为宿醉宫。她家里常聚着一帮捧场者。其中有一位修车铺老板和他的老婆,一位房地产经纪人和他的太太,一位最佳影片公司的广告代理人,一位上了年纪的夜总会歌女,她是多萝西娅相识多年的老朋友,一位名叫奥费伊的酒鬼,以前曾是多萝西娅的丈夫,后来离了婚,现在由她收留着,以便偶尔可差遣跑腿办事。多萝西娅先前也算是个人物,一度滥竽充数当过演员,在夜总会唱歌时曾小有名气,四十三岁时暂时退休居家赋闲。多年前有朋友建议她在沙漠道尔做房地产投资,据说多萝西娅因此而发了大财。然而谁也猜不准她究竟有多少家财,因为她花起钱来神秘莫测,有时相当阔绰大方,有时却又吝啬小气。

多萝西娅体态丰满,黑发撩人,很有几分姿色。多年前做演员时一度声名狼藉,后来在夜总会当歌手时却又名声大振。她总是吹嘘自己曾到过一切地方,干过一切活儿,知晓一切该知道的事儿。她当过应召女郎,做过漫谈专栏作家(尽管据说是在不同的时期),曾红极一时,也曾潦倒失意。她出生在芝加哥,发迹在纽约,父亲是个酒鬼,死于酗酒,母亲跟另一个男人去了,从此杳无音讯。多萝西娅十二岁便干起了父亲的营生,当看门人,向房客收取租金,打扫并清除垃圾。十六岁时某位钢铁巨头的阔少看上并收下了她。几年之后她搭上了一位来自欧洲的王子,还有了私生子。她赚过大钱,也曾亏损破产。她结过三次婚,最后一任丈夫据她自己说,"我已记不起他了,反正和那些睡过一夜的小伙子差不多吧。"她甚至也有过刻骨铭心的罗曼史。那是位空军飞行员,在一次驾驶邮政飞机时失事身亡。她常常对我说,这便是她对我有好感的原因。

---

① 指当时的朝鲜战争。

"我从未遇到过像他那样的人。"她会这样叹道。当酒酣耳热颇多伤感之际,她会肯定地说,要是他还活着,她的整个生活就会完全不一样了。但在冷静持重或酩酊大醉之时,她的看法又会截然不同。"要是他没有去世,"她会说,"我们也会结束这段恋情。最妙的是在那些美好的东西尚未败坏的时候。"

多萝西娅以颇具头脑、极有风度而闻名,因此走马灯似的一批批男人都把她看作值得追求的对象。这些人有的是石油大王,有的经营服装业赚了大钱,有的……我还是就此打住,不一一列举吧。这些人大多有着共同的特点,这便是他们的职业需要频繁旅行,而他们又极看重这样的虚名:想拥有能让别的男人大开眼界的女人。我很羡慕他们那么方便舒适地在加利福尼亚、佛罗里达和东海岸三地之间穿梭来往。一般说来,这些男人身边总是伴有年轻女性——百万富翁所供养的模特儿,或年纪轻轻便离了婚并幸运地卷入丑闻的女孩——但多萝西娅和这种女孩不同,她头脑敏捷,利嘴快舌,这些长处很受人们赞赏。我的看法是,男人带她出去,多半是作为职业的伙伴,在夜总会那种紧张热烈的气氛中,他们发觉多萝西娅应付自如,他们可以与她轻松交谈。她那一批批仰慕者总是这样对我说:"她真是了不起,算得上数一数二。"当我对她说起这些时,多萝西娅便会回答说:"他还可以。他是个孬种,但还不是骗子。"她心中有数。男人中有好样的,有孬种,也有骗子,最糟的是骗子。好样的,我从有关例子中得知,便是从不讳言只关注自己利益的人。孬种持相同的人生哲学却又以伤害他人为乐。骗子则是那些宣称关注一切唯独不考虑自己的人。有一阵子多萝西娅在对我的判断上颇费踌躇,她不知道应当把我归入好样的、孬种和骗子中的哪一类。我总是对她说,我出来便是想寻欢作乐,她对此十分赞许。但我也犯了个错误,即对她说起我想从事创作,而在她的字典里，作家就是骗子。

不管怎么说，多萝西娅依然有她的独到之处。她很重友情。成为她的朋友就是成为她的朋友，在生意场上她很难对付，我经常听说这样的事，可她决不会让你陷入不必要的麻烦。她是个慷慨大度的女人，晚餐桌上总是宾朋满座，美酒任人开怀畅饮。虽然她家中有两个起居室，里面陈设着覆以丝绒的各式贵重家具，她的捧场者却总是待在那间四壁镶板的屋子里，那儿有家庭大吧台，电视机，还贴有多萝西娅当年演出的夜总会的节目海报。而现在，在多萝西娅家里，玩的都是她喜爱的游戏，聊的都是她感兴趣的话题，我们一夜又一夜，几乎是重复着前一个晚上的活动。而她最中意的是玩扮演鬼魂的游戏，我不能不钦佩她游戏时一心想赢的那股热情。多萝西娅没受过多少教育，在游戏中能在拼写上胜过在场的每个人，这使她十分高兴。

"你以为怎么样？小娇娘？"这时候她便会抚弄着那位歌女的下巴问道。

"你真了不起。"她的朋友显出一脸的崇拜，这样回答。

"嗬，多萝西娅是个人物。"那位修车铺老板咕哝着说。

"安琪儿，把我说成小马丁[①]啦。"多萝西娅就会这样说，并将手中的杯子递给旁人。

多萝西娅风韵犹存。如果说她的风头出足的夜总会时代已经结束，如果说她盛传一时的风流韵事已成明日黄花，那她至少身段依然优美。她有自己的住宅，她有自己的一帮捧场者，她在银行存有巨款，男人们依然派飞机接送她。但当多萝西娅酩酊大醉时，也会变得狂暴粗野。她无时无刻不在饮酒，她老是静不下来，空耗时

---

① 历史上几任教皇皆名马丁，这儿意为大人物。

间，让人不得悠闲——你可以在酣饮数小时后，在下午四点钟来到她家用早点吃煎蛋——但除非她真醉了，一般说来多萝西娅总是和顺客气的。一旦大醉，她就无可羁勒了，她会破口大骂，乱砸东西。有一次在马路边吵架时，她甚至被一对男女捆了几记耳光。遇上一夜豪饮人人皆醉时，到头来免不了以多萝西娅的一顿尖叫收场："滚出去，趁我还没有杀了你，你这狗娘养的，快给我滚。"这顿臭骂她可以赐给任何一位捧场者，不管那人是谁，而她最喜欢如此臭骂她的一位腰缠万贯的男朋友。然而，她不喜欢孤独，因此，像这样的大发雷霆并不常见。你可以整天待在她家里，再泡上个通宵，直到早上六点钟多萝西娅打算上床睡觉时，她仍会以粗哑深沉的嗓音挽留你再多待一会儿。这样的生活习惯已经变得很自然了，以至于在多萝西娅离家与情人幽会的那些周末或晚上，她的捧场者依然会聚集在宿醉宫，依然会在她四壁镶板的酒吧里畅饮。谁也不知道如何上别处去消磨时间。甚至在去宿醉宫好几个小时前，我便在发愁了：还有什么消遣可打发这漫漫长夜呢？

大约在我认识多萝西娅一个月之后，她搭上了一位富翁。那人名叫马丁·佩利。此人长得头若梨形，面颊黝黑，眼神忧郁。尽管此人经营油井赚了大钱，却总是一副愧疚自卑相，就好像他无时无刻不在解释："我就学会了怎样赚钱，别的什么也不会。"最近，他的第二次婚姻在沙漠道尔宣告破裂。我记得他的妻子是个因紧张而脖颈僵直的淡金发女人。他们经常吵架。你只要打帆船俱乐部里佩利的套房前走过，就不会听不到她汹汹嚷嚷地在骂他。他们现在做了墨西哥式的快速离婚，马丁·佩利想方设法进了宿醉宫。他对多萝西娅十分仰慕。他那笨重臃肿的身子会整个晚上沉沉地压在扶手椅里。他会因捧场者的俏皮话而咯咯地笑；他的额头会堆起愁容，似乎在寻求新的办法来博得我们的赞许。在玩鬼魂游戏时，他总是第一个被淘汰。"搞这类玩意儿我最笨了,"他会从容自在地说,"我可没有多萝西娅那么机灵。"

但他照样大手大脚挥金如土。他的嗜好是邀上宿醉宫里所有的人,去沙漠路边饭店里饮酒吃牛排,而一旦他酒醉,便会变得十分和蔼可亲。随便哪位年轻的女人,他都会称呼她"女儿",他会一遍又一遍对我们说:"我有个小女孩,要知道,那是我第一次婚姻的产物。真是个可爱的小精灵。可她死了,才六岁。"

"你最好忘了这事。"多萝西娅说。

"啊,我总时不时地会想起她。"

整整两个星期他天天晚上都泡在多萝西娅家里。当他第一次发现多萝西娅外出过夜时,他拔腿便跨出门去,根本不管我们说些什么。大家从多萝西娅口中得知随后发生在他们之间的争吵。

"你这狗娘养的,"多萝西娅说,"谁也别想占有我。"

"那你是什么,妓女荡妇?"他问她,"我还以为你有点儿骨气呢。"他紧紧抓住她的肩膀。"你不老是在说你想再结婚并且生孩子么?"这正是多萝西娅爱说的话题。

她用力挣脱了。"松开你的臭手,别碰我。你打什么主意,想到处乱吹我们的关系?"

"我想和你结婚。"

"那就去吹吧。"

这场吵架以佩利带多萝西娅上床而告终。随后却什么也没有发生。

他对于这件事念念不忘。他再三向多萝西娅致歉。那份歉意老是挂在他的脸上。有天晚上在一个角落里,我无意中听到他们的对话,我认为他是有意让我听到,因为他说得相当响。"要知道,我过去一向很有功夫的,"他对她说,"在我年轻的时候,我搞得过分，都劳损得瘘了。我不得不去看医生，那可是千真万确的。我知道你肯定不相信，但我确实曾很有功夫。"

多萝西娅依偎着他，她大胆泼辣的眼里充满同情。"看在基督的分上，马蒂，我不会因此而怨你的。"

"我劳损得瘘了。你不相信我？"

"当然，我相信你。"

"多萝西娅，你真是顶呱呱。"他的大手捏着她的手腕，"我跟你说，我原先很有功夫，我会像以前那样强硬有力的。"

"不用那么急。听着，我以前认识一个小伙子，他在床上那真是棒极了，但开始的时候，他也和你一个样。"

多萝西娅待他温柔多了。他们的罗曼史确实是在他无能的时候开始的。要不是那么多次佩利坚持要受到特殊款待，他早就沦为宿醉宫里一名捧场者了。多萝西娅不再外出和别的男人欢度良宵。现在她总是请她的富豪朋友们上门来，接连几个小时地玩鬼魂游戏，这时佩利便会一脸愠怒地与来客作对。最后，人人都认可他为多萝西娅的男朋友了。有天晚上，那位肥胖的前夜总会歌手甚至打电话给我，十分激动地宣称："马蒂成功了，他和多萝西娅最终决定了。他们正想庆祝一番。"我还没来得及答话，她又补充说："你就不想知道这是怎么回事吗？"

"关我什么事？"我说。

"多萝西娅并没有告诉我，但她差不多已经暗示，这还仅仅是个开头。"

那天晚上我们庆贺了一番。佩利给大家分发雪茄，那举止就像个新做父亲的人。他不仅给每人买了香槟，共进晚餐时，他还自始至终侍候着多萝西娅，仿佛她是位刚刚出院的病人。"你们都是顶呱呱的，"他对餐桌上的人们说，"你们都是了不起的人物，我从来没见过这么顶呱呱的人物。"这其中包括了那位肥胖的女歌手，那位修车铺老板，那位房地产经纪人，他们的太太，那位广告代理人，我，所有多萝西娅的朋友，甚至包括那位一度是多萝西娅丈夫的醉鬼奥费伊。

## 第三章

　　这是个传奇故事。我一想起它,便会为奥费伊感到难过。一位年轻英俊的花花公子,有着迷人的微笑和修剪整齐的小胡子。我实在难以相信,多年前多萝西娅会因为失去他而夜复一夜地伤心落泪。

　　他们当初相遇时她才十七岁,而他是位正走红的杂耍演员。多萝西娅和他同居,正如她发誓说的,当时她迷上了他。她唱歌跳舞四处演出,以支持他们共同的行动。同时她还承受着巨大的痛苦,因为他对她不忠,每天晚上都和另一个女孩鬼混。他们的关系没有着落。她一再示意,希望能安顿下来,生儿育女,可他总是付之一笑,说她还年轻,随即让她看那天他刚买的绸衬衫。她老是盘算怎样攒钱,而他一心想的是怎样花钱。当她发觉自己怀孕之后,他只给她留下二百美元现金,一位医生朋友的地址,便带上自己的行装一走了之。

　　这之后多萝西娅就上夜总会唱歌。她有一支急口快板式的小歌作为自己的挂牌名曲:"我那毕业于耶鲁的世家子啊,我在为你叹息。"她的听众都很喜爱这支歌,不久她便出了名。年方十九,长得又漂亮,很快她又人不知鬼不觉地怀孕了。这是与某位来去匆匆的欧洲王子昙花一现式的风流韵事,她心中不免有几分真正的欣喜。她不过是个看门人的女儿,如今却怀上了具有王族血统的孩子。她实在不愿意去毁灭如此高贵的结晶。三个月过去了,四个月过去了,再要堕胎实在为时已晚。是奥费伊救了她的急。他的表演已不再吸引观众,他已开始酗酒。有一天他偶尔来看她,十分同情她的困境。奥费伊是个不愿受家室之累、喜欢四处漂泊的人。他决不会和一个怀上他自己孩子的女人结婚,但他觉得理应帮助朋友摆脱困境。他们很快结了婚,不久又离婚,于是她的孩子便有了姓氏。她给孩子取名为马里恩·奥费伊。这一年,她还主演了一部音乐喜剧。多年之后,当多萝西娅挣了又亏、亏了再挣而终于发财之后,当她退休后在沙漠道尔安居下来、她的漫谈专栏颇受欢迎、捧场者的圈子也已形成时,那位奥费伊又露面了。毫无疑问,这时的他已潦倒不堪。他双手颤抖不止,嗓音完全沙哑,他的演艺生涯显然已一去不返。多萝西娅痛痛快快地收留了他,她不喜欢欠别人的情。他从此便一直住在宿醉宫,她还另给他适量的零花钱。在儿子马里恩·费伊(作为孩子他略去了姓氏中那个"奥"字)和这位名义上的父亲之间,根本不存在父子关系或情分。他们都把对方看作是怪物。为了这件事的缘故,马里恩也常常这样看待母亲。

每当多萝西娅喝醉了酒,便禁不住要夸耀,说她的儿子是王子给她留下的礼物。马里恩还是个孩子的时候,便知道了这件事。也许他的一些情况可以从这事中找到答案。他现在二十四岁,长得确实不同寻常。他身材细长而结实,有着稍稍拳曲的头发和明亮的灰色眼睛。我觉得,要不是那副表情,他看起来完全像个教堂唱诗班的男童歌手。他脸上始终是一副傲慢的神情。那份傲慢在于:他的目光会盯视你,衡量你的价值,随后将你化为乌有。目前他也住在沙漠道尔,但不住在母亲家里。他们的关系很僵,无法相处;再说,他的营生也会受到影响。他是个拉皮条的。

我常常听说,在他小的时候,人们曾预言他会从事另外的职业。他那时是个十分敏感的孩子,动辄便会流泪。在多萝西娅有钱之后,她便雇了保姆和用人,她一贯喜欢宠儿子,要么全不放在心上，要么溺爱过分，再不就是在儿子耍脾气时针锋相对大发雷霆。在她动了感情十分伤感的时候，会说起有关马里恩的一则往事，并会为两人现在如此疏远而深感痛心。那是很久以前，有一次，她正在自己的卧室里哭泣——为了件什么事她已记不起来——他走了进来，那时他才三岁半，他抚摸着她的脸颊。"别哭，妈咪。"他说，自己却也哭了起来，并以他所知道的唯一的办法安慰她，"别哭，妈咪，因为你那么漂亮。"

在学校里马里恩是个爱幻想的孩子。多萝西娅对我说起，那时他对火车、装配玩具、收集邮票和蝴蝶标本是多么入迷。他很腼腆，但被宠坏了，有时发起脾气来胆大妄为，不顾一切。他第一回和人（一位电影制片人的儿子，一个胖墩）打架时，他紧紧抱住对手的脖子，硬被拖开时还拼命狂叫。在十岁到十三岁那个阶段，他有了些变化，不再那么敏感，而变得脾气乖戾，性情孤傲内向。令她惊异的是有一次他竟说长大后想做一名牧师。他的智力发展有时候很让人吃惊，至少多萝西娅有此感觉，但后来他便变得难以管教了。他老是惹事，行为不端超出老师的意料，抽烟、酗酒，凡是不允许的事情，他样样都干。未及中学毕业，多萝西娅便不得不将他转学到一个又一个私立学校。但不管她将他送到哪儿，他总有本事在校外结交一些不三不四的朋友。十七岁时，他因在电影之都的大街上以每小时八十英里的高速驾车而被捕。多萝西娅处理了此事，她不得不去解决他惹下的许多这类麻烦事。在他十八岁生日那天，他向她开口要三百美元。

"用来干什么？"多萝西娅问。

"有位认识的女孩，需要去医院做点手术。"

"难道没听见我反复告诫过你的话吗？"

他站在她面前，既耐心又烦躁，那双明亮的灰色眼睛盯着她。

"是的，我听到过，"他说，"但是，要知道，现在我正和两个女孩交往，我想我们……都感到厌烦了。"

在他入伍服兵役的那天，多萝西娅总算就此写了一篇动情的专栏文章，然而那是最后一次她能够撰文谈谈自己的儿子。他从军队回来后，不愿找工作，拒绝做任何他不感兴趣的事。多萝西娅想方设法，让他到某家电影制片厂给一位著名的制片人当助手，但三个月之后，马里恩便不干了。"他们都是些说教者。"他只说了这么一句，便回到了她的宿醉宫。

在沙漠道尔，他认识流氓团伙，认识演员，认识在夜总会表演的女孩、应召女郎和酒吧女招待，他甚至成为长住此地为数不多的跨国大亨们的宠儿。由于他能够整天泡在一家家酒吧，泡在帆船俱乐部的一处处庭院露台，由于他认识本地最好的夜总会领班，他们挺买他面子，而他把他们看得一钱不值。由于这种种因素，他能接触到大批富商巨贾，演艺明星，制片人，网球运动员，离了婚的女人，高尔夫球迷，赌徒，以及从电影之都漫溢出来以满足这度假胜地种种需要的众多极具或颇具姿色的美女。结果，在一次因钱而起的争吵之后，多萝西娅把他赶出门去，本以为这样就可迫使他找个工作谋生——如果说对别人她毫不在乎，对自己的儿子她总盼望他能活得体面些——而他便驾轻就熟地干起了他的行当。多萝西娅得知内情后恳求他回家，却受到马里恩的一番奚落嘲笑。"我不过和你一样，"他说，"是业余搞搞。"她甚至不敢去掴他耳光；不管怎样，动手揍他这类事毕竟已许多年没有过了。

他的经营规模不大，并尽量避开那些专业从事这行的人。他并不想建立机构，打出旗号，他的许多牵线安排都很不寻常。他认识那些只想应召一次、从此不干或至少几个月不干的女孩，他甚至认识某个不要酬金而仅仅受卖身这一念头吸引的女人。正如他所说的，他是业余搞搞，稍事涉猎而已。作为一项职业来从事，便会成为该职业的奴隶，而他就讨厌受奴役，因为那会让人的思想扭曲。因此，他尽量让自己自由自在，自由地纵酒，自由地独个贩毒，驾着他的进口车自由地飞驰在沙漠上，贮物箱里放的不是驾驶执照，而是一把手枪，因为他的执照很久以前就被吊销了。有一次我曾与他一起开车，从此就尽量避免这样的事。我的驾车技术相当好，但我从未见过有谁像他那样开车的。

他仍不时到宿醉宫来，但他很瞧不起那帮捧场者，而他们见到他也不自在。在所有这些人中，他看得上的只有两个，我便是其中之一。而他也不隐讳他的理由：我上战场杀过人，自己也差一点送命，这正是他觉得有趣而刺激的经历。带着那种他一向保持的可笑风度，他有一次问我："你击落过几架飞机？""只有三架。"我说。"只有三架，他们在你身上得不偿失了，"他显得不动声色，"如果可能的话你会击落得更多？""我想我会倾尽全力的。""你喜欢杀戮亚洲人吗？"马里恩问。"谈不上喜欢。"

"他们知道怎样训练你成为那样的角色。"他从白金烟盒中取出一支烟。"我没当过军官，"他说，"我入伍时是个小兵，退伍时仍是个小兵。我是他们有过的唯一未获晋升的士兵。"

"我听说，他们一直把你登录在关禁闭人员的名册上。"

"是的，我从中也学会了一两件事，"马里恩说，"要知道，杀人一点都不难，比追逐踩死一只蟑螂容易得多。"

"也许你并不明白那究竟是怎么一回事。"

但马里恩的头脑总是比我转得快。"你要女孩吗？"他突然问，"我可以免费给你找一个。""今晚不想要。"我说。

"我估计你也不会要。"他已经觉察出我竭力不让任何人知道的秘密。我正不折不扣地陷入佩利式的困境，因为我们面临着同样棘手的情感难题。这种情况在我离开日本前夕便发生了,自那以后我对此就无能为力。有一两次,我在沙漠道尔的酒吧里搭上女孩后,一心想快刀斩乱麻不留情缘,结果却总是情意绵绵难舍难分。"我在一心一意守着我所爱的女人。"我用这话将他支开了。

爱是支配着费伊的主题。"你想,"他这样对我说,"你让两个人生活在一起,别的事一概不闻不问,那太乏味了。必定钻进死胡同。于是你走另一条路。你找上一百个小妞,找上两百个。但那比乏味更糟糕。那让你恶心。我发誓你会开始想到用刀片。我的意思是,就是这样。"他说着用手指像钟摆摆动似的一划,"拧在这一面,痛在另一面。自杀。世上的一切全都是胡扯。这就是人们只想过乏味日子的原因。"这些话让我莫名其妙。我盯着他的浅灰色眼睛,他因说这番话,目光在灼灼闪耀,我问他:"这事你想干到什么时候?"

"我也不知道,"他说,"我得好好考虑个出路。"他随即站起身来,看了一下手表,似乎想以此掩饰他是多么惊异于自己居然说了这么久,然后他平静地说,"詹詹什么时候到这儿来?我有点事要他转告多萝西娅。"

詹詹是他在宿醉宫里的另一位朋友。每逢马里恩和多萝西娅闹得互不搭理的时候,他便通过广告代理人詹宁斯·詹姆斯传话。詹詹和他们两人都保持着良好的关系。多年前,詹詹是多萝西娅的一名跑外勤助手,在马里恩还是个孩子的时候,他们便相互认识。两人之间保持着联系。马里恩能容忍他,容忍他的唠叨、他的酗酒、他的沮丧。马里恩对詹詹颇有感情。尽管詹詹一头红发,但他高挑个儿,瘦瘦的脸上戴副银框眼镜,这使他看起来挺像个银行职员。然而,此人却很有几分稚气。他就像生活在往昔一样,最喜欢回忆大萧条初期他早年的生活。那时他身无分文,在电影之都和两个穷乐师合住一间小平房，靠吃橘子度日，并幻想着能卖出一两篇小说。那已是过去的好时光了，如今他不时为最佳影片公司做些宣传的事儿，不管该公司的什么明星来到小镇，他都会为漫谈专栏作家提供些相关材料。此外我还确知这样的事实，他有时通过向马里恩提供愿意偶尔涉足色情服务的女孩，以捞点外快。所有这些，都给詹詹增添了几分诱人的魅力。他会以含糊不清的声音，说起一个个故事，常常是说给我听，因为我是唯一初来乍到、尚未听过的人。他会说起那个了不起的句子："男人们嘴唇上涂了口红，看起来就像他们刚刚发现了性似的。"这是为电影明星露露·梅厄丝写的，事实上，这是他为她策划的一个句子。"我对此真是讨厌透了。"詹詹这样对我说，"嗨，我还记得露露和查利·艾特尔结婚的时候，那时她觉得智慧便是一切。我还记得有个晚上她走进房间来参加聚会，那么容光焕发，就像是刚刚遭遇爱情或是喝过烈酒。'艾特尔刚给我上第一堂表演艺术课，'她说，'这真是令人茅塞顿开。'她已拍了三年电影，主演过七个角色了，还说这种话，我不得不为那些喜爱她的观众站出来说几句。"

我认为，在沙漠道尔，是他第一个提到查利·弗朗西斯·艾特尔的大名。自那以后，似乎人人都随时会添油加醋地说些艾特尔的故事了。艾特尔是位著名电影导演，时值淡季，他正在这度假胜地逗留。他是马里恩的朋友，但他从不上宿醉宫来。在我逐渐了解详情之前，我经常以为马里恩保持与艾特尔的友谊，就是为了激怒多萝西娅，因为在过去的一年里艾特尔一直受到舆论的关注。我听说有一天正在拍电影的时候，他二话没说便突然离开了拍摄现场，而两天之后，国会的某个调查委员会把他称为敌意证人。多萝西娅与艾特尔是冤家对头。作为漫谈专栏主持人，她从未产生过广泛的影响，最终还对这项工作感到厌倦。但在她退休前的一两年里，她专栏的主管人总是特意在她的照片旁刊印美国国旗，她的文章总是含沙射影地抨击电影界里的颠覆势力。甚至现在她还是怀着强烈的爱国之情；如同绝大多数爱国者，她热情有余，思辨不足，因此要和她辩论不是件容易的事。我从未尝试过和她理论，我也很谨慎，除非万不得已，绝不提及艾特尔。但在与他相识之后，我便把他看作我在这度假胜地的最要好朋友。有一次在多萝西娅言辞激烈地大肆攻击艾特尔时，我打断了她的话，冷冷地说，艾特尔是我的朋友，我不想这样议论他。一时间我觉得她会暴跳如雷。她走近来，挨得很近，她的脸涨得紫红，随即破口大骂。"你这最最卑劣的势利鬼，从未见过像你这样讨厌的家伙。"多萝西娅汹汹地嚷着。"你说得对，"我回答，而且说实话我并不因此讨厌多萝西娅，"我是个势利鬼。"

"行，那就好好涮洗一番。"她压低嗓子说，这时站在旁边的佩利递过来一杯酒，我们就不再谈艾特尔了。

"就因为你是个富家子弟，连耳朵都华而不实，"多萝西娅说，"别以为你什么都懂。""好啦。别说了吧。"我低声回答，事情就这样过去了。

但我很为这件事得意。多萝西娅的自我吹嘘是建立在她的丰富阅历上的。既然她一向自吹她看得出一个人出身于什么样的家庭，我想，看来我还不算个蹩脚的演员呢。

第四章

我从小就不记得母亲，因为她去世得太早。我的父亲给我取了个王侯般的名字：瑟吉厄斯·奥肖内西，从我五岁开始也不再照管我，他只顾自己到处漂泊，靠打工度日。他有自己的生活方式，其实人并不坏。他来孤儿院看望我，只有那么屈指可数的几次，对我来说每次都是大事件，足以让我回味好多日子。他会给我带来一件礼物，在我哭着求他把我带走时，他会两眼满含忧伤地听着，答应不久再来看我，但他一去便又会几年不见踪影。直到我年岁稍长后，才知道他一向不守诺言。

我十二岁那年，知道了我的姓并不是奥肖内西，而是斯洛文尼亚语中发音类似的一个姓氏。我发现原来老爸的血统很杂——他的母亲有威尔士—英格兰血统，他的父亲则有俄国和斯洛文尼亚血统，那些祖先的出身都很卑微。世上再没有比被人误认为爱尔兰人更糟的事了。或许我的母亲便是爱尔兰人。有一次父亲对我承认了这一事实，但他再也没有勇气提供任何细节。他终其一生都是个打工者。他曾经想当一名演员，奥肖内西便是他尝试演的人物。在辗转演出一阵之后，他的表演生涯便结束了。他当过商船船员，带着他的口琴在好多列货车上干过活，他甚至私自制售朗姆酒，直到东窗事发厄运降临被投入监狱。出狱之后，他便以在饭馆洗碟子为生。可以说他的有些性格遗传给了我。在孤儿院里同龄人中我个儿最大，但我谈不上如他们所说的机灵敏捷。至少那时候谈不上。然而，父亲去世之后，我开始追求一种新的个性。才十四岁的年纪，你不可能轻松地顶着瑟吉厄斯的大名——我便隐去这个名字而采用了十多种诨名，我成了格斯、斯派克、麦克、斯利姆，我还能举出不少别的诨名来——然而一旦父亲去世了，一旦我得知他去世了，我就意识到从此再不会有父亲来看望我这样的事了，从此我就举目无亲孤苦伶仃了，于是，我又开始用瑟吉厄斯的名字。自然，我为此吵过好多次架，并平生第一回为了赢取某样东西而相当疯狂。尽管对我和许多孩子来说，遭遇失败从来就是家常便饭，但我同样从获胜中学到不少东西，这一点也相当罕见。我喜爱拳击，当时技艺还不娴熟，但我发现它对我的神经系统大有好处。在连续四个月的时间里，我只输了前三场，此后即获得全胜。我甚至在警察部门举办的拳击锦标赛中一举夺魁。在那以后我赢得了自己的大名，他们称呼我瑟吉厄斯了。

我需要这名字，也为它付出了代价。父亲遗传给我的天性中有一份对自己喜爱之事的迷恋。那份迷恋深藏在他的醉酒、他晚年落魄失意的职业和他迟疑畏缩地向我招呼的一声"哈喽"之中。他栖身在一所所墙纸卷曲、简陋肮脏的小旅店里，他的岁月在一家家廉价小饭馆的洗碟水中流逝，可他仍怀着自己那份微不足道的理想。他身上仍有某种特殊的东西，他始终在幻想，有朝一日，在某个地方……

每个人都有自己的幻想，但我父亲的那份痴迷比大多数人都强烈，而且神不知鬼不觉地遗传给了我。我不会对任何人说起这一点，但我始终认为，会有特别的好运让我遇上，我知道自己比别人更有才华。甚至还在孤儿院里，我就表现出许多天赋。每次玩圣诞游戏，他们总是让我带头。在我十六岁的时候，我用一架借来的相机，在当地的摄影竞赛中获得头奖。但我对自己却一向不大自信，我从来没觉得自己来自什么特殊的地方,或者我和别人有什么不一样。我老是觉得自己像个间谍或冒充者,也许这便是原因之一。

当然我有生以来一直在冒充。在孤儿院时,记得我们常常到一所教会学校去,在上课的时间里我们像别的孩子一样听课。但午餐那段时间实在是一种折磨。他们常从孤儿院给我们带来三明治,我们就在午餐室的某个角落里一起进餐,别的孩子们则会盯着我们看。这种做法使得要与别的孩子交朋友很不容易。我记得有一个学期我就是不吃午餐的。第一天我认识了一个男孩,他就住在学校所在的那条街上,在一幢有两户人家的房子里。如今,我已记不起他的名字,但在那几个月里,我一直提心吊胆,怕他发现我是孤儿院来的。后来,我明白他一定早就知道这事,但他心地很好,一丁点都不让我看出来。

那些年头的故事说起来可就多了,但多说恐怕是失策。孤儿院的事实在说不完。比如那些修女,就没有两个性情相近的,有的凶恶,有的乖僻,只有两三个真正待人好的。其中有一个修女名叫罗斯,在我还是孩子的时候,我像个饿坏了的儿童那般爱她,她也对我特别关心。她出身富裕人家,说起话来非常清楚。就因为这些,我在六七岁时常常梦想,长大后要去她家拜访,而他们定会称赞我是多么彬彬有礼。她常常不厌其烦地教我《教理问答》,在我学会阅读后,她就借给我有关圣徒和殉道者生平的书。不过我也不知道那起到了什么作用,因为父亲教给我的是另一番道理。他带着浓重的爱尔兰口音,会叫我去问她有关巴托洛梅奥·万齐蒂[①]的生平,

---

① 巴托洛梅奥·万齐蒂(Bartolomeo Vanzetti,1888—1927),美国政治激进人士,出生于意大利,因被指控谋杀和盗窃而遭逮捕,后被判死刑,受电刑而死。此案曾在美国及世界上引起广泛抗议。同案殉难者还有尼古拉·萨可。下文波士顿的殉难即指此事。

他会接连几个钟头大谈波士顿的殉难，大谈宗教属于女人，而无政府主义属于男人。我父亲算得上一位哲学家。他怕罗斯修女，但就我所知，他是唯一善待那位驼背孩子的人。那驼背孩子是个穷孩子，睡在与我相邻的床上。他长得丑陋，身上又有狐臭，我们经常欺负他。修女们不得不经常要他洗澡。甚至罗斯修女也讨厌他，因为他经常流鼻涕。但我父亲就很可怜这残疾孩子，也常常带些礼物给他。我最后一次听说那个驼背、弱智孩子时，他已坐牢了，因为偷了商店里一点东西而被投入监狱。

孤儿院里的生活真是一言难尽。在我父亲去世后的三年里，我曾五次从孤儿院逃跑。有一次我在外面待了四个月，最后仍被他们抓了回去。但我不想诉说任何真实的细节，因为说出实情必然涉及我所了解的一切，那样写来就太冗长了。花费时间去写自己的童年，不啻一个陷阱。不知不觉你便会自怜自艾起来。

但我仍想提一下我所学到的东西。在我十七岁离开孤儿院时，便有了自己的志向。我读过大量的书，只要能到手的，不管是什么书，整个少年时代我几乎读个不停——我常把殉道者生平之类的书撇在一边，溜到公共图书馆去，在那儿读各种关于美国绅士、骑士、勇士和罗宾汉的书，以及种种历险故事。对我来说这一切都显得那么真实。因此我有了自己的志向，希望有朝一日能够成为一名英勇无畏的作家。

我不知道这一点能不能解释，为什么差不多在我客居沙漠道尔的所有日子里，查利·弗朗西斯·艾特尔会成为我最好的朋友。不过，谁又能解释清友谊？原因很多，却说不清其必然性。但有一条我相信是真切的。我一向持这样的见解：世界上诚实仁慈的人本来就很少，而这世界还老是处心积虑地压制迫害他们。在认识艾特尔的绝大部分时间里，我相信自己就是这样看待他的。

在我认识他之前,我早就听说了他的大名,他的名字有着奇特的读音:"眼谈儿"。①正如我前面提到过的,在沙漠道尔,他是种种流言蜚语的对象。我甚至得到一种暗示,表明多萝西娅何以对艾特尔耿耿于怀。那似乎是说多年前,他们之间有过一段风流韵事,但不知怎的弄得不欢而散伤了感情。我猜想对于那段风流交往她相当投入,而他却没当一回事。但这一点也难以肯定,况且他们各自都有那么多风流事。自从我与他俩相识以来,我从未听他们说起过当年他们相处的那几周或几个月的事,我想除了马里恩之外,现在谁也不会觉得那段历史多么重要了。

有天晚上我信步来到马里恩的住处,一起喝了几杯。他谈到了大导演艾特尔。"有过这事,"他说,"在我很小的时候,我常常觉得"——费伊冷笑了几声——"艾特尔这人是神和魔鬼集于一身的。"

"真难想象你对别人还会有这样的感觉。"我说。

他肩膀一耸。"艾特尔来和多萝西娅幽会时,常和我说上几句。我当时是个极为任性古怪的孩子。甚至在他和我母亲断了来往之后,他还偶尔邀请我上他那儿去。"费伊因自己话中所含的暗示而微笑起来。

"你现在认为他怎么样?"我问。

"要是他不这么中产阶级,"马里恩说,"他就会平安无事。太十九世纪化了,这你清楚。"他脸上毫无表情,撇下我,自顾去他的铝边橡木桌子抽屉里寻找什么东西。"在这儿。"他说着走过来,"来,读读这个。"

他递给我一份国会调查委员会听证会的证词印刷副本。这是本厚厚的小册子,在我随手翻看时,马里恩说:"艾特尔的答词从

---

① 艾特尔(Eitel)的读音近似"eye-tell",即"眼睛说"。

八十三页开始。"

"你特地去邮购了一本?"

他点点头。"我想备一本。"

"为什么?"

"噢,这不过是份微不足道的材料,"马里恩说,"以后我再告诉你我对这位艺术家的看法。"

我把它读完了。艾特尔的证词一共约二十页。因为这可以作为我对艾特尔的介绍,因此我想不妨在这儿提供最典型的一两页。事实上,我曾将证词朗读过多遍。我来沙漠道尔的时候,随身带了一台录音机,以研究自己的口音并加以改进。艾特尔做证时的对话给了我练习的机会。尽管我对政治丝毫不感兴趣,认为它们如同绅士阶层的道德规矩,是我辈消费不起的奢侈品,但艾特尔的答词却始终会在我心中引起共鸣。那些话并不十分巧妙,但我感觉就像是我自己在说这些话,或至少在面对某个知道我违反了规定的人时,我会喜欢这样回答他的提问。因此,这些证词对我来说一点也不令人厌烦。相反,在我读着它的时候,我倒产生了这样的念头,即我可以向艾特尔学到不少东西:国会议员理查德·塞尔温·克兰:……你现在,或者以前,我要你明确回答,是不是共产党员?艾特尔:我应当认为我的回答是清清楚楚的。议长阿隆·艾伦·诺顿:你拒绝回答吗?艾特尔:我可不可以说,我是勉强或在被胁迫下做此回答的。我从未成为任何政党的成员。诺顿议长:这儿不存在胁迫的情况。让我们继续调查。克兰:你是不是认识某某先生?艾特尔:也许在一两次聚会上遇到过。克兰:你是否知道他是共产党的特工?艾特尔:我不知道。克兰:艾特尔先生,你似乎很乐意装疯卖傻。诺顿议长:别浪费时间,艾特尔,我问你一个简单的问题。你爱你的国家吗?艾特尔:噢,先生,我结过三次婚,我一向将爱与女人联系在一起。

（笑声。）诺顿议长：如果你继续这样回答，我们将指控你藐视国会。艾特尔：我可不想受到这样的指控。克兰：艾特尔先生，你说你遇到过刚才所说的共产党的特工？

艾特尔：我无法肯定。我的记性很差。克兰：我认为，电影导演必然有很好的记性。假如你的记性如你说的这么差，那你怎么拍电影？艾特尔：这个问题提得很好，先生。既然现在你指出来了，我也奇怪我是怎么把它们拍出来的。（笑声。）诺顿议长：回答得很聪明。也许有些事你记不起了，但我们这儿有记录。记录上说你曾赴西班牙参战，想听听具体时间吗？艾特尔：我去打过仗，我最后成了个小通讯员。诺顿议长：但你却不是共产党员？艾特尔：不是，先生。诺顿议长：你在党员中一定有朋友。谁煽动你去的？艾特尔：即使我记得起来，我想我也不会告诉你的，先生。诺顿议长：如果你不小心点儿，我们会指控你犯伪证罪的。克兰：请回到关键的问题上。我很想知道，艾特尔先生，要是发生战争，你会为这个国家而战吗？艾特尔：要是我被征召入伍，我不可能有什么选择，是不是？我可不可以这样说？克兰：你打仗时就不会有什么热情？艾特尔：没什么热情。诺顿议长：但倘若你是为某个敌对国而战，那情况就会截然不同，是不是？艾特尔：我若为他们而战，将更无热情。诺顿议长：这是你今天所说的话。艾特尔，这是我们的档案中有关你的材料。"猪猡才讲什么爱国主义。"你还记得说过这话吗？艾特尔：我想大概说过。伊凡·费伯纳（证人律师）：能不能插一句，让我代表我的当事人声明，我相信他会重新措辞表达他的意思。诺顿议长：这正是我想明确的一点。艾特尔，现在你对这问题怎么说？艾特尔：议长先生，那句话被你一重复，听起来就有点儿粗俗了。要是我知道你们委员会的一些特工会报告我在聚会上的讲话，我就不会那样说了。诺顿议长："猪猡才讲爱国主义。"而你正依赖这个国家生活。艾特尔：是两个P字母的头音①使这句话变得粗俗。诺顿议长：这是回避要点。克兰：现在就这句话你会怎样说，艾特尔先生？艾特尔：如果你一定要我说下去，恐怕我会说出颠覆性的话语来。诺顿议长：我命令你说下去。今天，面对委员会，你会怎样，用什么措辞来说这句话？艾特尔：我想我会这样说，爱国主义就是要求你随时准备着，一接到通知，就能告别妻子出发；或许这就是它具有感召力的奥妙所在。（笑声。）诺顿议长：你平常思考时，有这样高尚的感情吗？艾特尔：我还不习惯于思考这些。拍影片和高尚的感情几乎没什么关系。诺顿议长：我完全相信在今天上午的听证会之后，电影界会给你足够的时间去思考高尚的感情。（笑声。）费伯纳：我能请求休会吗？诺顿议长：这是调查颠覆活动的委员会，不是可以信口开河的讨论会。艾特尔，你是我们见到过的最荒唐可笑的证人。

读完之后，我抬眼看着费伊。"他一定很快就丢了饭碗。"我说。

"那当然。"费伊低声说。

"但他为什么待在沙漠道尔呢？"

马里恩出于他那种孤僻的性情，露齿一笑。"你说得对，老兄。一旦没了钱，这个地方可不那么好待。"

"我想艾特尔仍很富有。"

"他过去很富，你不知道事情的内幕。"费伊不动声色地说，"要知道，到这种时候，他们早在注意他的个人所得税报表了。等到他们调查完毕，艾特尔不得不掏空口袋交齐欠税。他所剩的只有

---

① 爱国主义（Patriotism）及猪猡（Pig）均以字母P开头。

这儿的房子,当然,那也已抵押出去了。"

"他就只是待在这儿?"我问,"他什么事也不干吗?"

"你该去见见他。你会明白我的意思,"费伊对我说,"查利·艾特尔的处境会变得更糟糕,或许他需要受些挫折。"

从费伊说这些话的样子,我获得了某种暗示。

"你喜欢他。"我又说了一遍。

"我并不讨厌他。"费伊勉强地说。

几天以后在帆船俱乐部马里恩把我介绍给艾特尔。一个星期还没过去,我想我已经打定主意,要天天去拜访他了。

## 第五章

帆船俱乐部的露天咖啡馆依傍着游泳池和更衣室，那些红白条纹相间的咖啡桌和椅子，映衬着旅馆里葱茏的绿叶和沙漠道尔远处的群山，构成了另一道亮丽的色彩。

每次我去，几乎总能发现艾特尔坐在桌旁午休，一本装订好的纸面手稿翻开在面前。简直令人难以相信，这手稿会十分重要。我一来，他便将本子合上，叫一份饮料，随即开始神侃。

最初被介绍相识时，我很感惊奇。虽然他年过不惑，作为电影导演早已大名鼎鼎，但他的广为人知却主要在别的方面。他结过几次婚，据说由他提起的离婚就不止一次，而这不过是些最微不足道的流言蜚语。我曾在不同时间里听说过他是个酒鬼、淫棍、瘾君子，有些人甚至私下传说他是个间谍。有了这一切，当我初遇这位中等身材、满脸笑容、鼻梁塌陷的男人时，就感到相当出乎意料了。

他有一张大脸盘，与他粗壮的身材正相般配。他的头上半已谢顶，四周还剩一圈硬硬的卷发。他的眼睛你不会不注意。它们蓝得发亮，在他笑的时候，眼神十分生动，而那塌陷的鼻子则使他显得相当幽默。只有他的嗓音才让人联想起他的赫赫声名，那是一种意味无穷、令人着迷的嗓音，曾经有个女孩对我说，她觉得那嗓音是"颇具诱惑的"。他具有一种潜移默化、神鬼莫测的魅力。就在你以为他在嘲笑你的时候，他却已对你产生好感——而在你肯定一切顺利的时候，他的声音却冷淡得像在下逐客令。我就有过像是当头挨了几拳的感觉,但我仍清楚他的话中之音。我的耳朵挺不错,听得出艾特尔的话里有着不止一种口音。我能在其中辨出纽约口音和台词韵味,当他偶尔和南部或中西部来的人交谈时,他又会露出一丝那个地方的口音。而这一切全都得到有意识的控制——绝大部分时间里他的口音接近于社交界通用口音。有一次他颇带点自嘲地告诉我,英国口音是他最后才学的。

  写得太多了,我知道,但我确实很少如此喜爱任何人。我感觉他这个人很像我,只不过他懂得更多,在许多时候性情更平和。后来我得知许多人正是这样看待艾特尔的。

  对于种种有关他的传闻,以及许多人津津乐道于他的事业已难以为继,我一概不相信。他酒喝得很多,但我从未见他醉过,只不过说话慢了些而已。在我看来有关他吸毒的说法言过其实,至于他很受女士们青睐这一点,我倒很愿意与他分享这份艳福。于是我不止一次细细地观察研究他给予她们的那种友好的关注。

  他依然为环境所迫,显得十分孤独。我们的友谊很大程度上是由于我主动去陪伴他。至少我认为是这样。他已形成习惯,每天午后驾车来到这露天咖啡馆,如我前面所说,就在那儿饮酒、闲侃、看他的手稿。他一度是这旅馆老板的密友,但如今他正等待着这帆船俱乐部拒绝他入内的那一天到来。"要知道,几年前我曾借给这位老板不少钱,而他是那种常常吹嘘绝不忘恩负义的人。"艾特尔咧嘴一笑,"眼下我觉得那真是一种可贵的品格。出于某些荒唐可笑的缘故,我挺喜欢这个地方。"

  在很多日子里,除我之外根本没有人会坐下来奉陪,而我则一直为他助兴,让他从下午一直畅饮到晚上。似乎从未有人邀请过他,或至少邀请去他想去的地方。

  艾特尔隔些日子便会变得焦躁不安,我就陪他去本地一些二流的夜总会或酒吧转转。那些四处散心度过的时光几乎千篇一律。遇上些饮酒的朋友，而后各奔前程，搭上个女孩春风一度，再劳燕分飞。有一次他差点和一个醉醺醺的家伙打起来，因为那家伙侮辱一名与我们坐在一起的酒吧女招待，而她仅仅是出于职业需要陪我们坐坐而已。我们会继续在那些地方逗留，以免受失眠之苦，甚至直到晨曦在沙漠上空闪烁，都不想回去歇息。在我们这样一巡巡痛饮之时，他总是放纵自己，就像个因婚姻破裂而以酒浇愁寻求慰藉的男人。我可以看到他一个白天再加一个夜晚，除了回一封信，什么事也不做。

我不止一次听说过他的生平故事，从他以前的朋友，从一些虚情假意的朋友，或一些根本不认识他的人那儿听说，但绝大多数是直接听他本人说的。因为他有个特点，能够相当冷峻、稳重而客观地叙说自己的故事。他是美国东部某大城市一位汽车经销商的独子。父亲出生于奥地利移民家庭，以收购废品旧货起家。母亲是法国人。艾特尔是家中第一个大学生。父母曾期望他成为一名律师，但他在学校里迷上了戏剧，在选择人生职业的问题上与父母发生了争执。到他毕业时，这争执自然平息了，因为在经济大萧条时期父亲破了产，家中已一贫如洗。艾特尔来到纽约四处找工作。这位年轻的大学毕业生长得并不出众，又很腼腆，结果他对第一位爱上他的女孩产生了感情。她当时正在读书，想成为一名社会福利工作者。她住在自己家里，很想和他结婚，以便离开父母的住所。自然，他们深深相爱，不久便结了婚。她对政治很感兴趣，正是在她和她的朋友们影响下，他读了不少思想进步的文艺作品，也关心起政治来。此后他的妻子进一家书店工作，以挣钱支持他的事业。他编写剧本，到处找地方演出，在一些小剧场里当导演。就在大萧条最艰难的日子里，他的事业有了起色。他受聘在某个政府出资赞助的项目里编导一出戏，获得了成功。许多人第一次听说了他的名字。他成了编剧、导演和演员。后来，他得以进入电影界，并来到电影之都，争取到一份小小的拍摄廉价影片的合同，极幸运地获准做一番尝试。这无非是一次投资极少的尝试，然而他却编写并导演出第一部继而是第二部最后共三部影片，这些影片即使今天看来，也不乏动人的魅力。其中的一部在我离开孤儿院的那年重新上映，我就是在那年观看的。尽管我觉得影片有点过时，但就反映大萧条时期来说，我以为还没有一部影片能超过它。

艾特尔始终记得，拍摄那些影片的十八个月是他一生中最痛快的日子。他对我说，当时他是个积极进取的年轻人，过于自信，甚至有点自以为是，固执己见，由于成功而非常兴奋，对每个人怀着爱心，却对他们很少了解。他很年轻，有些人便吹捧他为天才。

当然，事情没这么简单。那三部影片自问世以来，尽管在大学的电影协会、博物馆、俱乐部里不断作观摩放映，至今享有盛誉，甚至对许多模仿他风格的导演产生了广泛影响，却并不卖座，无利可图。虽然他随后与另一家制片厂签了条件优厚的合同，得到更多经费和更出色的演员，剧本却不是他自己的了。他继续执导了不少杰出的影片，这些影片甚至赚了钱。然而他开始变得不满足了。那正是西班牙内战时期，有些东西他在自己的工作中无法寄托和体现，他便努力在各种促进会的社会活动中去追求。他依然充满热情，他参与有关西班牙内战的辩论，他在公众集会上发表演说，他协助开展募捐活动，与此同时他与第一位妻子的关系也正濒临破裂。她十分厌恶这电影之都，日子过得很不愉快。她感到他不再需要她，而情况也确实如此，他不再需要她。他想得到一位更漂亮、更有才智、与他更般配的女人。他想得到更多的女人。他看到在电影之都有这么多他能到手的女人，便急切地希望获得自由。

然而，对于他的妻子，他却深感内疚。他一度那么需要她，他们曾是那么好的朋友，她让他懂得了那么多。如今他掌握了更多本领，这可不是她的错。他有时会认为，他的事业不仅被电影公司毁了，也被他自己毁了。他内心觉得，他们的婚姻出了问题。他实在太安逸了，太厌腻了，在这种环境里他的才华难以发挥。于是，他决定去西班牙。

他作为旅游者去了前线。在那儿的一年虚度了，他想拍的影片根本无法投入拍摄。他常常说："这战争使五百年的成果毁于一旦。"此后，他与妻子继续维持着婚姻。但他们各自都有了婚外恋，还相互通报各自情人的情况，因为他们曾发誓相互之间要诚实。然而，争吵终于爆发。最佳影片公司高薪聘用他，他对妻子说他应当接受，而她却认为他不该受聘。可他总觉得，要想拍自己感兴趣的影片，就得在影片公司里有势力。他拍成了两部内容不敢恭维的影片，其中一部赚了不少钱。这时他的妻子另有了意中人，向他提出离婚。尽管他多年来一直在盼望这样的结局，令他惊奇的是，他心里却不愿意她离去。他们又一次重归于好。但半年之后，他们还是离了婚。她后来去了另一个城市，在那儿和一位工会领导人结了婚。从此艾特尔再也没见到过她。时至今日，他几乎已把她淡忘了。

后来他娶了一位著名影星，此人的大名曾载入"社会名人录"。在这期间，他拍了许多影片，买了一幢十四个房间的豪宅，有藏书室、大酒柜、健身房，还有户外游泳池和一间可停放四辆汽车的车库，有排球场、羽毛球场、网球场，还有葡萄藤攀缘的露天平台，一排俯瞰大海的柏树，以及可关养十余条狗的狗房和两匹马的马厩。那便是他的第二次婚姻，而他拥有那幢豪宅的时间比他拥有第二任妻子的日子长得多。他从妻子那儿获取了自己所需的一切，当然也为此付出了代价。

他的第二次离婚发生于他受命从军服务期间。在欧洲前线，他拍摄有关训练示范和战斗的纪录片，并频频出席鸡尾酒会，周旋于将军、美女、黑市投机商、政客、电影制片人和国务活动家之间。他甚至制作了他最后一部优秀影片，那是部关于空降兵部队的纪录片。它与人们从银幕上所见过的一切战争片如此不同，以致军方始终不准它公开放映。

艾特尔从战场归来后，声名如日中天，红极一时。有一两年光景，据说他和电影之都一半以上的漂亮女人上过床，几乎个个星期他的大名都会出现在各种闲话专栏中。

他的影片获利颇丰，他也成为电影公司里薪金最高的导演，因为他能让才华相对平平的女演员表演时有相对上佳的发挥。但他的风格已有所改变。面对大量不能拍摄的题材，他开始选择拍一些角色行动诡秘、性格怪异的片子，最后这成了他作品的固有特色，以致"艾特尔风格"成了一连串稀奇古怪谋杀的代名词。有一次他这样对我说："观众不过是一批多愁善感的嗜尸狂。"

艾特尔就这样大把挣钱，又大把挥霍，就这样执导着一部部折衷的片子——最佳影片公司提供的演员、故事和情节，查利·弗朗西斯·艾特尔的基调和大师手法等等因素糅合在一起。然而，在所有这些岁月中，艾特尔最难忘怀的，是在电影之都度过的最后一年。在交谈中他一次又一次提起这一年的事。

这一年他首先面临第三次离婚。他老是出于怜悯而结婚，他说，因此已开始怀疑起怜悯之情来。那肯定是虚荣心的标志。"我就是傻瓜约翰的原型，他结了五六次婚，因为他相信那个可怜的女孩没有他便活不下去。"他的第三任妻子相当漂亮，她便是影星露露·梅厄丝。

"你迟早会见到她，"艾特尔对我说，"她常在拍片之余来这儿度假。"露露很年轻,艾特尔继续说着,他当时确实相信她需要他。"婚姻结束时,关系常常很微妙。你总是如痴如狂。更糟的是,当时我正外出度假。不知为什么,我陷入了最最索然无味的风流韵事,那是与一位罗马尼亚女演员。她的命运真惨,甚至稍稍想想你都会忍受不了。她的第一任丈夫,那年轻的爱人,死于街头交通事故。她的第二任丈夫盗走了她的钱财。这真是恶劣透了。在罗马尼亚她显然很有名气,战争来临时她被关进了集中营,尽管就我所知,她也可能曾与敌人合作。不管怎么样,她刚来这儿时除了一口难听的罗马尼亚口音之外,什么也没有。不管你过去在罗马尼亚是怎样的大牌明星,年过四十岁就没多少角色可演了。姿色已衰,口音又重,发音屡屡出错。她只能为一些涉及巴尔干背景的影片做细节性技术顾问,以此谋生。"

我们正坐在艾特尔寓所与起居室相通的露台上,他突然打住话头,朝着在徐徐降落的暮色中渐蓝的丝兰树做了个鬼脸。"瑟吉厄斯·奥肖内西,"他在说起我的名字时,总喜欢用一种滑稽的自命不凡的口吻,"你在这沙漠道尔干些什么事?你究竟正在干些什么呢,你这爱尔兰机灵鬼?"

"什么也不干,"我说,"我在尽力忘记怎样驾驶飞机。"

"你永远有钱干这事吗?"

"可以维持一两年。"

"然后干什么呢?"

"钱一旦花完,我会考虑接下去该去的地方。"

"这话使我感到自己落伍了。你到这儿来真的只想痛痛快快玩一阵?"艾特尔怀疑地问。我点了点头。"女人?"他继续问。

"要是能到手的话。"

"瑟吉厄斯,你算得上是位二十世纪的绅士。"他说,我们为此哈哈大笑起来。

"关于我的罗马尼亚情人，最糟糕的是，"艾特尔继续着原先的话题，似乎，由于他对我有了新的认识，他得把自己的意思解释清楚，"她过去是位美人儿，不知倾倒过多少男人。而现在，情况恐怕颠倒过来了。她已人老珠黄，因而对我是又爱又敬。"他受不了，艾特尔解释说，因此感到只有尽量待她好些。"这样的风流事会拖个没完没了。事情已整整一年了。我从来就不是什么用情专一的男人。我一向便是那种短短一个晚上便会换个女人的正人君子，因为那是能让我同时喜爱两个女人的唯一妙法，但我以自己的方式忠于我的罗马尼亚情人。她非常希望天天晚上和我在一起，因为她不喜欢孤独，而我则希望再也不要见到她，结果我们商定每星期相会两次。我有艳遇或需在女郎们之间周旋都不要紧，但不管我有无约会，星期二和星期四晚上我得上她那儿过夜。顺便说一句，可以说她是激情洋溢得令人沮丧。"

"激情怎么会令人沮丧呢？"我问。

艾特尔对此很宽容。"你问得对，瑟吉厄斯。这不是真正的激情，为什么它令我沮丧，原因便在这里。她感到性饥渴，就是这么回事。"他起身为自己倒酒，却往杯中哗啦啦倒进了冰块。"我想我去与她相会，是因为我不想伤她的心，但回过头来想想，可以说我错了。我需要去与她相会。"

"我觉得难以理解你的意思。"

他摇了摇头。"也许露露走后我的状态一直不佳。"

"这儿有些人认为你仍爱着她。"我直截了当地说。我觉得我自己就相信这一点。大约一年以前我曾见到过露露，但那不过是见到她由一群将军和上校陪伴着，从我们的军官食堂匆匆穿过。后来我又看见过她，那次我们之间相隔了上万名官兵，当时她在作海外即

039

兴演出，说了些笑话，并信口唱了一支小曲。那情景犹如一位仙女般的性感公主，飞越太平洋，以她微不足道的礼物，诸如一股香水味、高跟鞋上脱落的一片后跟皮、晚礼服上的闪光装饰片之类，来慰劳安抚我们。我甚至记得当时听说过她丈夫的名字，但过后便忘了。而现在居然恰恰说起她，这情景真令人难忘。

"还爱着露露？"艾特尔问。他大笑起来。"嗨，瑟吉厄斯，我们的婚姻是了无激情的零与零的结合。"他倒了杯酒，呷了一口，便又放下了。"我们结婚的时候，我就知道这不会长久。这正是后来令我烦恼的事。在大喜之日，便不相信这婚姻，你会觉得自己像在梦游一样。这正是我需要那位罗马尼亚情人的原因。我的处境正每况愈下。"

经历十五个春秋，拍过二十八部影片之后，他算是明白了，他永远不可能举足轻重到可以只拍自己感兴趣的影片。相反，他始终只能拍电影公司决定的片子。他甚至肯定，他并没有拍自己中意的影片的真切愿望，对此他都不再感到惊奇。不论是祸是福，他算是与电影之都结下了真正的不解之缘；除此之外他无处可去。但还有比这更糟的事。他一向嗤之以鼻的他的票房号召力正在逐步丧失。他刚刚推出的新片《爱在瞬间》耗资甚巨，却完全失败。此前的两部影片也并不成功。"此外，"艾特尔说，"还有颠覆活动调查委员会。"那阴影悬在他的头顶已好几个月了。他曾在那么多的请愿书上签过名，他给那么多的事业捐过款，起先是出于信念，继而是出于愧疚，最后仅仅成为一种姿态。那都是过去的事了，他对政治早已淡漠。然而他听说，在电影界下一次颠覆活动听证会上，他将受到调查询问。如果他不打算说出他所认识的那些人，那些曾是政府取缔名单上任何党派或团体成员的人，他就再也不可能在电影之都找到工作。

过去认识的那些人在他心中没留下多少印象。记忆中有些人他还有点喜欢，有些他就根本不喜欢。保持沉默，拒绝说出他们的名字，从而间接地捍卫某种政治制度——那种制度至多不过如他为之效力的影片公司——并由此葬送自己的事业，这样做未免太荒谬可笑了。但这关系到他的自尊：一个人岂能在众目睽睽之下趴在地上爬？

"那太可怕了，"艾特尔说，"我打不定主意。"他微笑着回顾往事，似乎因噩梦已过去而颇感宽慰。"你绝对想不到我耗费了多少精力。我根本没时间思考道义上的问题。我忙着和我的律师一起商讨，我的代理人正在影片公司内部做试探性调查，我的商务经理忙于和会计师一遍遍审核我的个人税单。他们分析了形势，做了周密探讨，然后又重做分析。我的开销很大，他们对我说，我的薪金是必不可少的，我的资产在解决离婚纠纷时丧失不少，而在颠覆活动调查委员会对我做听证调查时，最佳影片公司不会出面保我。由于我的薪金很高，我的代理人甚至确信，影片公司只会鼓动调查委员会在我头上开刀。而似乎人们一旦认真细查，我又几乎没什么钱了。于是，他们一致建议我，与调查委员会合作。"艾特尔耸耸肩膀。"我说我会的。我对此很感厌恶，但事情明摆着。我和我的律师花费了许多时间，从头研究我该说些什么话。才进行了一半我又开始改变主意。当我认真注意起细节时，就感到实在太不痛快了。于是我和律师又制订了一套不同的方案，以便应付万一我不愿合作而造成的局面。与此同时朋友们不断来访，并纷纷提出忠告。有的说我应当说话，有的建议我做一名敌意证人，有的前来看我，只为承认他们不知道该怎么办。我开始感到难以入眠。谁也没有想到我正在拍摄的那部影片，也是我失眠的原因之一。影片公司指派我执导那部音乐片：《云彩啊》。再没有比这更糟的事了。因为我讨厌音乐喜剧。"

拍这部影片时一切全乱了套。制片人在现场干扰拍摄，影片公司的高级管理人员纷纷来观看，却什么话也不说。出现了一些完全可避免的及另一些无法预见的拖延。担纲主演的影星厌烦透了。彩色胶片显示照明灯光出了问题。艾特尔和某位摄影师吵了一架。有位舞台工作人员受了伤。拍摄时又临时决定剧本必须作修改。封镜的日程一再拖延。一个耗费巨大的场景，连同大批临时演员，本来计划一个上午拍完，却一直拖到了第二天上午。一切都松松垮垮。艾特尔知道自己难辞其咎。每个晚上，犹如往痛处撒盐一样，他不得不坐在放映室里，观看上一周拍竣的工作样片。他干得越多，效果却越差。节奏不是太慢，便是太快。喜剧一点也不有趣，情感又过于虔诚。那充斥着大批舞女和万花筒般场景的影片，看起来像是舞蹈编导和艾特尔间战争之后留下的战场。其中已难寻觅"艾特尔风格"，只在零星场景中还偶尔可见独具的匠心、扑朔迷离的预兆和突兀闪现的气氛。影片就这样又拖了三个星期。直到某个上午，影片尚未完成一半，便已乱成一团糟，每个人，包括制片人、导演、演员、摄影师、舞台工作人员、舞蹈编导和合唱队员，都在音乐舞台上团团乱转。精神紧张得失去控制的艾特尔，不打招呼便擅自离开了拍摄现场，离开了制片厂。最佳影片公司很快便撤销了与艾特尔签的合同。

第二天上午，这吃力不讨好的继续拍摄《云彩啊》的任务落到另一位导演头上。艾特尔那天不在场，还不知道这件事。那天上午他离开制片厂时，他便开始构思自己的电影剧本。不管是不是如期完成，那个剧本足足让他冥思苦想了好几天。

第六章

艾特尔径直回到他那十四个房间的豪宅,吩咐管家若有人来访一律不见。他的秘书外出度假了,因此他通知了厂里的电话服务站,这两天他不在城里,有电话请他们代接。然后他在书房里坐下,开始闷头喝起酒来。家中的电话响了一个下午。他已不知喝了多少酒,只觉得那电话铃听起来声音都变了样。

事实上他不可能喝醉,因为另一个事实太令人清醒了,那便是四十八小时后他将面对调查委员会。"现在我自由了,"他对自己说,"我可以做自己想做的事。"然而这时他什么也想不起了,满脑子转的只是放弃执导《云彩啊》所造成的后果。毫无疑问,他和最佳影片公司的合同已经作废。但如果他顺从委员会的旨意,或许他仍可在别的制片厂找到工作。这也就是说,若他意气用事,那无异于他在未来五年里,将丧失几十万美元的收入。"不过,收入再多也没用,全得交税。"他这么想着。

直到他出席听证会接受调查的前夕,他仍未约见自己的律师,只在电话上对他短短地说了一句,他将在听证会前半小时在办公室里与他见面。艾特尔随后接通了电话服务站,开始一一了解有哪些口信。在他离开制片厂的三十六小时里,先后已有一百多个电话。但他听了一会儿便烦了。"只要把名字报给我就行。"他对代接电话的接线员说,甚至在她一一报出那些名字时,他都想不起他们是谁了。当她报到马里恩·费伊时,他打断了她。"费伊想干什么?"艾特尔问。

"他没留什么口信,只留了电话号码。"

"好的,谢谢。给我那号码,其余的等一会再说吧,亲爱的。"

艾特尔立即挂通了电话。一个小时后费伊赶来了。"想渐渐习惯独身生活吗?"他这样问候艾特尔。

"也许情况正是这样。"

费伊坐下来,掏出香烟,在他的白金烟盒上轻轻敲着。"昨天我见到多萝西娅,"他说,"她打赌说你会供出自己知道的人。"

"我不知道人们会拿我打赌。"艾特尔说。

费伊耸耸肩。"随便什么都可以打赌。"

"我倒很想知道,这是为什么?"

"想了解情况,只有这个办法。"

"那么,"艾特尔说,"你是怎么下赌注的,马里恩?"

费伊注视着他。"我押下三百元,赌多萝西娅会输。"

"或许你最好两头下注。"

"我宁可赌输。"

艾特尔好不容易坐回椅子里。"我听说了不少你在沙漠道尔干的好事。"

"那都是真的。"

"我可不喜欢那样。"

"这个以后再说吧。我只想对你说……"

"好吧,你想对我说些什么?"

费伊的声音有点失控。"我想说的是,要是我打的赌输了,那我们的交情就完了。"这话说得斩钉截铁,使他显得年轻了不少。

"马里恩!"艾特尔很想听到些吉利的话。

"我说的话算数。"费伊又重复了一遍。

"过去三年我们只见面三次，即使失去了，也不是什么大不了的交情。"

"那就一刀两断。"费伊说，他的声音有些颤抖。

这回答使艾特尔很受刺激。几年之前，马里恩是不会这样对他说话的。"我一直在想说出你的事。"艾特尔说。

"哎，"费伊咕哝着，"我了解你，查利，你不会供出别人的。"

"也许我会的。"

"为什么呢？为了使他们让你说更多的废话？"

"除此还能有什么？"艾特尔说。

"为什么你就看不出来呢？那就是十五年来你一直想知道的东西。"

"也许我是在愚弄自己。"

"这样就前程远大，是吗？那你只不过始终在煮泔水而已，直到你呜呼哀哉。"

艾特尔确实拿不准，要是那天费伊没来拜访他，他会如何出场做证。但经过一夜思想斗争后，第二天早上，他一走进律师的办公室，便满脸笑容、轻轻松松地说：我不想供出任何名字。"好像这是从一开头就达成的共识。"只要不坐牢就行，就这一条。"

"你肯定不会中途改变主意？"律师问。

"这次肯定不会。"

在此后的几个星期里，艾特尔一遍遍回想他面对调查委员会做证时的情景，因为他对此记得清清楚楚。他的表现，一如他自己所希望的那样，十分从容冷静，声音毫不失控。整整两个小时，他精神亢奋，巧妙地回避问题，做着简洁的答复，灵感不绝若有神助，从而打消了一切逆来顺受的念头。听证会一结束，面对蜂拥过来的大群摄影记者，他不慌不忙地走向自己的汽车，驾车扬长而去。时间已是下午一点,可他并不感到饥饿。他一边回想着听证会上的对话,一边驾车在山里转悠。车子在山路上盘旋,他亢奋的神经陶醉于轮胎发出的每一阵声音。

最后,那阵兴奋过去了。他几乎茫无知觉地开着车,沿着通往海滨的大道缓缓而行,并沿着海边慢慢行驶了几英里。在一片开阔的海滩上,他停下汽车,坐在了岸边,看那大海上长长的均匀的波浪,一层层滚滚而来,看那些冲浪者在海滩上嬉戏。他们都很年轻,不过十八至二十二岁光景,他们全身被太阳烤成了古铜色,头发的颜色则晒得淡了许多。他们伸开四肢躺在沙滩上,或互相摔跤,或打着盹儿,或望着半英里外的浪头,他们将在涌来的第一层浪尖上高高站立,努力平衡自己。他们将足踩冲浪板,伸展开双臂,冲在大浪前面。在他们冲上浅滩,没法继续驾浪时,他们便会从板上跳下,任凭潮头将冲浪板抛上沙滩。他们便会紧挨着躺下来,男孩们把头枕在女孩们的大腿上。艾特尔注视着他们,渐渐极感兴趣地观察起一位身材高挑、四肢浑圆、胸部丰满的女孩来。她离他不到十英尺,正独自站着,弓着背,掸拂着粘在头发上的沙粒。她似乎对自己及这项运动的活力充满了信心。"我一定要和这个女孩做爱。"艾特尔心想。他陡然间会产生这样的欲望,实在太异乎寻常,连他自己都有点吃惊。

"学习驾板冲浪很难吗?"他问那女孩。

"哦,那不一定。"她似乎只关心粘在头发上的沙粒。

"我可以请谁教我?"他又作试探。

"我不知道,你为何不自己试一试呢?"他可以感觉到她并没有对他做出积极反应,这使他脸上有一种很不舒服的刺痛感。

"要是你不帮我,我可能会淹死。"他眨眨眼说,那声音的魅力简直能打动死人。

女孩打了个哈欠。"找一块冲浪板来,有人会教你的。"

一位肩宽腿壮、黄头发乱蓬蓬的十九岁小伙子,从他们身边跑过,在她的大腿上拍了一下。"来吧,"他瓮声瓮气地呼唤着,他那紧凑的脸盘,犹如一块结实的肉,和他强劲的四肢正相般配。"哦,查克,等我赶上你!"女孩叫着,紧跟他跑下海滩。查克停了下来,她抓住了他,他们欢闹在一起。查克往她头发上撒沙子,她呵呵笑着。一会儿之后,他们又并排奔下海去,一起扎进水里,随即又探起身,朝对方泼起水来。

"我什么事都愿意干,"艾特尔对我说,"告诉她我的名字,告诉她我可以为她做什么事。"他停顿了一下,"但突然间我意识到我已经没什么赫赫声名了,我帮不了任何人的忙,什么事也干不了。那真是一种刻骨铭心的感觉。这么多年里人们一直盼着能有幸认识查利·弗朗西斯·艾特尔,可要与他相识,他们就不能不认识我。而现在,却只剩下我了。"他自逗自乐般地一笑。"那些玩冲浪板的年轻人看起来很像你。"他坦率地说,我于是明白了艾特尔喜欢我与他相伴的又一原因。

"我满怀内疚回到我的凯迪拉克轿车里,感觉就像个刚步入中年便决心蓄须的男人。一回到家,我便接到那个罗马尼亚女人的电话,她依然很忠诚。"艾特尔摇了摇头。"但在海边见过那个女孩之后,我知道自己无法继续保持与那罗马尼亚女人的关系了;尽管我对她的喜爱在那一刻最为强烈。但我非常清醒地意识到,我将很快陷于某种绝难料想的困境之中。我吩咐我的商务经理,委托他出售房屋,打发用人,自己则马上搭乘飞机去了墨西哥。"那天晚上在往南飞的机舱里,他稍稍瞥了一下报纸,见自己已上了头版。"他们必定在悻悻不已。"他想道,因为疲惫不堪,渐渐睡着了。

到墨西哥后,他在一处海滨胜地住下了,那地方看起来活像紧挨一道悬崖的沙漠道尔。对于这事件的各种反响接踵而来。成百的信件蜂拥而至：一份素食者协会的小册子，一封露露·梅厄丝影迷俱乐部主席的来信，对于露露早已与他离婚表示庆幸，有些是匿名信，有些是下流可憎的便函，也有表示祝贺的信件，甚至还有一封来自反烟草协会的私人信件，里面是一张从报上剪下的艾特尔在抽烟的照片，照片里的艾特尔已被红笔打上了圈。"艾特尔成了怪人。"他不禁想道，随即拆开他的商务经理的来信，这封信报告了关于拖欠个人收入税的坏消息。

"在墨西哥的日子过得还算不错，"艾特尔说，"但从另一方面看，却又糟透了。你只知道我现在的情况，也许不会相信，我过去一向是个大忙人，转眼之间却似乎什么事也干不了。"

我点点头。除了别的一切，我还听说过，艾特尔拍起电影来，常常会一天工作十八个小时。

"在墨西哥期间，有一两个星期，"他继续说着，"我开始觉得自己状态不佳。想想我这辈子已做的一切，你听起来或许会觉得奇怪，但我确实想起了在大学时代，我是如何经常梦想着有朝一日我要花几年时间四处游历，不时做点小小的冒险。当然这未免天真幼稚，但年轻的时候人人都会有那样的愿望。不管怎么样，我婚结得太早，当我在墨西哥想起这一切的时候，我似乎觉得自那以来我一直搅在自己并不真正想干的事情中。我开始想到我之所以会在调查委员会面前那样做，是因为我想给自己创造另一次机会。然而我不知道如何利用这次机会。是的，"他若有所思地说，"正是这一点使我状态不佳。"艾特尔露出了微笑。"不管怎么样，不管是赢是输，我终于不再垂头丧气。我尽量避开可能会遇到熟人的地方，并开始努力构思，不久就对多年来萦绕于心的一个小故事产生了浓厚兴趣。"他轻轻叩了一下身旁桌子上的那本手稿。"要是我能完成这个剧本，就可拍成一部出色的影片，足以弥补此前的一切缺憾。"他将手稿很快翻了一遍，"真遗憾我还得回到老行当。"

"比起在墨西哥，你在这儿似乎也没干多少事。"我说。

艾特尔点点头。"我知道这很可笑，但到了我这样的年龄，要找一个新的地方并不是容易的事。我希望能和了解我的人在一起。"他笑了一下，"瑟吉厄斯，我发誓一定要着手工作。这部电影一定得拍出来。"

"会有人资助你吗？"我问。

"那不是主要问题，"艾特尔说，"伦敦有一位我认识的制片人。我并不怎么喜欢他，但假如有必要，我会和他合作。我们通过信，他对我的构思很赞赏。在欧洲，我可以化名执导影片。最根本的是要写出一个好剧本。"他叹了口气，"只是，这并不那么简单。我感觉就像被……截了肢一样。你知道，我已经三个月没女人相伴了。"

艾特尔告诉我这些，倒使我对他更琢磨不透了。我过去一向认为，一个人了解自己是完全必要的，也许就因为我还根本不了解自己。我不知道艾特尔何以能如此清楚地谈论自己，却又能对此熟视无睹。我甚至纳闷，为什么我没对他多谈我的情况，他竟毫不在意；于是我觉得我们的友谊其实是微不足道的。在我辞别他回到位于小镇边缘我租住的小屋后，我便不再去想艾特尔，而常常沉浸在对往昔的回忆中。我想对他说起这些，想解释一些我自己说不清的事，但我没法说。我想不起是否曾说起过孤儿院，至少自进入空军以来没有说起过。我是那么强烈地希望能和别人一样，至少是那些成功的人。为了成功，我曾打入空军拳击锦标赛中量级的半决赛，并由此获得进航校学习的机会。在那儿，我每天夜里都在用功苦读，终于通过了飞行前的考试。在毕业之前，再没有比获得飞行胸章更重要的事了。

很难说当一名飞行员意味着什么。我有一些自信情义永存的朋友。在战斗中，我曾多次救过别的飞行员，他们也曾救过我的命，这是司空见惯的事。互相之间便建立起了情谊。我们知道别人之间的友情不可能像我们这般深，我甚至一度有了种找到家的感觉。

那个家不久便分崩离析。那一天我还能回想起来，还记得清清楚楚。事情不是发生在战斗中。和敌机作战是毫无人情味的，它就像所有不受个人感情影响的竞赛一样，只有完美的动作；我只觉得那不过是赢了一场比赛，而不是别的什么。我就像参加拳击比赛一样驾驶飞机，对于熟悉拳击术语的人我会说：我是个反击手。随着飞行次数越来越多，我便变得疲沓了，我们都是这个样子，但在我的一生中，唯有这个时期我感到满足，也不想上别的地方去。甚至在战斗中丧生，也算不了什么，因为谁愿离开空军，另外去找生活呢？我就从来没考虑过今后做什么事。

有时候我们会执行一些飞行任务，向亚洲的村庄投掷燃烧弹。我特别不喜欢这种使命，但我会忙于关注飞行技巧，驾机俯冲，将凝固汽油弹投向规定由我攻击的区域。我极少想到别的方面。从空中看来，城市起火倒是别有一番景象。

一天上午，我完成这样一次飞行任务后，走进军官食堂进午餐。我们当时驻扎在东京附近的一个机场。我们的一位日本帮厨，一个十五岁的男孩，刚刚因为锅中菜汤溅溢而烫伤手臂。像大多数东方人一样，他很能吃苦。于是他用一只手端送盘子，将那只受伤的手臂掩在身后，他鼻尖上冒着汗，频频朝我们点头，因为他稍稍耽误了我们的用餐。我不由得紧紧盯着他受伤的手臂，那烫伤从手腕直至肩膀，皮肤上布满了水疱。这位帮厨的伤令我不安。多年来我第一次开始想起我的父亲、那位驼背孩子以及罗斯修女对我的教诲。

午餐后我将那日本人带到一旁，并请厨师们给点儿丹宁酸药膏。厨房里什么药膏也没有，我就叫他们煮些茶叶，并用敷布包扎好他的手臂。但突然间，我想到两小时之前，我正忙于放火去烧十几个人，或几十个人，或甚至是上百个人。

不管我怎样竭力想驱散这念头，我却永远忘不了那日本男孩和他的手臂、他的笑容。对我来说并没有什么突发事件，但从此以后，我对多数飞行员的感觉全变了。我开始以一种新的眼光看待他们，我也不知道自己是否喜欢他们。他们属于一种类型，而我则是另一类。他们是货真价实的，而我却是个冒充者。我又记起了久已忘却的往事，便终日感到心烦意乱。这时我正面临一次重大抉择。我的飞行任务已经完成，服役也已期满。我得决定是否签约在空军中长期服务。我竭力想拿定主意，谁知心情却变得更抑郁，以致身心衰竭，不得不住进了医院。我的病情不重，却确实是衰竭。我卧床休息了七个星期，什么也没有多想。在能够起床之后，我得知自己不久便可出院。但这已无关紧要。飞行已变得十分艰难，我的反应能力已大不如前。他们对我说，我需要戴眼镜，这使我才二十二岁便体验到老年的滋味。但他们错了，我没有佩戴眼镜，虽然别的情况没有什么改善，我的眼睛却渐渐好了起来。在我久卧病榻的日子里，我回想起少年时代在孤儿院外曾读过的那些书，我设想了从空军退役后的生活，当我想到或许自己会成为作家时，我像见到了一线希望。

要实现这个目标，沙漠道尔或许不是个好地方，事实上，我在那儿几乎没写下一个字。但我还不想工作，我需要时间，我想在火热的阳光下享受一番。我不知道自己能否解释，我为什么不想感觉太多，思考太多。我有这样的看法：存在着两个世界。一个我称之为真实的世界，那便是战争，拳击俱乐部，小街陋巷里的孤儿院等等。在这真实的世界里,孤儿们在自相烧杀。这个世界最好不要去想它。我喜欢另一个世界,绝大多数人生活在这个世界,即虚幻的世界。

我写得太多了。冬季即将降临,我原先去宿醉宫拜访多萝西娅,去帆船俱乐部陪伴艾特尔的日常生活惯例行将改变。就在电影界人士大批拥来沙漠道尔后不到一个星期,我要说的小小故事差不多已经开始了。

第二部

## 第七章

冬季来临时,降了一些雨。雨虽不大,却足以催开沙漠里的花儿。这就把电影之都的许多人吸引来了。电影界人士挤满了各家旅馆,拥有房产的度假者纷纷住进别墅。街上出现了电影明星,还有赌徒、结成团伙的罪犯、模特儿、表演艺人、运动员、飞机制造商,甚至一两位画家。他们开着各种名牌小车而来:有豪华型凯迪拉克,有红宝石色敞篷车,有金黄色敞篷车,有小巧或硕大的外国名牌轿车。而对我来说,冬季的降临使我渐渐喜欢起住宅四周的墙壁来,墙壁使得住宅清静而安全。我有时会觉得,对于白天的游客来说,这小镇必定会搅得人晕头转向,他们驾车开过一条又一条街,得到的对这度假胜地的印象,正如进入办公楼却只见一条条走廊一样。

艾特尔还不适应这一变化。他已变得喜欢独处,人们在帆船俱乐部已不大见到他。有一天我来到他住处的时候,他卧室里的电话铃响了。我坐在小客厅里可以听到他的说话声。某位刚刚住进帆船俱乐部的人物,正在邀请他去拜访。他挂上电话出来时,我看得出他有点激动。"你想去见识一名海盗吗?"他哈哈笑着说。

"那是谁?"

"电影制片人,科利·芒辛。"

"为什么你称他为海盗?"我问。

"等你见过他再说吧。"

但艾特尔还是忍不住说了起来。我想定是他受到邀请后十分兴奋,不由自主话就多了。

芒辛是赫尔曼·泰皮斯的女婿,艾特尔说,而泰皮斯是最佳影片公司的总裁。芒辛娶了泰皮斯的千金,这婚姻使他成了电影之都最举足轻重的制片人之一。"倒不是说没有这一条他不可能成功,"艾特尔说,"什么也挡不住科利。"我早就听说,此人曾经干过不少行当:推销员、报社记者、无线电台的播音员、报界关系顾问、演员代理人、制片人助理,最后成为制片人。"有一段时期,"艾特尔继续说道,"他实际上做过我的勤杂员。我知道他的成功秘诀,那便是脸皮厚。对一位从来就不怕丢人现眼的家伙,你是挡不住他的。"

艾特尔开始换衬衫。看他挑选领带的样子,我看出他并不像自己所希望的那样漫不经心。"想知道他为什么要见我吗?"他大声说,"我估计他想从我这儿挖点主意。"

"那何必这么麻烦?"我问,"再没有比主意更廉价的东西。"

"这是他的手段。科利往往会想到点什么故事,可你还真的说不上来那是什么。某种模模糊糊的念头。然后他邀请一位失业作家共进午餐。他会听取那人的建议,他们一起讨论出点眉目。第二天他又邀请另一位作家赴宴。等到他和五六个人讨论过后,他就有了个完整的故事,于是他便指定某个他所供养的笔杆子,把剧本写出来。科利看过之后,便把剧本作为自己的创作卖给制片厂。哦,他真是聪明,真是狡诈,真有心计……"艾特尔说不出别的词儿了。

"是什么挡着他,没让他掌管制片厂呢?"我问。

"没什么东西挡着他,"艾特尔边说边套上一件夹克衫,"有朝一日他会操纵整个电影界。"随即艾特尔微笑起来。"不过首先他得学会怎样对付我,有时候我会给他添点儿麻烦。"

在他关门的时候,艾特尔又加了一句,"还有一条也会让他受挫。那就是女人,他现在正为此犯愁呢。"

"他到处拈花惹草吗?"

艾特尔看着我,那眼光似乎在说:对于电影之都的头面人物的心理,你还什么都不懂呢。"嗨,那倒也不,"他说,"科利要办的事太多,他得要尽手腕,时间就所剩无几了,不是么?此外,他娶了赫尔曼·泰皮斯的女儿做太太,再要搭几个情妇可不容易。甚至想找个妓女相好都难。他只是金屋藏娇,私下蓄养了个女孩,而她已惹得他在赫尔曼·泰皮斯面前够尴尬了。她是个技艺平平的舞蹈演员,成为他的情妇已好几年了。我还从未见到过她,科利会主动对你说起她给他造成的麻烦的。这种情况太常见了。她要他和妻子离婚,再娶她,而科利则让她相信他一定会这么做。可怜的科利,他实在不愿放弃任何东西。"艾特尔轻轻笑起来。"当然,这位相好也使他付出了不小代价。科利不在的时候,这小娇娘会外出寻欢作乐。与我合作过的几位演员和她都打过交道。他们对我说,她一上床简直令人销魂。"

"那对他来说不是太残酷了吗?"

"这我就不得而知了,"艾特尔说,"对科利来说这种事见得多了。他喜欢受点儿折磨。"

"听起来像个可悲的角色。"

"嗨,如果你那样去看,每个人都很可悲。科利的情况可并不坏,只要记住这世上没有人能像他那样就行。"

我们来到芒辛的平房前,艾特尔轻轻叩动粉红色门上的门环。片刻之后我听到有人跑来,门一下子打开了,我只看见一位穿晨衣的胖子的后背,他又急急奔去接电话,那件晨衣的下摆拍打着他的腿。他一边回头招呼:"进来吧,伙计们,自己先待一会儿。"一边与纽约的某个人通话,声调虽高,口气却很随便。他左手握着话筒,右手相当利索地为我们调着酒,不仅通过电话作业务洽谈,还在艾特尔介绍我时满脸堆笑向我致意。他身材中等稍矮,五官紧凑,鼻子上翘,一个圆滚滚的大脑袋连在圆滚滚的身子上,几乎没有脖颈,看起来活像个小丑。

酒调制好了,他眨眨眼,把它们递过来。他用腾出的右手捋着稀疏的头发。他的头顶中央显露出一片头皮,但他轻轻拍着头发将它遮盖了。随后他的右手从头上移到腹部,并谨慎地用手指捅着腹部,仿佛想查明那儿是否潜藏着痛楚。他显然精力十分充沛,我有这样的印象,因为你难得看到他在某个时刻只干着一件事。

艾特尔不无厌烦地坐下来,望着这位制片人仿佛做健美操般的动作发笑。电话终于挂上了,芒辛一下子站起身,满脸微笑,张开双手,向艾特尔走过来。"查利!"他叫着,仿佛艾特尔刚刚进门,他乍见之下十分惊喜的样子。"你看起来真棒。一向都好吗?"芒辛问,他空着的手又加在他们相握的两只手上。"我一直听说你,你可真了不起。"

"别提了,科利,"艾特尔笑着说,"从我这儿你可挖不出什么。"

"挖?亲爱的,我只想和你相伴。"他箍住艾特尔的脖子紧紧拥抱了一下。"你看起来真棒,"他重复了一句,"我一直在听人说,你那部手稿妙极了。大作完成后我很想拜读一下。"

"为了什么呢?"艾特尔问。

"我想买下来。"他那口气仿佛从艾特尔手中买任何东西根本不成问题。

"买我的作品,不得先看手稿。"

"那我就不看先买。只要是你写的,查利,我就不看先买。"

"就是莎士比亚的作品,你也不可能不看先买。"

"你以为我在开玩笑。"芒辛十分遗憾地说。

"别提它了,科利。"艾特尔又说。

芒辛说话的时候,他的手不断地碰着艾特尔,拧拧他的肘部,拍拍他的肩或是捅捅他的肋骨。"查利,你的手稿别给任何人看。就好好地写,别担心你的处境。"

"把你贪婪的小手挪开点,你知道我要亲自拍这部片子。"

"那是你的风格,查利,"芒辛意味深长地点点头说,"那正是你一贯的作风。"

他讲了个笑话,又说起一些闲言碎语。他那双手老在艾特尔身上点点戳戳,这些动作令人想起某部影片中一位胖胖的私人侦探搜查一醉鬼的情景。于是艾特尔从他身边走开,大家全坐了下来,互相注视着。稍稍沉默之后,芒辛宣称:"我已构思了一部极妙的影片。"

"那是拍什么的?"我问,艾特尔却只是做了个鬼脸。芒辛提到了某部著名的法国小说。"那位作家对于性无所不知,"芒辛说,"我再也不可能有重涉爱河的感觉了。"

"你为什么不拍萨德[①]的生平呢?"艾特尔慢吞吞地说。

"要是我能想出极妙的点子,你以为我会不拍吗?"

"科利,"艾特尔说,"坐下来,给我说说你真正构思好的故事。"

"我什么也没有,只想听听建议。对于拍那些千篇一律的老掉牙的东西,我实在腻透了。在这个行当,每个人都有着对艺术的追求。"

"可是绝对地厚颜无耻、肆无忌惮。"艾特尔得意地说。科利露齿一笑。他朝一侧昂起头,像个受到叱责的下人,一脸狡诈相。

"你就是天生爱夸张。"芒辛说。

---

[①] 萨德(Marguis de Sade,1740—1814),法国作家,著有长篇小说《美德的厄运》《朱莉埃特》等,以描写性倒错著称,曾因变态性虐待行为多次遭监禁。

"可谁也挡不住科利。"

"我喜欢你。"

芒辛又为我们倒上了酒。他的嘴唇上像婴孩一般布满了汗珠。"好啦,你的近况如何?"他问。

"还不错,科利。你的情况又怎样?"艾特尔语调平淡地问。我因对他相当了解,知道他此时正怀着十分的戒心。

"查利,我的私生活很糟糕。"

"你的妻子?"

芒辛凝视着空中,他那坚毅的小眼睛成了满身脂肪中有骨头的唯一标志。"唉,我和她之间永远是那副样子。"

"那又是什么事,科利?"

"我已决定甩开我的女友。"

艾特尔大笑起来。"是该甩了。"

"哎,别笑,查利,对我来说这很重要。"

芒辛说得这么坦率,我有点吃惊。他认识我不过一刻钟,却随口说起此事,好像只有艾特尔一人在场似的。我后来还听说,芒辛和电影之都的许多人一样,能够在从事业务活动时公然谈论自己的私生活,一边却神不知鬼不觉地刺探情报。

"你不会真的把她甩开吧?"艾特尔轻描淡写地说,"到底是怎么回事,是不是泰皮斯下了最后通牒?"

"查利!"芒辛说,"对我个人来说这真是个悲剧。"

"我想你是爱上那女人了。"

"不,现在我不会这么说。这很难解释清楚。"

"哦,这一点我相信,科利。"

"我很担心她的未来。"芒辛说,他的手指又在捅自己的腹部。

"据我所知,她会过得好好的。"

"你听说了什么?"芒辛问。

"没什么,只不过——她与你相好之后,自己也仍在消遣玩乐。"

芒辛圆圆的脸上写满了宽容与遗憾。"我们生活在充满流言蜚语的社会。"他说。

"原谅我,科利。"艾特尔喃喃地说。

芒辛站了起来。"你不了解这女孩。"他大声地说。这突然的变化使我一时难以理解。"她是个孩子,她是个漂亮、温情又单纯的孩子。"

"那你就是漂亮、温情又单纯的父亲。"

"我曾经保护过你,查利。"芒辛说,"我曾保护你免受流言伤害,那些流言甚至你自己也不愿意听到。现在我开始觉得我错了。我开始觉得你已彻底堕落,一无是处了。"

"老老实实的堕落,我不想装作圣徒。"

"我并没有说我是圣徒,"芒辛又大声叫道,"但我有感情。"他转身朝向我:"在你看着我这么个人的时候,你见到的是什么?"他问道,"你见到一个喜欢扮演小丑角色的胖子。但这就意味着我没有人的感情吗?"

此时此刻,他一点也不像个小丑。他温和高亢的嗓音宽广而深沉。他站在我们面前,给我一种印象:他很有些力气。"好吧,查利,"他说,"我知道你怎样看待我,但我仍想说几句。我也许只是个商人,而你可能是位艺术家,我很钦佩你的才华,非常钦佩,但你是个冷漠的人,我却有感情,这就是你没法理解我的原因。"

在芒辛作这番指责的时候,艾特尔却只管埋头抽烟。随后,他不动声色地掐灭了烟头。"你请我来,为的是什么,科利?"

"为我们的友谊。难道你不明白这一点?我想听听你的苦恼,也想对你说说我的。"

艾特尔稍稍前倾，宽宽的身子耸立着。"我没有什么苦恼，"他微笑着说，"听听你的吧。"

芒辛松了口气。"在这种事上，总有些恩恩怨怨。要嗤笑那女孩并不难，"他说，"我自己就曾嗤笑过她。我最初搭上她的时候，心想，不过是又一位夜总会舞女而已。一位有着炽烈拉丁血统的热情的意大利宝贝。喔，这其中的恩恩怨怨，就一言难尽了，查利。她也许谈不上有多少才华，而且她显然出身贫寒。"他朝我看着。"我一向对女人充满偏见。"芒辛谦和地说，"你知道，我一向只喜欢那些高雅卓越的女子，我得承认，在这方面我仍觉得埃琳娜有点美中不足。她比不上我所认识的另一些女人，但这并不影响她那极浓的人情味。"

"但你仍想甩开她，"艾特尔说，"你想甩开一个极富人情味的女孩。"

"我们这样下去不会有什么结果。我承认，要知道，我承认是我的错。我像电影界的任何人一样，在这类事上是个懦夫。"

"因此，像别的懦夫一样，你对于一再拒绝她的结婚建议感到厌倦了。"

"埃琳娜不会耍花招，"芒辛肯定地说，"想听我说点儿什么吗？就在几天之前，我想给她一千美元。她不要。她求我娶她已不止一次了。她不是那种耍蛮要挟的人。问题便在于我一想到她跟着我不会有什么结果，就受不了。"

"赫尔曼·泰皮斯对此也受不了。"

芒辛没有计较这句话。"让我再说说她的情况吧。这是个因流言中伤而身心尝过痛楚的女孩，却富有感情，对爱一片赤诚。"他的话说得严密而明确，就像个刑事辩护律师，努力在吸引陪审团所有成员的注意。"我曾请我的精神分析医生把她送到他的一位朋友那儿，但这毫无用处。她没有足够的自我意识，精神分析无法对她施加影响。问题就是这么严重。"芒辛伸出他壮实的手掌，似乎想吸引我们的注意。"就以我和她的相识为例吧。那是在我组织的某次义演活动中，她作为临时补缺的舞蹈演员。我在舞台一侧见到她，已穿戴好，正准备上场。活脱脱是位卡门。只不过是位因怯场而颤抖的卡门。"芒辛看着我们说，"她紧紧拉着同伴的手，几乎要把那只手扯断了。'这人正遭受折磨，'我对自己说，'一位像动物一样狂野又敏感的女孩。'然而一上舞台，她便放松了。她的弗拉门戈舞①跳得不错。发挥不算稳定，但有才华。演出之后，我们交谈起来。她对我说，在演出的日子，她甚至连一片面包都吃不下。我说，我相信自己能帮她解决点问题，她就像只小狗一样显得十分感激。我们就是这样认识的。"芒辛的声音充满了感情，"你，艾特尔，估计你会说这是圈套。但我说这是件敏感的、令人伤心的、充满种种痛苦的事。她是个受尽心灵创伤的女孩。"

听芒辛这样娓娓道来，我有种感觉，他对她的描述，就像在电影故事讨论会上分析女主角的形象，而这样的讨论会往往比据此拍成的电影更多意趣。

"你得操心与意大利人有关的事了。"芒辛给我们上起课来，"我没法细说我所学到的东西，女人的极微妙的感情，好在我是个很开明的人。譬如说吧，如果在饭店进餐时是一位黑人侍者照应她，她总会觉得他对她显得过分亲热。我对她分析了这类问题，指出对黑人持有偏见是十分错误的，而她马上就理解了。"

"诸如此类。"艾特尔说，一边用手指打了个榧子。

---

① 弗拉门戈舞，西班牙吉卜赛人的一种民间舞蹈，其动作特点是快速旋转和拍手顿足。

"去你的,查利。"芒辛边说边很快扭动了一下身子,"你知道我说的是什么意思。她为自己的偏见感到惭愧。埃琳娜是这样的人,她恨自己身上存在的任何卑鄙的东西。她全身心受着激情支配,想成为更高尚更宽宏大度的人,完全受激情支配,你能理解么?"他挥动着拳头。

"科利,我真的觉得你很苦恼。"

"就说她的放纵行为吧。"芒辛继续说着,似乎没听见艾特尔的话,"她这个人,爱她的丈夫,也爱别的年轻人,那是种真诚健康成熟的关系。你以为她去与别人约会,我就不当回事吗?但我知道这是我的过错。我该受谴责,我会爽快地承认这一点。我又能给她什么呢?"

"那别的人能给她什么?"艾特尔插了一句。

"问得好,好。是你问的,很好。我来告诉你,查利,我不赞成双重标准。女人应该有自己的自由,应当享受和男人一样多的权利。"

"我们为什么不建立个俱乐部呢?"艾特尔嘲弄地说。

"我曾经竭力帮你说话,艾特尔。在《云彩啊》拍摄中断时我曾请求赫尔曼·泰皮斯不要解雇你。难道你就这么不领情,还要我来提醒,我曾多少次帮你争取到了你想拍的影片?"

"然后你又把它们说得一无是处。"

"我们有过分歧和争论,查利,但我向来是把你当作朋友的。我不在乎现在我们之间发生了些什么,这决不会影响我对你的态度。"

艾特尔微微一笑。

"我很想知道,"芒辛双手往膝盖上一搁,"我这样介绍了埃琳娜之后,你对她有什么看法?"

"我觉得你配不上她。"

"听你这样说我很高兴,查利。这说明我已经把她的人品讲清了。"芒辛稍停片刻,将他晨衣的束带松开一些。"要知道,就在一个小时之前,我刚刚对埃琳娜说过,我和她的关系不能再继续下去。"

"一个小时之前!"

芒辛点点头。

"你的意思是,她就在这儿?"艾特尔问,"在这小镇上?"

"是的。"

"你把她带到这儿来,在这儿甩开她?"

芒辛开始在房间里踱步。"我并不是有意的,我好多次外出旅行都是带着她的。"

"就让她住另一家旅馆?"

"嗯,我已向她解释了情况。"

"你太太什么时候到?"

"她明天到这儿。"芒辛擤了一下鼻子,"我没料到事情会变得这样。已经好几个月了,我明白和埃琳娜的关系不能继续了,但没料到会在今天。"

艾特尔摇摇头。"你要我干点儿什么?开导她、照顾她?"

"不,我的意思是……"芒辛显得很痛苦,"查利,她在这地方一个人也不认识。"

"那就让她回城里去。"

"想到她一人独处,我便受不了。谁知道她会干出什么事来?我都急得快要发狂了。"芒辛盯着自己手中揉成一团的手帕,"埃琳娜自己说过,我们应该分手,我知道她心里的意思。她只会责怪自己,她会觉得她配不上我。"

"这是明摆着的事实,不是吗?"艾特尔说,"你就是这样想的。"

"好吧。我是个卑劣的家伙,我一无是处。"芒辛走到艾特尔面前停住了,"查利,我记得你曾经说过,这是你的原话,你说你年轻的时候老是想着怎样搞到女人,而现在你想的是怎样摆脱女人。"

"那是我吹牛。"

"你就不能发发慈悲?"

"对你?"

"你能不能去看看她?"

"我还不认识她。"艾特尔说。

"可以把你作为我的朋友介绍给她。"

艾特尔警觉起来。"告诉我,科利,"他说,"这便是两星期前你借钱给我的原因吗?"

"什么钱?"芒辛问。

"你不必担心瑟吉厄斯,"艾特尔说,随即便大笑起来,"我真替你害臊,两千美元对卡莱尔·芒辛来说,可是一大笔钱,用来让一位落魄失意的导演接手他甩掉的女人。"

"查利,你是个邪恶堕落的家伙。"芒辛大声说道,"我借你那笔钱,因为我把你当朋友,我总不必提醒你吧,你说话实在应当慎重一点。要是这话儿传开了,我在这儿可就会遇上麻烦,"这位制片人伸出手指指着自己的喉咙,"我现在只担心埃琳娜,让这位年轻人做证吧,要是她有个三长两短,你也有部分责任。"

"你真是得寸进尺,科利。"艾特尔刚开始说话,却被芒辛打断了。"查利,我决不是开玩笑,不能让那女孩独自待着。我说过我无可指责的话吗?你看该怎么办?放我的血?总得想个办法。"

"把她交给马里恩·费伊。"

"你真是铁石心肠,"芒辛说,"有人正痛苦万分,你却说这种话。"

"让我去见她。"我不假思索地脱口说道。

"你是个挺帅的小伙,"芒辛直率地说,"但这事你应付不了。"

"不关你的事。"艾特尔厉声对我说。

"甚至这位年轻人都愿去,"芒辛说,"查利,告诉我,你的同情心丧失殆尽了吗?是否还剩几许?或许你已老得没法应付一位真正的女人?"

艾特尔仰靠在椅背上,眼睛盯着天花板,两腿摊开着。"好吧,科利,"他慢吞吞地说,"好吧。贷款出去总该有回报,我会陶醉于你的女孩的。"

"你真够朋友,查利。"芒辛的嗓音都有点沙哑了。

"要是你担心的事发生了怎么办?"艾特尔慢吞吞地说。

"难道你是个施虐狂?"芒辛说,"我甚至没有设想过那种情况。"

"那么在你想来会怎么样?"

"你会喜欢上埃琳娜,她也会喜欢你。见到像你这大名鼎鼎又仪表堂堂的男人也欣赏她,这会使她非常高兴。"

"哦,天哪。"艾特尔说。

电话铃响了。

芒辛想再说上几句,似乎他害怕艾特尔会改变主意,但电话铃声太搅人了。就听任接线员去处理吧,反正它会停止,它会静下来,然后再响起来的。

"去接电话。"艾特尔烦躁地说。

芒辛将话筒夹在颌下,准备再调制点酒,但从听筒里传出的声音使他停止了一切活动。我们听见一个女人在狂笑大叫,她的恐惧在整个房间里震颤。那声音里有着太多的惊恐和痛苦,以致我震惊得只能呆呆地盯着地板。一声哭喊传来,在那份孤寂凄清中显得如此突兀喧闹,我简直承受不了。

"你在哪里,埃琳娜?"芒辛对着话筒厉声喊道。

一阵发作过去了,可以听见低低的啜泣声。"我马上就过来,"芒辛说,"你待在那儿别走开。你待在那儿,懂吗,埃琳娜?"他挂上电话时,已经在穿裤子了,并飞快地扣上纽扣。

艾特尔脸色变白了。"科利,"他好不容易才说出话来,"你要我一起去吗?"

"她在旅馆的房间里,"芒辛从门口回头说,"等一会我会打电话叫你。"

艾特尔点点头坐下了。芒辛一走,我们便陷入沉默。过了几分钟,艾特尔站起来,调了两杯酒。"多么可怕的事。"他喃喃说道。

"一个男人怎么会,"我问,"和这样的女人相处,这么……这太难对付了。"

艾特尔抬起头来。"只要有点儿同情心,瑟吉厄斯,"他说,"你认为我们是自己在挑选伴侣吗?"他郁郁不乐地低头啜了一口。"我真不知道与这个人相处会有什么样的结果呢。"他几乎是在自言自语。

时间一分一秒地过去,我们便一直坐在那儿,喝着卡莱尔·芒辛的酒。渐渐地,下午过去了。看来再待下去没什么意思,但离开却又不妥。屋外只见悬在沙漠上空的太阳。"实在太令人沮丧了。"喝过五六杯酒之后,艾特尔满脸苦笑着说。我似乎觉得,他的脸一定麻木了。他缓缓地、不无快意地拍着自己头上的秃顶。"想知道科利这事情进行得怎样吗?"稍稍停顿后,艾特尔问。

仿佛是对此的回答,外面传来了敲门声。我走过去开了门,一位上了年纪的人用肩膀把我挤到一旁,径直进了起居室。"卡莱尔在哪里?"他并没有对着谁发问,我只好跟在他后面。

艾特尔站了起来。"噢,泰皮斯先生。"他说。

泰皮斯颇含敌意地瞟了他一眼。泰皮斯身高体胖,头发银白,面色红润;但即便穿着雪白的夏装,系着人工彩绘的领带,他依然毫无吸引力。那张脸除了皮肤因日晒而呈棕褐色外,别的就不敢恭维了:双眼细小而眼袋松垂,鼻子扁平,下巴陷在肿胀的脖颈里。那样子看起来活像只牛蛙。他说起话来声音细微而嘶哑。"好哇,"他说,"你待在这儿干什么?"

"你知道吗,"艾特尔说,"这个问题问得好。"

"科利真成个人物了,"泰皮斯这么说着,"我不明白他为什么要见你。我甚至都不要呼吸一个颠覆分子呼吸过的空气。你知道那部《云彩啊》让我损失了多少吗?"

"你忘了我为你赚过多少钱……赫尔曼。"

"哈,"泰皮斯说,"现在他叫起我的名字来了。他们都离开我,在社会上步步高升了。艾特尔,我曾警告露露要提防你。和一名优秀的美国年轻女演员结婚,一个条件比你好得多的女孩,你只不过往她的芳名上泼了烂泥脏水和污秽而已。要是有人看见我和你说话,我会为此感到耻辱。"

"你应当感到耻辱,"艾特尔说,"露露是个很不错的美国女孩,你却让我使她成了个大众娼妓。"他的声音冷冰冰的,但我能感受到,对他来说,和泰皮斯对话很不容易。

"你的嘴很脏,"赫尔曼·泰皮斯说,"别的更一无是处。"

"别这样和我说话,我已不再为你干活了。"

泰皮斯踮起脚前后轻晃,仿佛在积聚能量。"如果我靠你的影片赚了钱,我会感到耻辱。五年之前我曾把你叫进办公室,告诫过你。'艾特尔,'我说,'任何人想要冒犯这个国家,都只会落得可耻的下场。'那就是我说的话,但你听进去没有?"他伸出手指挥动着,"你知道在制片厂里他们是怎么说的吗?他们说你会东山再起,重振你的事业。但没有制片厂的帮助你什么也干不成。我已让大家明白了这一点。"

"来,瑟吉厄斯,我们走。"艾特尔说。

"等一下,你!"泰皮斯对我说,"你叫什么名字?"

我对他说了。我说这名字时带着爱尔兰的拗口声调。

"像你这么个英俊的小伙,干吗取那么个怪名字?你该改个名。约翰·亚德,你应该取那样的名字。"他上上下下打量我,仿佛他在买一匹布似的。"你是谁?"泰皮斯说,"你是干什么的?希望你不至于是个流浪儿。"

要是他有意要刺激我,那他算是成功了。"我过去在空军服役。"我说。

他眼中一亮。"是飞行员?"

艾特尔正站在门口,他灵机一动,想开个玩笑。"你是说你从未听说过他,赫尔曼·泰皮斯?"

泰皮斯谨慎起来。"我不可能什么事都知道。"他说。

"瑟吉厄斯是个英雄,"艾特尔很有想象力,"他曾一天击落四架敌机。"

我根本没机会插话。泰皮斯微笑着,似乎得知了什么极有价值的事。"你的父母必定为你感到非常自豪。"他说。

"我不知道,我是在孤儿院里长大的。"也许我的嗓音有些颤抖,因为我看见艾特尔的脸色变了,显然他明白我说的是实话。我感到很懊丧,居然这般轻易地袒露实情。但我向来便是如此。好多年里心中守着秘密,却像吐一口咖啡似的把它吐露出来。也许是泰皮斯使得我吐露了这一秘密。

"是个孤儿,"他说,"我感到惊奇。你可知道,你是个非常引人注目的年轻人?"他和蔼亲切地微微一笑,并朝艾特尔看着。"查利，你过来，"他沙哑着嗓音说，"你干吗那么激动？你以前听到过我这样说话的。"

"你一贯粗暴无礼，赫尔曼。"艾特尔站在门口说。

"粗暴无礼？"泰皮斯像位慈父一般将手抚在我的肩膀上，"哎呀，就是对我的看门人我也不会粗暴无礼。"他笑了起来，而后又咳嗽了几声。"艾特尔，"他说，"卡莱尔出了什么事？他上哪儿去了？"

"他没有告诉我。"

"我再也没法理解别人了。你是个年轻人，约翰尼[①]，"他指着我说，仿佛我成了泥塑木雕似的，"你对我说说，这一切是怎么回事？"但我还没来得及回答，他又说了起来。"在我们那时候，男人一结婚，选准了对象就很幸运，否则就倒霉，但不管怎样他是娶亲成家了。我当了三十二年丈夫，愿我那位的在天之灵得以安息，她的照片始终供在我的办公桌上。你能说这话吗，艾特尔？你的桌子上摆的是什么？都是些美女像。我再也见不到尊重社会责任的正派人了。我告诫过卡莱尔。结果怎么样？他只知放纵。正是这样一个人，我女儿却一定要嫁给他，嫁给他这么个东躲西藏死抱住个破烂舞女不放的傻瓜。"

"我们人人都有自己的癖好，赫尔曼。"艾特尔说。

这句话使泰皮斯十分恼火。"艾特尔，"他大叫起来，"我讨厌你，你也讨厌我，但我仍努力和每个人好好相处。"他随即平静下来，并仔细打量了我一番。"你是干什么的？"他又问我，就像刚才没听到我的答复一样。"你是演员吗？"

"不是。"

"我知道。再没有英俊潇洒的人来当演员了，尽是些丑陋猥琐、

---

[①] 约翰尼（Johnny），约翰（John）的昵称。

獐头鼠目的家伙。"他清清喉咙，发出几下吠叫似的声音。"喂，约翰尼，"他继续说，"我喜欢你。我会让你时来运转。明天晚上有个小小的聚会，是我特意为在这儿的本公司员工举办的，请你光临。"

他一发出邀请，我便明白自己很想去参加。住在沙漠道尔的人，这几天个个都在谈论这即将举行的聚会；而且，这是我在这度假胜地受到邀请参加的第一个盛大聚会。但我立即恼怒起自己，因为我几乎忘记了艾特尔，而差点儿应允下来。于是我告诫自己，我不能撇下老朋友，要是泰皮斯想邀请我，而我不明白其中原委，我得设法让他同时邀请艾特尔。

"我不知道我是否愿意单独赴会。"我对他说，我很满意自己的口气十分平淡。

"带个女孩来，"泰皮斯出了主意，"有没有心上人？"

"称心的人儿不容易找，"我说，"我驾驶飞机耗去的时光太多了？"

我对于赫尔曼·泰皮斯的直觉似乎在起作用。他明智地点点头。"这原因我懂了。"他说。

"我在想查利·艾特尔会帮我找个女孩。"我补充说。

一瞬间我觉得自己失策了，泰皮斯居然大发雷霆。他怒气冲冲地瞪着我们。"谁邀请艾特尔啦？"他狂怒地吼着。

"你没有邀请他？"我说，"我以为你或许已邀请他了。"

泰皮斯不知哪儿来的自制力，居然和蔼地微笑起来。"约翰尼，你是个很重情义的朋友。你很有胆量。"几乎是转瞬之间，他便对艾特尔说："告诉我，艾特尔，凭良心说，你是不是赤色分子？"

艾特尔没有立即回答。"你什么都知道，赫尔曼，"他终于喃喃地说，"为什么还要问呢？"

"我知道！"泰皮斯吼道，"你的一切我都知道。可我永远不明白你为什么弄得自己这样丢脸出丑。"他扬起了双臂。"行了，行了，我知道你内心是清白的，来参加我的聚会吧。"泰皮斯摇了摇头。"只是，帮我个忙，查利，别说是我邀请了你，就说是麦克·巴伦泰恩邀请的。"

"这算是什么邀请啊。"艾特尔答道。

"你还这么认为，嗨，别吹毛求疵了，懂我的意思吗？过几天去找找政府，把自己的事说清楚，那样的话或许我们还可以共事。我并不反对和自己不喜欢的人一起赚钱。这是我的座右铭。"他紧紧地握了握我的手。"同意我的看法吗，约翰尼？那便是入场券。愿明晚见到你们两位。"

开车回艾特尔寓所的一路上，我的心情格外舒畅。看来泰皮斯对我十分青睐。我甚至激动得对艾特尔大谈特谈自己第一次独自驾机时的感受。随即我意识到，我越谈得多，就会使他变得越沮丧。于是，为了改换话题，我匆匆忙忙随便想到什么便问："我们受到了邀请，你觉得怎么样？也许，在你露面的时候，那些人脸上会有一番小小的吃惊呢。"我又笑了起来。

艾特尔摇摇头。"他们或许会说，我已经私下里向调查委员会交代过了，否则，泰皮斯怎么会允许我出席？"随即他对这种灰心丧气苦笑了一下。"老弟，"他模仿我的口气说，"难道你不是得占尽上风出人头地吗？"但在这个想法上有太多的东西引人思考，车子到达目的地之前我们谁也没再说话。最后艾特尔猛地停下了车。"瑟吉厄斯，我不打算出席那个聚会。"他说。

"好吧，要是你不想改变主意……"我很想去参加，也有所准备，但艾特尔不去的话可就为难了。在那儿几乎所有的人我都不认识。

"你今天表现得不错，"他说，"你去吧，你会感到高兴的。但我不能去。我曾经给泰皮斯当助手,干了好多年。"我们走进屋里,艾特尔一下子瘫坐在扶手椅里,双手按在前额上。那部手稿就在他旁边的茶几上。他拿起手稿,很快翻了一下,便把它扔在地上了。"别告诉任何人,瑟吉厄斯,"他说,"这部手稿写得糟透了。"

"你能肯定吗?"

"我不知道。我总是定不下心,没有足够的时间来读它。"他叹息道,"要是我把它完成了,到时你能不能提醒我,想想今天我们这场谈话?要知道,我一直想努力记起,过去稿子写成的时候,我是否也像这样沮丧。"

"我会提醒你的。"我说。

一会儿之后,芒辛给艾特尔来了电话。他说,埃琳娜没问题了。她已睡觉了。今晚他会照顾她。但他请求艾特尔第二天前去,好好陪伴她一阵。

艾特尔说他会去的。电话讲完后,他的双眼闪烁着光芒。"你知道么,"他说,"要是我接纳了科利的女友,我就几乎可以心安理得地去与泰皮斯周旋了。"

"科利的女友怎么办?"

"那将是让她摆脱芒辛先生的最佳办法。她会发现我这位新相识一个晚上为她做的事,比他三年里所做的还多。"

"你想到了什么主意?"我问。

"再好不过的主意,我将带她去泰皮斯的聚会。"艾特尔说。

## 第八章

  为了举行聚会，赫尔曼·泰皮斯在帆船俱乐部包下了拉古纳屋。但那根本就不是一间屋。拉古纳屋是个露天场所，漆成与全帆船俱乐部一致的柠檬黄色。它和露天咖啡馆一样，有一汪形状不规则的水池，蜿蜒在桌子间，环绕舞厅一角，终止于酒吧后面。当成串彩灯亮起时，满池的水便会映耀得恍若番茄花色肉冻、酸橙果冻、白花花的清炖肉汤和夜半色泽深黑的墨水。水池中有个长不过二十英尺的小岛，上面搭了个音乐台，乐队便在那儿演奏舞曲。这就避免了酗酒者的捣乱。否则，他们很可能借醉逞能，也来击鼓弄笛，吹打一番。

  由于晚会是赫尔曼·泰皮斯出面举办的，帆船俱乐部的经营者添加了设施，以刻意营造传统的氛围。一盏巨大的探照灯将光柱高高射上夜空，探照灯的角度安置得恰到好处，不致刺灼宾客们的眼睛。一组组聚光灯和泛光灯经过精心布置，使晚会看起来就像是在电影拍摄现场举行。甚至，还不惜工本架设了木制的升降机支臂，上面安装了一只巨大的制型纸板做成的摄影机，由一位身着无声电影摄像师服装的青年侍者操纵。这位年轻人将帽子推到了后脑勺，一条灯笼裤的裤管也卷到了膝盖之上。整个晚上这架摄影机一直在升降机支臂上东旋西转，有时下降到几乎贴着水面，有时又高高升起，在色彩斑斓的拉古纳屋投下一条长长的影子。

  我在入场时遇到了麻烦。晚上早些时候，艾特尔出去接埃琳娜，到十一点钟仍不见回来。于是我决定独自前去。我穿上了饰有勋带的空军制服。在拉古纳屋的入口处,临时设了关卡,站着一位事务长打扮的男人,在检查核对来宾。但在宾客名单上没有我的名字。

我说:"也许把我的名字写成了约翰·亚德。"

事务长的名单上也没有约翰·亚德。

"查利·艾特尔有没有?"我问。

"艾特尔先生列入了名单,可你得与他一块儿入场。"

但最终还是事务长发现了我的名字。在最后添加的名字中,泰皮斯把我写成了"沙姆斯某某",于是,我就顶着"沙姆斯某某"之名,出席了泰皮斯的聚会。

在事务长身旁,有两张相对摆放的长沙发,上面坐了六个女人。她们的穿着十分奢华,而她们的精心化妆则弥补了诸如薄嘴唇、小眼睛、鼠灰色头发等种种缺陷,从而使她们嘴唇丰满、面容俏丽、发式新奇且呈金黄或棕栗之色。她们三个对三个,仿佛躲在彩色盾牌后的武士,直挺挺地正襟危坐,表情漠然,面对面聊着天。我朝她们点点头,不知道该做自我介绍还是走过去,这时,其中一个女人抬起头来,以粗哑的嗓音发问:"你是与马格纳姆公司签过约的吗?"

"不是。"我说。

"哦,我把你当作另一位了。"她说完便移开了目光。

她们在谈论各自的孩子。我估计,后来得到艾特尔的证实,她们便是那些大人物或一心想成为大人物者的夫人们,她们的丈夫自顾去拉古纳屋里攀附结交,将她们撇在脑后了。

"你的意思是,加利福尼亚没有什么好?"其中一位大声嚷嚷,"对孩子来说那地方可是太棒了。"

每当有男人走过,她们便尽量不加理睬。我意识到因为自己走过时笑得不得体,显出不知是否应与她们攀谈的样子,结果反衬出她们的尴尬处境,从而极不讨好地帮了倒忙。有几个男子跟在我后面进来，他们或不朝她们看而径直走过，或稍稍驻足简短然而热情地献一番殷勤。这番殷勤表现往往是这样的：

"卡罗琳！"那男子会叫起来，仿佛他不相信竟会在这儿遇上她，因而激动万分。

"米基！"其中一个女人也叫道。

"你是我最爱慕的人。"男子会握着她的手说。

"你是我认识的唯一的男子汉。"被丈夫撇在脑后的这位夫人说。

米基便会微笑起来。他会摇摇头，他会紧握住她的手。"要是我不知道你是在说笑，我会当真的。"他说。

"可别过分相信我在说笑哟。"这位夫人说。

米基便会挺直身子，松开她的手。接着是阵沉默，米基会喃喃自语："多么不可思议的女人。"然后，他会用一种相当实际、用以结束对话的口气，这样问："孩子们好吗，卡罗琳？"

"他们都很好。"

"那太好了，太好了。"他开始挪动脚步，并对那些女人一笑。"我们得聚在一起好好聊聊，你和我。"米基会这样说。

"你知道可以在哪儿找到我。"

"你真会哄人，卡罗琳。"米基会随便搪塞一句，旋即消失在人群里。

在整个拉古纳屋，只要有长沙发，上面必定坐了三位太太，像那样在消磨时间。由于许多男人没带女人来，结果，男人只好与男人聚在一起。他们一伙伙站在水池边，舞厅旁，咖啡桌前，或围在酒吧附近。我端起一杯酒，在人群中四处转悠，想找个女孩聊聊天。但所有的漂亮女孩四周都围着人，更多的男人则拥挤着，在听某位电影导演或某位制片厂主管胡吹。而我又不知道怎样插进去交谈，他们又都那么不愿搭理陌生人。我在想，我的模样和军装总不至于有损形象吧,可大多数女孩似乎就喜欢和那些脑满肠肥或骨瘦如柴的中年人交谈。收获最丰的是位大腹便便的德国电影导演,他两臂各搂着一位年轻女明星的腰。其实我并不是那么迫不及待。我非常清醒,眼前的事实明摆着,在一堆堆男人之间转悠显然容易得多。

在酒吧一角,两张桌子及水池一弯细流的末端形成的隐蔽处,我发现詹宁斯·詹姆斯正在对几个没什么名气的男演员说笑话。詹詹信口乱侃,银框眼镜后面一双眼睛暗淡无光。他讲完后,有人接着说,每个笑话都和前面的大相径庭。稍待一会后我便离他们而去,可詹詹跟了上来。

"这聚会简直糟透了,"他说,"今晚我有正经事,要陪摄影师们痛痛快快地玩玩。"他肚子里不舒服,连连咳嗽着。"我把他们都留在那张有顶篷的桌子上了。你知道这话一点儿不假,他们就是爱吃不爱喝。"詹詹一只胳膊搭上了我的肩,我马上明白他在依赖我护送,以便去厕所。"你知道这行诗吗,'我想我见到了劳拉的长眠之墓'?"他开始说。但接下去的句子,他却再也想不起来,于是他站定了,十分窘迫地看着我。"反正那行诗很美。"他收住了话头,就像个孩子挂在正上坡的有轨电车后部,等车到坡顶时便跳下来,詹詹放开了我的胳膊,站稳后侧过身,便向厕所冲去。

我被撇在一堆堆人群之间。有位导演刚讲完他的故事,我只听到他最后的几句。"我坐下来对她说,要成为一名优秀演员,她必须始终在自己表演的真实性上下功夫。"此人说话的口气颇有点自负。"她问:'什么叫真实性?'我说那可以解释为人与人之间真正的关系。你们都看到了在我指导下她所做的表演。"他停下来,故事说完了,围聚在他四周的男女们明智地点着头。"你给她的指导真是太妙了,斯尼尔先生。"有个女孩说,别的人也纷纷附和。

"霍华德,说说你和泰皮斯先生的故事。"有人在请求。

那位导演咯咯地笑起来。"哟,这故事是有关赫尔曼的,不过我知道他不会介意。在我和他的交往中,也发生了很多关于我的故事。赫尔曼·泰皮斯有种直觉,那简直可以说是万无一失。他能成为这么了不起的电影制片商,这么有创造性的电影制作人,不是没有理由的。"

"这是确确实实的,霍华德。"那女孩说。

我不再听下去,便往前走,却几乎撞上了刚才话题的主角。在一个角落里,赫尔曼·泰皮斯正和另两个与泰皮斯差不多身份的人在谈什么事。此前经人指点,我早已得知他们一位是马格纳姆影片公司总裁埃里克·海斯利普,另一位是自由影片公司的麦克·巴伦泰恩,但我想不管怎样我会猜得到,因为只他们三人单独聚在一起。要是我刚才酒喝得不那么猛,我或许便会觉察此中的乖谬之处了:这三个人居然能聚首闲谈而不引起人群的关注。但这时我已有几分醉意,竟不知天高地厚地站在了制片人麦克·巴伦泰恩的身边。他们继续谈着,根本没有理睬我。

"你认为那部《雌老虎》能收入多少?"埃里克·海斯利普问。

"三百五十万到四百万。"赫尔曼·泰皮斯说。

"三百五十万到四百万?"埃里克·海斯利普重复了一句,"赫尔曼·泰皮斯,这可不是你对纽约办事处说话。要真能获得这么多,就算你走运。"

泰皮斯哼了一声。"我能用赚来的钱买下你的制片厂。"

麦克·巴伦泰恩嘴里叼了支雪茄,从嘴角缓缓吐出话来。"我看你的估计到顶了。过去有过那样的时候,我能说,'投入一百五十万,能赚上一百多万。'现在,电影行业简直疯了。我都为之害臊的淫秽轰动事件,拍成片子能赚大钱,而像《唱吧,姑娘们,唱吧》这样传统的音乐喜剧片却无人问津。其中的原因你倒说说看。"

"这你就错了,"赫尔曼·泰皮斯说着,边用手指捅了他一下,"你知道问题的症结在哪儿吗?现在人们的头脑都糊涂了。他们想看什么?他们想看令他们深感困惑的电影。耐心等他们变得大惑不解吧。然后他们就会看能让他们恢复常态的影片了。"

"现在正需要你在银幕上给他们展示真实的东西。"埃里克·海斯利普叹道。

"真实的东西?"泰皮斯有点光火了,"我们带给他们的正是真实的东西。现实主义的。但就因为某部意大利影片中的一个家伙满地呕吐,而在某个甚至连冷气设备都没有的艺术剧院里人们喜欢它,我们就该给他们看呕吐的场面吗?"

"简直毫无规矩了,"麦克·巴伦泰恩说,"甚至导演,手中掌握强有力工具的人物,也没个准星。他干了些什么?也像个歹徒一样胡作非为。"

"查利·艾特尔就在你颈上割了一刀。"埃里克·海斯利普说。

"他们都在割我的喉咙,"泰皮斯怒冲冲地说,"但你知道吗?我的喉咙是割不破的。"他朝他们狠狠瞪了一眼,似乎想起了以前的日子,那时他俩都曾试图用刀片对付他。"一去不复返了,让这一切都过去吧,"泰皮斯说,"我和任何人都能相处合作。"

"简直毫无规矩了,"巴伦泰恩重复道,"我们公司有位明星,我就不提她的大名了,她跑来找我,她明明知道再过两个月我们就将拍一部特意为她制作的真正大片,可你知道她厚颜无耻地说些什么?'巴伦泰恩先生,我和我的丈夫,我们就要有孩子了。我已怀孕六个星期了。''你要生孩子?'我说,'你的忠诚哪儿去了?我知道,你很自私。你总不至于对我说你想尝尝养育孩子的种种痛苦吧。''巴伦泰恩先生,我该怎么办呢?'她冲着我大哭大叫。我瞥了她一眼,然后对她说:'我不能承担这份责任,没法指点你该怎么办。'我说,'但毫无疑问你最好采取点措施。'"

"我听说,她仍出演了那部片子。"埃里克·海斯利普说。

"当然她演了,她是个很有志气的女孩。但要说行为规矩和对别人的体贴关心,他们哪个人有?"

埃里克·海斯利普转身看着我。"你是谁?你站在这儿想干什么,年轻人?"他突然问道,尽管他看到我已好几分钟了。

"我是受到邀请的。"我说。

"我曾邀请你坐上我的膝头吗?"麦克·巴伦泰恩说。

"你会第一个这么做。"我咕哝着说。

令人吃惊的是,泰皮斯发话了:"别找这孩子的碴。我认识他,他是个很不错的小伙子。"

巴伦泰恩和海斯利普虎视眈眈地盯着我,而我也对他们紧绷着脸。我们面对面站着,像是四辆卡车僵持在泥泞不堪的十字路口。"说起青年,说起年轻人,"泰皮斯说,"你们以为自己真的了解他们?听听这位年轻人的想法吧,他会给你们一些启发。这小伙子挺有点真知灼见。"

巴伦泰恩和海斯利普对于听取我的真知灼见并没有多少热情。谈话勉强进行了几分钟,他们便借口需要添酒告辞了。"我会叫侍者送来的。"泰皮斯主动提议。但他们摇摇头说,他们想四下走走。他们一离开,泰皮斯便显得愉快多了。我不禁怀疑他就是为了羞辱他们而出面保护我的。"这两人都是一流的人物,"他对我说,"我认识他们已多年了。"

"泰皮斯先生,"我急切地问道,"为什么你要邀我来参加聚会?"

他大笑起来,伸手在我肩膀上捏了一下。"你很聪明,"他说,"应对挺机灵。我就喜欢这样子。"不论我愿不愿意,他那嘶哑尖细的声音听起来颇有几分他与我正在密谋的味道。"你来到这片荒

081

漠，"他像在对我吐露心声，"这是片神奇的土地，能让人感到自己的活力。我时时刻刻都能从荒漠中听到音乐。一部音乐片。尽是些牛仔和离群索居的人物，你怎么称呼他们？隐士。牛仔、隐士和拓荒者，正是这样的地方。还有淘金者。作为一个年轻人，你有什么想法，想看这样的电影吗？我喜爱历史，"没等我回答，他又继续说道，"需要一名卓有才华的导演，才能拍这样的故事，拍一个熟悉荒漠的人物。"他在我胸口捅了一下，似乎要让我透不过气，从而会说出真话。"你了解艾特尔，他依然酗酒吗？"泰皮斯突然问，他那毫无表情的小眼睛观察着我的反应。

"喝得并不多。"我很快回答，但我的表情必定不很专注，因为泰皮斯又捏了一下我的肩膀。

"你我之间该好好谈一次，"泰皮斯说，"我喜欢查利·艾特尔。要是他的名誉没蒙上这污点该多好。这政治污点。太蠢了。对此你有什么看法？"

"我认为他将拍出平生最好的影片。"我说，并希望这话能让泰皮斯感到难受。

"那是在艺术剧院①里放的片子。"泰皮斯说，边用手指点着自己的脑袋。"那不会是倾心之作。你太嫩了，不懂得为自己考虑，"他话锋一转，继续说道，"谁会对你的说法感兴趣？实话告诉你吧，艾特尔的导演生涯已经完了。"

"我不信。"我说。想到在这聚会上我是唯一不必对赫尔曼·泰皮斯彬彬有礼的人，我心中不禁暗暗自喜。

"你不信？你知道些什么？你只是个孩子。"但我觉得我看透了他的心思：既担心自己干了蠢事，又害怕重新起用艾特尔会出

---

① 在美国，艺术剧院是专演实验性戏剧、纪录影片或外国电影的地方。

乖露丑。"那么，听我说，你……"他开始说道，但我们的谈话被打断了。

"晚上好，爸爸。"一位女士叫道。

"洛蒂。"泰皮斯动情地叫着，并拥抱了她。"为什么你不给我打电话？"他问，"今天上午七点钟之后，就没有你的电话了。"

"今天只好不打了，"洛蒂·芒辛说，"我在收拾行装。"

泰皮斯开始问起她孩子的情况，他几乎完全背过身去了。他们说话时我饶有兴致地观察起卡莱尔·芒辛的妻子。她是那种过早呈现中年特点的女人，皮肤晒得黝黑，看似健康，其实不然。她的脸由于消瘦，平时又精神紧张，总是绷着，而一旦放松，额上和嘴角的皱纹便格外明显，因为那儿从来晒不到太阳。红红的眼睑下，是一双憔悴的浅色眼睛。她穿了一件昂贵的连衣裙，却使它显得很难看。她胸口的骨头都凸显着，结果在她布满色斑的皮肤外，衣衫起伏形成了涟漪，那种干枯而窸窣作响的振拂，犹如老处女闺室的窗帘在飘动。"来这儿的路上耽搁了。"她对父亲说话时，声音竟如挤出来的，我感觉她的喉咙被堵住了。"要知道，道克西今天又把屋里弄得乱七八糟。你还记得道克西吗？"

"是你的某一条小狗吗？"泰皮斯很不自在地问。

"它曾戴上那条全州流行的蓝色缎带去上学，"洛蒂·芒辛说，"你难道忘了？"

"哦，不错，"泰皮斯咳嗽着说，"但，为什么你就不能将那些狗撇下几个星期，出去好好度个假呢。你得放松点，和科利一起好好玩玩。"

"我不能离开它们两个星期，"她颇带点惊恐地说，"不用十天萨尔蒂就会把屋子里弄得很乱，我们还得开始训练布列春和诺德，以便参加选拔赛。"

"哦,不错,"泰皮斯含糊地说,"好了,我得去看一个人,就留你与这位年轻人做伴吧。和他谈谈你会感到愉快的。洛蒂,请记住,"他说,"还有比那些狗更重要的事。"

我看着他走去,一路朝蜂拥在路边争相问候他的人们点头,像条寄生鱼似的在他们每个人的身边稍待片刻。有一对夫妇甚至赶忙出了舞厅匆匆向他走来。

"你喜欢狗吗?"洛蒂·芒辛问我。她短促而粗鲁地一笑,算是问句的标点,同时昂起头,斜睨着我。

我犯了个大错,竟这样问她:"你养着狗,是吗?"

她答复了,详尽地答复了,没完没了地说起那些细节,又引出别的琐碎之事,她是个狂热的养狗迷,我只好站在那儿听她唠叨,一边竭力想象这女人小时候的模样和脾性。"科利和我拥有电影之都境内最好的牧场,"她声音尖细地说,"当然啰,尽管维持牧场几乎耗费了我的全部精力。这可真是让人操心的事,实话对你说,我每天早上都是六点钟就起来。"

"你惯于早起。"我说。

"也早睡。我喜欢与太阳同时起来,实行这样的作息人人都能保持健康。你现在正年轻,但你也该保养自己。人们应该遵循与动物一样的作息时间,他们就能享有动物那种天然的健康。"

从她的肩上望过去,我可以看见舞厅和游泳池。我颇感踌躇,很想离开她去认识些有趣的人,又为觉得把她撇下未免不妥而感到为难。在她唠叨的时候,她瘦骨嶙峋的手指捏着下巴。"我有绿手指[①],"她说,"这是种不寻常的结合。我养狗,又亲手种植花木蔬菜。我想父亲当年一定曾想当个农民,否则我哪儿来这样的本

---

① green fingers,指种植花木蔬菜的高超技能。

事呢？"

"啊，看，你丈夫来了。"我如释重负地说。

她叫了他一声。他站的地方稍远，但一听到她的声音，便抬起头来，脸上现出夸张的惊奇神色，其实那恰恰表明他丝毫没感到惊奇。随即他朝我们走来。他认出了我，脸色一时变了，但他依然热情地握住了我的手。"嗨，我们又见面了。"他豪爽大方地说。

"卡莱尔，我正想问你，"洛蒂·芒辛不无担忧地说，"你想尝试那种偏食节食法吗？"

"我先了解一下再说。"他说话颇带点厌烦，却一把抓住了我的手臂，"洛蒂，我有点事要跟瑟吉厄斯谈谈，请原谅。"就说了这么一两句，他就带我走到一棵丝兰树下，我们站在悬于棕榈树上方的泛光灯照射所形成的阴影里。

"你在这儿干什么？"他问。

我又一次解释是赫尔曼·泰皮斯邀请我来的。

"也邀请了艾特尔？"

我刚点了点头，芒辛便发作起来："我想艾特尔很可能会带埃琳娜到这儿来。"看他那么气呼呼地连连摇头，我不禁笑起来。

"这聚会太没劲了，"我说，"是需要点刺激。"

芒辛的反应令我吃惊。他脸上显出一种极有心计相当狡猾的表情，突然间他显得活像个十分固执的小丑，一名以隐秘的方式领略过世上种种困境的小丑。"摸清赫尔曼·泰皮斯在打什么主意，便抵得上赚一大把钱。"他喃喃地自言自语，说着便走开了，把我一人撇在了丝兰树下。

聚会变得活跃起来了。人们一对对地离去，或相伴来到一个个他们颇感兴趣的活动中心。在某个角落，有人在玩字谜游戏。舞厅里差不多挤满了人。有位著名的滑稽演员在做义务表演。一场有关某部成功剧本的争论，几乎使正奏着伦巴舞曲的乐队停下来。某个喝得醉醺醺的家伙爬上了安装着制型纸板摄影机的升降机支臂，正在和摄影师吵架，那位摄影师竭力想把他赶下去。那醉鬼的老婆则在一旁哈哈大笑。"罗尼是个爬旗杆的老手。"她得意地嚷个不停。饭店的游泳指导在泳池用绳索围起的深水区做跳水示范，但观看她表演的人寥寥无几。我在酒吧间喝过两杯后，想挤进那一圈圈的人群中去，却没有成功。我实在感到厌倦乏味，便百无聊赖地聆听某位穿得像只皮袜子的民歌手演唱，此人正以颤动的鼻音吟唱一支古老的歌谣，那种颤音居然能盖过乐队所奏的舞曲，传入人们的耳中。"他很有天赋，不是么？"附近有个女人在赞叹。

这时候，有人拍了拍我的肩膀。我认出了这位金发白肤的男人，是帆船俱乐部的职业网球手，他正朝我微笑。"过来，"他说，"有人想见见你。"那人原来是电影明星特迪·波普。他个子高高的，一脸的单纯，前额还翘着一绺深褐色头发。当我与网球手走近时，他朝我露齿一笑。

"这聚会糟透了，是吧？"特迪·波普说。

我们相视一笑。我想不出什么话可说。站在波普一旁的是马里恩·费伊，他看起来既不起眼，又没精打采。他只朝我点点头。

"你懂轮盘赌吗？"网球手问我，"特迪在这方面可入迷了。"

"我一直想搞一套系统，"特迪说，"关于数字我有一套理论。但若从数学上分析的话，我智力平平，实在难以胜任。我已雇了一名统计员，想把它弄出来。"他又朝我一笑。"你是个举重运动员？"特迪问我。

"不是。我应该是吗？"

结果这话显得很可笑。波普、网球手和马里恩一齐笑了好久。"我能折弯一根铁棒，"特迪对我说，"那就是说，要是它是根很细的铁棒的话。我偶尔练练举重，只是为了不让身体发胖。现在我变得太胖了。"他在肚子上捏了一把，以示证明，却只抓起不过铅笔厚度的一层肉。"这挺讨厌。"

"你看起来身材很好。"我不大自在地说。

"唉，我显得矮胖了。"波普说。

"举重使你的小臂变难看了。"网球手说。

特迪·波普没回答。"我看得出你是个飞行员，"他说，"那是真的吗，多数飞行员活着就为了美酒和女人？"他往后一仰，面朝天空微笑着。"哟，那边有位美人儿，"有个女孩走过时他说道，"你想见见她吗？马里恩说你有点儿腼腆。"

"没事，我会老练起来的。"

"你为什么不帮他一把，特迪？"马里恩嘲弄着。

"我只会成为累赘。"波普说。

"坐下吧，瑟吉。"网球手对我说。

"不了。噢，要知道，"我说，"我刚才答应了给人带杯酒去。"

"要是厌烦了就回这儿来。"波普说。

在另一棵丝兰树下，一位穿天蓝色夏装的矮个儿秃顶男人，手揽一高挑个儿红发女郎朝我走了过来。"啊，你在这儿，刚才我到处找你。"他欢快地说，"让我先介绍一下自己，我叫邦尼·扎罗，也许你听说过我。我是演员代理。"我一定显得很惊讶，因此他补充道："我见你刚才在跟泰皮斯先生说话。我可以冒昧地问一下，你们在谈些什么吗？"

"他在征求我对某部电影的意见。"

"那挺有意思，很不寻常。请问尊姓大名？"

"约翰·亚德。"我说。

"想必你是签了合同的？"

"那当然。"

"喔,有时候会有更优惠的合同呢。但愿我能填上你的大名。我要说这既不关天时,也无关机缘,但你我非得共进午餐讨论一番不可。我会打电话到制片厂与你联系,"他指了指身边的女孩,"我想介绍你认识坎迪·巴卢。"那女孩打了个哈欠,总算挤出一丝微笑。她已醉得不行了。

邦尼把我拉到一边。"让我把她的电话号码给你吧,她是个挺迷人又很爽快的女孩。"他眨了眨眼。"很高兴能为你效劳。要不是我太忙,我不会把她的号码给别人,不过,这么好的女孩我独个受用,未免不像话。"他又把我带回坎迪·巴卢身边,让我们手拉手。"好啦,孩子们,我相信你俩会有许多共同语言。"他说完便走了,剩下我和坎迪面对面瞧着。

"你想跳舞吗?"我问这位红发女郎。

"别急,小冤家,"她吐出这个词,仿佛它是句口令。随即她睁大眼,定定地盯着我,"你在哪家制片厂?"她脱口便问。

"那不过是开个玩笑,坎迪。"我说。

"对扎罗开玩笑,是吗?"

"正是。"

"你的职业?"

"没有职业。"我说。

"那就没有钱。我本来早该料到。"她随着伦巴舞曲的节奏扭动了一下身子,长长地打了个哈欠。"哦,宝贝,"她断断续续说道,"要是你是个上等人,请送我去卫生间。"

等我完成这趟差使回来,除了手中满满的一杯酒外,已没有伴儿了。就在这时,我终于看见艾特尔进来了。他带着一位女子。埃琳娜,我知道准是她。

## 第九章

　　她简直就是个美女。埃琳娜的头发是富丽的红棕色，皮肤呈暖色。她走起路来全身散发着魅力，自从我加入空军那年以来，我就一直为女人的这种魅力所倾倒。当时，在为新兵举行的舞会上，像所有别的飞行员一样，我会歪戴帽子，以快捷的舞步，去赢取似埃琳娜一般的美人的芳心。尽管她抹了太多口红，她那双高跟鞋也足以令任何舞女满意，但她身上自有种甚为优雅高傲的气质。她挺直身子，仿佛自己个儿相当高，那件无肩带晚礼服充分袒露出她圆润漂亮的肩膀。她的脸并不十分细腻柔嫩，却是瓜子形的。在纤巧多情的嘴和下巴之上，狭长鼻梁下的双窍，在我看来正透露出无穷的聪颖。可以说，芒辛的描述与她本人一比，实在差远了。

　　但显然她有点不大自在。艾特尔带她从入口处进来时，她那神态颇像担惊受怕的小动物，随时准备逃遁而去。他们在聚会上一出现，立即搅起了困窘慌乱的轩然大波。人们见到艾特尔，几乎都惊得手足无措了。其中有几个朝他笑笑，甚至道了声"哈喽"，有些只是点点头，更多的人则匆匆离去。我感到他们都很害怕。在获悉艾特尔受邀请的原因之前，他们只会感到惊恐不安。因为不管他们如何反应，都可能铸成大错。那种光景真是严酷，艾特尔和埃琳娜孤零零地走过聚会场地，人们避之犹恐不及，没有一个来陪伴他们。我望着艾特尔最后在靠近游泳池的一张空桌前停下来，为埃琳娜拉开椅子，随后自己也坐下了。置身远处旁观时，我不能不佩服他那看似厌烦却又坦然自若的样子。

我走近他们的桌子。"我能和你们坐在一起吗?"我很唐突地问道。

艾特尔十分感激地朝我一笑。"埃琳娜,你该认识一下瑟吉厄斯,他是这儿最优秀的人物。"

"啊,别这么说,"我说,随即转向她,"非常抱歉,我还不知道你的姓。"

"我姓埃斯波西托,"埃琳娜轻声说,"这是个意大利姓氏。"她的嗓音略微有点沙哑而且低沉得出奇。对她来说嗓子不如容貌管用,却自有种沉静的力量。我成年以来已多次听到过这样的嗓音。

"她看起来不是很像莫迪里阿尼①吗?"艾特尔热情地说,又补充道,"埃琳娜,我想一定有人多次对你这样说过。"

"是的,"埃琳娜说,"有人对我说过这话。其实,就是你的朋友说的。"

艾特尔有意回避提及芒辛。"那你碧绿的眼睛是从何而来呢?"他逗着她。从我坐的角度,我能看见他正不安地用手指拍着膝盖。

"噢,那是我母亲的,"埃琳娜说,"她有一半波兰血统。我想我是四分之一的波兰血统,四分之三的意大利血统。油与水混在一起。"我们都有点勉强地笑起来。埃琳娜不自在地挪动了一下。"多么古怪的话题。"她说。

艾特尔观察了一下整个拉古纳屋,对我说:"据你看这聚会还缺少点什么?"

"缺什么?"我问。

"一条环滑车道。"

---

① Modigliani(1884—1920),意大利画家。

埃琳娜哈哈大笑起来。她痛痛快快地笑着，露出了洁白的牙齿，但笑得太响了。"哟，这太有趣了。"她说。

"我很喜欢环滑车，"艾特尔继续说，"那第一阵下滑的感觉，犹如坠落进死亡的黑洞。没有什么别的能与它相比。"接下去的两分钟里他就谈着环滑车，从埃琳娜的眼神中不难看出，他已把这个话题说得多么鲜活。他的状态很好，而埃琳娜又听得十分专注，这更激发起他的兴致。不知不觉中我已觉得埃琳娜并不笨，尽管她只是偶尔一笑或三言两语地答话。这便是她全神贯注时的风度。她脸上的表情会随着他的话而变化，直到把他深深吸引。"这证实了我过去的一种想法，"艾特尔说，"人们乘坐环滑车，是为了体验某种感情，我不知道这是不是与男女私情有点类似。在我年轻的时候，我常常觉得一个自认为在恋爱的男人，不知不觉竟对一个又一个女人说相同的话，这未免恶劣，我甚至觉得肮脏。然而这确实没有什么错。人们唯一真正保持不变的，是他们竭力想重新体验感情。"

"我不懂，"埃琳娜说，"我认为那样的男人对女人并没有什么感情。"

"情况正相反。在那种时刻，他很崇拜她。"

这使她大惑不解。"我的意思是，"她插话说，"要知道，那是……唉，我也没有把握。"但她不肯放过这个问题。"那样的男人与女人不可能相亲相爱，他是冷漠的。"

艾特尔看来很满意。"你说得对，"他改变了自己的说法，"我想这足以证明我是多么冷漠了。"

"啊，你不会的。"她说。

"我当然是冷漠的。"他微微笑着，似乎在预先做出警告。

这确实令人难以相信。他的双眼亮晶晶的，身子向她前倾着，连他浓黑的头发仿佛也蓄满能量。"人不可貌相，"艾特尔开始说道,"嗨,我可以告诉你……"

他突然停住了。芒辛正朝我们走来。埃琳娜脸上顿时变得毫无表情,艾特尔很不自然地挤出一丝微笑。

"我不知道你有些什么收获,"科利瓮声瓮气地说,"赫尔曼·泰皮斯要我过来向你问好。他等一会想跟你谈谈。"

我们谁也没有回话,芒辛则心满意足地注视着埃琳娜。

"科利,你好吗?"艾特尔终于说了一句。

"我好些了,"他点了点头,"比过去好多了。"他说,一边仍看着埃琳娜。

"你不是过得很愉快吗?"她问。

"不,我是倒霉透了。"芒辛答道。

"我在找你的太太,"埃琳娜说,"但我不知道哪个是她。"

"她就在这儿。"芒辛说。

"那你的岳父呢?他也在这儿,我听你说起过。"

"那有什么关系?"芒辛一脸伤感地问,似乎他真正想说的话是,"总有一天你会不再恨我的。"

"嗯,是的,根本没什么关系。我不会让你难堪的。"埃琳娜说,可她的声音却几乎失去控制。这让人想到一旦吵架,她发作起来会多么厉害。

"刚才我见到特迪·波普。"我恰到好处地插了话,"他这个人怎么样?"

"我可以告诉你,"艾特尔机灵地接过话头,"他在我执导的几部影片中演过角色。你没想到吧,我觉得作为演员,他倒真的有几分像样。也许有朝一日他会非常出色的。"

这时候,一位穿浅蓝色晚礼服的漂亮金发女郎从背后走近芒辛,并用手蒙住了他的眼睛。"猜猜我是谁?"她用低沉的嗓音说。

我只瞥见似曾相识的一只小巧的翘鼻子，一个现出酒窝的下巴和一张噘起的小嘴。一看到艾特尔，她做了个鬼脸。

"露露。"芒辛还未从椅子上完全站起身来，便这样猜道，他也不知道她的加入究竟是缓和呢还是加剧了这尴尬的场面。他一面对埃琳娜和艾特尔微笑着，一面像父亲般拥抱露露。与此同时，只有我见到，他那只空着的手，拍了拍她的腰背部，似乎在告诉她，她若再拥抱他，事情可就再糟不过了。

"梅厄丝小姐，埃斯波西托小姐。"艾特尔平静地做了介绍，露露漫不经心地朝埃琳娜点了点头。"科利，我们该谈一谈，"露露说，"有些事情，我非得告诉你。"随即她对艾特尔甜甜地一笑。"查利，你胖起来了。"她说。

"坐下吧。"艾特尔主动说。

她在他旁边的椅子上坐下了，并请芒辛坐在另一边。"没有人介绍空军将士吗？"她直接问到我，介绍过后，她逗乐似的盯着我看。我鼓起勇气针锋相对，盯得她低下了头。可这一阵交锋却令我有点魂不守舍了。"你真是个英俊的男孩。"露露·梅厄丝说。而她自己看起来也不过二十岁。

"她很棒，"芒辛说，"嘴巴多甜。"

"你想喝一杯吗？"我问埃琳娜。自露露一来她就再也没有说话。相比之下，她也不如刚才我感觉的那般迷人了。或许她自己也意识到了这一点，她紧张而愠怒地抠着指甲上的护膜。"噢，是的，我要喝一杯。"埃琳娜同意了。就在我起身之时，露露把她的杯子递给了我。"给我添点儿马提尼酒，好吗？"她问，那双紫蓝色的眼睛望着我。我看出她和埃琳娜一样紧张，但那是另一种类型的。露露让自己在椅子上舒舒服服、安安稳稳地坐定了——那套把戏在飞行学校里我也曾学过。

我回来的时候她正在对艾特尔说话。"我们挺念叨你,老爷子。"她说道,"我不知道除了艾特尔,我还愿与哪个人喝个一醉方休。"

"我戒酒了。"艾特尔苦笑着说。

"就我而言,你戒酒也无妨。"露露说着瞟了埃琳娜一眼。

"我听说你与特迪·波普快结婚了。"艾特尔说。

露露转向芒辛。"请你转告赫尔曼·泰皮斯,别再到处说这件事。"她说着,把手中的烟蒂往地上一扔,又用脚很快且不耐烦地一踩。我窥见她的双腿和那双穿着银色便鞋的小巧的脚。那双腿和她嘴巴的轮廓一样,已为人们所熟知,因为两者都曾出现在成百上千的照片中,深深映入了人们的记忆。"科利,实话对你说,这类宣传必须停止了。"

芒辛窘迫地一笑。"嗨,你放心好了,宝贝。谁会强迫你接受?"

"我倒赞成露露和特迪结婚。"艾特尔慢悠悠地说。

"查利,你是个捣蛋鬼。"芒辛立即说。

我和埃琳娜互相对视着。她在竭力理解这些,眼睛跟踪着每个说话的人,脸上挂着笑容,似乎不愿显得一无所知。我的表现或许正与她的如出一辙。我们坐在交谈者们的两侧,就像是出现在社交场合的书呆子。

"我说的是真话,"露露说,"你可以告诉泰皮斯先生。我宁可先嫁给这位英俊的男孩。"她用手指朝我点了点。

"你还没有求婚呢。"我说。

埃琳娜大笑起来,那种开怀之乐不言自明。她的笑声又太响,惹得大家都盯着她看。

"别怕,小冤家。"露露说这话,很有点当家做主的口吻,这倒是那位红头发的坎迪·巴卢所没有的。她高高举起自己几乎喝空的酒杯给大家看,并将残酒洒在了地上。"我很伤心,科利。"她这样宣称,并将头靠在了芒辛的肩膀上。

"我看过你最近演的影片。"艾特尔对她说。

"我演得还不算很糟吧?"露露又做了个鬼脸,"他们在毁我的名声。你有何见教,艾特尔?"

他只笑笑而没有表态。"我会就此找你谈的。"

"我知道你想说些什么。我演的角色太多了,是不是?"她抬起头来,在科利的脸颊上捏了一把。"我讨厌当演员。"几乎没什么停顿她便探过身去提出问题:"你干哪一行,埃斯波苏小姐?"

"埃斯波西托。"艾特尔说。

埃琳娜浑身不自在起来。"我当过……也不确切,舞蹈演员,我想。"

"现在是模特?"露露问。

"不……我是说,当然不是……"在她面前埃琳娜倒也并非完全不知所措。"那是两码事。"她终于说完了,"谁愿当个瘦骨嶙峋的模特?"

"哦,我敢打赌,"露露又对着我说起来,"你便是附在艾特尔的破旧风筝上的新尾巴。"

我感到自己的脸一下子红了。她的攻击来得极快,有点像抢椅子游戏[①]中等候乐声一停便即刻行动。"他们说你的导演生涯完了,查利。"露露继续说。

"他们当然会谈论我的。"艾特尔说。

---

[①] Musical chairs,随乐声抢椅子游戏,即椅子数比游戏者少一,游戏者随乐声围着椅子绕圈走,乐声停止时未抢到椅子者淘汰,然后逐次减少椅子,坚持到最后者取胜。

"但不像你预料的那么多,毕竟时过境迁了。"

"人们却始终记得我是你的第二任丈夫。"艾特尔慢吞吞地说。

"这是事实,"她说,"我一想起查利·艾特尔,就会想到第二任。"

艾特尔一脸的苦笑。"如果你想伤害人,露露,提到这个词就够了。"

稍停片刻后,露露报以一笑。"对不起,查利,我向你道歉。"她转向了我们大家,以那种沙哑的嗓音说开了,那声音与她的金色头发和碧蓝眼睛确实非常协调。"我在今天的报上见到一张我的照片,拍得太糟了。"

"露露,"芒辛很快说,"我们可以弥补,摄影师马上便可工作。"

"我不愿有人拍我和特迪·波普的合影。"露露郑重宣布。

"谁会来强迫你?"芒辛说。

"不能玩花招,科利。"

"不玩花招。"芒辛允诺道,还擦了一下满脸的汗。

"为什么你这么多汗?"露露问,随即她又突然住口,站了起来。"詹詹!"她高声叫道,并张开了双臂。刚刚走近我们的詹宁斯·詹姆斯,浑身瘦得皮包骨头,也拥抱了一下露露,那简直是对芒辛式紧紧拥抱的拙劣模仿。"我最喜爱的女孩。"他以浓重的南方口音说道。

"前天报上你发表的那篇有关我的文字真令人讨厌。"露露说。

"宝贝,你多疑了,"詹宁斯·詹姆斯对她说,"我写这篇东西,完全是出于对你的爱。"他对我们点了点头。"你好吗,芒辛先生?"他说。去过一趟厕所后他似乎恢复了活力。

"坐下吧,詹詹,"芒辛说,"这位是埃斯波西托小姐。"

詹宁斯·詹姆斯恭恭敬敬地朝她鞠躬。"我爱意大利女性的高贵庄重，埃斯波西托小姐。"他用那只布满色斑的手捋着满头红发。"你打算和我们一起在沙漠道尔久住吗？"

"我明天就想回去。"埃琳娜说。

"啊，你可别走。"艾特尔说。

"嗯，我还没最后定。"埃琳娜做了修正。

侍者送来了冰淇淋。冰淇淋在盘中融化开了，只有埃琳娜吃了她的那份。"这是种软冰淇淋，是吗？"她说，"我听说，这种冰淇淋很贵呢。"听了这话，人人都感到有点费解，埃琳娜为了加以证实，都有点不顾一切。"我记不起在哪儿听说的，但我确实看到过广告，我指的是软冰淇淋，或许我曾经吃到过，我已记不清了。"

艾特尔出来为她解围。"确实如此。城里的那家杜文冷饮店，便以供应某种融化的冰淇淋为特色。我尝过那种冰淇淋。但我认为这种不是杜文冷饮店的，埃琳娜。"

"噢，不是的，我知道这不是。"她很快说道。

詹詹朝露露转过身来。"宝贝，我们已准备好拍照。那些摄影师们肚子已经填饱了，现在就等你了。"

"行，就让他们等着吧，"露露说，"我还想喝上一杯。"

"泰皮斯先生特意要我来请你。"

"来吧，我们一起走，"芒辛说，"大家都走。"我想他所指的，也包括埃琳娜、艾特尔和我，以免露露想和我们一块儿留下。芒辛一站起来，便挽起露露的手臂，沿着舞厅外水池边沿，向一群摄影师走去，我能望见他们早已聚在那架制型纸板摄影机附近了。

詹詹和我走在最后面。"那位埃斯波西托女士，"他说，"我听说，是芒辛的小姘妇。"

"我不知道。"我说。

"哈，老弟，她可真是个美人。我从来没有勾上过她，但我知道有人得手过。一旦查利·艾特尔这老家伙和埃斯波西托的关系了结,你就可以乘虚而入,美美地消受她一番。"他随即对我说起一些细节,她是多么令人销魂。"况且,她看起来就像个甜妞。"他贪婪淫邪地补充说,"一个女孩子住在电影之都,也很不容易,我不会凭这一点就否定她们。嗨,泰皮斯自己,那狗娘养的……"詹詹来不及说完这句话了,因为我们已来到摄影师们中间。

我看见特迪·波普正从另一个方向走来。那位网球手仍和他在一起,他们正因一些隐晦的笑话而哈哈笑着。"露露,宝贝。"波普说,并伸出手来与她相握。他们指尖相握,并排站在一起。

"喂,伙计们,"詹詹快步上前,对懒懒散散地站在摄影机支臂前的三位摄影师说,"我们得拍点富有人情味的照片。不必精雕细刻。就反映电影人的生活,相互间的交往欢乐。你们都知道该怎么办。"人们从拉古纳屋的不同角度过来了。"宝贝,你看起来可爱极了。"多萝西娅·奥费伊欢叫着,露露莞尔一笑。"谢谢,亲爱的。"她应了一声。"喂,特迪,"有人唤道,"可以签个名吗?"特迪大笑起来。一站在人群面前,他的举止风度就变了个样,显得十分孩子气、非常坦诚率直了。"哟,泰皮斯先生过来了。"他大声说,一边对那些早已见到而无所表示者现出鄙夷之色,并开始拍手欢迎,在他附近至少有十几个人,也不得不跟着鼓起掌来。泰皮斯高高举起他的手臂。"今晚我们要给特迪和露露留几张影,不单单是出于对他们的影片,或许我该说我们的影片《咫尺天国》的兴趣,也作为今天晚上我们共同度过的美好时光的标志,对了,我就想用这个词,标志。"泰皮斯清了清嗓子,亲切地微笑着。他的到场吸引来更多的人。好一阵子是忙碌的场面:相机闪光灯频频闪亮,人物位置不断变动,摄影师发出种种指示。我看到一会儿泰皮斯站在特迪和露露中间,一会儿露露居中两个男人分站两旁,一会儿特迪和露露合影,或特迪与露露各自单独留影,或泰皮斯慈父般握住露露的手,或泰皮斯的手搁在了特迪的臂弯里。他们面对镜头表现得那么出色,我都被吸引住了。特迪微笑着,显得那么幸福健康,露露更是又甜美又庄重,又机灵又精明,一切都轻松自然,又与赫尔曼·泰皮斯的傲慢得意相吻合。这简直是天衣无缝般完美。特迪·波普听从摄影师的指点,转动着他的脸,他说话的语气十分真诚,一脸微笑显出他对于此情此景可谓乐在其中。他像个职业拳击手似的举起双手挥动着,又装出在运动中扭伤了肩膀的样子。他用手臂揽住露露的腰,并频频吻着她的脸颊,而露露搂着他的一侧,弯着身子摆姿势。她走起路来像在蹦跳,肩膀的摇摆稍稍呼应着臀部的扭动。她的脖颈曲线优美,满头金色卷发飘然披垂,无论谁说了笑话,便会响起她稍带嘶哑的笑声。我觉得她不逊色于我以前见过的任何女孩。

摄影师们拍完之后,泰皮斯再次讲话。"你们都不知道,我们最佳影片公司就是个大家庭。让我给你们透露一点吧。我认为这两位年轻人并不是在演戏。"他两只手抄在他俩背后,用力使他们靠拢,他们为了不致摔倒,不得不拥在一起。"我听说了些什么,露露?"他在客人们一齐哄笑时大声说,"有位女士曾对我说,你和特迪是挺要好的朋友。"

"哟,泰皮斯先生,"露露用她最甜的声音说,"你本该当一名媒人呢。"

"过奖了,过奖了。我看这是对我的赞扬,"泰皮斯说,"电影制片人确实始终在做媒,促成美满的婚姻。艺术和钱财联姻。天才和观众结合。你们今晚玩得痛快吗?"他问正在观看这一切的来宾们,我听到不止一次的回答,说他们玩得很尽兴。"好好招待摄影师。"泰皮斯向詹詹吩咐过后,便挽着露露走开了。人群纷纷散去,只剩下摄影师在收拾他们的东西。在水池边,我见到泰皮斯停下来与艾特尔说话,他边说边注视着埃琳娜。

我看得出来,艾特尔一介绍过埃琳娜,泰皮斯便想起了这个名字,他立即有所反应。他的背马上变得僵直,他红润的脸似乎肿胀起来。他只说了几句,几句不留情面的话,艾特尔和埃琳娜便拔腿离开了。

泰皮斯身边只剩露露时,他掏出丝手帕擦了擦额头。"去和特迪跳舞吧,"在我走近时听到他嘶哑地对她说,"就当是为我效劳。"

因为人群拥挤,我已见不到艾特尔的踪影了。

露露看见了我。"泰皮斯先生,我想先和瑟吉厄斯跳。"她噘起嘴说道,并从泰皮斯身边溜开,将手伸到了我的掌中,带我进了舞厅。我紧紧搂着她。整个晚上所喝的酒这时开始起作用了。

"你打算过多久,"我凑在她耳边问,"去找特迪?"

没想到她的回答非常温顺。"你不知道我正面临着什么问题。"露露说。

"为什么?你知道吗?"

"哟,别那样,瑟吉厄斯,我喜欢你。"此时此刻,她那样子似乎还不到十八岁。"那种事你不懂。"她轻轻地说,看她那样温和地克制着自己,我感觉难以相信她给予我的最初印象。她显得年轻,或许有点任性,却无比可爱。

我们默默地跳着。"泰皮斯对艾特尔说了什么?"最后我问。

露露摇摇头,随后咯咯笑起来。"他要艾特尔马上滚蛋。"

"啊,那我想我也得走了。"我对她说。

"那不包括你。"

"艾特尔是我的朋友。"我说。

她拧了一下我的耳朵。"太妙了,查利会喜欢你的。我见到他时一定把这事告诉他。"

"和我一起走吧。"我说。

"别急。"

我停下不跳了。"如果你认为有必要,"我说,"我去请求泰皮斯先生允许。"

"你以为我怕他吗?"

"你并不怕他,但你最后要与特迪跳。"

露露笑了起来。"你与我原先想象的不一样。"

"那是喝多了酒的缘故。"

"哦,但愿不是。"

但她总算勉强而带几分沉思地允许我把她带出了舞厅。"这可是桩大蠢事。"她轻声嘀咕着。

我们走过泰皮斯身边时,露露真的毫不胆怯。泰皮斯这时像个正在计点比赛场馆里座位数的体育赞助商,站在入口处附近,纵览聚会的全景。"小姐,"他紧紧抓住了露露的手臂,一边问,"上哪儿去?"

"喔,泰皮斯先生,"露露像个淘气小孩似的说,"我和瑟吉厄斯有那么多的话要说。"

"我们想呼吸点新鲜空气。"我说,并趁此机会用手指在他胸口捅了一下。

"新鲜空气?"我们离开时他有点愤愤不平。"新鲜空气?"我见他正抬头探寻拉古纳屋的屋顶。在我们身后,那木制升降架支臂上的制型纸板摄影机仍在旋转,探照灯的光柱也直射夜空。聚会已为一层阴影所笼罩。高潮已过去,人们正一对对地坐在沙发上私下密谈。酒醉胡闹的时刻已降临,这时候什么事都可能发生,每个人心头都升腾起求偶的冲动。如果欲念成为举动,这夜间的故事便会成为真实的历史。

"你去对查利·艾特尔说,"泰皮斯在我身后大叫,"就说他完了。我实话告诉你,他已完蛋了,他的机会已经失去了。"

对他盛怒的吼叫,我和露露只报以一阵嬉笑。我们沿路跑去,穿过帆船俱乐部里那一座座搭有棚架的小桥,来到了圆形的停车场。在一盏日本式宫灯下经过时,我曾经停下来想吻她,可她笑得前仰后合,结果我们没能亲上嘴。"我还得教教你。"她说。

"什么也不用教,我讨厌老师。"我说,一边抓住她的手,拉她跟着我跑。她的鞋跟噔噔地响,她的裙子窸窸窣窣,她穿着晚礼服用力奔跑,一边还断断续续地低语着。

我们在用谁的车的问题上发生了争执。露露坚持用她的敞篷车。"我感到太闷了,瑟吉厄斯,"她说,"我来开车。""那就开我的车。"我做了让步,但她非要开自己的车不可。"我不走了,"她说,执拗到了极点,"我仍回去参加聚会。"

"你害怕了。"我这样逗她。

"我才不怕呢。"

她车子开得很差劲,简直不顾后果,这在我预料之中;但最糟的是,她的脚总不愿踩在刹车踏板上。汽车老是忽慢忽快,就连我这醉得快挺不住的人也意识到了危险。但我所担心的还不是这个。

"我是个惹麻烦的人。"她说。

"那就停下吧,麻烦人,"我答道,"让我们快刀斩乱麻。"

"你有没有看过疯病医生?"露露问。

"你根本不需要这样的医生。"

"嗨,我需要采取点措施。"她边说边猛然启动,扬起的沙石纷纷溅在挡泥板上,她驾车离开紧急停车道,又开上了公路。

"停下吧。"我说。

她在自己想停的时候才停车。在她滑下公路,以每小时七十英里的速度在仙人掌丛和荒漠上向前磕磕碰碰飞驰时,我简直已放弃希望,打算规规矩矩地坐着不动。但露露又决定我们不妨多活一会儿了。她随意选中一条小路开去,在下坡的急转弯处惊叫起来,转过弯后却又放慢了速度,任其滑行,最后在一片荒僻空旷的平地上停了下来。夜空如巨大的穹隆,从四面八方,将我们严严实实地罩在其中。

"把窗子关上。"她说,凝神揿下按钮,升起了车上的折篷。

"那太热了。"我说。

"不行,窗子必须关上。"她坚持着。

一切准备就绪,她从座位上转过身来,接受我的亲吻。她当时一定感觉到她已松开了一头野牛。事实也正是如此。已差不多一年了,我第一次感到我的状态极佳。

然而事情的进展却没那么容易。她任我亲吻任我拥抱,而当我进一步想把她弄到手的时候,她却会挣脱开,惊惧地望着窗外。"有个人正在走过来。"她会轻轻地说,并用指甲掐我的手腕,我被迫抬头去注视窗外的旷野,被迫停下来说:"你没见吗,四周没有人?"

"我害怕。"她便会说,又伸过脸来任我吻着。我也不知道时间过去了多久,但这实在是令人销魂的时刻。她先诱我进一步,再把我推开。她容许我解开了她的一条衣带,却像个紧张焦虑的处女似的,只许我搂抱一番。我们就像沙发上搂在一起的少男少女一样。我的嘴唇都肿了,全身燥热难熬,手指也变得僵硬。如果说我最后成功地卸去了她晚礼服下的衣装,将它们塞在我身后的座位上,就像只疯狂的蓝冠鸦填塞它的巢似的,我却终究没能让露露脱去她的晚礼服。尽管她默许了我最放肆的举动,甚至让我稍稍体验了两三下激烈的心跳,她还是立即坐了起来,做了个小小的动作将我推开,并朝窗外望去。"有人过来了,路上有人。"她说,在我试图挨近时,她拧了我一把。

"就这么回事。"我对她说,但不管说什么,高潮已经过去了。然后的一个小时里,不论我干什么,不论我怎么强迫,怎么等待,怎么尝试,我再也无法达到刚才的程度。这时离天亮肯定已没有多少时间。我又困倦又沮丧,还差不多有点心灰意冷,便闭上了眼睛,喃喃地说:"你赢了。"我疲惫地松开手,不再去试图打开秘藏在她门票对奖号中的宝库,并躺回到自己的座位上。

这时,她却温柔地亲吻起我的睫毛,又用指甲戏弄撩拨我的脸颊。"你真可爱,"她轻轻说着,"你真的并不粗野。"她扯动我的头发,以便让我亢奋起来。"吻我,瑟吉厄斯。"她说这话,仿佛我什么也没干过似的。在随后的一两分钟里,我躺在座位上,对于她的投怀送抱,一时还难以相信,甚至几乎有些麻木了。但我终于窥见了一位电影明星的隐秘的内心。她极为温顺地委身于我,她显得非常娇弱,非常可爱,可爱得近乎羞怯,她呢喃着,说这一切都是事先没料到的,我必须体贴温存些。于是我只得独自采取行动,并且获得了回报,她一直依偎在我的怀里。

"你真是妙极了。"她说。

"我还不大内行。"

"不,你实在太妙了。啊,我就喜欢你。你!"

回来的路上我开车,她就偎在我身边,头伏在我的肩上。收音机开着,我们一起哼唱着正播放的音乐。"我今晚是发疯了。"她说。

我非常喜爱她。初遇时她对待旁人的那种举止,更增添了我对她的爱慕。在她开车带我外出这长长的一路上,直到停车之前,我一直在对自己说,这次我一定得把她弄到手,而现在我终于得遂心愿,回想这番情景真令人无比爽快。也许,一切都只不过是光阴流逝而已，但我感到称心如意，感到踌躇满志——至于想干什么，却心中无数。反正我成功了，况且到手的又是多么出色的女孩。

当我们在她门外吻别时，露露显得有些紧张。"让我留下吧。"我说。

"不行，今晚不行。"她回头去看路上有没有人。

"那就去我的住处。"

她吻了吻我的鼻子。"我只是累坏了，瑟吉厄斯。"她的声音听起来像个孩子。

"那好，我明天来看你。"

"给我打电话。"她又吻了我一下，随即匆匆消失在门后了。我独自留在迷宫般的帆船俱乐部的庭院里。荒漠上第一缕晨光即将闪现，朦胧中，树叶已隐隐显出淡淡的蓝色，犹如她晚礼服的浅蓝。

这听起来或许有点怪诞，我因热情奔放而激动万分，很想与人分享这份喜悦，而唯一想到的偏偏不是别人，却是艾特尔。我甚至没想到，这时候他或许仍与埃琳娜在一起，也没想到作为小露露的前夫，他并不一定认为我的故事妙如美梦。现在我都不知道当时是否想到露露曾嫁过他。在某种意义上，对我来说，今晚之前她并不存在。如果说她显得比真实生活中的形象更富光彩，那也可以说她其实并没有真实的生活。而那一刻我是多么地珍爱自己。随着黎明在我面前渐渐展开，它的金光似乎已在轻轻抚摩帆船俱乐部，于是我开始想起那些在驾机飞行中度过的清晨。往往嘴里还留着咖啡的香味，便在幽暗的机库里登上飞机。发动升空后，气流便在机尾喷射出两条长长的火光，划过夜空。我们常在黎明前一小时起飞，晨曦会在五英里的高空迎候我们，并以金灿灿、银闪闪的光芒温暖夜色中的云层。我那时总是相信能通过自己躯体的摆动来控制天空的变化，似乎我的躯体凭借飞机的威力已大大扩张，我就那样像具有魔力一般在空中翱翔。因为驾驶飞机是那么神奇,那么富有魅力,犹如魔术师的花招,犹如令人迷幻的毒品。我们知道,无论地面上发生些什么,无论我们自己多么渺小多么困惑,总会有那么些时辰我们独自编队飞行,掌握着自己的命运。于是,魔力便在于飞行,而飞行又使我们极其冷静,事实不正是如此吗?一旦我们降落,就不会再发生什么,而当黑夜往西天隐去,我们展翅群起跟踪它时,也没有什么我们对付不了的事。

在将这一切忘诸脑后时我曾十分谨慎,我太喜欢这一切了,想到我也许会从此失去任何魔力,真是令人难以接受。但在这个早晨,当我依然在回味露露无穷风韵的时候,我明白了我会拥有别的东西,但我也为自己舍弃了飞机而感到遗憾,因为要由别的东西来取代它们的位置了。

我怀着这样的思绪,想着诸如此类的事,沿路走向停车的地方。半路上,我在一簇灌木丛下的长凳上坐下来,呼吸着清新的空气。四周的一切都在静静地休憩。突然间,附近一幢小屋里传来了吵闹声,乱七八糟的几声对话,随即,一扇门打开了,特迪·波普跟跟跄跄地出来,他身穿毛衣和蓝色工作裤,却赤裸着双脚。"你这疯狗!"他对着门破口大骂。

"待在外面,"屋里传出网球手的声音,"我不想再跟你说话。"特迪咒骂着。他高声地骂骂咧咧,我相信附近正在睡觉的人一定在服用镇静药。那小房子的门又开了,马里恩·费伊走出来。"去你的鸟吧,特迪。"他声音低沉地说,然后又走回屋里关上了门。特迪曾回过身来,一双迷惘的眼睛朝我这儿张望,他应当看到我了,但也许什么也没看见。

我见他摇摇晃晃沿墙而行,便不由自主地远远跟着。在帆船俱乐部某个小小的庭院里,那儿一柱喷泉、几株丝兰和一丛丛攀缘灌木颇具匠心地构成了一方隐蔽的去处，特迪·波普走进位于一片蔓生蔷薇花棚架下的小电话亭，打起了电话。"我这样子没法去睡觉，"他对着话筒说，"我一定得与马里恩通话。"听筒里传来某人的回答。

"别挂电话。"特迪·波普大声叫着。

赫尔曼·泰皮斯像个出来巡视的值夜者，在某条小路出现了。他朝特迪·波普走来，走近他身边，将电话听筒砰的一声搁回叉簧上。

"你这丢人现眼的家伙。"赫尔曼·泰皮斯骂道。他别的什么也没说，就又沿路走了。

特迪·波普颤巍巍地走了几步，便靠在一株短叶丝兰树上歇息。他倚在树上，仿佛那是他的母亲。然后他哭了起来。我从未见到过喝得如此烂醉的人。他边啜泣，边连连打嗝，还试图去啃咬树皮。我悄悄后退，一心只想隐避而去。当我超出波普的视野时，只听得他在尖声喊着。"你这狗杂种，泰皮斯，"他对着寂寥的晨空大叫，"你明明知道你能做到，你这胖杂种，泰皮斯。"我能够想象出他的脸紧贴在短叶丝兰树上的样子。我慢慢地驾车回家，再也不想去找艾特尔。

第三部

## 第十章

　　熟悉我的女人到头来总是责备我内心太冷漠，尽管那只是妇人之见，女人对于男人心中在想些什么往往知之甚少，但我想她们的话总有几分道理。我所读过的第一位优秀的英国小说家是萨默塞特·毛姆。记得他在什么地方写过，"人人皆合其本分"。由于这恰恰是我眼下正在思考的问题，因此我把它作为切实可行的人生哲学牢记在心。但最终我觉得自己不得不对此表示异议，因为在我看来有些人会优于他们的本分，而另一些人则劣于他们的本分，否则的话这世界岂不就成了一台精巧的时钟。然而我又很难说自己便是个逍遥尘世的最热心肠的人。

　　我们每个人心中都有从事不同职业的想法，而我本来可以做的是漫谈专栏作家。也许我会成为一名蹩脚的专栏作家——因我生性过于诚实——但我会是第一个把它视为一种艺术的专栏作家。我曾多次想到，报业人员一心寻求事实，目的是为了说谎；而小说家苦思冥索地想象，以便觅取真理。我知道为了应付接踵而来的许多事情，我必须运用自己的想象力。

　　尤其是艾特尔与埃琳娜·埃斯波西托之间的关系。我肯定对此有几分好奇，说不定得由我来写这件事。自从我来到沙漠道尔，已经学到不少东西，但艾特尔和我之间差异太大，我不知自己能否把握他的作风。然而，如果我们不去运用想象，它便会成为缺陷。再过些日子我将写一部书，描写一个我仅仅访问了二十分钟的小镇，而如果我写得相当出色，每个人都会相信我曾在那儿住过二十年。因此光辩解没有什么用——我自诩完全清楚所发生的一切。至少在沙漠道尔，人人都知道他们的事开始得不错。

泰皮斯将艾特尔逐出聚会时，艾特尔心境十分平静，因为他一向不得不做些于己不利的事来保持自尊。在挽着埃琳娜走向汽车的时候，他高高兴兴地模仿着聚会上和他们谈过话的人物。"我爱意大利女性的高贵庄重。"他说，惟妙惟肖地模仿着詹宁斯·詹姆斯的口吻。埃琳娜笑得上气不接下气，只能这样请求："哎哟，别说啦！"

一到他的住处，她很自然地就跟着进去了。他调制了两杯酒，并在她身边的沙发上坐下来。他想，再没有比温柔地做爱更能表示他对她的钟情，更能重振她的精神了。他的脉搏在加快。"我想我以前见过你。"一阵沉默过后，他先开了口。

埃琳娜点点头。"见过，但你甚至没有正眼看我一下。"

"我觉得那是不可能的。"他尽量温和地微笑着说。

"哦，那是真的，"她认真地点了点头，"我过去在最佳影片公司的服装部工作。有一次我送来几件服装让你过目审查，你甚至都没有看我一眼，你就只看那些服装。"

"我想你是跳弗拉门戈舞的演员。"

埃琳娜双肩一耸。"我曾经想当舞蹈演员，我的经纪人偶尔会给我找到演两三个晚上的机会。但谈不上职业演员。"

她的话使他想起那些她肯定打过交道的男人：冒牌的演员经纪人，失业的演员，只有一间办公室的房地产经纪商，乐师，一两个曾经昙花一现的男人，或许有个把像他一样出名的人物。

他不愿提及芒辛，但他感到好奇。"科利说他是在一次义演时遇到你的。"

她笑了起来。"那是科利的说法，他喜欢编撰故事。嘿，他甚至从未看到过我上台跳舞。他总是让我感到很压抑。"

"那你们是怎么认识的呢?"

"科利和你不一样,他注意到了我,"她那淡绿的眼睛在取笑他,"我也得往他的办公室里送演出服装,反正是这样那样的事儿吧,科利最后带我出去吃饭。"她叹了口气。"你知道我记恨科利什么吗?他一定要我辞掉工作,随后就让我住进一套公寓。他说要是我在最佳影片公司里上班,他就不能常来看我了。"她颇带孩子气的嘴角歪斜了一下。"那样一来我就被养起来了,我想我是有点懒惰。"

艾特尔观察着她的脸,考虑着埃琳娜能不能在他的影片中担任一个次要角色。她不行。他一眼就看出来了。遗憾的是她的鼻子过长,而摄影更会渲染强化她鼻孔的肉感。

他换了个话题。"你有没有滑过雪?"艾特尔问。

"没有。"

"改天我们去滑一次,什么也比不上滑雪。"他说这话就像一小时后他们便将坐飞机去滑雪胜地似的。

"我没做过多少事。"

"放心吧,你会有很多机会的。"艾特尔说。他俩靠得相当近,因此他说话声音很轻。"我一直想,不管学什么,你都得克服畏惧心理。"

"嗯。"

他们坐在那儿慢慢呷着酒。"我想收音机里会有西班牙音乐,"艾特尔说,"你愿跳一曲给我看看吗?"

"今天晚上不行。"

"以后你会为我一展舞姿?"

"我不知道。"

"我很想看你跳舞,听说你的弗拉门戈舞跳得很好。"

"你心眼儿真好。"她伸过手来，有点忐忑不安地抚弄着他的手。过了一会儿，她微微露出黯然的笑容，探过身去吻他。

转眼之间，他们便来到隔壁的卧室里。艾特尔很感惊异。她深谙此道，他迷迷糊糊地想，她真是深谙此道。只不过稍稍一会儿，她半推半就地想挣脱他，并叫着："别，别。"对此他毫不显得粗野地答道："哎，闭嘴。"这些话只不过给她更添了几分兴奋而已。他还从未遇到一位女人第一次便这么爽快的。对艾特尔来说，他已多次判定，当该说的话儿都已说完时，真正知道如何做爱的女人并不是很多，而真正想做爱的就更少了。埃琳娜却正是这双重"真正"的女人，这无疑是一大发现。他无意中捡得了一件宝贝。这是他平生难得的最愉快的体验。在他炽热的激情过去好久之后，他以在这样的竞技时刻学会的艺术和技巧迎合并满足着她的需要，这时候他脑中浮现出芒辛的圆脸及脸上苦恼的表情。"原来还有你啊，老朋友。"芒辛会这样说，这就又激起了艾特尔的胃口。每次起兴她总能和谐地配合，她还激起新的兴味，他处于创造的亢奋之中。艾特尔一向认为，女人做爱的方式和任何别的方式一样，是理解其性格的极好指南。当贴着脸看时，埃琳娜确实是个罕见的美人。他从未见到过如此的变化。她在别人面前羞涩胆怯，和他在一起却大胆放肆。某些举止看来似乎粗鲁，其直觉却相当精细敏锐。就这么进行着，她充满了活力，对于他的渴求几乎无休无止。最后，一番云雨过后，他们并排躺着，心满意足地朝对方微笑。艾特尔因使出了浑身解数而脸红眼亮，对他来说，展示不凡身手是比得趣更为重要的。

"你是……"最后她开口说话，却用了个挺怪的字眼。"你是个君王。"埃琳娜说。随之她呻吟一声，转过身去。"我只是从未……要知道……从来没有这样痛快过。"

自从在海滨遇到那位玩冲浪板的女孩以来,他就在怀疑自己的能力。随着年岁渐长,他对于女人与他做爱时不由自主地表现出的抗拒性细节变得越来越敏感,并因此感到自己的衰弱。他不禁想到,用不了几年,他这方面的生活乐趣将一去不返。

那么,最好是相信埃琳娜的话。不仅是因为这么做比去想她经常这样说要好得多,而且是因为在听过那些多少还算诚实、那些一度爱过他和那些只想利用他的女人诉说过大量这类情话之后,出于本能,他现在对这类话已到一拍即合的程度。这类话他已经听过无数次,况且,这话也不是没有道理,因为颇具讽刺意味的是,他正是把这个当成他的真正技艺。"做一名好情人,"我曾听他说,"就不该轻易落入情网。"但他之所以相信她的话,还有别的原因。像她这样委身于他,而不是出于阿谀奉承,这可不是想做就能做到的事。多年来他已经历了种种并不可鄙的风流韵事。他冷冷地回想起那些女人,都不是等闲之辈,但她们并没有,是的,她们从未在第一夜便表现得如此激情投入。他想,一个肯定熟悉从杂技艺人到探戈舞者等三教九流的女子,居然称他为君王,这份感觉真是美妙。怀着对自己的珍爱,对一旁曲身相偎的女人的怜爱,他闭上眼睛,在昏昏欲睡中心满意足地想,如果说以前与女人做爱后他通常只想摆脱她们,现在他不仅希望与埃琳娜共度良宵,还想紧紧地搂着她入睡。他非常幸福地进入了梦乡。

第二天早上,两人都有点沮丧。毕竟他们彼此还很陌生。艾特尔将她留在床上,自己去起居室穿衣服。盛冰块的小桶里有点儿水,他用水洗过,倒上些纯酒,清了清喉咙。埃琳娜穿着晚礼服出来时,脸上未化妆,长发散乱地垂在脸颊前,他见了几乎要笑出来。如果说昨夜她显得很漂亮,此时她却没有了光彩,不再楚楚动人了。

"一起吃早饭吧。"他尽量朝她笑着说,见她点了点头,他便炒了几个蛋,并煮起咖啡。

"我们先吃一点东西,"他从厨房里说,"感觉好些以后,我就开车去你的旅馆,给你带些衣服来。那样你就会振作起来。"

"我会离开这儿的,你不必为我担心。"她没好气地回道。

"我不是那个意思。"她以为他想尽快摆脱她,而他却受了感动,想显得友好体贴些。"我要你今天和我在一起。"他很快地说。

她的口气软了下来。"早上我总是心情不好。"

"哦,我也一样。不瞒你说,我俩差不多。"他一阵冲动,走上前吻了她。她扬起脸颊让他吻着。

进早餐时,在咖啡的作用下,他的心情好多了。"去帆船俱乐部里游泳,你觉得怎样?"他问。

"去那儿游泳?"

他点点头。他看得出,她在想象他们若出现在游泳池边,那会是怎样一番景象。那么多陌生人会看到,聚会过后那个上午她和艾特尔在一起。

"我不想去。"她说。

"我们会让他们大吃一惊,"他像个丑角似的快活,"要是泰皮斯来了,我们就把他推到游泳池里去。"

"他真令人害怕,"埃琳娜说,"那么凶。对你说话时那么恶狠狠。"

"他只会说那种话。他不懂措辞,只知道扔出话来表达感情,"艾特尔笑着说,"噢,也有人浑身都是感情,不像我这样子。"

"你很有感情。"她说,随即窘迫地盯着自己的盘子。

艾特尔心头掠过一阵懊丧。他昨天对泰皮斯的回话不够得体。他本可以谈些情况,但当时他思忖得太久,后来又付之一笑,便带着她离开了。

"我刚刚想起来,"他又打起精神,对她说道,"我知道沙漠中有一片水池,那儿景色宜人。有许多仙人掌。我记得甚至还有棵树。我们为什么不上那儿去游泳?"

他的意大利小妇人尽管显得快活了些,却依然郁郁寡欢。"我想,今天我该搭公共汽车回去。"她平静地说。

"啊,你是发疯了。"

"不,我想回去。"他看出她并未仔细考虑过,回去后她的生活其实毫无着落。"你待我真好。"她笨口拙舌地加了一句,身体也颤抖了。

"听我说,埃斯波西托。"他口气变轻柔了,可她眼里已涌满泪水,并匆匆离开了。他听见她关上了卧室的门。

"太傻了。"艾特尔大声说,他几乎不知道这是指埃琳娜还是指他自己。

他暗自思忖,昨天她之所以委身于他,为的是羞辱芒辛。而现在,到了第二天她还不走的话,便只能羞辱自己了。他走过去打开门,紧挨着埃琳娜在床上坐下了。"别哭了。"他温和地说。突然间对他来说她显得那么可爱,他说不出地喜欢她。"别哭了,小猴子。"艾特尔边说边轻轻抚着她的头发。埃琳娜的眼泪顿时扑簌簌地落下来。他把她拥在怀里,感到有点儿好笑,又有点儿厌烦,却不无同情。"你非常可爱。"他附在她耳边说。

"不……你对我这么好。"她啜泣起来。

过了一会儿,她站起来照照镜子,轻轻惊叫了一声,然后悄声对他说:"等我换过衣服,我们就去游泳。"

"哟,你这讨厌鬼。"他说,她情不自禁地紧紧拥抱着他。

"请别看我,"埃琳娜说,"待我化完妆再看。"

他听从了。埃琳娜在将旅馆房间的钥匙给他时,承认房间里杂乱不堪,艾特尔肯定地说,他对此根本不会计较。随后艾特尔开车很快地穿过沙漠道尔,找到了那家旅馆。她住的房间不大,窗子开向一口风井。他想,那准是沙漠道尔唯一的风井。她只有一只小小的旧皮箱,这么件很不起眼的行李,然而她却将所带的衣物扔得每件家具上都有。她显然非常随便,而服务员只管收拾床铺,这暗示了该旅馆的等级。艾特尔遗憾地审视着凌乱不堪的样子。她居然如此乱糟糟,他一边想,一边将一件衬裙扔到皱巴巴的衣服上,以找个地方坐。在揩过椅子后他坐了下来,燃起一支烟,自言自语道:"看来今晚还得抽时间把她送上公共汽车。"

他并没有送她上公共汽车。那个下午过得很愉快。没有人到他们桌上来聊天,这倒正合他的意。自他早上醒来之后,他的心境便摇摆于抑郁和兴奋的两极。他和泰皮斯吵架的事已飞快地传开了,这多少令他有点得意。让他独自待着吧,他想;让他们——埃琳娜和他——独自待着吧。"全新的开始。"艾特尔整天都在对自己念叨这句话,就像某首歌里人们一唱便难忘的歌词。

他对埃琳娜极为满意。她穿着泳装,亭亭玉立,那么赏心悦目,他还没来得及好好欣赏呢。他坐在阳光里,知道不出几个小时,他就可再度将她全身占有,心头便渐渐涌涨起激情。将那个时刻往后推延,更增添了妙不可言的愉悦感。她今天笑得很舒心,柔和的嘴张大了,可以见到她那漂亮洁白的牙齿在闪烁,他发现自己竟在竭力逗她发笑。她意识到周围的人在注视他们,她感到不自在,很不自在,但比起昨夜在聚会上的表现,她的神情泰然多了。他不能不赞赏她听他说话时表现出的端庄,她的眼睛随他说话内容的变化而变化,是那么生动传神。他不禁想道:"我能让这女人变得出类拔萃。"这不难办到。他可以教她说话时别移动双手,他可以指点她训练她，如何使嗓音深沉而不显得粗俗。整个下午艾特尔都沉浸在爱恋之中。一切都那么完美。"与世抗争的查利·弗朗西斯。"他谨慎而颇含嘲弄地想，但这嘲弄根本束缚不住他热烈奔放的激情。他不知不觉想起那些在美国东部某所大学度过的岁月，那时父母对他寄予厚望，结果却深感震惊——这是好多年前的事了——他还记得青少年时代他是那么笨拙。他曾那么饥渴那么忌恨地看着富家子弟们炫耀地带着各自的女友，在学生联谊会的门口进出，而他却从未受到过邀请。他曾因自己的女友而受尽奚落——那是些乡镇姑娘、劳工女子，有天晚上他的约会对象则是附近某女校一位其貌不扬的学生。他满怀怨恨之火离开学校，知道这世界早已把他视为无足轻重的平庸之辈。也许正是这股无名之火，激励他拍出了早期那些影片。如果事实正是如此，那么他的成功便来源于饥渴和忌恨。在电影之都的那些年月里，他的饥渴得到了满足，而他的忌恨则酿成了智慧。可他在获得赞赏的同时也消磨了进取心，耗费了孕育才华的精力。当他坐在埃琳娜的身边，回想起创业之初他的起点是如何低时，他的心头又燃起了希望，相信他的才华会重焕光彩。他现在能与这样一位女人共同生活，她定会对他有所帮助。她热情而真诚，昨夜又向他奉献了那么多。这一切对于他重树信心是多么必要。"你真是妙极了。"他像个孩子似的对她说。见她听到称赞后那样将信将疑，他甚至更感动了。她对此很敏感。他肯定这不仅仅是怀疑。她主动说起芒辛，他很赞赏她对芒辛的看法。"他这人并不坏，"埃琳娜说，"他想要个真正爱他的女人。是我不好，我使得他误以为我爱他。"

她的坦诚吸引了艾特尔。"科利认为你爱他？"他问。

她接下去说的话颇令艾特尔吃惊。"我不知道。他很精明，你知道他很精通人际关系。"

"是的,确实如此。"

"我的心理分析医生认为在芒辛的事上我应当力求成功。"

"现在这事结束了吗?"

"我不再去求助我的医生了,我认为我的移情根本就错了。"听她口中说出这样的字眼,多少有点让人感到古怪。"你知道,"她说,"我的医生对我犹如科利对我一样。"一时间她的眼中像有个恶魔在闪烁。"我想,过去我经常外出,并和男人们在一起干些蠢事,只是为了在医生眼中变得更加与众不同,"她嘻嘻笑着,"你知道,那样一来他会把我写成特殊的病例或别的什么。"

艾特尔听到这些话,强忍住自己,总算没皱眉头。"科利对此是什么态度?"他问。

"我恨他,"她突然说,"要是我那样干了,他会原谅我,你知道,也许他只是旁观而已。他是个十足的伪君子,"她激烈地说着,并用力攥紧了艾特尔的手,又补充说,"我真不知道我怎么会与他相处了那么久。"

艾特尔点点头。"事情一牵涉到要他与老婆离婚,科利就不那么真诚和善了。"

"唔,那是不可能的。说起这事我真讨厌自己。"她茫然地用手指着自己的嘴,"他是个可笑的家伙,科利。他心里充满了负疚和焦虑。"

"又喋喋不休胡言乱语了。"艾特尔心想。这些话令他很不愉快地想起一些风流事。那么多与他有染的女人曾求助于心理分析,她们四处散播大量的流言蜚语:艾特尔背地里怎么责怪心理分析医生,那些医生又如何数落他。真是现代的三角之家①。

---

① 原文为法语,意为三角家庭,即结婚双方同其中一方的情人住在一起组成的家庭。

但埃琳娜还在沿自己的思路想着。"科利思想很复杂,"她对艾特尔说,"他既觉得自己无私,又认为自己无用。当这两种感受兼而有之时,他才觉得幸福。但那有什么意思?我是说,我不知道,我不知道这些事该怎样说才好。"

她真是无价之宝,艾特尔心想。"我也不知道怎样才能说得更好。"他轻轻地说。

"我并不真的恨科利,"她补充说,"我只感到惭愧。"

"为什么?"

"因为……"她的手指神经质地刮着指甲上的护膜。艾特尔想,他得让她纠正这种习惯。

"因为你知道你比他好。"艾特尔微笑着说。

"啊,我不知道。"她淡绿的眼睛中闪烁出一股顽皮的神情。"我猜想这正是我的意思。"她说完又笑了。

"你真是妙极了。"艾特尔说。

"今天过得这么令人讨厌。"她微笑着说。

那一夜艾特尔与头一夜同样亢奋,或许感觉更妙,因为他已急不可耐地等了她整整一天,而且他发现她更讨人喜爱了。他再次对埃琳娜惊叹不已。她像个历遍情场的伯爵遗孀,有着强烈的性欲,而他许久以来孜孜以求的,若不是这一点,又是什么呢?他们能否保持这样的状态,抑或仅是偶一为之无力以继,他的这份疑虑已获得解答。"从来没有这么痛快过。"她对他说,在他点头之时,她颇为神奇地全身一颤。"我和过去不一样了。"她紧依在他怀中悄声说,第一次在他心中制造了些妒忌的烦恼。"和别的男人在一起时我几乎总是很做作。"

这种情况他也有过。他经历过一些女人,她们将首尝到的真正愉悦奉献于他,他出于虚荣领受了她们的曲意逢迎,但他从未尝过如此高贵优雅、自然通畅的乐趣。这确实非同寻常,他们对于各自介乎做爱和纵欲间的精妙奥秘了解得极为透彻。这一向便是他超人的天赋,或是他自我感觉如此。他能洞悉女人的心,只要稍稍一瞥,他便肯定能发现她们每一丝迎合投契的欲念。"内心自淫者。"他这样想,在与女人做爱时,小心得像在自淫一样。然而埃琳娜使他更有所超越。她的脸鲜活生动,她全身充满生机活力,他从未遇到如此心领神会、交接时如此和谐默契的人。那种配合真是天衣无缝般完美,不存在丝毫的欠缺或是过火的遗憾。

艾特尔沉入了深深的酣睡。像大多数愤世嫉俗者一样,对于男女之事他是极其动情的。这是他的丰饶之梦,这梦给予他足够的滋养,以便满怀希望地醒来,希望这次艳遇能使他恢复精力,重振勇气,像他一度深信的那样,成为出人头地的人物。身边有了埃琳娜,他多年来第一次想到,对他来说,世上最美好的事莫过于拍一部伟大的电影。

单枪匹马一个人干,也可以进行,可以走得很远,但终究有限。他自己已是几多蹉跎,而这女人,他几乎是无所了解。但两人结合在一起,却可以使对方有所成就。他对埃琳娜充满了柔情。她是可敬可爱的,连她的脊背都赏心悦目。"醒来吧,小猴子。"他在她耳边轻轻唤着。

白天他不甚认真地想着是否让她来和他住在一起。他对此十分谨慎,不到拿定主意不会告诉她。但时间流逝得很快。他们现在到了坦诉以往情感史的阶段。这话题对艾特尔一向具有吸引力。他发现埃琳娜不仅爱唠叨,而且一说及情感纠葛便容易冲动。

"你知道我说的三明治是什么意思吗?"她问。

他知道。她便坚持要他说出细节,在他说着故事时,她沾沾自喜,竖耳倾听,就像个孩子在听童话。"也许我们可以做这样的事。"她说。

"也许吧。"

"哈，这样的对话多么荒唐。"然而她却像只贪婪的小兔子，渴求着更多的胡萝卜。她那瓜子脸甜甜地笑着，现出浓浓的兴致，她想知道他是否出席过舞会。

"我一般来说都不参加。"艾特尔说。然而，他接着告诉她，他在沙漠道尔认识一些人，可以去出席他们的舞会。她对此感兴趣吗？

她感兴趣。他们总有一天得参加舞会。"我参加过，你知道，有时候也与女人一起去。"埃琳娜坦诉着。"有一次……"看起来她也有好些事可以讲。她说得含糊其词。"在我告诉他后科利几乎要杀我，他觉得那种事不可原谅。"

"你这个小捣蛋鬼。你干这事，就是为了告诉他。"

"嗨，他不得不从我嘴里挖出来。"她咯咯笑着，"我可令人讨厌了。"

"我很想知道你怎样看待我。"艾特尔说。

"我不会议论你，"她说，"永远不会。我不能那样做。"他的目光移开了，但问题接踵而来。"为什么呢？"她问，"你会谈论我吗？"

"不会，当然不会，"艾特尔对她说，"你是绝顶出色的。"他听到自己在这样说："是我遇到过的最好的女人。"他拍了拍她的臀部。"你是只有趣的猴子。"他自己还不知是怎么回事，这话已说出口了。"你现在爱的是谁？"

"你，"她说，但随即移开了视线，"不，不爱，我谁也不爱。"

"这是你自己的想法吗？"

"是的。"

"这想法倒也不错。"他几乎没有停顿，便讲起了另一个故事。

123

白天就这么亲亲热热地过去了。到了傍晚,他们才开始考虑她该怎么办。埃琳娜依然坚持她第二天回电影之都去,而艾特尔说什么也不让她独自回去。争论了一个小时,最后艾特尔非常热切地说:"让我们住在一起吧。"

令他吃惊的是,她并不怎么欣喜,却烦恼不安起来。"我认为不行。"她平静地说。

"为什么?"

她尽量搬出理由。"我已和一个男人同居了这么久……"

"那不是真的同居。"艾特尔插话说。

"唉,我刚摆脱科利,我不想又……我是说,还不到时候。我想看看我能否独立生活。"

"你并没有说出真正的原因。"

"不,我已经说了,"她眼睛看着他,"况且,这样做对你来说也不行。"

"为什么不能尝试一下?"

埃琳娜变得焦躁起来。"当然,为什么不试一下?能失去什么呢?"

艾特尔有点生气,正想说:"你能失去什么呢?"但他忍住了没有说。

他们终于商量妥了。埃琳娜将住在沙漠道尔,他们愿意时便可以见面,果真必要的话,甚至可以天天见面。

"你可以干你想干的事,"埃琳娜说,"我也可以干我的。"

"很好,"艾特尔说,"要是你需要借点儿钱……"

"我有钱,够我维持一些日子。"她庄重地说。

这结果确实比他原先预想的好。既拥有她,又留有他自己的空间。她很聪明,他想,她知道怎样做不至于败坏事情。艾特尔坚持要为她预付一周的房金,当晚他便送她去了旅馆,让她独自睡在那儿。她一走,艾特尔便明白这正是他所盼望的事。每和一位女人交往,总会有这样的时刻,他想独自待一阵。幸好埃琳娜相当明智,能理解这一点。

艾特尔正想着,但睡意说来就来,很快他便睡着了。不过大约三点钟光景他醒来后,就再也合不上眼睛了。从这时到黎明的漫长等待中,他眼前闪过了自己的一生,最后他竟然觉得,谁也不曾像他这样的百无一用。埃琳娜肌体的气味依然附在他身上,并已渗透于他的呼吸之中。他心神不定,十分紧张,手脚竟如上了肢刑架①似的。服用安眠药为时已晚,这种情况下得服用好几颗才有效。艾特尔起床喝了点酒。但这无济于事,他的心情依然十分抑郁。

他心里突然冒出这样一个念头:打电话叫埃琳娜过来。反复掂量着,觉得叫她过来陪伴不仅令人愉悦,简直非常必要,他实在不愿孤零零地挨到黎明。于是他拿起话筒,往她住的旅馆挂了电话,请求服务台接通她的房间。足足十秒钟之久没有回音。这么长的时间里他心头承受到的压力,足以让他意识到,要是在这种时刻她不在自己屋里,对他来说可是多么巨大的打击。不久她回话了。他虽不能肯定,却有种感觉,似乎埃琳娜在佯装困倦。

"哦,亲爱的,"她说,"有什么要紧事吗?"

"没什么事,"他清了清喉咙,"我只是想听到你的声音。"

她的回话,在他听来十分温柔。"哟,查利,在这种时刻?"

艾特尔点起一支烟,尽量使口气显得随便。"喂,你现在马上到我这儿来,行不行?"

她没有马上回答。"亲爱的,我困得很。"埃琳娜终于喃喃地说。

---

① 肢刑架,旧时一种以转轮牵拉四肢使关节脱离的刑具。

"嗯，那么，别把它放在心上。"

"你不会生气吧？"

"当然不会。"艾特尔说。

"我太瞌睡了。"

"我不该给你打电话。你睡吧。"

"今天夜里我很想你，"埃琳娜说，"但最好还是明天见面吧。"

"明天见，"他重复着，"我也很想你。"他坐在那儿，呆呆地望着电话机。不知怎么的，他好长时间也摆脱不了她房间里有个男人的想法。

艾特尔感到很惊奇，他发现自己竟然会妒忌，会因埃琳娜而心生妒忌。他已经那么多年没有这种感觉了，这种强烈的感觉挺有意思。确实，任何一种强烈的情感都很有意思。然而，他开始感到了深沉的痛楚。一想到埃琳娜会哆声哆气地和别人做爱，他就感到剜心割肉般的痛。

艾特尔像是经历了一夜英勇卓绝的苦战，尽管天亮时没有留下任何尸体。他十多次将手伸向电话机，稍后又收回来。凭借妒忌这种强烈情感所具的深刻洞悉力，他考察了她所说的所有那些可笑故事，结果只不过想起了她提到的某个男人，以及她偶尔的评说："冤家，我醉了吧"，只不过进一步想象了她怎样委身于人，他知道那是种做作，轻轻呻吟，低声叫唤，快活地嘀哟，单是想到这点，再加上酒的刺激，他那富于想象的双眼便像遭到妒忌之凿的剜挖一般——这类纵欲的场面足以令他睡意顿消。那位与她同床共枕的男人，根本不知道她在做作，在进行自己的探索，于是此人事后吹嘘她说过什么话，做了什么事。一想起这些，艾特尔实在难以忍受。如果说过去他曾听别的情妇这样供认过，并把它看作是一种滑稽娱乐剧的封闭彩排，这时他却简直会将埃琳娜认识的所有男人杀绝。

他们毫不赞赏她,这便是他们的罪过,他们对她的赏识还不及她的自怜自爱——像所有妒忌的情人一样,艾特尔觉得埃琳娜是在觊觎自己的财产。她不过是他能加以利用的人。如果说他对她的过去感到妒忌,那是因为她过去的所作所为只能理解成她现在的所作所为。她也许曾向别的男人诉说过的那些热烈情话,如今只是在否定她对他诉说时的热情。他听到了自己对她的议论,就像一把冰镐戳在他胸口。"科利不在的时候,这小娇娘会外出寻欢作乐。为我干过的几位演员同她在一起过。他们对我说,她一上床,简直令人销魂。"他几乎想拧断她的脖子,因为她没有等待他,为什么她不知道自己不必做作,因为他有朝一日会与她相聚呢。那种说登上环滑车就为了体验一番的缜密理性不见了。他觉得,哪怕她只与别的男人有过片刻的欢娱,那也是一种罪恶。

接下去的几天难熬之极。他望穿秋水般等候埃琳娜光临,每当她来到他的住处,他便会迫不及待地与她做爱,那种急迫感他先前还以为早已一去不返了。她不在的时候,他便借酒解闷,在帆船俱乐部里呆坐,驾车外出兜风,或路过她住的旅馆,又满城兜圈,以便再次经过她住的旅馆。那次聚会后我第一次去拜访他的时候,他显得精力十分充沛。短短一个小时他对我说了一个又一个故事,稍稍辅以手势,便模仿了故事中各类人物,创造出一个个角色。

我拖延了好久才去看他,因为毕竟不大愿意告诉他我和露露的事,担心这会影响我们的友谊。但在我坦陈实情的时候,他却笑得浑身颤动,喘着气向我表示祝贺:"我早料到会有这事。老天可以做证,我早料到会有这事。"

"但怎么会呢?"

"嘿,要知道,我拨动了她心中的某根弦。我有那种感觉,我知道她正打算找位剑客消遣一番。"

"剑客？哈，我竟然也有粗鄙心理了。"我说。但我心里却很得意。"告诉我，"我随便地加了一句，"露露这人怎么样？"

艾特尔坐不住了。他猛然站起来，在屋里踱来踱去。"啊，不，不！你不会认为我和科利·芒辛一样吧，是不是？还是你自己观察她吧。"随即他出人意料地在我背上重重拍了一下。"我们都挺可怜的。"他夸张地大叫着。

一个星期即将过去。正当他想着自己是否妒忌错了，或是感觉没错时，正当他的妒忌开始消退，他却竭力保留，以便获得观察这份痛苦的愉悦，并相信自己能有意识地了结这份妒忌时，艾特尔获悉了埃琳娜曾对他不忠。

她默默地进了他的住处，心不在焉地吻了他，显得温柔却有些疏远。"今天我遇到一位老朋友，"稍过片刻后她说，"那人也认识你。"他没有答话，可他的心却怦怦乱跳起来。"他便是马里恩·费伊。"

"马里恩·费伊。你怎么认识他的？"

"噢，好多年前我就认识他了。"

"他是你的老朋友？"在这之前，艾特尔还能掩饰他的妒忌，但现在他差不多无法控制自己了。"告诉我，"他说，"你和他讨论身价吗？"

她的目光十分警惕。"你说什么？"

"马里恩·费伊是个拉皮条的。"

"我不知道，我真的不知道。"埃琳娜脸上毫无表情。"哟，天哪。可他只是我的一个老朋友而已。"

"现在他成了你的新朋友？"

"不。"

"你仅仅和他说说话？"

"嗯，稍稍不止一点。"

"你的意思是远远不止？"

"是的。"

艾特尔感到激愤。如果说他的双膝麻木得毫无知觉，他的话却很尖利。

"很明显，我还不能满足你的要求。"

"你怎么能这么说话呢。"

"你还隐瞒着什么没说出来。"

"没有。我不会说那种话。"

"就为过去的好时光①举行个聚会？"

"你就喜欢这样，"埃琳娜说，"你就喜欢取笑我。"

"请原谅我伤害了你。"他强忍住自己，没有伸手去拍额头。"埃琳娜！"他叫起来，"你为什么要那样做？"

她脸上显出不顾一切的神情。"我喜欢那样，我感到好奇。"

"你一贯好奇，是不是？"

"我想知道……"她停下不说了。

"我明白。你不必告诉我。我对于女人的心理，可以说了如指掌。"

"你一定是个万能专家，什么都懂。"埃琳娜说。她稍停片刻，又说起来："我不知道，我想了解是不是……"

"是不是只有跟我在一起，才能享受到心花怒放般的肉欲乐趣，还是任何别的老伙伴都行。是不是这么回事？"艾特尔站得远远的，却很为自己说出这样的话而恼怒。

"差不多吧。"

---

① 原文为苏格兰语 nuld Lang Syne，意为美好的往日或昔日的友谊等。

"差不多！看我不杀了你！"他绝望地吼叫着。

"我总得了解。"埃琳娜嘟哝着。

"你了解到些什么？"

"我正想告诉你这一点。和他上床我感到自己像泥塑木雕似的。"

"你才不会像泥塑木雕。"

"算了……我一直在想你。"

"你真连猪都不如。"他对她说。

"如果你要赶我走，我这就走。"她态度生硬地说。

"待在这儿！"

"我想我们现在最好还是分手吧，"埃琳娜说，"我住旅馆的房钱该还给你……我还欠着你这笔钱。"

"你能从哪儿得到钱？从费伊那儿？"

"哼，我本来没想到向他要，"她说，"但既然你提到了……"

艾特尔自己也感到吃惊，他居然抓住她猛烈摇晃。埃琳娜惊叫起来。他只好放开她，走到一旁。他全身感到一阵阵疼痛。

"你并不在乎我，"她说，"你确实不在乎，只不过你的自尊心受了伤害。"

他极力镇定自己。"埃琳娜，你为什么要这么做？"

"你认为我很蠢。行，或许我是很蠢。我没什么有趣的事可以告诉你。我只不过是你的玩物。"她开始呜咽起来。"你是有才华有知识的人，我配不上。就这样。"

"那和这件事有什么关系？我认为你很聪明。我对你说过这话。"

她又是一副不顾一切的神情。那小巧的瓜子脸竭力显得满不在乎。"女人不忠实，对男人才更有吸引力。"

"别夸耀你的经验了。"艾特尔大声喝道。他一阵狂怒，紧紧抓住了她。"你这白痴!"

"这是千真万确的,千真万确。这并不是经验。我知道。"他一时真正感到了她脸上显露出的痛苦。她说得很对。要是说她的肉体被玷污了,她在他眼中却从未显得这般纯洁,这般有吸引力。"你这白痴,"他重复说道,"你难道不明白吗?我认为我爱你。"他那麻木的头脑深处顿时冒出这样的想法:"朋友,这下你可陷入困境了。"

"你并不爱我。"她说。

"我爱你。"他肯定地说。

埃琳娜又哭了起来。"我崇拜你,"她啜泣着,"从来没有人像你那么待我好。"她吻着他的手。"我爱你远胜于我以前爱任何人。"她毫无保留、一往情深地说。

终于,埃琳娜答应搬来与他一起住,他们的恋情这才真正开始了。

## 第十一章

在他们同居的最初几周里,埃琳娜老是在注意艾特尔的脸色。她的情绪便是他的心境的晴雨表。如果她高高兴兴,就意味着他心情舒畅;而如果艾特尔闷闷不乐,那她便郁郁寡欢了。对她来说别的人似乎都不存在了。我不想把事情说得太过分,但我相信这些都是实情。

根据艾特尔所了解的埃琳娜的身世——她对此中的细节总是含糊其词——她的父母在电影之都开一间糖果店,他们的婚姻相当不幸。她父亲原先是位职业赛马骑师,后来摔断了一条腿,是个自负的小个子男人,却十分强横霸道。她母亲是个心胸狭窄的泼妇,精于计算,也专好恃强凌弱。她对埃琳娜既娇惯溺爱,又常辱骂叱责,有时倍加呵护,有时又置之不理,时而激励她奋发,时而又打击她的志气。那位父亲,被人骗去了马,又要供养五个孩子,因此很不喜欢她——她年龄最小,又出生得太晚。家中有哥、姐、叔、婶、堂兄弟姐妹及祖父母,有时候大家庭相聚,竟会闹得动手打架。她的父亲长相英俊,是个花花公子,只要有机会与女人单独在一起,总要想方设法与之做爱。但他又是个道学先生,喜欢教诲他人应怎样生活。她的母亲举止轻浮,为人贪婪而妒忌,常因人生落到开糖果店的境地而悻悻不已。

"要知道,她待我真是古怪得很,"埃琳娜说,"在我还是个孩子的时候,她会抓住我骂:'要是你不能做点别的,就从这该死的街上滚开。'而后，不出五分钟，她会狠狠打我，差点把我打翻在地。有时候我不听他们的话，他们便说我真的不是他们的女儿，而是从什么人那儿买来的，他们要把我遭返回去。啊，那真叫人难受，查利。"在埃琳娜小时候，每当父母亲互相气势汹汹地破口大骂时，她只能默默地在一旁啜泣。她的孩提时代便是在父母充满猜忌的吵闹辱骂声中度过的。

埃琳娜鼓足勇气离家出走的时候，还不到二十岁。她住进一个带家具的房间。从此，通过她的各种朋友——在最佳影片公司工作的女孩、失业的年轻演员、上夜校的年长的大学生等等，埃琳娜学会了像波希米亚人那样生活。波希米亚人，她说的正是这个词。她上夜校读书，学跳舞，在艺术院校当模特，又曾去一家有彩色塑料桌子和仿镶木墙壁的饭店当衣帽间侍者。后来她便遇上了科利，由科利在电影厂附近给她包了间公寓。

艾特尔每想起她的身世，便变得格外温柔。多年来谁也没像她那样激起他的同情。她出身寒微，饱尝了人生的辛酸痛苦，家庭背景又如此低贱粗俗。但尽管如此，尽管过去六年里她回家还不到十次，她却始终在想着他们。有位婶婶，向她报告家里的情况。那是她唯一的联系，而埃琳娜每次回信总是写得很长。她急不可耐地听说这个亲戚成家了，那位堂兄病了，她的哥哥努力想成为一名警察，而她的姐姐正在学习，想做一名护士。埃琳娜对他说起这些凡人琐事，而他是永远不会去结识这些人的。她不可能再回到自己家里去——问题的关键便在这里。他们会接纳她，但她不愿为此付出代价。上一次她回去探望父母时，他们便默默相对无话可说，后来便闷头吃饭。晚饭才吃了一半，父母便因她现在的生活方式而厉声训斥她，埃琳娜二话没说便匆匆离开了家。

如今，她依附于艾特尔，自己没有家，也没有朋友。科利已有意让一切认识她的人都疏远她，这样一来，埃琳娜就几乎没什么朋友了。如果说她还能和艾特尔随意闲谈，像个孩子似的从一个话题说到另一个，那么在他们偶尔外出与人交往之时，她就变得十分拘谨了。但艾特尔近来根本不在乎别人如何议论他，他们也难得受邀外出。埃琳娜搬来与艾特尔同居才三天，这度假胜地一份周报的漫话专栏就刊出了这么一段文字：

> 据说那位有赤色分子嫌疑的查利·艾特尔，像皮格马利翁①一样金屋藏娇，将某位身份特殊的大制片人的前外宠娇娘收归己有，这算什么名堂？

不知是纯属巧合还是别的，从这时起，帆船俱乐部开始将他拒之门外。而每次我去拜访他们，露露得知后便会大发雷霆，由此我也估摸出了这事的分量。当我把这些告诉艾特尔时，他只付之一笑。"露露心底里其实很佩服你，"他笑着对我说，"对她说，欢迎她来做客。"

就在那个晚上他谈起他的理论，尽管我不想探究什么理论，但或许这是一个人性格的组成部分。如今我可以依他的原话来写，而且我觉得甚至可毫不夸张地弄得复杂点，但这小说写的是我当时的感受，因此我只能将当时听到的加以转述，否则的话篇幅未免太长了。艾特尔讲话中提到一些我根本没听说过的名人名著，当然自那以后我都已一一拜读过了。艾特尔理论的核心是，人们都有着一种潜在的本性——他称之为"高贵的野性"——而人生的一切都在改

---

① 希腊神话典故。塞浦路斯王皮格马利翁善雕刻，热恋自己所雕少女像，爱神阿佛洛狄忒见其感情笃挚，给雕像以生命，使两人结为夫妇。

变、鞭打、整治着这种本性，直到它几乎泯灭。然而，如果人们既幸运又勇敢，有时他们会找到具有相同潜在本性的伴侣，这会使他们变得坚强，感到幸福。至少相对来说是这样。人生道路上有无数的风风雨雨，如果说每个人都有潜在的本性，那么每个人也都有势利之心，而此势利心通常更加顽强。它会如暴君一般主宰潜在本性。

与此同时，一个个白天悄悄流去，一个个夜晚静静到来，床头柜上的灯会在夜间洒下一片金色的光芒。艾特尔曾多少次开始而后又结束这样的浪漫之旅，如今他再次踏上了旅程。他觉得他们做爱时，埃琳娜是那么娇柔，那么多情，那么欢喜；在他眼里，她并不是有着不光彩历史的贱人，而确确实实是位来自梦幻世界的美女。做爱的举动现在也文雅温情多了——这是他一再感受到的——原先他觉得妙不可言风月初度的几夜，和他们现在的欢乐相比，不过如体操馆里的一小时热身而已。艾特尔感到自己身体的变化毫不亚于思想上的变化，似乎原本疲惫得濒临衰竭的神经和器官全部起死回生，恢复了活力，还带动了他思想的新生，仿佛埃琳娜不仅是他的女人，更是救他一命的香膏。他希望自己能保持对她的这种认识，希望那种陈腐的势利之心不再以她的小小过失、她的无知无能、她的不配做他伴侣等为借口，来给他增添烦恼和痛苦。他愿与她厮守在屋里，他愿使自己重振精神，他愿干一切必须干的事，然后他将出去投入战斗。

一连几个星期艾特尔陶醉于幸福之中。他感到自己就像病人在迅速康复，胃口大开，身体日渐强壮。他会在房前的露台上一坐几个小时，思索、遐想、积聚力量。入夜，在吸足了太阳的温暖后，他们躺在床上，互相感到愉悦满足，每次做爱都会惊奇：他们怎会忘了这是多么的舒心快意啊！每一次都比前一回更完美、更令人沉醉了。"对于热烈的情人，健忘确是须臾不可或缺。"艾特尔微笑着这样想。

有时候他觉得自己生活在鸦片所致的幻觉之中，除了等候夜晚降临外，别的一切皆空，不那么真实了。夜间，他们每次都怀着新的欲念，等待着颠鸾倒凤的销魂时刻，随心所欲地尽情做爱。他们会不断探索些新的花样，而他则会获得更多的快感。但他一次又一次地提醒自己，世上没有一成不变的事，他所深深沉醉其中的合欢之乐，对她来说或许没有那么大的吸引力——他们最初同床共枕的那几夜，情况毕竟相当不同——但埃琳娜于此的嗜好迷恋，正与他一样深沉复杂，因此，这些日子里他一直相信，他们会继续配合着变换花样。

当然，他们也会吵架，也有烦恼，但他们颇感乐在其中。埃琳娜硬让艾特尔辞退他的清洁女工，由她来干家务。艾特尔知道自己得尽量节俭，对她的主动承揽很为高兴，也就答应了。可惜埃琳娜实在不善料理家务，家中总是一团糟，这让艾特尔很恼火。他们的争执便依循固定程式重复着——准备早餐会闹个不欢而散——但对艾特尔而言，这些争执是种新的体验，因而不无乐趣。过去，他和情妇们的争执无不以冷冷的沉默告终，因此，他倒挺欣赏现在这种争执。他会因某件事而责备埃琳娜，埃琳娜则会发起脾气来。她很讨厌被人指责。

"你对我感到厌腻了，"她说，"你并不爱我。"

"你才不爱我，"他对她说，"我稍一暗示你还不尽完美，你便会对我抄起屠刀。"

"我心里清楚，你认为我配不上你。记得报纸上的那篇东西吗？你说因为我不爱你，所以你也不爱我。那好，我这就走。"说着她便往门口走去。

"看在上帝分上，回来。"他命令她，而五分钟之后，这一幕便会忘个一干二净。但他心里清楚,他知道这一切背后的现实,那便是她并不相信自己的幸福,她正等待着一次突如其来的打击,来了结这一切。她并不是根据争执,而是根据他挑起争执的方式,来判断要降临的危险。有时候这真令他心力交瘁,十分烦恼。他不时会觉得,似乎他邀引了一头狡诈诡秘的野兽来同居一室。她始终十分关切他在想些什么。这份忧虑如此强烈,他竟不知还有什么可与之相比。

因妒忌而引起的争吵他们只有过一次,那是艾特尔挑起的。一天,在某家酒吧里,他们与费伊不期而遇。他坐上了他们的桌子,对埃琳娜十分殷勤。他们离去之际,埃琳娜信口邀请费伊有空时过来串门。艾特尔心里很清楚,埃琳娜对费伊只是敷衍而已,但他们一到家,艾特尔便指责她离不开马里恩。在说这话的时候,他很清楚这不是事实。尽管她对于爱有着过剩的能量,她却绝无不贞之举,甚至没有转过那样的念头。艾特尔自己才有那种念头,脑中闪着那些生动的画面,还像个美术馆馆长似的保护着那些画面。如果说其中只有一件珍宝属于他自己,那其余的一切就可以说全来自芒辛。于是,艾特尔便强令自己受着以下念头的煎熬:倘若他没有了妒忌之心,他便无从知晓她会如何伤害他,以前数十个女人都没给他留下什么创伤,如今这位神圣的女子却让他饱受痛苦。

他喜欢眼下的局面,还不仅仅因为这一点。他现在感觉到,他已萌生一种真正的爱——爱那些曾在他心头开花却尚未在他手下结果的影片。背弃这份爱,便是背弃他自己。这就引出了他的另一条理论。任何艺术家都始终面临两大愿望之争:是追求尘世的权力,还是追求创造作品的力量。既然与这个女人为伴,要想在世上出人头地,除了艺术便别无他途。于是,在这闭门不出的几个星期里,当一切遂心如意,当他在阳光下坐在她身边,他感到自己又有了力量和信心，对于那个他曾觉得很难舍弃的世界，他也觉得不屑一顾了。从根本上抛开它——那真不错，那给人一种人生有收获的感觉。每想到他对埃琳娜是有所帮助的，想到这会不会是第一次做终身考虑，想到有人因认识他而获益、而成长，他并没有败坏所接触的一切，他心头便感到温暖。于是，他对与埃琳娜的恋情充满了希望。他将在一切细琐的事情上教导她，那算不了什么。更重要的是，她能理解其余的一切。艾特尔能够想象，有朝一日，她会成为他家中聪明的女主妇，对她自己以及她能给予他的帮助很有信心。结果，他的白日梦做到最后，还是返回到这世界上。

他老是谈及未来的情景，他会说起一年之后、两年之后他俩会干些什么。在他这样以未来之网罩住他俩时，他就像是自己口舌的奴隶，无奈地听着自己的话。"有朝一日让我们去欧洲，埃琳娜。"他这样说，"你会喜欢欧洲的。"她就会点点头。"你知道，电影一旦拍成，"他继续说，"或许会……"

"或许会什么？"

"现在我还没有许诺你什么，是不是？"

她会懊恼起来。"我都不想这些。为什么你要这么想呢？"

"因为你是个女人，你必然会关心这些。"他会一下子恼恨起来。"我认识所有这些家伙。他们守在四周，正等着看我们分手。"

"他们是些老古董，我才不在乎他们。"她不知从哪儿捡来这个词，用以保护自己。当他心生妒忌时，他便是老古董，而她即使一文不名，却至少不是老古董。"如果我最终离开你，因为你不想正式娶我。"她平静地说，"那就表明我确实不爱你。"

他为此十分喜爱她。她确实不失尊严。如果他能执导影片，由于她的缘故，他会拍出好片子来的。无论发生什么，他会好好待她的。他在心中这样承诺。

就在这段时期，他对于许多年里一直萦回于心、几个月来已数次动手修改的那部电影剧本有了不少新的构思。好多个夜晚他会躺在床上，兴奋得难以入眠，大段的对话，整幕的场景会自脑中奔涌而出。他一边听埃琳娜在睡梦中喃喃低语，一边打开灯，拿起放在床头柜上的笔记本，匆匆记下一条条妙思佳构。笔记本很快便记满了，他希望自己最终能做好充分准备，并获得成功。别的人或许为他们的孩子感到自豪，艾特尔热爱并引以为豪的是他的创作，他热切地埋头写了好几个月，想尽早拿出剧本，尽早筹到款，然后拍出他的影片。

一天晚上，他感到整部影片扑面而来，便赶紧坐下来，振笔疾书出一份提纲，以他独特的语言，在其中倾注了他再也抑制不住的激情。同时也记下了他的一些疑惑。在我此后去拜访他时，他给我看了这份提纲。

我想努力勾勒一位现代圣徒的故事。一位常为他人排忧解难、声名渐显的人物。他将主持一档著名电视节目，由一些被选中的来宾诉说他们的苦恼，他便对此提出些观众爱听的忠告。我故事的主角便这样年复一年地推销情感，并登上他事业的巅峰，而那些匿名的来宾，在他的节目中结结巴巴地诉说着他们的悲哀和苦难。有自己身患绝症而子女却离家出走的父母，有痴情伤心得奄奄一息而恋人却早将他们一脚踢开的伤残者。在那些故事中，虽然从未点明，却总有一股世俗的妒忌，绝望者的妒忌。游荡在外的丈夫，欲壑难填的妻子，机灵敏捷的姐妹，体弱受宠的兄弟等等。对于所有这些人，我故事的主角在他的著名节目中，都提出了他的忠告，将他们的痛苦化成了戏剧性的材料。

我必须首先讲清楚，这仅仅是个童话。因为我们会看到，我故事的主角终于无法忍受，再也不愿听这些凄惨的故事。别人的苦难听得太多了，这些苦难淹没了他。他的心上只不过开了一道小小的门，而满世界的痛苦却从那道门涌了进来。我的故事主角竭力想给予每位求助者真诚的忠告，于是他的节目便丧失了趣味。结果，酿成了起哄，顶头上司施加了压力，又接连出现混乱、惊恐、离题等现象，以致最终爆发，节目完了。一切烟消云散。

事后我故事的主角深入到社会的底层。他来到贫民窟、救济灾民的施粥所和阴郁沉闷的廉价酒馆，来到城市一切黑沉沉的阴影中，一切灯光幽暗之处。在这城市里他曾显赫如国王，竭力想给人以安慰，结果却只提供了一些虚妄的慰藉，因为他所说的尽是谎言，而他们又必须倾听一位诚实者的话。直到他因一系列失败而恼怒，他以可悲又可怜的激烈言辞毁了自己。关于他的圣徒品行，人们只记得他屡屡出错、令人失望的那几次节目主持。

如果我能拍得十分成功，这部片子便会体现出一种美，它体现在一个人身上，这人敞开心胸去面对怜悯的大海，却终于葬身其中。用世界本身的这面镜子来痛斥这个世界，这个虚伪的世界，这个残酷的世界。让那种认为罪恶生活的存在就是为了让人类来摧毁它们的说法见鬼去吧。

我的肯定意见：如果这部片子拍成功，主角的形象将非常完美，影片将成为杰作。

我的反对意见：一开始就抱着这样的想法，通常是拍不出杰作的。莫非我只是在玩弄夜间才有的狂热激情？

查·弗·艾

我看完后把提纲还给他,并且说,我理解他的意思,他点点头说:"当然,只写区区两页纸,这故事似乎有点可笑,但我确实能想象出画面来。"他因这个词而笑起来。"埃琳娜认为这很美,不过她带有偏爱。"

"别开玩笑。"站在屋子另一端的埃琳娜说。

爱淘气的艾特尔却走得更远。"你知道吗,瑟吉厄斯,"他神秘莫测地笑着说,"埃琳娜认为,在我的心目中,你便是这个奇异故事主角的原型。"

"哎,谁让你说啦。"埃琳娜埋怨着,却并没有朝我们这儿看。

"听着,查利·弗朗西斯,"我装出愤愤不平的样子说,"我宁可给举重运动杂志做封面人物,也不想成为你故事中主角的原型。那算是什么前程呀!"

我们都笑了起来。我望着埃琳娜,第一次想到,艾特尔到手的,不仅仅是位女人,而比他向来所企盼的要多得多。尽管我和埃琳娜之间从没说过什么表示好感的话,我们却挺喜欢对方。我们有一些共同点——我的第一位女朋友是希腊人,她的父亲也开一间到处是蝇屎斑的廉价饭馆。因此,我毫不感到奇怪,不出两分钟,我就和埃琳娜的目光相遇了。我俩交换着会意的微笑,艾特尔对此显得大惑不解。我觉得就这么相视一笑,我和埃琳娜便出乎天性而达成了默契:在我们心灵相通的事情上保持友谊,而在个人情感上决不越雷池一步,至少在埃琳娜和艾特尔共同生活时,必须如此。

"让我们去那家挺不错的小酒吧。"埃琳娜对艾特尔说。

他们已形成习惯,常去同他们住处仅隔几个门面的一家法国小酒吧,我便常常在那儿见到他们。这是个新的去处,唯一的娱乐消遣是手风琴音乐。琴手的演奏水平不高,但我常常觉得手风琴奏出的旋律已融在他们的恋情之中,那种喘息似的曲调似乎在传递大众舞厅中的低语："人生悲苦，人生欢乐，人生之乐，源于悲苦。"声音轻柔得犹如一首老歌的音乐，我相信这音乐一定令艾特尔想起了他年轻时拍的那些电影。他正在为重新开始工作做准备。为了迎接这一转变，他忙着给他的商务经理写信，核算他剩余的钱款。他很高兴他与埃琳娜过日子十分节俭，并高高兴兴地向她宣布：他们可能还有足够的钱，可维持三个月的生活。此后，他可以卖掉汽车，可以将这房子抵押出去。这些都是十五年里积攒起来的。面对如此困境，他却并不忧郁消沉。

在一个空中荡漾着手风琴声的晚上，艾特尔在房间里，用他自己的十六毫米放映机，为埃琳娜播放了他的一部早期作品。他觉得这影片仍很动人；影片反映失业者的生活，有着一位年轻人的诸多思考和二十年前的热情，然而它依然如此完美，于是他明白了为什么他竟许久没再观赏它。就在放映机不停地旋转，演员在银幕上活动之际，他看得心里沉重不安起来。他怀着艺术家的自负，为自己的成就而激动，他又隐隐约约地担心自己再也拍不出这样的影片，但突然间他又会充满激情，觉得自己能够拍出更多的好片子，觉得世上没有他干不成的事。他自始至终都在诧异，这位年轻人怎会拍出这么好的影片。"在我拍那些影片的时候，我什么也不懂，"他对埃琳娜说，"然而从某种角度说，我当时懂得更多。我真不知道如今它们都躲到我心中的哪个角落去了。"影片放完后埃琳娜亲吻了他。"我爱你，"她说，"你会再拍一部这样美妙动人的电影的。"艾特尔心中说不出的惊慌，他知道自己的假期已经结束，他必须重新开始写那个剧本，那部迄今他还无法定下心来创作的仅仅稍具雏形的艺术品。

## 第十二章

我从未见识过像露露这样的女孩,也从未经历过这样的罗曼史。当然我接触过别的女子——从空军出来的人,多少有过与女人打交道的经历——但我一向拙于此道,不善忖度女士们的心。

然而我总觉得露露的心思任何男人都猜不透。在我与她相处时,我就说不上来一小时之后我们会真正相爱呢还是就此分道扬镳,我们会做爱呢还是吵架,两件事同时进行,或是什么事也不干。那个难忘的夜晚过后,我再次见到她时,她正和朋友们聚在一起,始终没给我与她单独相处的机会。可第二天她便来到我的住处,不仅非常主动亲热,还对我说,她坠入情网了。当然,我也对她说了不少绵绵情话。不说未免心肠太狠了,况且,如果说相爱就是指相会的时候不做别的,那我确实在爱她。在她临走之际,我们又吵了一架,我俩都说再也不想见到对方了。可不出半个小时她便从帆船俱乐部给我打来电话,没说上几句便大哭起来。我们终究还是相爱了。

毫无疑问,这爱根本无法控制。我能体验到从未有过的一些强烈情感,像露露一样,我对此必定十分陶醉。我想,就凭我们在一起干过的事,我会在她心上留下永远的记忆。在她只不过看作是跳跳舞的事,对我来说就犹如田径运动会一般,我会肺部炽热,肌肉抽搐,满脑子只想破纪录地奔往终点去撞线。我只有这样,才能跟上她,并和她相处上三分钟。我就像一班指定在博物馆里过夜的精疲力竭的步兵，只能以割破挂毯、用手指捅穿裸体画、掀翻大理石胸像来寻欢作乐。这样我才能感到自己征服了她，才能听见她受了伤似的喘息，才相信不管别的时候她如何行动，这一时刻她才是露露，仿佛她肉体的呻吟比她嘴里的哼哼更为真切。拥有如此漂亮的女子是足以自豪的，而更值得骄傲的是，我知道在我征服她的时候，有千百万人正在背后为我喝彩。那低声呼叫的千百万可怜的家伙！他们永远得不到此刻我酣畅销魂的享受。他们只能在外面艳羡得全身战栗，只能眼看着摆在办公桌上或草黄色①相框架上的露露·梅厄丝的美人照而奉若神明、顶礼膜拜。我知道自己的运气实在不错，千百万人都在羡慕我。

但如果说在床上我拥有了她，在别的任何地方我就无法驾驭她了。有些日子里她会叫我走开，不要管她，而有些时候她又要我陪着，一刻都不许离开。但总的特点是，她每次心血来潮，突发奇想，我都不得不俯首听命。只要她来一个电话，我便会在中午赶到她在帆船俱乐部里的套房。她打定主意我们一起去沙漠骑马。我到达的时候却发现她还赖在床上。早餐还没有送来，我要不要和她一起喝咖啡？旅馆餐饮部刚把早餐送来，露露便对我说，她想喝斯丁格鸡尾酒②。

"我不知道怎样调制斯丁格鸡尾酒。"我说。

"哟，宝贝，这种酒人人都会调。只要放一点白兰地和薄荷酒。你在空军里都在干什么？挤牛奶吗？"

"露露，我们去骑马吗？"

"是的，我们去骑马。"她拿起一面镜子，像美容院的化妆师那

---

① 原文 olive drab，指美国陆军的草黄色军服。
② 美国人爱喝这种酒，用白兰地、薄荷酒、冰水或柠檬汁等调制而成。

样，研究自己的脸，还对着镜中吐了吐舌头。"不化妆我看起来还漂亮吗？"她以一种专业的、容不得半点说谎的口吻问道。

"你看起来漂亮极了。"

"我的嘴唇薄了一点儿。"

"昨天夜里它可一点也不薄。"我说。

"嘿，去你的。就是个木头人你也会满意。"但她照例拥抱我一番。"我爱你，亲爱的。"她说。

"我们骑马去吧。"

"你知道吗，瑟吉厄斯，你有点神经质。"

"我是有点神经质。我真不想白白浪费一天。"

"好吧，那我不想去骑马了。"露露这样决定。

"我知道你并不想去，我也不想去。"

"那你为什么穿着马裤？"

"因为我若不穿的话，你就想去。"

"哼，我才不会那样呢。"她沾沾自喜地坐在床上，那张漂亮的脸蛋在美妙的咽喉上方仰起。"真的，我才不会呢。"

电话铃响了。那是从纽约打过来的。"不，我不会嫁给特迪·波普，"她对某位专栏作家说，"当然，他真是个狗娘养的。对了，就说我们只是好朋友，那就行了。再见，亲爱的。"她挂上电话，便抱怨起来："看我有着多么笨的媒体经纪人[①]。要是你连个漫谈专栏作家都控制不了，还算个什么媒体经纪人？"

"为什么不让他试试？"

"那他正求之不得。"

这事就这么过去了。到我几乎懊恼得忍无可忍的时候，她才开

---

[①] Press agent，受机构或个人雇用，为其在报刊上进行宣传的从业人员。

始穿衣起床。咖啡都已冷了,她要我叫旅馆餐饮部再送一份来。我发起脾气来,对她说我非走不可。她追过来,在门口拦住了我。她知道我是心甘情愿被她拦住的。"是我不好,我得说,"她这样说,"我想惹你发疯。"

"你从来就没有得逞过。"

"到头来你会恨我的。你会的。真正了解我的人都不喜欢我,甚至我也不喜欢自己。"

"你很爱惜自己。"

她高高兴兴地莞尔一笑。"这不是一码事。瑟吉厄斯,我们去骑马吧。"

我们终于去了。她老是慢悠悠地溜达,要不便策马一阵狂奔。有段时间我们正沿着一道废弃的木栅栏绕行,她就要我纵马跳过去。我说我不干,因为我的骑术不行。这是老老实实的判断,我学骑马才一个月。

"那些最蹩脚的特技替身演员,为了五十美元,都不惜从驴背上摔下来,"她说,"而你什么都不愿尝试。"

事实上,我倒真想跳一下。我在想,要是万一摔伤了,露露就会来护理我。这会成为我们的风流韵事的一部分,况且这种情况还从来没过。在我策马跃过栅栏时,心中还得意地想,这一跃可真漂亮,可当我掉转马头想听听她的赞扬时,却发现她早已朝相反的方向跑去了。于是我完全明白了:她甚至根本就没有看。在我赶上她之后,她朝我转过身来。"你真是个孩子,只有二流的骑手才会傻乎乎地那样冒险。"

我们往回骑的时候,谁也没有说话。一回到帆船俱乐部,她便进了游泳池旁的小浴室。穿了泳装出来后,她和在场的人说话,却偏偏不睬我。我们唯有一次目光相遇,这时她就像在那次聚会上一样，伸过她的玻璃杯来，说了一声："宝贝，给我弄一点马提尼酒来。"

我们开始相好的时候她那份谨慎实在令人讨厌。她常常步行到我的住处来，或者只许我天黑之后到她的房间去。"他们知道了会诋毁我的，"她这样解释，"你看看艾特尔的情况。"这是把我比作埃琳娜了。她一提到艾特尔与埃琳娜的关系就很生气。"艾特尔从来不懂什么品位，"她说，"随便什么烂女人，只要对他说一声他真了不起，便能动员他买一张票，去参加她所喜爱的慈善活动。"有一天我们在街上遇到他们，露露对埃琳娜很不友好。"我敢打赌她穿的内衣很脏，"露露说，"你走着瞧吧，她会胖得像头牛一样。"在我争辩说我喜欢埃琳娜时，露露愠怒起来。"哦，那当然啦，她被人甩了，挺可怜。"露露没好声气地说。然而不出两三个小时，她便对我说："你知道，宝贝，要是我努力，那或许会好一点。或许我的德行会比现在好些。"她的手指点着自己的下巴，问我："我真的很令人讨厌吧。"

"只是在你站着的时候……我心中那位爱尔兰人这样说。"

"你得为此付出代价。"她抄起枕头满屋子追我。在用枕头把我一阵痛打之后，她又要我在她身边躺下来。"我挺可恶，但，强悍的奥肖内西，我很想学好。和艾特尔在一起时太糟糕了。他老是取笑我，而他的一些朋友自恃有知识，很盛气凌人。"她咯咯笑着。"和艾特尔在一起时，我常常在学习，想做个知识分子。"

若说先前她决心尽量保密，不公开我们的关系，那么，她后来改变了主意。有一天，就在帆船俱乐部的游泳池边，她居然坐在了我的大腿上。"你们什么时候该和这位宝贝交交朋友，"她对她的几位女友说，"他确实很不错。"这话让我很感沮丧。因为我觉得如果我真的很不错，她就不该向朋友推荐我。一连好几天，在大庭广众之下走过时,她非要我搂着她不可。夜总会的摄影师拍下了我们搂在一起的照片。一天早上我起床时,发现露露站在我的床边,手中正拿着刊有漫话专栏的报纸。"看看这个。多讨厌!"她对我说。我读到了下面的文字:

原子弹露露·梅厄丝及又一位未来的梅厄丝先生,前海军陆战队上尉西尔·格斯·麦克索尼锡,一位东部或中西部大户人家的子弟,于沙漠道尔已启动盖革计数器①,并掀起轩然大波。

我也说不上来这究竟令我高兴还是畏惧。"他们连名字都搞不准吗?"我气愤地说。露露却只顾挠我痒逗乐。"要知道这还不算坏,他们本来可能更下贱恶劣,"她说,"原子弹露露·梅厄丝,你认为人们真的那样看待我吗?"

"当然不会。你知道这只是你的媒体经纪人写的。"

"我不在乎。这很有趣。"像住在沙漠道尔的众多知名人士一样,对露露来说,消息由她而起根本算不了什么。看到报上刊登的专栏文字所具有的魔力,我知道对她来说我们的情人关系已变得实实在在了。"盖革计数器,"露露沉思着说,"从宣传角度看,这一句太妙了。嗨,他是个很不错的媒体经纪人。这一两天我该给他打个电话。"

由于我们的浪漫关系已经公开,在众人眼里似乎正热恋得不能自已,露露便又开始给人们添加困惑。"他们在报上把宝贝写得太完美了,"一天晚上她在酒吧里对几个人说,"我真的得考验考验他。我真的会这么做,宝贝。"说完她就像个姐姐那样吻了我一下,那是老大姐式的吻。

---

① Geiger counters,即辐射计数器,用以探测记录致电粒子。

不久我们就为一些别的事而争执不休了。我发现和露露做爱就好像让自己成了电话机旁的便条簿。电话铃似乎老是在响,她简直没有足够长的时间来做爱。她会不理睬起初的几次铃响,并以此而乐。"别那么紧张,宝贝,"她说,"让总机去受罪吧。"但当铃声第五次响起时,她便会拿起听筒。电话差不多全是业务方面的。对方不是赫尔曼·泰皮斯,便是已回电影之都的芒辛,或者是某位作家、她下一部影片的导演、过去的男友,或者是过去的理发师——因为露露对自己见到过的某种发型感兴趣。这电话交谈不能超过两分钟,否则就令人扫兴,让人再也提不起兴致。而对她来说,做爱和谈生意就好比是电影院里两部片子连续放映一样。

"我当然是个好女人啰,泰皮斯先生。"她说,并顽皮地朝我眨眨眼,"这些事你怎么能扯到我的头上呢?"有一次,在提到一篇与我有关的文章时,她的表演简直登峰造极,竟然自始至终对着话筒呜咽不已。

我曾邀她去我的住处,但她已渐生嫌恶之感。"那儿让我感到抑郁,宝贝,太枯燥乏味了。"一时间任何东西便都显得枯燥乏味起来。连她自己的住所也被这个说法败坏了。于是,有一天她要求旅馆老板重新装饰她的套房。一天之内,原来米色的墙壁全部刷成某种特别的蓝色,露露称这是她最喜爱的色彩。她一头金发泻在浅蓝色床单枕套上,躺在床上打电话预订粉红和大红玫瑰花,帆船俱乐部的花匠答应亲自来安排。她买来一件连衣裙,甚至自己还没有穿过,便将它送给了女仆。她还抱怨自己没有衣服穿。一天下午她刚买来一辆敞篷汽车,觉得不称心便又去换了同型号不同颜色的另一辆,光是调换手续费便花去将近一千美元。我提醒她开新车必须慢速,直到它达到一定里程数后方能加速,她便雇了位司机开车去荒原上兜一圈,给自己省了麻烦。她住在帆船俱乐部后,第一次交付电话费便高达五百美元。

她花钱如流水,而赚钱同样是天才。在我初结识她的那段时间里,她正为三部片子洽谈合约。她会先与律师通话,他们和她的经纪人协商,她的经纪人又去找泰皮斯说项,泰皮斯再与她商谈。她漫天开价,最后获得比报价还多四分之三的片酬。"我看不惯我的父亲,"她向我解释,"但他经商是位老手。那方面他真是棒极了。"在她十三岁就读于电影之都一所行业子弟学校时,马格纳姆影片公司想与她签一份长达七年的合同。"按照合同我每周可以挣简直多得发臭的七百五十美元,可现在这点钱只能糊弄那些可怜的受尽剥削的笨蛋。那时父亲不让我签约。'当自由职业者,'他这样说,'这个国家就建立在自由职业的基础上。'他不过是个拥有点房地产的小外科医生,但他知道如何为我打算。"她用脚趾夹弄着电话线。"我注意到男人当中的这种情况。有一种人自己从来就赚不了钱,只会帮别人。我的父亲就是这样。"

露露对她父母亲的看法,可以说是一日三变。这会儿她觉得父亲真了不起。"我母亲脾气坏透了,她简直把他的男子汉气概榨得一干二净。可怜的爸爸。"母亲还毁了她的一生,露露甚至说。"我从来就不想当什么演员,是她逼我走这条路的。这是她一心追求的目标。她简直就像条……章鱼。"几个电话过后,她又会与母亲通起话来。"是的,我认为就是吃了它,才生出荨麻疹的。"她说起某种食物,"服用甘油,有没有效,妈妈?……他干什么?……他又耍脾气……嗨,你就对他说,你的事不用他管。我要是你的话,哪能忍得住,早跟他离婚了。我当然会的……"

"真不知道没有她的话我该怎么办。"露露挂上电话时这样说,"男人真可恶。"在随后的半个小时里她便会毫不搭理我。

我迟迟才意识到,对她来说,最快活的莫过于表现自己。她讨厌忍耐。要是露露想要打嗝，她不会强忍住的。如果她一时兴起，想用冰冷的奶油给自己涂个花脸，她会在款待六位客人时当场这么做。她在演艺生涯中，表现也大抵如此。她会在陌生人面前大肆吹嘘自己将成为世界上最伟大的女演员。有一次，在对某位舞台导演说话时，她差一点落下泪来，就因为电影厂拍摄严肃影片时，从来没让她出演角色。"他们在断送我，"她这样抱怨，"人们不需要魅力，他们只看表演。只要是我真心想演的，最不起眼的角色我也愿意担当。"话虽这么说，可在下一部影片中，由于芒辛不愿给她的角色加戏，她便连闹三天，打了多少电话，我根本无法估计。她曾宣称包装宣传是愚蠢的做法，可她却出于一种对青春少女来说堪称出类拔萃的本能，与摄影记者合作得极为默契，最好的主意全是露露想出来的。在一次正拍摄她吸果汁汽水的照片时，她灵机一动将第二根吸管连在一颗心的模型上。报上刊登的照片表现出露露正羞涩而又大胆地窥探一颗心。我获允在她的房间里共度良宵的机会不多，有几次当我半夜醒来时，发现她正往一个笔记本上写自我包装的新点子，那个笔记本她一直放在床头柜上。我脑中顿时浮现出她与艾特尔婚姻生活中的一景：他们各有自己的床头柜和笔记本。有时她会神采飞扬地大谈如何精妙设计恰到好处地留下倩影。我这才得知她讨厌特迪·波普的根本原因。原来他俩都是从左侧拍摄时形象显得最美。一起拍片时，特迪的反应和露露一样快，不愿将自己形象较差的一面留给摄影机。"我讨厌和同性恋者一起拍片，"她抱怨说，"他们太精明。我想，在看到自己的形象时我一定很生气。哈，我大闹了一场。"露露惟妙惟肖地模仿给我听。"你毁了我，泰皮斯先生，"她尖叫着，"如今再也没有骑士精神了。"

偶尔某些时候，她别出心裁，极其任性，情形便会好些。在我看来这种时刻她必定精疲力竭，她却在此时一点点地教我不同的技巧。那对我来说不成问题。露露喜欢的是玩乐。要是在我冲刺一般的速度下她躺得像块煤渣，那玩乐之后她的精神就好得多了。我可以肯定从未有哪两个人做过这样的事，甚至想都没有想到过。我非常得意地觉得，我们真是一对了不起的情人。而对那些全然不知这类玩乐的芸芸众生，我只能表示可怜和遗憾了。确实，露露真是可爱，她是无可比拟的。这是最妙的一点。我算得上最佳，她堪称一流。我俩超凡绝俗。我可不像艾特尔那样，他现在听到埃琳娜旧日情人的名字便受不了，我则对露露以前的所有情人十分宽容。干吗不宽容一点呢？她曾发誓说，和她的宝贝一比，那些人全是些可怜的呆瓜。我甚至宽厚到为艾特尔说起好话来。露露把他贬得很低，出于友谊，我心中不禁有些愤愤不平。但我很快停下不说了，因为这时我偶尔想到，露露有点言不由衷，而我则很想让艾特尔甘拜下风，屈居我这冠军之下。在这情场角逐中我能有此艳遇，有此感觉，真有点让人飘飘然。

我们玩着游戏。我扮作摄影师，她是模特儿；或她是电影明星，我充作跑腿的侍者；或她成了女皇，我则作为奴隶。我们甚至平起平坐。她最喜爱的游戏是扮演一个追随时尚的少女，与她的男朋友在起居室里约会，最后被说得动了心，当然那总是第一次偷尝禁果。当我们模仿在剧场演出，在虚无缥缈的假想场景中打手势演哑剧时，她兴奋到了极点。我当时非常年轻，一心只想与她相伴，就根本不会感到厌倦。我从来就不知道，哪怕是事前五分钟，究竟什么时候正式开始，而每当她发出信号，我便兴致勃勃，感到一种在众目睽睽下受罪的刺激。

与她一起去饭店进餐也成了受罪。无论是邂逅什么朋友，或是遇上什么死对头，她都会心不在焉，眼神也四下游移了。她老是觉得，另一张桌上的聊天似乎比她这一桌的交谈有趣得多。她担心自己错过一句闲言碎语，一条内幕消息，一个影片角色，一次金融交易，一份……不论那是什么，反正别的地方在发生一些事，一些重要的大事，一些她万万不可错过的大事。因此，与她一起进餐犹如与她同床共枕，如果说床笫之欢常受电话搅扰，那么进餐之乐就更不堪其扰，令人不胜烦恼。她只想一张张桌子招呼应酬过去，有时携我同行，有时将我撂在一边。到头来我总不由得想，既然她老是在这儿喝口汤，到那边吃块点心，一忽儿紧偎着我，将我的胸口当作靠垫，一忽儿又奔上前去问候刚到的客人，尝上几口他们的蟹肉冷盘，她怎么可能有头有尾地吃上顿饭呢？人们甚至对于能否在就餐时见到她都没有把握，不是开始时找不到她，便是结束时不见她的踪影。我记得有一次我们和多萝西娅·奥费伊及马丁·佩利一起外出用餐。他们刚刚结婚，而露露很珍视与他们的友谊。多萝西娅是老朋友了，极亲密的朋友，露露对我肯定地说，可不出十分钟她就不知上哪儿去了。等到她终于回来，她竟一屁股坐在我的大腿上，对我说话的声音虽轻，别人却都能听到："宝贝，我尝过了，可我受不了。这不太糟糕了吗？那我该吃什么？"

五分钟之后，她便巧妙地让佩利付了账。

## 第十三章

没过多久,我便认识了露露的许多朋友。其中最重要的是多萝西娅·奥费伊·佩利,于是,夜间我又开始去宿醉宫消磨时光。几年之前,在多萝西娅主持漫话专栏时,她便十分欣赏喜爱露露,她们的友谊一直维持到现在。露露认识的人极多,在所有这些人中,我知道露露唯有与多萝西娅在一起时才毫不拘束,显得随便而放松。在我们到访的几个小时里,露露会坐在多萝西娅脚前厚厚的跪垫上,两手托着腮帮,倾听多萝西娅说话。由于现在露露名气比多萝西娅大得多,任何初来乍到的客人,见她这样坐在房产主和醉鬼奥费伊跟前,必然会大感惊奇;然而我觉得,如果露露一心在与多萝西娅比试高低,她们便不大可能成为真正的朋友。

在我眼中,多萝西娅的魅力早已消退了。我越是了解她,她给我的印象便越淡薄。我渐渐意识到,来宿醉宫的人们把他们的生平讲给多萝西娅听,那是一种捧场的惯例。她就最喜欢讨论他们的问题,总爱提出对策,以此决定来宿醉宫的她的朋友们的命运。比如,詹詹便会这样夸耀他的情人:

他有一位我从未见到过的女朋友,据说是她挽救了他,帮他戒除了注射毒品之瘾——詹詹解释说,他曾打毒针上瘾而无法自拔——他的女友陪他强化治疗——两人曾整整一星期锁在一间屋子里。现在他已戒掉了毒瘾,只要他和这位女友在一起,他便决不会旧病复发。她确实是无价之宝。

"但你却不想与她结婚。"多萝西娅说。

"嗯,噢,是的,我不想和她结婚。"詹詹承认,"我理应娶她,她已和我相好了五年,但我总还想看一看再说。我不能老是想着不能对她不忠。"

"看她那副长相,"多萝西娅嘲讽地笑着,"就是我也会对她不忠。"

詹詹像其余的人一样哈哈大笑起来。"哦,我会挑选的,我真的还不赖呢。"他说,随即,他又一本正经地补充说,"很多时候,像现在这样,我一想起她,就觉得自己真的陷入了情网。该怎么办呢?帮帮我吧。"他那神情在恳求别人认真看待这件事。

佩利咳了一声。他犹如多萝西娅夫人的女仆,这时坚定而又自负地说:"一个男人要是真的陷入情网,他就很想结婚。"而多萝西娅便会发出一阵低沉的笑声。"你到处带着的那个丑丫头怎么样?"她问。

"你指的是那个看起来老是像在嚼无花果的丑东西?"詹詹问,随即摇了摇头,"我还没等倒胃口,就早把她甩了。"詹詹笑了起来。"现在我又搞到一个,"他说,"她真是呱呱叫。一个甜甜的小女人带着两个小女孩。她叫罗伯塔·博比,她丈夫和她离婚了,她想当一名应召女郎。哈!她要能当,我也可当应召女郎了。"

"哼,你倒是可以当。"我心中想,当然这话不便说。

这类故事会令人联想到马里恩·费伊,这就败坏了多萝西娅的兴致。或许詹詹是存心扫她的兴。

这样的探讨议论,迟早会扯到我的头上。多萝西娅已经得出结论,我可以做露露的如意郎君,因此,改善我的生活处境便成了她的一件大事。多萝西娅老是在为我物色职业——她认识某位专栏作家,那人愿雇我做一名信息员,她可以让我到一家电影厂里给某位大导演当助手，某位商界人士愿意培养我成为高级管理人员——对此我只能表示赞成。我尽量想改变话题，否则我可能会显得轻率无礼，显得迟钝蠢笨、索然无味。有一次，我甚至这样宽慰她。"这事没问题，多萝西娅，"我说，"过不了多久我会相当体面的。"

谁也没有想到，这时露露会站出来为我解围。她公然违拗多萝西娅的意愿，这是绝无仅有的一次。"别去烦他，亲爱的，"她说，"瑟吉厄斯现在就够体面了。要是他有个工作，就会像别人一样，免不了受愚弄。"这一来谁也不再提这件事，让我太平了好几天，也不用担心什么工作了。

露露终于越来越深地陷入进退两难的境地。她喜欢将涉及她个人生活的每条最新报道说给多萝西娅听，那全是关于赫尔曼·泰皮斯一心要她嫁给特迪·波普一事的进展，这在宿醉宫里成了开玩笑的好素材。露露一直不知道她该怎样对付特迪的朋友。"他们总该知道我是谁，"她说，"我是指，他们怎样才能知道我根本不想成为他们一伙？"

"只要除去脸上的化妆就行，亲爱的。"醉醺醺的奥费伊撇嘴一笑，口齿不清地说。

"哟，天哪。"露露说，捧场者们一阵哄堂大笑。

"哟，天哪，可别不当回事。"就在那个晚上多萝西娅说了，"要是你不想与特迪结婚，你最好采取点行动。赫尔曼·泰皮斯可是位比我厉害得多的人物。"

"你何不就与瑟吉厄斯结婚？"佩利问，我知道这是多萝西娅指使他说的。

"因为他不要我。"露露莞尔一笑，微微现出她漂亮的牙齿。

这类谈话使露露情绪不安起来了。她开始提议，我们应当结婚。而我感觉每当我婉转地拒绝，她便觉得我更具魅力。结婚的念头令我非常心灰意冷。我可以预见自己成了梅厄丝先生,某类想象中的怕老婆的码头工人,一天到晚忙着为露露和她的客人调制各类酒。最令我沮丧的是,我将不得不考虑,该从事什么职业,而我对此还没有思想准备,还没有丝毫打算。偶尔在情绪好的时候,依据对我的长处的一般估计,我曾想过我可以当一名中学运动队教练,或心理分析学家等等。有时候我不知不觉模模糊糊地想象自己可在联邦调查局里供职,或者更轻松地当一名流行音乐节目播音员,主持一个充斥着喋喋不休闲扯的电视电台节目,不知多少人正迷醉于这类废话,甚至会听到深更半夜。偶尔在极不寻常的时刻,在我像肝病患者般情绪低落、毫无雄心壮志之时,我才会回忆起自己想当作家的夙愿。但像别的令人鼓舞的想法一样,我仍缺乏根本的激励——唯一的意愿只是,想找个自己喜欢的工作而已。

讨论婚姻令我的一切乐趣丧失殆尽。我和露露的关系发展到了这样的地步:吵吵闹闹多于和和睦睦,那些吵闹也显得尖刻而饱含怨恨了。有时候我觉得我们必然会分手,我会怀着一种自我满足的忧郁,盼望着自己重获自由的那一天到来。事实上,我觉得与她分手并不难。当女人想要结婚的时候,竟会积聚起那么多信心。

我不得不承认,有时候她会让我感到很苦恼。在她提出要求结婚而我加以拒绝之后,她马上会告诉我,她觉得有的男人是多么迷人,特别是他们具有一些我所缺乏的素质。有位男士极聪明,另一位很有魄力,第三位则相当文雅——她一向信奉这种理论:只要和他们搭上关系风流一阵,她便能拥有他们那些素质。在那种时刻,我得承认,我非常爱她,因为我过去常常挑她的毛病,甚至在每找到一点之后都感到一阵虚妄的慰藉,似乎相信由此我可以将她贬低点儿。

这样做当然没有什么用。露露新影片的各类准备工作正在展开，她决定回电影之都几天，去参加一些讨论会。我俩都在盼着分手。她老是在说，她对沙漠道尔已感到厌腻了，而我则觉得独自待在自己的小屋里，破例读读书，轻松一番，不必会见任何人，将是多么悠闲舒适。也许我的照相机和录音机都已蒙上一层沙漠的灰尘了。我需要思考，而这些日子里我的思维都迟钝了。我不知不觉回想起孤身一人时的种种快乐，心想如果孤身一人日子难挨的话，两人相爱也有不少难处。那几天我就这样想着，并盼着露露快回电影之都去，以便让我享受一番安宁。

可一到她离开之后，我却怎么也定不下心来。我读的书上，画下的只是我的焦躁不安。日子一天天过去，却什么事也干不成。我已那么习惯了和她吵闹，以致我竟会一上午无所适从，只是反复自语着是否该去散一下步。自她离开之后，我们差不多整天都在通电话。我给她挂电话，对她诉说着我爱她。半小时后她来电话，我们又诉说着同样的话语。于是，就像昔日的吉卜赛人一天中会上百遍做某种手势那样，我们也反复着爱情的山盟海誓。她比原定计划提前一天返回了沙漠道尔。那一夜，犹如规模空前的中世纪骑士马上比武盛会一般，我们颠鸾倒凤，极尽旖旎。"你真令人神魂颠倒，"她说，"瑟吉厄斯，这实在太妙了。"这话她对我说过不知多少遍了。但一到第二天早上，她的情绪便一落千丈，我也是这样。我们都显得有些矫揉造作。待到穿起衣服，露露对我说她能闻到自己的气味。"我身上的气味太讨厌了，宝贝。"

"我只闻到你的香味。"

"不，你的嗅觉太差。跟你说，我知道有股味道。会发生这种情况。有的人会莫名其妙地产生难闻的气味，以后就一辈子去不掉。"

"你从哪儿搬来这稀奇古怪的说法？"

"我认识某个人，她的情况便是如此。宝贝，我得洗个澡。"

她洗了澡，从浴缸中出来，又冲洗了一番。她要我给她扑粉，这时她又断定气味是从房间的某个地方散发出来的。"哎哟，讨厌死了。"她大声嚷嚷着。

一连几天她几乎老是在洗澡。之后，她又断定自己患了乳房癌，她非要我找出肿瘤硬块不可。我让她去看医生，她却去找了多萝西娅，回来时却怀着别一种畏惧。"等年纪再大一点，我的乳房就会下垂，"她沮丧地说，"这没法补救，你能不能答应我，抚摸它们的时候轻柔一点，宝贝？"她一下子哭了起来。到底怎么回事？我问。没有什么事。一定出了什么事，我非要她告诉我。她终于说了。原来露露早就有所打算，一旦乳房下垂，就去做隆胸手术。而今天她已看过多萝西娅的乳房，多萝西娅曾做过这样的隆胸手术。

"它们毫无魅力，"露露很伤心地说，"非常古板。"

"不会那样的。"

"就是那样子，她给我看了。它们显得非常古板。我感觉这像发生在我身上一样。"

"嗨，那还……早着呢。"

"你什么也不懂，你是个呆瓜。"

随着她下一部影片开机拍摄的日子逐渐临近，只剩几个星期时，她变得越来越坐立不安了。有一天她宣称她要去听表演艺术课。"我要从头学起，我要学如何走路，如何呼吸。我从没受过正规的、恰当的训练。瑟吉厄斯，这点你知道吗？"

"你永远不会去听课的。"我肯定地说。

"我当然会去听的。我要成为有史以来最伟大的女演员，这是谁也无法理解的。"

后来我才明白，这部分是电影厂那种拙劣的包装宣传所造成的结果。在她给我看一张新闻照片时我对她的痛苦才感同身受。那张照片使她十分伤心。"请看看托尼·坦纳,"她说,"他看起来比我强,而他仅仅是个特色演员。我非常讨厌他。"她显得忿忿不平。"他们应当处置这摄影师,"她说,"他们还有没有头脑,居然刊用这样的照片?"露露想给赫尔曼·泰皮斯打电话。"我要到他那儿告状。我要说,'泰皮斯先生,他们损毁我的形象,这不公平。'这是不公平。他们阴谋反对我,因为他们恨我。"

"你什么时候遇上坦纳的?"我问。

"噢,这人算不了什么。在我下一部影片里,他和特迪·波普都将担任角色。他们不久要上这儿来,和我一起做些宣传。"

"他的手臂围着你,你看起来并不显得苦恼。"我评论说。

"你真是个傻瓜,"露露说,"嗨,那不过是宣传而已。和他在一起我受不了。他以前也是个皮条客,他就是那种人。他过去常常和马里恩·费伊混在一起,只不过他比马里恩更坏。我觉得这两个家伙都很可鄙。"

"马里恩可不那么简单。"我拿这话激她。

"是的,可爱的马里恩,他像你一样是个同性恋。"露露说,"为什么你不去看看你的同性恋伙伴?"

"就因为我不想与你结婚吗?这不会使我变得一文不值的。"我说。

"可怜的多萝西娅。"露露莫名其妙地说了一句。

我经常去看马里恩·费伊,这让露露很恼怒。我养成了那样的习惯,每次在露露那儿过了夜,大清早她要我回自己住处去的时候,我便去看马里恩。我从来就没法解释,我到费伊那儿去图的是什么。我甚至对露露的解释感到好奇,很想觉察些恐惧心理,以证明她的见解正确。如果我内省得足够深入,我是能有所发现的——那便是从孤儿院时代起的一些零星记忆——但我认为或许我到费伊那儿去，图的是完全不同的东西。马里恩依然故我，没什么变化。他说的一切话，无不蕴含对我和露露的轻蔑。而我想，正是为着这个缘故，我才经常去看他。我早已多次注意到，陷入风流韵事中的人，常让自己处于欣赏或讨厌这风流韵事的朋友中间，以便能置身事外，显出自己感情的面目。比如说，艾特尔老盼着我去拜访，因为我挺喜欢埃琳娜，这就能使艾特尔更倾心于她，更珍视他与埃琳娜的关系。这正如我常去找马里恩，以使自己不至于娶露露一样。因为露露在不断敦促，因为她一再声称非我不嫁，因为我自己私下那种不知所措与无奈，或许最糟糕的，还因为多萝西娅及她的捧场者对我们的浪漫恋情所做的诸多喝彩和赞许，使我始终在动摇。到最后我可以肯定，对于爱施加的外部压力比爱本身强得多，以至于我不禁感到纳闷：要不是旁人在说他们必须相爱，两位恋人是否会真的相爱。我肯定我和露露就像被放逐在一座孤岛之上，正在含糊不清地争着该轮到谁去捉鱼，而将恋爱的好事全让给在视野之外海域里驶过的游轮上的乘客。

因此，我想，或许就是为了这样的缘故，我才经常去看马里恩。但我们并没有多谈论我和露露的关系。思想学派的创立人寻求追随者时的那种热情，或许是无人可比的，而马里恩似乎就打算让我成为他的追随者。我毫不感到奇怪，谈话结束时马里恩说起他自己。他从自己读过的某本书中引用了一句话："征服抵抗所获的快感，胜于一切别的愉悦。"他还对我谈到他与特迪·波普的交往作为例子。

"好吧，"他说，"以我和女孩儿们的生活为例吧。当我让特迪首次露出微笑时，我明白我会讨厌这样做，但我得干。后来我真的能那样做了，只是结果不尽如人意。你看问题的症结是，从内心来说我是个半同性恋者，因此这算不上抵抗。整桩事情我是越干越糟了。"

"我有一次见到你和波普在一起。"我说。

"残忍,是的。那是我搞同性恋的地方。要知道,对我来说残忍便是抵抗。我对波普说,他实在令人讨厌,他只想要我整天陪着他,因为他愿意百般亲昵,从内心说他不是别的,只是一朵期待着受尽践踏的可爱的小花,在那样的时刻我只能硬着头皮尽量残忍些,一会儿之后感觉就正常了。那是说,差不多正常了。这事我可从来没有做绝,我干任何事都不会做绝。"

"知道吗,"我说,"你真是个能袒露心迹的虔诚的人。"

"是吗?"费伊喃喃地说,"你的脑袋转得就像煎蛋一样快。"

"那倒不,听着,"我说,"你引用的那句话,只要改动两个字就对了。"

"哪两个字?"

"你听着:'征服邪恶所获的快感,胜于一切别的愉悦。'"

"我得琢磨一下,"他稍一寻思,便生起气来,"好一位爱尔兰籍警察。"他口气冰冷却不无赞赏地说。

两天之后,他给了我答复。"我想我弄明白了,"他说,"高尚和邪恶——它们其实是一回事。一切取决于你朝什么方向努力。你想,要是我曾经干过邪恶的事,随后我转身往另一个方向走去,走向高尚,那就行了。这样你便能始终都保持高尚。"

"那么中间又是些什么?"我问。

"粗俗平庸的家伙。"他将大麻烟头放在嘴边吸了一口,然后放回罐子里。"我讨厌平庸的家伙,"他说,"他们老是在考虑不得不考虑的问题。"

这种自欺欺人使费伊心烦意乱,在这点上他确实完全是与人类为敌。通过一夜又一夜的漫谈,我对他有了进一步的了解,他在我眼中不再那么神秘,尽管我从不认为我已理解了他。至少我已能想象出当我不在时他是如何打发时间的。从他为了说明自己的看法而对我讲述的故事中,我已经大致清楚,当我不在时他在做些什么事。对于他如何度过下午的时间——他难得在中午十二点前起床——我已有了隐隐约约的概念:他会出没于那些较大的旅馆饭店,在酒吧里喝上一杯,为他掌握的女孩们兜揽生意。他会周旋于赌徒、石油大亨、来此猎艳以求春风一度的演员以及从电影之都来的政客之间,一有对象便隐入小小角落中去谈交易。天亮之前他不会上床。他还有个习惯,夜间最后的两个小时他会读点稀奇古怪的书,重新搭配安排他的塔罗纸牌①,考虑一些琐碎的事,或者就暂且搁置。至于傍晚和夜间,作为繁忙的下午和孤寂的后半夜之间的过渡,他用以应付任何突发的事;我后来得知,那通常都是些未曾有过的新奇事。于是,某个夜晚他忙着对付他手下某个应召女郎的歇斯底里发作,另一个夜晚他做东款待一伙地痞流氓,第三夜外出做他所鄙视的事——这已如家常便饭了——接纳一位新的应召女郎,而第四夜,犹如抛掷硬币后所做的抉择一般,他会出现在多萝西娅的宿醉宫,第五夜他驾车去电影之都,听某几位新音乐家的演奏,或者极方便地开往另一方向,穿越州界,去荒漠中的某座赌城。他可以去拜访艾特尔一类的朋友,可以随时上特迪·波普或与之一伙的狐朋狗友家中去鬼混,他甚至会去看一场电影或到酒吧间喝上一杯,但每夜三四点钟光景,他便回到家中。就他的这类活动,我可以讲出二十个故事,但还是挑一个我认为最有代表性的故事来讲吧。

这事发生在某个后半夜,在我离开他的住所之后不久。他正

---

① 塔罗纸牌(Tarot cards),共二十二张,其中一张为"百搭",其余二十一张画有各种传说中的图像,用于算命及用于塔罗克(tarok)纸牌戏中作王牌。

独自坐在屋里，面前摊着塔罗纸牌。这时候电话铃响了。不管这种打搅多么令人烦恼，他早已习惯了。他的职业使他与许多人发生联系，他们觉得有必要立即找他商谈，尽管他同样肯定地认为所有那些电话，没有一个是非打不可的，全都可以过一两个星期再说，但他将这种恼人的事看作是他的行业必然有的消耗。

费伊接了电话，电话是詹詹的情妇博比打来的，她十天前刚转到他手下做应召女郎，费伊对于她会打来电话几乎并不感到惊奇。

"马里恩，我不得不给你挂电话。"她说。

凌晨四点钟通话总是这样开头。"我很高兴，"马里恩说，"但记得我跟你说过，三点钟过后别给我打电话。"

"我不得不这么做。行个方便吧，马里恩。"

他不由得微笑起来。"什么事？"他问。这么晚了有女孩打电话来，通常无非是她们受了羞辱，想诉一下苦。偶尔会有些能干的女孩碰上了不寻常的事情，因而急切地打电话来向他讨教，然而他几乎难以相信，这样的事会在今天发生。

"我的意思是说，"博比说，"这事很不寻常，完全出人意料。"

"那就告诉我是怎么回事。"他是应召女郎的老爹，他已听惯了女孩们的诉苦，心肠早就冷如铁石了。

"我在电话上没法说。"

没哪个女孩能在电话上说的，他想。"好吧，那就明天告诉我。"

"马里恩，我知道这是特别的恩宠……你能不能今夜过来，听我对你说？"

博比是个挺讨厌的家伙。她有着乡镇美人那种花言巧语、柔情似水的魅力，如今她想施展在他的身上了。

"别想了。"他对着话筒说。

"那么，能不能让我过来见你？"

"行,明天。"

"马里恩,我们都认识的一个熟人付了我五百美元。"

"祝贺你。"他对此感兴趣了。他不明白是怎么回事。

"你现在过来行吗?"她问。

"不行。"

"能不能让我到你那儿去?"

"时间不长的话可以。"

"不过,我没办法,马里恩。我回家的时候已打发保姆走了。"

他当然没有忘记。在那四室小宅的卧房里,有两个婴孩需要人照看。

"把保姆叫回来。"他对着话筒耐心地说。

"我不知道怎样与她联系,马里恩。"

"那就留到明天再说。"

一阵短暂的沉默。他几乎能听见博比的小脑袋在飞快地转动。终于,她像个女孩儿似的叹了口气。"好吧,马里恩,不管怎么样,我把她叫回来。"

"你得马上过来,"他说,"否则我会睡着了。"他放下了话筒。

他穿上晨衣等她。罐里的大麻已不多,他心想第二天得多装些,并犹豫着要不要再卷上一支。大麻没给他带来什么快感。他从未获得飘飘然的感觉。毒品使他发冷,他的太阳穴甚至感觉像敷上了冰块一般。有时候他觉得简直受不了。

但他还是吸了一支。这使他的精神顿时亢奋起来。要是脑中闪过什么应当记下来的念头——比如像"爱的三只眼"那样似乎夜间清楚早上反而神秘的东西——他便发现他的头脑会盯着那个念头,那念头又盯着他的手,他的手则盯着铅笔,铅笔便盯着白纸,而白纸则不怀好意地瞪着他,朝他冷笑:"你已经飘飘然了,老兄。"他曾经试图不再吸食大麻。几个月前有段日子他试过用静脉注射毒品，但结果他适应不了。

一阵敲门声过后，博比进来了。据说他的门是从不上闩的，这是他的一条准则。他该害怕的人相当多，以各种手段干的坏事也不少，他内心充满恐惧。多少个不眠之夜他躺在床上倾听着荒漠上传来的声音，罕见的动物，呼啸的风声，汽车的噪声，他因自己的恐惧而恼怒得心跳不已。作为惩罚他就再也不用闩门的插销。那是在某个夜里，他大汗淋漓湿透床褥的时候，突发了从此不关门的奇想，当时他竭力排斥这个念头。"啊，不行，"他大叫着，"我非得那样做吗？"他尽量辩白自己是宽大仁慈的，从此就再也无法闩门了。

博比吻了一下他的脸颊。这是那些没什么天赋的应召女郎的惯例。她们喜欢模仿妇女联谊会中佼佼者的举动，他知道每个新入伙的女人都会继承别人的矫揉造作。

"这是个奇妙的夜晚，马里恩。"博比说。

"没错，"马里恩说，"你挣了五百美元。"

"噢，我倒不是指钱。他待我那么彬彬有礼，他把这钱称为贷款。你知道吗，马里恩，要是我能挣到，"博比许诺着，"我会把钱还给他。"她在屋里来回走动，一边看着他，一边坐立不安地绕着一把把椅子转。博比个儿高，作为应召女郎来说有点儿瘦，面容苍白，显出一副早已过时的故作正经的表情。"你这房间真是太好了。"她说。

他租的是一套带家具的房子，但他向来并不怎么看重房子。现代化的家具在他眼里至多不过如荒漠中的石块和仙人掌而已。"情况怎么样？"他问。他其实并不急于知道。马里恩对沙漠道尔的每个应召女掌握着大量的信息，一个新入伙者根本改变不了总的状况。他出于专业人员应尽的义务而这样问道。

"唔，很好。感觉真的不错。"博比说。

对这一点马里恩有点儿怀疑。他近来在关注那些性感缺失的女人，而他发现她的状况比性感缺失还糟，那对她来说像是噩梦；而最令人厌恶的是，她甚至不知道自己对此的想法。她的嘴角浮着一丝僵硬的小女孩般的微笑。"打起精神来。"马里恩说。

"我很兴奋。"

"是的，"马里恩说，"艾特尔很有技巧。"

"这与技巧无关，我觉得查利对我十分钟情。你不知道他是多么温柔。"

"他是个情种。"马里恩说。

"他见到两个孩子时，真是有趣极了。正好维拉醒了，又哭起来，他抱起她轻轻地摇。我可以发誓，他当时眼泪都涌出来了。"

"这是他给你钱之前的事？"

"是的。"

"算啦，你懂什么？"马里恩说。

"你这就不大友好了。"博比说，"你不理解，我今天有些沮丧。我在想也许这种事我干不了。但查利·艾特尔非常奇妙地让我振作起来。他会让你觉得你也算……是个人物。"

"他说什么时候再与你相会？"

"唔，他没有明确说，但告辞的时候看他那样微笑，我想不会超出一两天吧。"

"五百美元，"马里恩说，"三分之一归我，三分之二归你，你得付给我一百六十七美元，我可以找你零钱。"

博比很感惊奇。"马里恩，"她说，"我想我只要付你十七美元。毕竟，原来是说他只付五十美元就行了，不是吗？"

"我得三分之一，你获三分之二。一向就是这样分成的。"

"但我不必告诉你他给了我多少。我老老实实告诉你,你却待我不公平。"

"宝贝,你看来有话藏不住,爱信口说,这就是你付出的代价。虚荣心。这完全是出于虚荣。我要有虚荣心,也得为此付出代价。"

"马里恩,你不知道那额外的钱对我的孩子意味着什么。"

"听着,"他说,"你可以去溺死她们。对我来说那无所谓。"

他在想自己是否该教训她一下。他很少干这样的事,但她惹恼了他。她是个浑身乡镇气的女人,甚至褊狭到颇有点受虐狂。她相信自己的生活正每况愈下。他想,他的应召女郎们都是这样一批货色。纵容她会酿成大错。博比会得意上整整一个星期。

"马里恩,我觉得,有些事我得告诉你。"

"你就不能把话忍住不说吗?"他恶声恶气地说。

她却马上说开了。"我觉得我对艾特尔很有好感,"她说,"真叫我进退两难,应当让你知道这一点。马里恩,我觉得我不适合做一名应召女郎。"

"你当然挺合适。我从未遇上过不能干这事的女人。"

"我在想,要是我和查利·艾特尔的事顺利的话,我所希望的是就此不干了,这不过是我一度困难时的权宜之计。我是说,想到两个孩子而不得不偶尔为之。"博比的一只手攀在他肩上。"马里恩,希望你别感到失望,觉得你在我身上白白浪费了时间。要知道,我真的对查利很有情意。今晚这样的经历可不是经常有的。有了他给的这笔钱,除了属于你的那十七美元,我是说五十美元的三分之一,我就可以好好改善一下了。"

他并没有听进去。马里恩在想她所养的那只鹦鹉,想她怎样站在笼前,在那间寒酸的起居室里,以含混不清的娃娃腔对它说话。他在想自己是不是因大麻的作用而飘飘然了,因为他脑中想着博比的鹦鹉在对她说话，而此时此刻却仿佛博比成了那只鹦鹉，他的住房成了笼子，鹦鹉正在对他说话。

"听着，"马里恩突然问道，"你认为艾特尔对你十分钟情吗？"

"这点我可以肯定，否则他不会那样。"

"但他没有说起什么时候再与你见面？"

"我只知道用不了多久。"

"让我们确证一下。"马里恩说，一边伸手去拿电话。

"这种时候别给他打电话。"博比表示了异议。

"起床接个电话，他不会计较的，"马里恩说，"无非再服一粒安眠药。"

在电话中他可以听到另一头的铃声不停地响着。过了一分多钟，传来接电话者走动中磕磕碰碰的声音，马里恩想到艾特尔半因睡意半因安眠药作用而迷迷糊糊，正暗中摸索着从地板上走过，便不由自主地微笑起来。

"查利，"马里恩欢快地说，"我是费伊，但愿我没有打扰你。"博比紧紧靠着他，以便能听到对方的回话。

"噢……原来是你……"艾特尔的声音有点儿口齿不清。稍稍停顿了一会，在电话上费伊可以感到艾特尔竭力让自己清醒。"不，不，没关系。有什么事吗？"

"你说话方便吗？"马里恩问，"我是指你身边有人吗？"

"嗯，她在对我说话。"艾特尔说。

"你还没睡醒，"马里恩笑着说，"就对你的朋友说，我打来电话，给你透露点有关赛马的内幕。"

"什么赛马？"

"我指的是与你约会过的一位名叫博比的女人。你还记得博比吗？"

"是的,当然记得。"

"嗯,我是说,她刚离开我这儿,她谈起了你。"他的声音尽量像个仲裁人那么不偏不倚。"查利,我不知道你是怎么想的,"他说,"但博比非常喜爱你。老兄,她真的非常仰慕你。"

"真的吗?"

他仍有点昏头昏脑,马里恩心想。"喂,听着,查利,尽量打起精神听清楚,因为我得做出安排,"他声音非常清楚地问,"你什么时候愿意再见见博比?明天晚上?后天晚上?"

这会让艾特尔清醒起来。仿佛电话线成了一根触须,他感到对方的睡意在消失,一切都很清楚,仿佛艾特尔紧张不安而神志清醒地站在面前。也许过了十秒钟才听到艾特尔的答复。

"什么时候?"艾特尔重复道,"哦,天哪,再也不想见她了!"

"嗯,谢谢,查利。你睡吧。下次我给你安排个不一样的小妞。代我向你的朋友问好。"马里恩一脸扬扬得意地放下了电话。

"他还没睡醒,"博比说,"他不知道自己在说些什么。"

"我会再给他挂电话。"

"马里恩,这不公平。"

"没啥说的,这很公平。你听说过潜意识吗?他的话便是出于潜意识。"

"哦,马里恩。"博比说话都有点呜咽了。

"你累了,"他说,"你最好赶快睡吧。"

"他和我在一起时说得好好的。"博比脱口而出,随即哭了起来。

马里恩足足花了十分钟才让她的情绪安定下来,打发她回家去。在门口,她局促不安地笑了笑,将一百六十七美元点给了他,他拍了拍她,叫她快去休息。在她走后,他才想起本该多留她待一会儿,又很后悔没那样做。人生便是一场克制柔情的斗争,在博比仍因对艾特尔的爱受挫而伤心的时候,若是玩她一下,那感觉或许会挺新鲜。

女人的虚荣心。他真想像踩灭烟蒂那样将这种虚荣心碾个粉碎,却又发愁自己喝了太多的茶。茶喝多了他的身体就麻木了,就没法做爱。真可惜,因为原本应该将她从未有过的一颗诚实之种深深烙进她的头脑中去。她从未爱过艾特尔,艾特尔也根本不爱她,半分钟都没有。谁也不曾爱上过谁,除非那是位不寻常的人物,而不寻常人物所爱的只是某种观念或是傻孩子。人们除此之外能够得到的只是诚实,而他就给她们诚实,他会将它硬塞进她们的喉咙。

于是他觉得自己在博比身上错过了一次极好的机会。他本该做却偏偏没有想到,他应把她留下来。她会宣称这事太令人憎恶,他本来只要多留她十或二十分钟就行,但留下来后什么也不会发生的,根本不会。为什么他没有及早想到这一点?他知道是他的自尊收敛了自己。这样做有风险,博比会说出去。

突然间他决心不再顾及什么自尊。他可以做到这一点。要是他对性不感兴趣,他便可立于不败之地,那他便可以傲视任何人。那正是生活的秘诀。一切都颠倒了,你将生活全颠倒过来才看得透。他越是想着本来可与博比一起干些什么,便越觉得垂头丧气。还有时间叫她回来,他可以打电话让她回来。想到一夜之间她得第二次雇用那位保姆,他都觉得好笑。

然而,想到他本该给予博比的教训,他惊奇地发现,尽管吸了大麻,他却不再感觉麻木了,因此他觉得现在给她打电话未免太荒谬可笑,他只会提供相反的教训,博比会肯定自己爱上的是他。费伊简直不知道自己究竟是想一拳捅穿墙壁,还是哈哈地狂笑一阵。

"喂,马蒂,你混得怎么样,小子?"有个声音在对他说。

他意识到自己正闭着眼站在屋子中央,双拳有力地插在晨衣口袋之中。"噢,帕科,你说什么?"费伊不动声色地问。

"我有点飘飘然了,马蒂,我有点飘飘然了。"帕科盯着他,那样子就像刚熬过一阵发作的流浪儿。这是个大约二十或二十一岁的墨西哥小青年,长脸大眼,全身精瘦。一见他那双眼睛热辣辣的,马里恩便知道他的来意了。帕科急需注射一次毒品。他高视阔步,挥动双手,尽了最大的努力,拼命地控制着自己。

"你知道我在想些什么,"帕科继续快活地说,"我好久没见到马蒂了,盯着女人不放的马蒂,愿为朋友两肋插刀的小子……"

"你到这儿来干什么?"他是在电影之都认识帕科的,有段时间他常去某家夜总会,帕科正是那家夜总会的人。

"这儿?我到这儿一天了。这镇上甜妞儿多。"

"这是个城镇。"费伊说。

帕科在夜总会里是个可悲可怜的人物。打起架来没什么用,长相又怪,生来便是充当傻瓜废物的料。但也没有人找他麻烦,因为大家都认为他有点儿疯疯癫癫的。帕科的大致情况便是如此。在夜总会里唯有他会干出一些别人甚至想不到的事。有一次他竟然抄起一把剪刀刺向夜总会老板,因为那位老板议论起他的姐姐。

马里恩已经好久没见到他了。帕科因抢劫而被捕入狱,一直在服刑。两年后帕科如此不期而至,费伊却毫不感到吃惊。这样的事他见得太多了。

"听说你手头有女人,"帕科说,"让我玩一个?"

这真是神秘怪诞不可思议。费伊心想,帕科有点神经质,一个正在乞讨的长满丘疹又好幻想的小子。在家中母亲不断追逼烦扰他,而他常常恶言秽语辱骂她。在夜总会他会随便往哪儿一躺,接连几个小时读连环漫画。有一次他宣称要去南太平洋。甚至到了十七岁的年龄,只要听到一句半句刻薄点的话,他眼中便会涌出泪水。而现在他又成了个瘾君子，正需要注射毒品。费伊的眼皮发烫，他突然对帕科充满了同情。这可怜的粗人，这墨西哥青少年流氓。

"你吸毒上瘾了，是不是？"费伊问。

"马蒂，我在戒除恶习，请帮我一把，我现在熬不住了，年轻人都这样，这也是治疗，我只需要一点儿。"帕科满脸堆笑，"只要五十美元，马蒂，就够我用一个星期。我迷醉一阵，然后就会戒除这习惯。"费伊没有立即答复，帕科便又开口了。"就二十五美元吧，我就满足了。马蒂，我得离开这小镇。它令我感到厌恶。在这儿我会发狂的。"

费伊可以给他一百美元，但他随即想到抽屉里的手枪，想到汽车手套箱里的自动手枪。费伊无法回避那审判者做出的决定："一分钱也不要给他。"他的同情并不真诚，他有点儿怕帕科。居然怕起帕科来！他暗自思忖。

"不，"费伊说，"不借。"

"十美元。我只要注射一次，马蒂！"

"没门。"

"五美元。天哪。"帕科几乎要垮了。他浑身臭汗，那张消瘦愁苦、布满丘疹的脸说不出有多难看。说不定再过一分钟他就会晕倒或呕吐。

费伊因为厌恶和激动，几乎恶心欲吐。他像个有洁癖者，狂怒地压制着心中对帕科的怜悯。"你走吧，帕科。"他缓缓地说。

帕科瘫坐在地上。他看起来似乎随时会去啃咬地毯。隔着那么一点点却又似乎是遥不可及的距离，费伊想起了特迪·波普和那株短叶丝兰树，他极为痛切地想到，要想满足毒瘾，一个人或许不得不做个粗俗下贱者，像波普或帕科这么受苦。难道他注射毒剂就是为了落得这般下场？以便他能手脚全趴在地上像只狗一样地吠叫？

"去你妈的。"帕科朝他喝骂着。

他得将这名少年流氓赶出去。但赶到哪儿去？只有送警察局。费伊耸了耸肩。一个月过后，或二个月过后，就因为他将一名毒瘾发作者送到警察手中，他很可能会遭到帕科哥儿们的一顿痛打。当然，他给警察塞过保护费，他们会悄悄处理此事，但警察们自己会给帕科注射毒品，他们不得不这么做。他们会把他送进电影之都附近的县济贫农场，从而了结此事。因此，不管什么结局，帕科都会获得毒品注射。

一时间费伊冒出了把他杀死的念头。因为这不过是杀掉一个无足轻重的家伙，可杀人总会留下痕迹。但他总得干点儿什么以对付这个帕科。干什么呢？他可以把他弄上车，把他抛在路上。人们会发现他，把他送到医院去，在那儿给他注射。不管他考虑哪种办法，帕科都将得到毒品注射。

现在，帕科已在威胁要杀他了。毒瘾发作者只有在脸朝下倒在地上时，才会对你说他想杀你。

"你为什么不去砸抢商店？"费伊说。

"什么商店？"帕科粗哑着喉咙说。

"你以为我会傻到告诉你哪家商店，以便你招供时记录在案？"

这念头使帕科振作起来。要是他抢劫商店，那就有钱了，有了钱便有了毒品。于是帕科爬了起来，摇摇晃晃地走到门口。看来他还能坚持一个小时。但费伊完全可以体会帕科的头脑几乎要爆裂的那种感觉。

"我不久就会杀了你，马蒂。"帕科站在门口艰难地说，他的舌头仿佛肿胀了许多，嘴巴疼得厉害。

"等你回来，我们好好喝上几杯。"费伊说。

帕科沿两旁尽是现代化住宅和水泥砖墙的空旷街道走去。等他的脚步声从人行道上一消失,费伊便进卧室穿上一件夹克。他感觉自己似乎快要爆裂了。世界上再没有比克制怜悯更难忍受的了。费伊对于怜悯这种感情可以说了如指掌。那是为害最烈的弱点,他很久之前就懂得了这一条。在十七岁那年,他出于好奇,曾上街乞讨了整整一天。干这事没什么诀窍,唯一的秘诀便在于,你得紧紧盯着人们的眼睛,于是他们便无法拒绝你。流浪汉讨不到多少钱,原因便在于他们没法正视人们的眼睛。但他能做到这一点,他曾目不转睛地盯过一百张脸,其中九十个人脸色都苍白了,不得不给了他一些硬币。这是恐惧,这是内疚,一旦你知道内疚是这世界的胶接剂,那就什么也不怕了,你就能拥有这个世界或唾弃它。但首先你必须消除你的内疚感,要做到这点你又必须克服怜悯之心。怜悯是内疚的女王。因此,让帕科见鬼去吧,费伊对那位可怜的满脸丘疹的粗俗小人充满了厌恶。

再睡已不可能了。他来到汽车房,发动小小的进口车,开上了马路。一想到开车的声音会把人吵醒,他脸上便浮出一丝不易觉察的微笑。向东去十英里左右,有段上坡路地势较高,那本来算不了什么,但所有这些在荒漠岩滩上纵横交错的路中,那儿是唯一可以登高远眺的地方。坡上有一条煤渣路,但他来不及赶到坡顶去。黎明很快就将到来,他想看看黎明的景色,眺望一下东方。那儿便是著名的核爆基地。费伊飞快地开着车,直到轻巧的车架像修剪过翅膀的小鸟般颤抖。他全神贯注地开着车,追求着那份平和的心态,那份源于古怪竞赛、吃冰淇淋比赛、演讲讨论会、送礼拍马者聚会等的平和心态。

他及时赶到地势较高之处,见到太阳跃出了东方的地面。他凝视着那个方向,极目遥远的天际,希望能看到一百英里开外。在州界之外的远处,有着美国西南部某座大赌城,费伊记得有一次他曾在那儿赌了整整一天一夜,甚至天亮时也没有歇手。天色微亮时,一道耀眼的白光——恍若远处荒漠中的一阵爆炸产生的幽灵——将赌房里映得熠亮,那道闪光比轮盘赌台上的绿色台巾、比悬在赌徒们惨白的脸上方的霓虹灯更为阴冷。那些赌徒们熬了一夜,一个个都已精疲力竭,脸色阴沉。

甚至就在此刻,那儿——在荒漠深处某地,有着许多工厂,大批载重卡车正穿梭来往,将数以吨计的矿砂填入工厂的巨口。工厂在运转,犹如赌徒一天二十四小时赌个不停。它将大山一般多的矿砂熔成区区一杯毁灭之物。甚至可能就在这一时刻,士兵们正从储满弹药的堡垒里出来,充实到几英里长的堑壕中。他们就蜷缩在那儿,在黎明中等待着,军官们则用报上讲新闻故事的语言,向他们交代任务。这类语言属于粗俗下人,而粗俗下人便用语言掩盖这个世界。

那就让它来吧,费伊心想,让这种爆炸降临吧,一阵过后又一阵,让一切爆炸全发生吧,直到太阳神焚毁地球。让它来吧,他想,一边眺望着东方,荒漠中那著名的基地,核弹便是在那儿起爆的。他站在一小块高地上,努力想眺望荒漠上一百英里、二百英里、三百英里以外的地方。让它来吧,费伊像个祈雨者一样祷告祈求着,让它来吧,来除掉腐朽污秽,来消去臭气异味。让它为地上所有的生灵而降临吧。白天降临了,世界清晰地屹立于乳白而静寂无声的晨曦里。

第四部

## 第十四章

马里恩·费伊来过电话后，艾特尔就再也睡不着了。埃琳娜也惊醒了，问了一声是谁来电话。艾特尔按费伊提供的口径做了回答——那是透露点有关赛马的内幕，没别的事——埃琳娜似醒非醒地咕哝着："嘿，他们真好意思。天哪，在这种时候。"随即又睡着了。夜间她常常这样插话，但他知道，到早上她就会把这事忘个一干二净。

因此，艾特尔这时睡不着，倒不是害怕埃琳娜得知博比的事。但他越是琢磨这事，便越是相信，在他们打电话时，博比一定在马里恩身边。他了解费伊，否则费伊这时候不会来电话。艾特尔想起自己是怎样哼哼着答复的："嗨，天哪，再也不想见她了！"一想到博比可能在旁边听到了这话，他便感到十分懊丧。过一两天，他本可再去与她一晤，到那时他知道该如何与她分手，告诉她，他从此不再去看她。他甚至可给她留下一件礼物，这次当然不会是五百美元，而是留一样东西。

蓦然间，艾特尔觉得自己必定是疯了。这几个月里，他一直在提醒自己，他已不再宽裕了，可他居然那么荒谬可笑，那么感情用事，那么令人作呕，一阵冲动便草率行事，将五百美元送出了手。艾特尔一想起这事，便知道不管他在床上躺多久，第二天是干不成什么事了。他紧贴着埃琳娜，想凭借她的体温来宽慰自己，就像个狂饮无度而酩酊大醉的酒鬼，他不禁回想起这六个星期以来的一幕幕情景。

他开始动手写他的电影剧本，果真是这么短时间之前的事？他的心态就像个孤注一掷的赌徒，那么强烈地想赢，以致他认为获胜的概率越小，就越有可能成为赢家。然而此刻，在他想起这份自信时，却觉得他并没有这么好的运气。到头来，这便是他自己的过错了；到头来总是自己的错，至少依艾特尔的标准看来是这样，但事情原本可以有更好的结局。六个星期之前，就在他打算动手写剧本的前一天，这世界并不是非要来敲他的门不可，他也并不是非得有位不速之客上门拜访。

可偏偏有人闯了进来。此人便是原先在他手下干了几年、现在作为导演已经走红的纳尔逊·内文斯。艾特尔对内文斯的作品可以说不屑一顾，因为它难以捉摸、自欺欺人，艺术上矫揉造作——总之他在自己那么多作品中找到的毛病，内文斯执导的影片中都有。而最惹他恼怒的是，内文斯来访时那副扬扬得意的样子。

艾特尔和埃琳娜陪了他整整一个小时。内文斯到欧洲去了一年，在那儿拍了部影片，他向艾特尔保证，那是他迄今所拍的最好的影片。"泰皮斯看片子的时候赞不绝口，"内文斯说，"你相信这一点吗？我自己都不信。"

"泰皮斯过去对我的片子总是赞不绝口，我从来就不相信，"艾特尔懒洋洋地说，"而结果我是对的。他现在认为它们不过如此。"

"噢，我知道，"内文斯说，"他一向赞不绝口。但我说的还不是这个意思。这次他是真的赞叹不已。这种事情上你不可能糊弄自己。"内文斯胖墩墩的，穿一件灰色法兰绒西装，系一条针织领带。他身上有一股昂贵花露水的香味，指甲修剪得很整齐。"你早该去欧洲，查利。那儿太棒了。加冕典礼前的一个星期，简直妙极了。"

"哟，那儿还有加冕典礼？"埃琳娜问。艾特尔真恨不得掐她个半死。

"你知道，王室公主就迷电影明星。"内文斯继续说，艾特尔只得听下去。内文斯去过欧洲，他到过那儿，他曾和一位著名的意大利女演员睡过觉。

"她怎么样？"艾特尔微笑着问。

"果然名不虚传。漂亮、聪明，充满活力。我遇到过的最诙谐风趣的女人，她算得一个。至于床上功夫，嘿，伙计，她是无可挑剔的。"

"男人一议论起女人来，实在令人讨厌。"埃琳娜不满地说，艾特尔真想说她一句"又不是非要你参与一切谈话"，但他强忍住没说出来。

时间一分一秒地过去，内文斯仍在夸夸其谈。他这十二个月实在太神奇了，他得承认，这是他一生的黄金时期。他认识了那么多大人物，有了那么多奇异的经历。有天晚上他与英国上议院某位声望卓著的贵族老人对酌同醉，有个星期他与某位美国政界要人在一起，这位政治家还就自己的演说征询他的意见。总之这一年可谓精彩纷呈。"你应该到欧洲去，查利。在那儿什么美事都有。"

"不错。"艾特尔说。

"我听说你对自己正在写的电影剧本寄予厚望。"

"没抱什么希望。"艾特尔说。

"那将是部杰作。"埃琳娜以不容置疑的口气说。

内文斯瞟了她一眼。"嗯，那是肯定的。"他说。内文斯对埃琳娜不屑一顾的眼光，使艾特尔很感恼怒。内文斯显得彬彬有礼，很少对她说话，但他那神情仿佛在说："你何苦落拓到这步田地，老伙计？欧洲有那么多出色的美人。"

内文斯告辞离去时，艾特尔一直送他到汽车旁。"噢，顺便提一下,"内文斯说,"不要对别人说我来过。你该知道我的意思。"

"你打算在这儿待多久?"

"就住两天吧。这太糟糕了,我很忙。我估计你也挺忙。"

"电影剧本将够我忙的。"

"我知道。"他们握手道别。"哦,"内文斯说,"请代我向你那位问好,她叫什么名字?"

"埃琳娜。"

"很出色的女人。给我打个电话,也许我们能找个合适的地方共进午餐。"

"要不你打给我吧。"

"行。"

内文斯走后,艾特尔实在不想回屋里去。他一进去,便见埃琳娜在发脾气。"要是你想到欧洲去,你现在就可以走,"她大声说,"别以为我在拖你后腿。"

"你怎么这样说话。眼下我根本就别想取得护照。"

"噢,原来是这么回事。要是你能取得护照,不出五分钟你就会动身,不会让我吻你的屁股。"

"埃琳娜,"他心平气和地说,"别像个泼妇一般叫骂。"

"我知道,"她哭着说,"这不过是时间问题,只等着到时候引爆。"

她用的暗喻,足以把他惹恼。"行了行了,你这么心烦意乱究竟为什么?"他不耐烦地问。

"我讨厌你的朋友。"

"他不值得你恨。"艾特尔说。

"但你就认为他比你强。"

"嘿,别犯傻了。"

"你才傻呢。事情就糟在这一点上。你称我泼妇，因为你不能像他那样，与公主上床睡觉。"

"他并没有和公主睡觉，那不过是个女演员。"

"你恨不得现在就到欧洲去，你会立即抛弃我。"

"别说傻话了，埃琳娜。"

"你愿与我同居，因为在我面前你有优越感。你就是这样看待自己的。就凭别人对你的看法。"

"我爱你，埃琳娜。"艾特尔说。

她不相信这话，于是他一再安慰她，不住地说，纵有一千个纳尔逊·内文斯，也算不了什么，对他来说，她的愉快和幸福才是最重要的。但他又恨自己言不由衷，说这样的假话，恨自己居然因妒忌而心生痛苦，确切地说他十分忌妒，因为他渐渐被人遗忘，而一度不过是他助手的人却出席了加冕盛典，还和那些比他许久以来所认识的女人更著名的女明星睡过觉。"我就永无出头之日了吗？"他绝望地问着自己。

这真是太不走运了。几个星期以来他第一次感到心情极为沮丧，他一遍又一遍地兀自怅恨自己："今天内文斯非来不可吗？我到底什么时候做好准备开始工作？"那天整个晚上他都在细细观察埃琳娜，以挑剔的眼光看着她。她觉察到他的审视，便抬起头来问："有什么要紧的事吗，查利？"他摇摇头，喃喃地说："没什么要紧事，你看上去很漂亮。"但他心里却一直在想，她的素质太差了，离一位上流社会名媛淑女的标准太远了。从她所做的种种暗示，他知道她想做爱，可他有点儿担心。结果不出所料，做爱之后他发现自己心情更沮丧消沉了。这是第一次埃琳娜没能让他兴奋，然而偏偏这时候她却说："哦，查利，只要和你一做爱，便什么烦恼也没有了。"她睁着一双力求显得纯洁无邪的眼睛，羞怯地问他："你真的也有这种感觉吗?"

"感觉比以前更好。"他不得不这样回答。他独自默默咀嚼着一重重失意,再次陷入沉默,并确确实实感到了孤独。

第二天,他硬着头皮,开始工作。这是十五个月里他第三次着手改写剧本,其实在过去的十年里,这样做已不下五六次,他希望自己最终能为拍摄做好准备。他花了这么多年构思这个故事,而自从和埃琳娜在沙漠道尔同居以来,过去的几周里,他已为每个场景列出了提纲,他已相当明确自己想干些什么。然而,现在他工作的时候,却发现自己老在以纳尔逊·内文斯之流的眼光看待这部电影。不管他怎样努力,有几天他在办公桌前一坐便是十二或十四小时,忙活得精疲力竭,这剧本却总是成了低劣或杜撰的货色,成了枯燥乏味、弄虚作假的东西。此后,他又困乏又烦躁,死气沉沉地躺在她身边,或者强打起精神做爱以敷衍她,他常常觉得这就像是头上挨过重拳之后,脑子里迷迷糊糊的。

有几夜他很想深入了解自己,尽管已疲惫不堪,他仍竭力振作,孤注一掷地喝上几杯咖啡,并在咖啡中掺上安眠药片。直到像个山洞探险者,他能入窥自己的内心,而一瓶威士忌则成为他脱险的绳索,因为一旦他对自己内心的了解变得太多、太复杂、太危险,有这么一瓶酒他便总能魂兮归来。第二天他会随便在哪儿躺着,因药物而麻木。"我甚至在与精神分析学家竞争,"艾特尔这么想,"我的竞争力多么强。"他觉得除了自己,谁也帮不了他的忙。原因很简单,他完全清楚他的这部电影颇具风险,他又树敌过多,他们都算得上劲敌——没哪个精神分析学家能够驱逐他们。难道他就这么天真,以为他能拍出这部影片,而赫尔曼·泰皮斯之流会坐在一旁鼓掌喝彩?为此他需要精力,需要勇气,以及过去二十年与手下各类人打交道所积累起的一切巧妙手段。要做成这件事,完成这一切,也许还需要一位年轻人，一位体格强健又单纯得以为这世界正等着他去改造的年轻人。他会怒冲冲地想起这许多年来他所认识的各色人物，想到他们全对他的这部影片不屑一顾。哈，这影片肯定是部骄傲的作品，一件十五世纪的意大利艺术品。那时候要完成作品，艺术家不得不学会向贵族们献媚，在雇佣军首脑面前俯首听命，施些诡计，耍点阴谋，说些不无危险的应酬话，夸大与他们的妥协，隐瞒自己真正的想法，不管怎么样，哄骗住他们，直到最后，倘若他应付周全，便得以完成作品。五百年后，那作品便会十分安全地保存在博物馆中，游客们走过时会顺从地说，"多么伟大的艺术家！他一定是个优秀杰出的人物！看那些贵族们的脸多么丑陋！"

不，这部作品不会令人满意。他越是磨砺自己的意志去努力，从剧本故事中获得的回报就越少。每天，无论怎么避免，他发现自己总是在权衡每个句子可能造成的后果，在考虑世界各地的电影审查员们的反应，因此他不能丢弃自己花了整整十五年学到的那些技巧。他只能运用并改进那些技巧，甚至头一天选择了一兜子表现手法，第二天又挣扎在一潭愚蠢错误的泥沼中。整整三个星期，艾特尔将全部精力耗在这电影剧本上，在某种意义上这是他一生中过得最艰难的三个星期。它们似乎比一年还长，因为他的一切经验都在告诉他，这剧本很糟糕：在情节发展和人物性格塑造上，他就是想不出什么出乎意料、令人喜出望外的高招，而他却一度那么肯定他的作品会成功。不知怎的他从不相信这剧本会令他失去勇气，正如一个男孩不会相信他的未来全是失败和挫折一样。

他思来想去，觉得这部影片将为他讨回公道。他回忆往事，最早或许可追溯到西班牙内战，当然还有一系列的鸡尾酒会，以及一次次乘坐吉普车经过一座座被征用的城堡，这些对他来说，就意味着第二次世界大战（但不包括那次参观某座集中营的经历。那次参观使他深感惊恐,因为这种惊恐感与他日益增强的信念居然不谋而合。他的信念便是:只要是出于官方的有组织的行动,文明社会也会干出任何野蛮暴行)。伴随着从一个漂亮女人转向另一个的不寻常经历,是那些令人心醉的享受:他把生活看作玻璃杯中斟满的葡萄美酒,端详它金黄的色泽,钦羡花天酒地的生活,陶醉于暗自品尝到的芳醇;他超越于这一切之上,他比旁人胜出一筹,他更诚实正直,有朝一日他会将自己的人生变得比宝石更坚硬,就像艺术珍品一样不朽。他是否曾害怕尝试,他想,因为担心他的优势已不复存在?剧本手稿就像块揩灰尘的抹布,搁在写字台上。艾特尔如同以往一样,感觉到了艺术创作的难处:它迫使人回归生活,每次重写都变得更难、更令人不快。于是,在回忆往事的时候,他想起自己从未承认过的制作商业片时的愉悦。那些影片他拍得不错,至少有个阶段相当成功,当时他却装作对此很讨厌。回想起多年来一直掩藏心底的这些情感,艾特尔沉痛地觉得,他早该意识到,他永远不可能成为自己一贯希冀的那种大艺术家。因为,除了别的一切,艺术家还须具备一种素质,这便是羞愧感、懊丧感,以及对自己二流作品的厌恶感。

况且,他觉得他的境况有点儿不大真实。他的一生全都如此,都有些不大真实。难道果真有过那么一次,他年纪轻轻,为了证明自己不是个懦夫,而在参加大学足球队员选拔时不惜受伤折断了鼻子?难道果真有过另外一次,他志愿赴西班牙当一名步兵,和一支疲惫不堪又涣散杂乱的部队,在某条河边某座不断遭受炮轰的小村里,度过了那灾难性的三个星期?当时他发现自己比预想的更勇敢,甚至在防线崩溃之后,他仍毫不慌乱,坚持战斗,最后不得不黯然逃离,穿越比利牛斯山,进入法国。所有那些记忆,美好的或哀伤的,都消失在哪儿了呢?随着一个人年岁渐长,往昔的情景竟然愈加清晰了,他想,这不会是真的吧。悠悠往昔仿佛癌症,吞噬记忆,吞噬现在,直至感情受尽侵蚀,直至人们经历过的事情老是处在同往昔一般死气沉沉的危险之中。

尽管如此,对他来说,现在该是正视自己、考虑并着手新工作的时候了。而问题恰恰在于艾特尔想不出什么别的工作可干。真是令人心寒的癌症!它不仅将过去化为乌有,令现在目瞪口呆,还赶在他未及创造之前,蚕食了他的将来。就这样,虽然他不再相信自己的剧本,可接连好几天,他继续默默无语、郁郁不乐地修改着。

他的抑郁心绪给他的工作甚至他的努力都蒙上了一层阴影。他便在这种心境里打发着一个又一个日子。

在如此沉重的精神负荷下,他对埃琳娜的缺陷越来越挑剔了。看她吃饭,他会不由自主地皱起眉头,因为她常在挥动刀叉、嘴里塞满食物时开口说话。他试图纠正她的这些习惯。她眼神忧郁地听着,并答应努力改进,可由于她生性执拗,又洞悉他的心思,因此始终依然故我,毫无长进。这就仿佛她在对他说:"要是你真的爱我,我随便什么都能改。"

这让他十分恼火。她难道不明白,他是多么希望她能有所长进?难道她就满足于废品旧货商的儿子与糖果店老板的女儿之间的婚姻而别无他求?他的父母现在都已故世。但当他年轻时,在那些年月里,他曾不得不违拗父母之命,挣脱母爱的羁绊,顶住父亲充满蔑视的压力——因为父亲认为他热衷演戏是白白浪费时间,靠妻子养活又太丢脸。因此,看到她那么笨拙毫无长进,他便始终为此耿耿于怀。

自他来到沙漠道尔,特别是自从拉古纳屋聚会以来,邀请他的人越来越少了。他的生活中已几乎没有什么社交活动,他和埃琳娜的活动局限在他称为流亡者的一小群人中。他们都是些作家、导演、演员,甚至有一两位制片人。他们像他一样曾拒绝与颠覆活动调查委员会合作。几年之前他们好多人在沙漠道尔购置了过冬的别墅,现在,他们便如艾特尔一样,来这儿蛰居避难了。由于他们在沙漠道尔得不到邀请,无处可去,艾特尔不得不与他们交往,但这类社交很难令人满意,他还十分讨厌将他归于流亡者一类的想法。

埃琳娜也不喜欢他们。"哎,他们是不是有点自命不凡。"有一次她这样对他说。

"你的嗅觉不错。"他微笑起来。

"自命不凡的人总是充满自怜。"受着艾特尔的怂恿,她便加了一句。

艾特尔也有同感。他发现多数流亡者令人生厌,只有一两个讨人喜欢,作为一个群体,他们让他感到厌烦。艾特尔一向讨厌这种人,他们交谈时往往只说几句,再也不肯多说,因为再谈下去,他们就得放弃某些他们事前早就决心要继续信仰的东西。此外,他对他们太了解了,甚至多年之前,他还属于他们的委员会的时候,他们就令他厌烦了。而这些日子里,他却发觉他们都急切地承认他是个拒绝向咄咄逼人的迫害者妥协的大艺术家——他们认为这正是他们自己恰如其分的写照。

当然,在他退出那些委员会的年月里,就是他们首先散布针对他的种种流言蜚语,因此如今他们对他的谄媚根本就打动不了他。要说有什么区别的话,那些女人比起她们的男人来更令他感到不快。自他与第一位妻子分手以来,他对那些过分热衷政治的女人就毫无偏爱之心了。然而,不管他多么讨厌那些流亡者及他们的女人,他却发现自己希望埃琳娜对于他们谈论的话题别显得过于无知。

要是谈话内容平平,不那么巧妙精彩,艾特尔便明白这个晚上是因为埃琳娜而索然无趣了。她会显得非常严峻古板,她会露着一脸僵硬的笑容，坐在别人中间。在她十分难得想说点什么的时候，他可以感到人人都觉得不自然。比如，有的人便会说个笑话，别的人会大笑，埃琳娜只得重复刚才最后一句话，并解释一番。"他真的不愿意，"埃琳娜说，"那不很古怪吗？"外出度过这么一个晚上，回到家里时，埃琳娜便心情很坏。"不，不用对我说什么。"他正想小心地开导她，她便这样说。"这都是我不好，我知道，我就是不想再谈论它。"

"埃琳娜，你总不能指望比你所认识的任何人都更机灵吧。"

回想起晚上的那些细节，她不禁哭出声来。"可我比他们笨。"她一下扑倒在沙发上呆呆地凝视着墙壁。"都是你不好，"五分钟之后她会冷冷地说，"别来责怪我。要是你那么喜欢那些女人，就去找上一个。你不必守着我。"有时候她便会哭泣起来。

有天夜里，埃琳娜和平常不一样，她不再说什么要离开他之类的话，而是十分平静地说，他俩最好还是分手。"我可以找个普通人一起过活，另外找个人我会感到幸福。"她说。

"你当然会幸福的。"他安慰着她。

"甚至你的那些自命不凡的朋友也行。"

他哈哈大笑起来，还模仿着做起演说来。"距今多年之后，"他模仿某位演说家的口吻说，"当荣誉归于本国为和平所做的斗争时，他们不会忘记——尽管与这儿的查利·艾特尔所恪守的准则多么不协调——个性自由的准则所标举的勇敢立场，给予美国人民的意识多么巨大的影响，并让我们牢牢记住，即便在他们集体的歇斯底里下，美国人民仍是一个深深热爱和平的进步民族。"

"哦，他们肯定都很蠢，"埃琳娜说，"而且他们都怕老婆，但也许他们中有几个是真正的男人。"

"是的，"他慢吞吞地说，"他们有的是力气，就像巨乳女人那样。"

她很不高兴地笑笑。"有朝一日我会离开你的,查利。我说话算数。"

"这我知道,但我需要你。"

她的眼中溢满了泪水。"但愿我能完美些。"她说。

最后,他开始限制自己,只与少数几位埃琳娜感到合得来的人交往。而我便是其中的一个。于是,每次我和露露吵了架,晚上我便去拜访艾特尔和埃琳娜。有我在场,埃琳娜会很快活,不再害怕显得傻乎乎了。我们三个在一起,大半时间便听艾特尔讲故事,他炫耀夸张而又高高兴兴地讲着。在这样的夜晚,他显得对她很满意,而她也会满脸洋溢着对他的爱。一切都好好的,可到了早上,他一开始写剧本,便又感到沮丧。之所以在这种时刻在写电影剧本时深感失意,那是因为他觉得,要作为伴侣带着去参加加冕盛典,埃琳娜似乎就太不够格了。"嘿,你的老婆。"他简直可以听见她结结巴巴说话的声音。

## 第十五章

　　大约就在这个时候,科利·芒辛飞抵沙漠道尔。当天晚上他便来拜访艾特尔和埃琳娜。科利说,他来度假一周,以构思下一部影片。艾特尔并不怎么相信这种解释,但不管科利的理由是什么,第二天晚上他又上门来了。第三天他还过来喝了下午茶。那几天我正好不在——露露和我穿越州界,去某座赌城消遣游乐——芒辛便成了这一家的朋友。

　　他们三人显得很亲近友好。由于早已分手,埃琳娜的一举一动如今反而颇令芒辛感到愉悦。他与艾特尔谈起拍片、预算、演员的性格和相互间的明争暗斗,就在这种埃琳娜感到根本插不上嘴的时刻,芒辛会朝她微微一笑,并且说:"宝贝,你真迷人。"

　　这些仅仅是客套。要不了一个小时科利就变得自在起来。"我讨厌虚文浮礼。"最初的沉默过后,他这样说。

　　"为什么?"艾特尔顺从地问。

　　"我们之间的关系要算最难解难分的了,可你看,我们在干些什么?只谈些琐屑小事。"

　　"那又能谈些什么呢?"埃琳娜问。

　　他对她诉说起来。"埃琳娜,你不知道你在我的生活中留下了多大空白。对你来说我已不复存在,"他灌了一大口酒,"女人都相当狠心,我深信这一点。"他的声音高亢起来,艾特尔知道他接着会说些什么了。"你们女人很健忘,这一点男人望尘莫及。"科利宣称。"我能想象出你数落我一些什么话,埃琳娜,那也是事实,毫无疑问那全是事实,你是个感情细腻的人,但你们两个有没有想过,这事让我充满痛苦,是我,而不是你,埃琳娜,仍记着那些美好的事,我们之间实实在在发生过的事,对了,甚至还有激情,激情,你听见了吗,艾特尔?"

"科利,"艾特尔问,"你真以为你可以在我们面前自吹?"

"请把我当人看待,"芒辛大叫道,随即又轻轻加了一句,"我的心在流血。"

"你受得了,"艾特尔说,"你的血多得很。"

然而,他知道科利成功了。哪个女人不能原谅一位声称受尽煎熬的旧日情人?科利一做过这番表白,埃琳娜就显得活泼多了。她开始带着尖刻的恶意来逗弄科利,这种恶作剧艾特尔过去从未见过。埃琳娜开始闲聊,她欢快地笑着,向科利追问些小事。"我从报上读到,"埃琳娜说,"贵夫人的宠狗获了奖。"

"是的,洛蒂又得奖了。"

"我敢打赌,你一定因此而大受奚落。"埃琳娜说。

科利就喜欢这样。每次遭埃琳娜挖苦,他眼中便闪过温顺羞怯而又伤感的神色。"那是我活该,"他似乎在这样说,"别以为我不知道这一点。"

晚上上床的时候,埃琳娜不住地说:"今天晚上真令人开心,查利。"

但她只开心了一会儿。他们做爱时,她若有所思地说:"你知道,科利并不在乎我。他感兴趣的是你。"

看到另一个男人对埃琳娜如此欣赏,艾特尔颇有些陶醉,他不愿败坏了这样的兴致。"你真傻。"他说。

"我才不傻呢。"她不无哀怨地说,"现在一切都过去了,科利就喜欢谈他失去的东西。"她随后说出的话颇令他感到惊奇。"查利，要是他开始说起我的事，别去相信他。你知道科利讲起故事来总是不由自主，喜欢添油加醋的。"

"关于你，他还能说些什么我所不知道的事呢？"

"什么也没有，"埃琳娜很快说道，"但你知道他是怎样一个人，他会撒谎。我不相信他。"

但他们仍然盼着芒辛每天来访。在快快不乐的工作之余，和客人这样子聊上一会，是件挺愉快的事。他们三人像某类极讨人喜欢的小说描写的那样，结合在一起：艾特尔与埃琳娜已共同生活十年，单身汉科利则是他们的朋友。三人相聚令人非常愉快，以至艾特尔觉得，他和芒辛相识这么多年来，他还是第一次喜欢上芒辛。他几乎认为，芒辛正在有所改变。至少，芒辛是最佳影片公司里唯一有勇气经常来看望他的大人物。要想回绝这样的关切很不容易。

但艾特尔还是心存疑虑。他不明白芒辛为什么要到沙漠道尔来。因此，当他不知不觉中将所创作的电影故事讲给科利听时，自己都为之惊异了。那是在这位制片人第四次来访时，他们谈到了深夜。埃琳娜上床睡觉后，科利谈起了他所面临的问题。这是科利借以征集奇思妙构的惯用伎俩，而这一次艾特尔却并不恼恨。科利显得很坦率，甚至承认他的某部影片遇上了麻烦，因此来向艾特尔请教。

最后，该轮到艾特尔念苦经了。芒辛在椅子上扭动了一下笨重身躯，叹息一声，而后说："我想你是不会告诉我的，查利，但我很想知道你那个电影剧本写得怎么样了。"他声调虽高，却说得很柔和。

艾特尔想撒谎。但他一开口却说了实话："写得很糟糕。"

"我估计会这样，"芒辛说，"查利，你一向习惯于与人合作，要是你对我说说，也许我能出点主意。"

"或许可以剽窃我的故事。"

科利笑了。"我看，即使我想剽窃，这个故事也偷不到手。"

艾特尔不知道为什么他会动心。科利不可能喜欢他的故事，但讲给他听听或许会有所收获。也许从芒辛的反应中他会受启发，找到些新意。艾特尔确实不知道为什么他竟会讲给芒辛听。"你是在扼杀这作品。"他在心里对自己说。

讲故事的才能他多年前就具备了，而这一次他讲得格外好，确实非常出色。在讲述的时候，他甚至觉得，要是这故事确如以前想象的那般重要，他就不会这么轻易地和盘托出了。从他口中娓娓道来，这故事便具有了某种生命，比他写下的任何文字都更精彩了。科利始终在聚精会神地听着。他那副听故事的样子是出了名的，他的呼吸会变得沉重，他会啧啧咂舌，频频点头，露出同情的微笑。科利总会给人留下这样的印象：好像他从未听过比这更精彩的故事。但艾特尔见得多了，他知道实际上根本不是这么回事。

他讲完之后，芒辛往后靠在椅背上，擤了擤鼻子。"这太妙了。"他说。

"你真的喜欢？"

"非常喜欢。"

但这一切都算不了什么，科利很快便会提出批评。"我相信，"他继续说，"这故事可以拍出十年来最好的电影。"

"用我的这个剧本不行。"

"这样的故事，不能写剧本。你需要的是诗。"芒辛用手指触触自己的肚子。"那是一个弱点，"他叹息道，"我并不是说我已肯定，查利。要是有人能令我吃惊的话，那便是你，但你能将诗搬上银幕吗？"

艾特尔不知道自己究竟是满意还是失望。"科利，为什么你不肯说出你的真实想法？"

芒辛足足扯了十分钟才切入正题。"我想告诉你，"他最后说，

"我喜欢这故事。我喜欢不落俗套。换了别人,谁也不会喜欢的,因为他们不懂。"

"我可不这么看,我认为喜欢这故事的人会多得出奇。"

"查利,你自己也未理解这个故事。你是导演,却没能从电影的角度来思考。你讲求具体,这故事却神秘。我知道为什么你干得很不顺手了。你就想写和你所了解的电影制作截然不同的剧本。"

"那当然,你知道我对于电影制作的看法。"

芒辛伸手按在艾特尔的臂上。"我喜欢这个故事,"他说,"我知道毛病出在哪里。至少我认为我知道。"

"什么毛病?"

"压根儿提不起人们的兴致。"这一句等于判了极刑。"查利,这太时髦了。这简直是座妓院。你的主角是个惹人讨厌的家伙。做电视主持人每周收入几千美元,却决定辞职。为的是什么?出去帮助别人?了结受苦受难?观众会笑掉大牙,笑得影片放不下去的。你以为观众掏钱买票,就为了知道这个角色比他们强?"

艾特尔不想争辩。科利的每句话都将他的希望变为泡影。他突然感到,这部作品不可能成为杰作了。他会讲给芒辛听的原因,也许就是想获知这是不可能的,他早已清楚这一点,却想要某个人告诉他。或许现在他就不会再去浪费精力了。艾特尔感到全身轻松,一种熟悉的轻松感:他卸掉了重担。

"要知道,"芒辛说,"我想到一个办法,可让这个故事成功。只要稍稍改动就行了。"科利伸起他那粗壮的手臂。"让我稍稍构思一下。"可科利的构思却是大叫着进行的。"艾特尔,我想好了,"他说,"办法很简单。你这影片需要加一场序幕,就让你的主角作为牧师出场。"

"作为牧师!"

"你没有动脑筋。主角是牧师,这就让你摆脱了困境。我感到奇怪,你怎么自己没想到这个点子。"科利这时说得很快,他那制片人的头脑梳理着故事,犹如木偶艺人的手指一般灵巧。故事开头艾特尔的主角正在教会学校读书,想当一名牧师,芒辛就这样娓娓道来。他看来是个人物,什么素质都具备了,魅力、智慧、遇事沉着——除了最重要的素质之外,什么都有了。"这年轻人太傲。"芒辛说,"我想象了极妙的一幕,那位校长,或大祭司,或不管他们叫什么,反正是一校之长,一位牧师类型的明智的爱尔兰长者,把弗雷迪叫来,"——芒辛说起故事,总是习惯于把主角称为"弗雷迪"——"并对这位年轻人说,算了吧,不可能成功的,他认为弗雷迪不该当牧师,还不行。他说,从学业上看,弗雷迪已具备了一切,教会史、圣水、宾戈管理等课程获得满分,忏悔心理学的成绩为A+,但他并没有一副牧师的心肠。'到社会上去,先学会谦恭。'这位年长的牧师说。现在你理解了没有?"

艾特尔明白了。他不必再听了。"让我们从弗雷迪的观点来看这事。"芒辛愉快地说,就像个正消受美食的饕餮之徒。"要是你想解释弗雷迪的动机,那就将老牧师写成他的父辈角色。年轻人把老人的忠告当作对他的嫌弃,他心头充满怨恨。他觉得没人爱他。于是,他会干什么呢?他离开教会学校,通过这样那样的途径——我们可构思出来——进了电视台,一位心怀不满的年轻人,却扮演着天使的角色。同时我们可以不断暗示他因为尽向听众说废话而深感内疚,与此同时他的事业也如火箭升空一样蒸蒸日上。"芒辛自己停了下来,意味深长地往前伸出双手。"你先把他写成个可恶的家伙,然后又让他改弦易辙。其间发生的事促使他谦恭起来。我不知道会有些什么样的结果,但我毫不担心。耶稣死难像或十字架之类的东西吧。银幕上映现耶稣基督的图像,谁还会计较动机?观众会购票观看的。一旦弗雷迪开始狂热地出没于社会底层，我们可让他在外漫游一年，让他噙满眼泪在流浪汉中漂泊，让他遭遇许多事情，而他始终热爱社会上的每一个人。我对你说，孩子们看到这儿，甚至会忘了吃他们的爆米花。你明白我的意思吧。我甚至不必怎么精心制作。最后……"弗雷迪不必横尸沟渠，科利解释说，他可以回神学院去，并且被接纳了。一个皆大欢喜的结局。"背景中还传来天使的声音，只是别尽是废话。"

芒辛激动得都坐不住了。"这故事把我迷住了。"他在屋里一边来回踱步，一边说，"今天晚上我是睡不着觉了。"

艾特尔大笑起来。"科利，你真是个天才。"

"我是认真的，艾特尔，我们一定得拍出这部影片。赫尔曼·泰皮斯会喜欢的。"

"这片子我没法拍。"

"你当然能拍。"

"我对教会毫无好感。"艾特尔说。

"你对教会无好感？宝贝，当我还是个贫民窟穷小子的时候，境况比无赖阿飞强不了多少，我走过教堂时还常常往街上吐唾沫呢。那和拍电影有什么关系？"

"这个嘛，起码有一条，你我都知道，教会与那些颠覆活动调查委员会或许有点儿关系。"

"即使他们没有关系，总有人关注这些的。查利，我这一生都是个自由派，看在上帝分上，这种事就别谈了吧。"

"这部电影的事，"艾特尔答道，"今晚就到此为止吧。"

"今晚就谈这些。行。不过你该考虑一下我的话，查利。我保证，我愿和你合作拍片。这个故事是座金矿。"他拍拍艾特尔的肩膀。"你还没有想到你拥有怎样的宝藏吧。"芒辛告辞之前又说。

艾特尔无从知道那个晚上科利是不是失眠,但他自己确确实实没能合眼。万千思绪似乎纷至沓来。作为专业行家的艾特尔渴求着新奇故事,作为一部有利可图的影片,它是那么完美,虚妄得那般美丽。行家的气质在那些绝妙的虚妄之处充分展露,科利使他对影片又有了浓厚的兴味。

这天上午他开始工作时,觉得灵感喷涌,左右逢源,对那部已标明"杰作之二"的作品有了不少新的佳构。难道原先他那般苦思冥想的故事已消失得无影无踪?难道他对教会的厌恶是假的,他自己也并不真实?他甚至很想知道在收入分成方面能和芒辛达成怎样的协议。"我将再也不会在颠覆活动调查委员会前露面。"他不知不觉这样想道,"我得首先做这笔剧本黑市交易,不管那样做会招致多少损失。"他一直都在为科利的严肃认真而感到惊奇。

那天芒辛没来,艾特尔往帆船俱乐部挂了电话,才得知这位制片人搭飞机去了某座赌城。事情再清楚不过了。科利不在乎等上一天一夜,任他去担心忧虑。这显然是种策略,可艾特尔却总是放心不下。

傍晚时分马里恩·费伊来到他们家。艾特尔和埃琳娜已经习惯了他每周一两次来访。埃琳娜与马里恩的那次逢场作戏曾一度使得三人间关系紧张,现在则已大大缓和了。近来,艾特尔甚至很乐意见到马里恩登门造访。

马里恩总是没个固定时间,说来就来。或许一星期都没个电话,随后却不期而至。也许是大麻作用的缘故罢,费伊上门后,竟会坐在他们的起居室里,半小时不发一言,有时甚至根本不回答他们彬彬有礼的询问。之后他便会站起身来,扬长而去。

可在别的时候他又会说个不停,偶尔会向他们稍稍显露他的魅力。这真令人奇怪,艾特尔常常这样想。在马里恩显得亲近友好的时候，他似乎再令人愉悦不过了，人们与之相处会感到轻松愉快，这使他更讨人喜欢。

奇怪的是，他待埃琳娜总是很好，甚至会向她献媚。在费伊大献殷勤的那些晚上，她便有些扬扬得意。马里恩一走，她会与艾特尔说笑逗乐。"哟，他是不是想在我俩之间惹些麻烦哪。"埃琳娜说。

"我从未见他对哪个女人这么感兴趣。"

埃琳娜又变得抑郁不快了。这恭维来得未免太直截了当。"他只不过想让我变成他的一名应召女郎。"

"这样说太可笑了。"

"其实并不可笑，他就是那样想的。我不喜欢他。"埃琳娜说。

"别那么自轻自贱。"他生气地说。

他急切地盼着埃琳娜能有所长进。有一次，仅仅一次，在与流亡者共度的某个夜晚，她表现得十分成功。有人在留声机上放上一张唱片，于是，艾特尔见她跳起了弗拉门戈舞。她的头高高扬起，牙齿雪白，皮肤金黄。她跳舞时面带轻蔑，裙裾飞扬，尖细小巧的鞋跟，节奏分明而迅疾地踩踏着地面，透露出几分自信，这吸引住了他赞赏的目光。此后她因醉得厉害，停下不跳了，可整整一夜他都在为她的成功感到喜悦。第二天早上，他便责怪她不该荒废了舞蹈，于是，在随后的几天里她开始训练了，甚至谈论起想再找个夜总会跳舞的职业。然而一看到她训练的样子，他便明白她不可能成为职业舞蹈演员，他可以想象在她的代理人所能安排的不上档次的演出中，她必然是极不痛快的。那种演出，充其量不过是在两名脱衣舞女表演间歇为男士们饮酒助兴而已。或许她跳舞时人人都在聊天而对她不屑一顾。

确实，她绝对达不到职业舞蹈演员的起码标准。不管演员的心

199

境如何，演艺总有最基本的要求，决不至于十分糟糕。埃琳娜还不够格。艾特尔看着她训练时，明白她虽然有些才能，但那不过是业余爱好者的怪才而已。难怪她将自己的才智运用在枕席之上，性爱正是业余爱好者施展才华的领域。于是他明白了，尽管他不愿相信这一点：他越是想让她多有长进，她能做到的便越少。她对此只有一句答复："只要你爱我，真正地爱我，也许我就能达到你的要求。"

费伊也对他说起了这一点。就在艾特尔盼着芒辛来电话的那个晚上，马里恩前来，坐了好几个小时。起先，埃琳娜在厨房里准备咖啡，艾特尔对费伊说起芒辛对他的电影故事的评价，他一边说，一边很不自在地觉察到，他正盼着马里恩的鼓励。

"听起来成了科利的贡献。"马里恩说。

"我觉得这太糟糕了，似乎我只不过参与策划而已。"艾特尔喃喃地说。

"不愿置身局外，是不是？"马里恩说过这么一句，便沉默了。在埃琳娜进来之后，他还是默默无言，这让埃琳娜感到很不自在。后来费伊说起他刚刚录用一个名叫博比的女人，埃琳娜很想听听有关博比的一切。对于费伊提供的每个细节，她都全神贯注地倾听着——博比尝试过做模特，曾经希望当一名演员，结过婚，又离婚了，带着两个孩子等等。

"她是怎么干起这一行来的？"埃琳娜插嘴问道，"我的意思是，她以前是干什么的？"

"我怎么知道？"费伊说，"衣帽摊上卖领带，或夜总会里拍照片。别的还能干什么？"

"不，我的意思是，她是怎样打定主意干这一行的？"

"你以为这很复杂吗？詹詹帮她跨越障碍，我找她一说就成了。"

"但她是怎样想的呢？"埃琳娜仍盯着他问。

"你会怎样想?"费伊说。

埃琳娜没作回答,只是咯咯一笑。"这太恶心了,"她对艾特尔说,"像她这样的女人也做应召女郎,我猜想是因为她没法和某个男人保持体面的关系。"

"而你能做到。"费伊说。艾特尔明白这话的言外之意。马里恩在他眼里一下子变得丑陋了。

"是的,我行,"埃琳娜说,"你不这么认为吗?"

费伊哈哈笑起来。"你当然行啰,这没问题,只要男人找得准。但没有一个女人不为此伤脑筋的。"

"你这话是什么意思?"埃琳娜问。

艾特尔微笑起来。"他的意思是,别跟着我了。"

"马里恩恨你,查利。"埃琳娜以反抗的姿态公然宣称,那样子就仿佛他俩会一致攻击她似的。艾特尔只得哈哈一笑。多年来他就是以这样的大笑来保护自己。"真是这样吗,马里恩?"他满不在乎地问。

费伊吸了一口烟,随即将香烟扔进了壁炉。"确实,我恨你。"他说。

"为什么?"

"因为你本来可成为一名艺术家,而你却唾弃这种机会。"

"那么什么才是艺术家呢?"艾特尔问。费伊话语中所含的恶意,深深刺痛了他。

"你想展开讨论吗?"马里恩嘲笑着说,"我觉得没有必要告诉你。"

"真令人遗憾,你会这样认为。"艾特尔说。他知道马里恩已不再尊重他了,心里不禁有种失落感。"又失去一位门客。"他冷冷地忖道。

"要是你这样看待查利,"埃琳娜说,"为什么还老是上门来呢?"

费伊紧盯着她,仿佛她是一具标本似的。"你说这话是当真呢,"他问道,"还是认为或许我的话有道理才这样说?"

"我认为你……你给我滚出去!"埃琳娜朝他大嚷着,但这话像她别的命令一样吓唬不了人,她只能以自己的退出来实施这项命令了。

"你硬要说那些话,究竟是为什么?"艾特尔叹息着说。

"因为,"费伊答道,"与你相比,我对这小妇人看得更透。"

"哦,好吧,但愿你说得不错。"艾特尔冷冷地说,随即走进卧室。埃琳娜在啜泣,他早已料到这一点。她不想听他解释,只顾躺在床上伤心。"你不该让任何人那样对你说话,"她呜呜低泣,"他们也不该那样对我说话。"他宽慰着,马里恩是随便说说的,并不当真,他正心神不安,她不该问那么多的问题。艾特尔毫无希望地继续劝说。但他始终清楚自己正在做的事,那便是要她相信:马里恩错了,他们不会分道扬镳的,他会永远照顾她的。

过了好一会儿,埃琳娜才转过身来。"你对外面的这位朋友那么器重,你应该知道他是怎样的一路货色。"

看她说话的样子,他知道她后面还有话要说。"你说什么?"艾特尔问。

"每次你一离开,马里恩便说,他要我去和他同住。"

"他那样说吗?"

"他甚至说他爱我。"

如果说艾特尔为之吃惊,那么,也可以说他同时还感到高兴。让别人去关照她,或许他自己的责任就减轻了。"你就不明白为什么马里恩这般恶劣吗?"他听到自己在问。

"你就一点儿也不气愤?"

"埃琳娜,让我们别把这事看得太重。"

"你真冷漠,艾特尔。"

"哦,回去吧。要是马里恩非常喜欢你,你总不能真的对他生气。"

最后她答应出去道声晚安。她眼圈红红的,十分窘迫地出去待了一会,对马里恩笑了笑。"你很漂亮,亲爱的,"马里恩说,并干巴巴地送个飞吻,"我的意思是,你比我们出色得多。"

埃琳娜不久便上床睡觉了,而他们仍留在外面。这时马里恩便显得郁郁不乐了。"你为什么不相信我爱她呢?"艾特尔问他。

"你要我说些什么?你想听,我就说。"

"你刚才说,"艾特尔继续说道,"你本人对她看得更透,而她是那么地需要尊严。"他激动地说。

"尊严!"马里恩身子前倾,似乎要突破什么障碍。"查利,你像我一样明白,她只不过是个老于世故的女人而已。"

"那不符合事实,情况不全是那样。"艾特尔因他口气那么平静而十分恼火。"要是我真爱她,此刻就该不搭理他。"他想道。

"你对埃琳娜可以为所欲为,"费伊几乎是柔美地说,"她是那种你可以在她身上揩手的女人。"他凝视着空中。"只要你领着她。查利,你得领着这姑娘。她要的就是这个。"

艾特尔又做了一番努力。"从某种角度说,她是我所认识的最诚实的女人。天哪,她的父母是手握着切肉刀把她养大的。"

"一点不错,"费伊说,"你知道为什么你会和她同居吗?"

"为什么?"

"因为你吓坏了,查利。我敢打赌,你一直很忠实。"

"是的。"

"而正是你一贯说，忠实不合乎人的天性。"

"或许我仍相信这一点。"

"你真的吓坏了。你甚至害怕得不敢向我要一名应召女郎。"

"我对应召女郎从来就不感兴趣。"艾特尔说。

"你想对我说什么？说这是个欣赏口味的问题？"

费伊说这些话的时候，艾特尔再次感受到他刚来沙漠道尔的几周里所体验到的愤懑心情。当时他渐渐意识到自己过去认识的女人再也不愿与他偷情，那些野心勃勃的女人不会，正值青春年华的女孩不愿，那些他或许会动心的女子不肯。对他来说只剩下流亡者们的妻子，二流的应召女郎，以及在沙漠道尔地位最低下的公开妓女，对她们来说他依然是个重要人物。莫非费伊说的没错？他竟然连这样的女人也怕？艾特尔这样想着的时候，脑中不禁闪过一丝对埃琳娜的鄙视。但他开口回答的时候却说，"要是你这么看不起埃琳娜，为什么对她感兴趣？"

"我也不明白是为什么，一定是我身上的动物本能吧。"费伊打了个哈欠，站起身来。"你就自己去问吧，"他在离去之前说，"问问埃琳娜，她以前有没有为了钱干这种事。"

艾特尔确确实实感到一阵震颤。"你知道些什么？"他问。

"我不知道，查利。我只是有一种直觉。"费伊不慌不忙地出门而去。

艾特尔直到第二天下午才有机会问起埃琳娜，因为他上床时她已睡着，而早上她又比他先醒。芒辛没有打电话来，尽管艾特尔很想定下心来工作，一种强烈的想和埃琳娜做爱的冲动却不断撩拨着他。下午三四点钟光景，他们上床销魂了半个小时，他知道，埃琳娜比他更兴奋，因为他的性冲动是自发的。做爱之后，再问她那个问题似乎就不至于给她造成伤害了。她有没有收过别人的钱？嗯，她说，除一次外，真的从未收过。除一次外？他说，那是怎么回事？那一次很滑稽，埃琳娜回想着。那是怎么发生的？他问道，他感到一颗心像冻结了一般。嗯，有过那么一个人，他想与她做爱，她拒绝了，于是那人出了价，他付二十美元。

"那你怎么做？"艾特尔问。

"我收下了，这使得那人很兴奋。"

"你这个下贱的小妇人。"艾特尔骂道。

埃琳娜双眼闪闪亮着。"哦，你知道我是这样的人，"她说，"你也一样。"

"是的。"最糟糕的是，这一类故事使他想起，他其实和她差不多。

"那二十美元我花得很开心。"埃琳娜继续说。

"没让你感到恶心？"

"没有。"

"你一定感到恶心了。"艾特尔坚持说。

"唉，第二天晚上我确实有点儿歇斯底里，但我一向总是乱糟糟的。"她的神情一时显得有点心不在焉。"查利，别谈这个了。记得我十六岁的时候，我常常担心自己到头来会成为妓女。"她笑了起来，仿佛要将这一切回忆驱散似的，随即坐在了他的大腿上。"你还记得我们曾谈起过两个女人吗？"艾特尔点点头。"嗯，或许有朝一日我们可以找一个，但那必须是位合适的女人，是那种不至于引起我妒忌的。"埃琳娜嘲笑着自己。"这样子讨论谋划，岂不是太可恶了？"

他紧紧拥着她，心想有多少事情他不能告诉她啊，记忆中他与两个女人调情的兴奋，她为着区区二十美元便卖身的事给他造成的痛苦，除此之外，还有对埃琳娜命运的关切也几乎要让他眼中涌出泪来。要是他不再关照她，那会发生些什么事呢？

过了一会儿他们决定去游泳。在喝饮料时，他想起科利还一直没有回音。人是那么容易轻信；他们可能再也不会见到科利，或者可能当天晚上就见到他。艾特尔只当闹着玩儿地往上掷出一枚硬币，结果硬币落地，反面朝上。"我再也不会见到他了。"他自言自语着，这想法令人不快。这是否意味着他原先决定要依赖科利？

　　迷信算得了什么？掷硬币的结果竟与事实相反，当天晚上芒辛就上门来了。埃琳娜过了好久才去睡觉，而有关电影剧本的事他们一句也没说起。在她终于离开之后，芒辛陷入了沉思。"我们从事的这个行当真是不可思议。"他说。

　　艾特尔可没有这份耐心。"大祭司怎样了？"他问。

　　芒辛微微一笑。"查利，我希望那天晚上我们的小型会谈富有成果。"

　　"我从中得到一两点启示。"

　　"我对此还是很激动，"芒辛说，"我好几年没有这样的热情了。"科利经常说诸如此类的话。他就用这种话作为过渡，以便改换话题。"'你在这儿赌什么？'昨夜我便责问自己，'真正的赌博是在沙漠道尔，和艾特尔一赌。'"

　　"怎么是赌博呢？"艾特尔说，"上次我们讨论时，你似乎认为这故事是万无一失的。"

　　"查利，让我们别斤斤计较了。这方面我们都够精明的。你的故事，即使加上我出的点子，也还是一场赌博。从头至尾始终是场纯粹的赌博。"

　　艾特尔做了个调制饮料的小动作。"那么，或许我们还得抛开这个想法。"

　　"不用争了，查利。"芒辛像个胖胖的男孩那样，手指快活地捏着上嘴唇。"要是你想独自干，亲爱的，我可是也出了不少点子的，我做的建议便都是你的了，我希望在你出售剧本时它们能帮你卖个好价钱。"

艾特尔显出一脸无奈。"你知道得很清楚，科利，这一行里没人愿意接近我。"

"其实你只要向政府说清了就行。"

"就这点事。我不能失了自尊，科利。"

"那你就该与我合作。"

"或许还有别的办法。"

"你骗得了谁？要是你想去欧洲拍片，就得搞到护照。"芒辛高兴地微笑起来。他说，他倒有个好主意。艾特尔先写出剧本，他提供编辑意见，完成之后——艾特尔能不能在十二个星期内定稿？——就把它当作自己的电影剧本提供给泰皮斯。他说，他总不必再提请艾特尔注意，出自芒辛的剧本该值什么价了吧。

"这剧本你应当能卖到七万五千至十万美元。"艾特尔说。

"查利，为什么现在就谈起价钱来？"

"因为我想知道我们怎样分成。"

芒辛噘起了嘴唇。"查利，这样说话可根本不是你的风格。"

"也许这不是我的风格，但我想事先提出要价十万，我们分成时我取四分之三，你得四分之一。"

"这我就搞不懂了，查利，"芒辛说，"我不明白你的意思。"

"你好好想一想。"

"你也好好想想，这事除了让我担心还有什么？要是泰皮斯发现我在和你合作，他非把我揍扁不可。你以为我为几个臭钱会冒这样的险？"

"还有芒辛大作的赫赫声名呢。"

"也不值得，"芒辛摇摇头，"不是为这个，查利，不是的。我的想法不一样。既然你眼下缺钱，剧本我就付你两千五百美元。然后我们分成，我拿四分之三。"

"科利，科利，科利。"

"我给你的这笔贷款也一笔勾销。"

"别以为我不知道你为什么给我这笔钱。"

他们又讨价还价了一个小时，才粗粗达成协议。以后——芒辛解释他得与他的律师讨论一下——他们或许签或许就不签合同了，而怎样给艾特尔付款还得考虑到缴纳个人收入税，得设想个最佳办法。但这些是细节问题，他们可以信赖对方。

这样的合同够令人满意了，艾特尔想。科利多赚点钱，而他将把自己剧本的手稿影印下来。他已得到最优惠的条件。科利将支付他剧本稿酬四千美元，今晚先付两千，剧本完成后再付两千。要是剧本不再卖出，它就将属于芒辛，要是卖了，售价的三分之二收入归科利。附带权利属于科利，但他肯定会让艾特尔分得一部分。这是个初步协议。艾特尔干活，科利赚钱。作为回报，要是艾特尔能与颠覆活动调查委员会合作，科利将尽可能让他执导这部影片。甚至在片头字幕上他们可以共同署名。

"如此看来，"艾特尔黯然想道，"我现在竟成了科利供养的一名笔杆子了。"他为此十分恼火。科利善于识人，他雇用的笔杆子都很忠实，他决不会和一位难以信任的人达成这样的协议。"这么多年过后，我依然老实巴交的。"就在科利点给他那二十张百元大钞时，艾特尔悻悻地说。交易就这么做成了，艾特尔拿着钞票的手感到阵阵刺痛。

然而，要是他以为他们间的事晚上已办妥，那他很快就会明白事情才仅仅开了个头。科利开始大谈特谈他如何在卡西诺赌场遇见露露的事。"她和那个男的在一起，你的飞行员朋友。他叫什么名字?"

"瑟吉厄斯。"

"对了,瑟吉厄斯,"科利叹息道,"他是个好小伙子,但没他自己想的那么聪明。"

"也许是吧。"艾特尔只是附和一句,等着听对方说下去。

"查利,"芒辛说,"每次我想到你毁了自己的事业,就感叹不已。"

艾特尔对此不想作什么回答。

"在赫尔曼·泰皮斯举办聚会的那个晚上,你就非得把埃琳娜带到他眼皮底下招摇一番吗?"科利问,"你不知道那是多大的蠢事。你可明白他究竟为什么邀请你?"

"我一直不明白。"

"查利,你那么聪明而有见识,为什么老是违逆赫尔曼·泰皮斯的好意呢。赫尔曼·泰皮斯总是希望待人若慈父,你却从不给他个机会。那次聚会之前两小时左右,当时我甚至还不知道你也受到了邀请,他曾对我说:'我想为查利这孩子恢复名誉。'他就是那样说的。"

"原来如此!"艾特尔将杯中酒一饮而尽,又斟上一杯。"我想他是打算把我从黑名单上划去?"

芒辛很明智地点点头。"他本来可以解决这桩事,你就只需在秘密会议上做证。谁也不会知道你说了些什么。"

他们多聪明,艾特尔心想。一次秘密会议,报纸角落里短短几行文字,他便可以重操旧业了。这消息会由那些友好的漫谈专栏作家透露出去。

"赫尔曼·泰皮斯是个严厉的人,"芒辛说,"同时又很孤独。他内心深处还是很记挂你的。他邀请你参加聚会,因为他构思了一部电影,这影片非你执导不可。"

"瑟吉厄斯对我说过,"艾特尔说,"一部沙漠音乐片。"

"老弟,你错了。我一直对你说,你不了解赫尔曼·泰皮斯。"科利伸出一根手指。"他内心所想的,是以瑟吉厄斯·奥肖内西为原型,拍一部影片。"

这构思值得喝上一杯。"我弄不懂,"艾特尔说,"我还不明白。"

"你真是脑袋生锈了。那位情郎是个曾击落十架敌机的英雄。"

"只不过三架,科利,不是十架。要是你去问瑟吉厄斯,或许他会告诉你,这几乎快搅得他精神失常了。"

"要是我捏造了一点点事实,你可以提起诉讼,"芒辛说,"故事的精髓不在于多少架飞机,而在于这一事实:瑟吉厄斯曾是位被遗弃在孤儿院门前石阶上的婴孩。极妙的电影素材,你还能找到比这更有望成功的吗?"

"这听起来令人作呕。"

"就说说作为他母亲的那个女孩吧,"芒辛说,"我设想她是个一心追求时尚的少女。影片的开头非常精彩。你可以这样开头,她将一个两个月大的婴孩放在孤儿院门前台阶上,按响了门铃。她随即哭着跑开了。有人开了门,比如说是位上了年纪的看门人吧,婴孩的尿布上别了一张字条。赫尔曼·泰皮斯便是这样构思的。'但愿我能给孩子一个姓氏,'字条上写着,'但既然我没法做到这点,请叫他瑟吉厄斯吧,因为这名字很美。'"芒辛满脸欣喜之色,就像见着那颗稀世珍宝科依诺尔钻石[①]一样。"怎么会不成功呢?"他说,

---

[①] 科依诺尔钻石(Kohinoor),指印度的一颗原重191克拉的大钻石,一八四九年后成为英王御宝,重琢成108.8克拉,一九三七年成为英王王冠宝石。

"瑟吉厄斯，因为这是个美好动听的名字。故事就这样开始。他后来成为空军王牌驾驶员。孤儿成了英雄。"

艾特尔完全相信这一点，赫尔曼·泰皮斯每年总会有那么一两次，甚至三次突发灵感，随后叫某个人将他的构思扩展成一部电影。那最初的构思有时比"孤儿成了英雄"更简单。多年之前的一天上午，泰皮斯曾把艾特尔叫去，对他说："我心中构想了一部电影。就叫'文艺复兴'。把这电影拍出来。"他设法让泰皮斯将这差使交给了另一位导演。影片拍竣时改了片名，但泰皮斯的灵感让最佳影片公司的人们足足苦了一年。总的说来，和任何别的办法相比，这倒也不失为拍片的一种好办法，况且，泰皮斯的灵感大多都有利可图。

"你觉得怎么样？"芒辛问。

"这故事和瑟吉厄斯毫无关系。我真不明白你为什么要自寻麻烦购得他的授权。"

"他没法控告我们。问题的关键不在这里。只需看看这个故事。它很差劲。没有人会相信，除非你以某个活生生的人物为原型。令赫尔曼·泰皮斯激动的正是这一点。宣传炒作价值。"

"我不相信瑟吉厄斯会授权于你。"艾特尔说。

"这是你的看法，"芒辛说，"我不这样认为。他可以因此获得两万美元呢。"

"那你为什么不找他谈谈呢？"

芒辛叹了口气。"太晚了。你知道赫尔曼·泰皮斯心血来潮时会怎么样。他要你拍这个片子，因为瑟吉厄斯会与你合作。现在一切都泡汤了。你毫无必要地伤害了赫尔曼·泰皮斯。"

"科利，为什么你要翻陈年旧账呢？"

"为什么？我不知道。"芒辛一根手指伸在耳朵里，起劲地挖着。"也许因为我心底有某种想法,"他声称,"要是我们能让那年轻人同意这计划,我想,查利,我仍能说服赫尔曼·泰皮斯让你执导这部片子。"

艾特尔大笑起来。"换句话说,你要我去向瑟吉厄斯证明,这是个好主意。"

"我要你助我一臂之力,这对你自己也有好处。"

"对谁都有好处,"艾特尔说,"瑟吉厄斯又有钱了,我可以导演影片,而你也不辱使命,达到赫尔曼·泰皮斯派你来此的目的。"

"要是你想这么理解,就算是这样吧。"

"要是赫尔曼·泰皮斯不让我导演怎么办?"

芒辛显得没有丝毫犹豫。"我一直在考虑这问题,"他说,"要是那样的话,或许我们能做的便是,修改关于你的剧本的协议条款。我不想把你排除在外。"

"幸亏我们早已是合作伙伴。"艾特尔说。科利真不简单,他想。科利这趟来沙漠道尔原来是赫尔曼·泰皮斯要他买断瑟吉厄斯·奥肖内西的生平故事。但科利要是直接谈价钱,那就犹如一手借入另一手卖出。而现在不管发生什么都没问题了:科利差不多已稳操胜券。艾特尔不由得想知道这一个星期科利另外还做成了多少交易。

"瑟吉厄斯不要你那两万美元,是不是?"艾特尔相当唐突地问。

"这问题还没有最后敲定。"

"你们是怎么谈的,就一边在轮盘上赌一边讨论?"

"那是个讨论的好地方,不比其他地方差。"

"露露也想说服瑟吉厄斯吗?"

科利只得笑了笑。"唉,这就有点儿复杂了。赫尔曼·泰皮斯对于露露应当结婚这件事,简直偏执得有些病态。"

"与特迪·波普结婚?"

科利点点头。"然而,问题在于,考虑到一些有利的情况,我相信赫尔曼·泰皮斯能够看清,露露想嫁的是瑟吉厄斯。"

"这影片的结局太美妙了。"艾特尔爆出一阵哈哈大笑。"作为一个胖子,科利,"最后他说出了这么一句,"你当然能挤进许多狭小的空间。"

芒辛与他一起大笑。他们坐在艾特尔的起居室里,笑个不停。后来科利首先收敛了笑容。"你真令我着迷,老弟。"他边说边擦眼睛,"你是唯一能看透我的心思的人。"

"过奖,过奖。"艾特尔高高兴兴地说。

"你会帮我去说服瑟吉厄斯,是不是?"

"不,"艾特尔说,"我半点儿忙也不帮。"

## 第十六章

芒辛很不友好地打了个嗝。"我估计你会这样回答,"他说,并从椅子上向前倾过身来,"查利,要是我说,我认为你欠着我什么,你会怎么说?"

艾特尔知道他快醉了,突然间他感到一阵气恼。"我并不欠你什么,"他说,连嗓音都颤动了,"就算你刚付钱买我的剧本,我也不欠你什么。"

芒辛肯定地点点头。"是的,这我知道。我没有什么用。对你来说我不过是个拙劣的骗子。但要是你能好好考虑两分钟,别光想自己,也许你会意识到你并未——"芒辛伸出一根手指——"理解我对这件事的感情。"

"我完全理解,"艾特尔说,"你的某项活动需要帮助。"威士忌造成的自在随和气氛消失了,他又变得头脑清醒,非常清醒——并随时警惕着科利可能采用的任何手段。"芒辛,你就不想睡觉了?"艾特尔烦躁地问。

"听着,查利,随你把我说成是什么怪物,但请记住,在那令人讨厌、残酷无情的电影公司里,唯有我这个怪物才关心你所遭遇的任何琐事。"芒辛说话的口气时时在变化。"因此,别跟我玩什么花招,我可不想在你我之间较量一番,看看谁更有能耐。因为,不管你信不信,我总在记挂你,查利。"

艾特尔大笑起来,但在他灵敏的耳朵听来,他的笑声偏高,不大自然，他心头不由自主涌起一份对芒辛的感情，为此很感恼火，于是说："是的，我只见到一位成功的制片人在哭泣伤心。"

"去你的，艾特尔，"芒辛低声说，"我可没有说我要哭着在你家过夜。我说我总有点记挂你。"

艾特尔往后靠在椅背上，伸展开双腿。"好吧，科利，"他说，"我或许会相信。"

"艾特尔，刚才说好的条件，你相信我好了。这世上要对付的人太多了，我可不想与你作对。"

"那就不用再说瑟吉厄斯的事。"

"要是我对你说，我理解你对那年轻人的感情，那会怎么样？请相信，我确实能理解。尽管我一味往那些令人讨厌的荒唐电影中倾入廉价感情，却仍真诚地认为，我们每个人，对这世界上的某一个人，必须做到真诚无私。至少对某一个人。看来你对那年轻人能做到真诚无私。我就不再与你作对了。"

艾特尔小心地喝了一大口酒，他的心情好起来了。"我想告诉你个秘密，"他说，"要是你的话说得简短些，我们就合得来了。"

芒辛对这斥责只宽容地笑了笑。"那就听着，我要你老老实实地告诉我，因为你应当对我说真话，艾特尔，你应该老老实实告诉我：要是我能说服瑟吉厄斯听从赫尔曼大叔的旨意，你认为他会有多大出息？"

"赫尔曼大叔？"艾特尔问，"赫尔曼·泰皮斯大叔？"

科利露齿一笑。"别那么大声叫嚷。"

他们像是听到熟悉的家庭笑话一样大笑起来。

"嗨，科利，"艾特尔说，"看来今晚是要喝个一醉方休了。"

"老朋友，跟我谈谈瑟吉厄斯吧。"

"想看看我有没有眼光？"

"你知道我一向信赖你的眼光。你要我跪下来求你吗?"芒辛不满地说,"你想想,我到这儿来,图的是什么?"

艾特尔细细品味着威士忌。他心里想着:几个星期了,看来他还是第一次摆脱沮丧。"我对你也有好感,科利,"他慢慢地说,"你和那些愚不可及的正人君子和专爱整人的家伙大不一样,我对那种人领教得多了。但我觉得你低估了年轻人。"

"你肯定不是在摆老资格?"芒辛一只粗壮的手摸着黑乎乎的下颏。"在我看来,瑟吉厄斯不过是个交了好运的投机者。"

"这么多年之后,你还相信运气?"

"运气嘛,我还信。在恰到好处之时建立恰当的联系,那便是我所相信的运气。你的朋友便是个十分走运的投机者。"

"不,事情远不是这么简单。"艾特尔伸手摸了一下头上谢顶之处。"我不知道是否真的该谈谈他,科利,但是——"艾特尔叹息一声,似乎做出让步愿意谈谈了。"你说得对,我确实喜欢他。正是在我落难的几个月中,他成了我的朋友,我不想眼看着他的生平被拍成一部蹩脚电影。"

"要是事情这样发展会怎么样?"芒辛问,"要是露露对他说,这一切全是真的,要与他分手,作为安慰他可以获得两万美元。"

艾特尔停了好一会儿。"要知道,倘若你想想他也可能成为电影演员,这事就会办得好些。"

"你是说,他当一名电影演员?"芒辛的表情变得严肃起来了。

"是的,他缺少五年的演艺经验,但他的某些个性对观众是种潜在的吸引。我并不是说他就会成为优秀的电影演员,因为凭我的人生经验,我还不知道他是否真正具有才华。然而,科利,要是我的意见还值得参考的话,那么,我得说,那年轻人真的到处受人青睐。"

"现在你一说起,我觉得他是有点儿不简单。"科利沉思着说。

"这是确确实实的。难道你认为露露会在一个一无所长的年轻人身上耗费时光?"

"说了这么多,我仍弄不明白的是,"科利说,"你为什么不赶紧去鼓动他听我的话。我知道那小伙子是你的朋友。"

"我不知道这对他是否合适。要是他并无才华,或者对此不感兴趣,却又一下子大红大紫,就可能变得趾高气扬不可一世。我可以想象他会变成那种演员,他们才读了一百页普鲁斯特的小说,便会在社交聚会上私下对任何名人吹嘘,说他憎恶演艺这一行,因为这妨碍了他成为一名伟大作家。随后,当然啰,那些一心想出名的女演员,个个都愿去他的化妆间共进午餐,并会洗耳恭听他的高论,听他说什么那部影片的导演简直是白痴,连体验派表演法和科克兰①表演艺术的区别都不懂。"

"你真善于联想,"芒辛说,"我甚至不知道这位身强力壮的小伙子还爱读书。"

"是的,这的的确确。尽管他自己并不确定,可他确实想做知识分子。在这类事情上我的预料很少出错。噢,但他挺讨厌那种知识分子,比如说一身乡镇气却又乖巧圆滑的作家之类。"

"很有意思,"科利说,"你想知道我对他的看法吗?要是他的潜质能充分发挥出来——如果他真有潜质的话——我想他会成为一名西部片明星。就此而已。他会很有点男子汉的气魄,和你作生死搏斗时会猛踢你的胯部。我想说几句比这更不中听的话。我觉得那年轻人身上很有几分丑陋的东西。他到头来会是个业余演

---

① 科克兰(B. C. Coquelin, 1841—1909),法国演员,曾著有《艺术与演员》《演员的艺术》等。

员和专职治安维持员,他会挑动大批漫谈专栏作家来盯住像你这样的颠覆分子。"

艾特尔很不高兴地耸耸肩。"这个嘛,我不知道是否该同意你的说法。你说的也很有可能。这位与众不同的重量级职业拳击手可以有上百种出路。我觉得他很有意思,正是出于这个原因。"

科利点了点头。"你可以对垮掉的一代感兴趣,但对我来说,他们不过是一批精神变态者。"

"别给人贴标签。"艾特尔不客气地说。

"这样说下去不会有结果。我很想弄个明白,查利。关于瑟吉厄斯我们说了这么多,你仍认为他不会与我达成合作的协议吗?"科利微笑着说,"一点儿可能也没有?"

"我得承认我不知道。要是瑟吉厄斯在我的前女神那儿吃够了苦头,他会去为赫尔曼大叔效力的,那时你就会得到一位需要秘书处理追星族来信的大演员了。"

"艾特尔,有一点可以告诉你,"科利突然说,"赫尔曼·泰皮斯认为瑟吉厄斯本人便是封追星族来信。"

艾特尔对于这种说法报以一笑。"哈,科利,当窃贼们同意……"

"你真令人讨厌。要是你不这么刻板,我就能拍成这部杰作了。我多么想以你为钩以瑟吉厄斯为饵去蒙骗一下赫尔曼·泰皮斯。"芒辛为这绝妙的设想而得意得摇头晃脑。"查利,你我之间签约达成和解怎么样?或许这是上等威士忌的作用,但我有种感觉,相信我们能成为朋友。"

将策略与友谊硬扯在一起,这让艾特尔再次觉得很不痛快。"你不觉得我一个晚上已做了够多的让步?"他冷冷地说。

"做了什么让步?艾特尔,在我看来,你依然是个神童。你还不明白我的想法。我知道自己喝多了，但这一点请你仔细想想：赫尔曼·泰皮斯不可能永远控制影片公司。"这句话虽然说得很轻，却在整间屋子里回荡着。"你和我，我们可以成为挺有意思的搭档。你一向表现不俗，这样的导演为数不多。而我就崇拜真正的名家，查利。要是在影片公司里由我说了算，我可以向你保证，只要合乎情理，我会让你放手去拍你想拍的影片。"他的声音越说越轻，似乎他在为这项提议的时机不当而感到抱歉。

"科利，我们本可以组成一对好搭档。"艾特尔承认，随即他微微而决然地摇了摇头，仿佛永远否定这种可能性，"但就我感兴趣的许多影片，你搞的令人不快的小动作太多了，我一时还难于忘却。"他的声音里透出一股久已淡忘的恨意。"而最糟的是，许多时候甚至作为一位商人你也不够公正。他们才开始认识到五年前我就想做的细微改变。"

"别再提过去的事！"芒辛目光坦诚地看着他，"老兄，你就不相信或许我也想改变自己？"

艾特尔黯然一笑，只有那种不再相信别人诚实的人才会笑得这么黯然。"要知道，"他说，"是人们的行动造成了历史，而不是他们的情感。"

芒辛看了看手表，站了起来。"好吧，"他说，"既然你这么想，我不如以行动证明对你的充分信任。我原打算在你完成剧本后再支付两千美元，别记挂这事了，你明天就可拿到这两千美元。我派人给你送来。"

艾特尔冷冷地盯着他，仿佛他终究是个怪物。"依然算计着钱，是不是，科利？"

芒辛说起话来顿时像工作了二十个小时那么疲劳。"艾特尔，你这家伙真厉害。"他说话时两只脚稍稍动了一下，"你说得对，我确实算得上精明。不过,你知道,我和埃琳娜有一点共同之处,我的父母也开一间糖果店。一间很不起眼的小店,每天都有不少人来买东西。这必然对一个人的个性形成有影响,这是查利·弗朗西斯·艾特尔之类在咖啡馆社交聚会中长大的纨绔子弟永远无法理解的。"

"改日有机会我会和你谈谈我的身世。"艾特尔差不多很温和地回答。

"改日再说吧,我希望能有机会聊聊,查利。"他们一本正经地握了握手。"我明天上午派人来,你就赏个脸吧。"芒辛长长叹了口气,"多么不寻常的一个晚上!"

艾特尔高高兴兴地上床睡了,醒来时心情仍很愉快。一夜酣睡令他浑身舒畅。通常他总要到下午晚些时候才有胃口,这天却连早餐和咖啡都吃喝得津津有味。他一直颇觉得意,直到想起他必须告诉埃琳娜,所写的剧本已不属他所有之时,心头才有了种怅然若失之感。

她一听便很有些心烦意乱。他不停地解释说,为科利干活算不了什么,只不过他需要时间,而钱就是时间;同时他心里也明白,昨天夜里,在他意识的深处,他其实一直害怕将此事告诉她。"真的,什么也没有改变,亲爱的,"他说,"我的意思是,我为科利写的这个剧本,和我自己的作品截然不同,以后我完全能写出另一部。"

她看起来神情黯然。"我不知道你已穷困到这个地步,接近于破产了。"

"非常穷困潦倒。"他说。

"你就不能先卖掉汽车?"她问。

"那能解决问题?"

"我只希望你别匆匆认输,"埃琳娜叹息道,"这些事我不懂,也许你是对的。"甚至在她说这话的时候,她仍在竭力说服自己,但他一直很清楚:她并不相信他。实际上,什么也骗不了她。"我相信你的新剧本会是部好作品。"她说,但此后一整天她都默默无言。

为芒辛写的剧本进展顺利。多年之前,艾特尔曾经认为,一位以替人捉刀赚钱度日的作者,应当能就任何指定的题目每小时写出三页的内容来。他这部新的大作就以这种速度进展着。创作中不时产生障碍,造成延缓,有些日子里甚至一上午都没法落笔,但总的说来,写这剧本仍相当顺利,这让他感到惊奇、懊恼而又愉快。原先他曾多次重写一幕幕场景,结果觉得新文本比前面不成功的更糟,这时却文思泉涌,剧本的各部分衔接自然,种种情节都互相呼应。艾特尔对于教会可谓一窍不通,然而弗雷迪在研讨会的那几场却写得不错,从票房角度看是成功的,内中充满了电影的各种要素。对于教会,人们必须了解些什么?那老牧师头脑很灵活,而弗雷迪也傲慢得恰到好处。人们可以相信影片所传达的简明信号:这是个卑鄙的家伙,但这是特迪·波普式的可恶人物,而灵魂的重塑正在进行之中。

在写到弗雷迪的节目大获成功时,艾特尔开始自我得意起来。他在研讨会之糖中加入电视之醋,这样写的时候,他知道后面的几段剧情肯定会成功。只要加少许伤感,少许尖刻,并伴以大量煽情。这些便是赢得赫拉克勒斯奖的纸杯蛋糕[①],而能再次情感奔涌、才思敏捷地创作,那份感觉也太好了。

芒辛几乎每天从电影之都打来电话。"弗雷迪怎么样了?"他常常问。

"弗雷迪很好,他真的很生动。"艾特尔会这样说,并觉得有关

---

① 原文cupcake意为纸杯蛋糕,另意为脂粉气十足的男人,或柔女娇娘。

性格的任何问题都不再存在了。弗雷迪目前是位演员，有着滑雪者的身材、黑黝黝的脸膛和丰富的情感。

"埃琳娜好吗？"芒辛常常问起，未等艾特尔喃喃地说出"她很好，谢谢，她向你问好"，他便自问自答般说道："那太好了，太好了。"

但偏偏这不是实情。如果说这些天来艾特尔情绪很好，埃琳娜就不同了，而且她的郁郁不乐很令他扫兴。自与埃琳娜同居以来，不知不觉中他第一次发现自己在重复以往许多次风流韵事中的情感经历。是到了该决定如何与她分手的时候了。处理这类事总是十分棘手，而对待埃琳娜他必须加倍谨慎细心。不管这些日子里他是多么不喜欢埃琳娜，讨厌她的抑郁、她的粗俗，甚至讨厌她的爱，他却始终清楚这全是他的错。是他主动开始这桩风流事，是他坚持着这种关系，因此他理应尽可能避免伤她的心。再说他也不想立即抛开她，那样的话对他的创作影响太大。恰当的时机是一个月或两个月之后，那时他的剧本已经完成。与此同时，他必须十分灵巧地，就像用细线小钩钓大鱼那样，慢慢耗尽她的爱，消解她的希望，以便到分手时使她如鱼儿精疲力竭后遭到棒击一般，不再感觉疼痛。"我的一百一十四磅重的旗鱼。"艾特尔心想，她是多么般配的对手啊。他像任何出色的渔民一样从容冷静。"据我所知，我算得上是最冷静的人了。"他这样想。他成竹在胸，相当内行，而又显得冷漠超然地控制着埃琳娜，将她渐渐地拉近船边。在他将她钓上船之前，始终存在着她脱钩而去的危险，因此，这番较量很费心神，令人疲惫不堪。他不能让她觉察出他的态度已经改变，否则她会闹上一番，那局面就难于收拾了。这关系到她的自尊。一旦她得知他不再爱她，她便会立即离去的。他只得力拒诱惑，尽量别过快过急地收绕钓丝。

他让自己埋头工作,以此与她保持一定距离,造成疏远冷淡,也使自己免于羞愧。他离她远远的,进餐的时候一言不发,眼睛只盯着书本。他能感觉到她的心头充满了绝望,这绝望使爱萎靡不振,使精神困乏不堪。而就在他觉察到她已不堪承受,即将冲口说出"我们不能这样下去"之际,他便会让她完全糊涂起来。

"我爱你,亲爱的。"他会打破沉默,亲吻她,同时心里明白,她的困惑表示鱼钩扎得更紧了。

"我正在想,你是不是已讨厌我了。"埃琳娜眼中隐隐约约含着泪,这样回答着。

鱼钩得反复扎紧,她具有进行这种较量的才智。有时候他感到惊奇,因为她居然能看透他的心思。比如他俩坐在一起喝酒,随便闲聊,他的思绪会转到怎样摆脱她重获自由的问题上。他甚至会对她说,今晚她看上去格外迷人,她那孩子般的双眼便会盯着他,那双睁大的淡绿色眼睛,她说:"查利,你想出去,是不是?"

"你怎么会这样想?"他装出一副生气的样子,竭力忍住不说出"是的"这区区二字,这两个字如此急切地牵动他的神经,他真想一吐为快。倘若说出来,那就要命了,不管事情如何结局,损失都将十分惨重。或是她离他而去,恰在他的写作计划进展顺利之时他却无法工作;或者更糟糕,他那种在这类紧要关头培养起来的审慎的冷静将会消失,他将眼看着她遭受痛苦,这世上似乎再也没有比她遭受痛苦更可怕的事。那样的话,鱼儿就脱钩了,那就不再是鱼,而是埃琳娜,而他则将不得不一切从头开始。因此他必须耐心,必须冷静。与此同时他必须行动,表现出他并未感到的种种温情来。

他早已得出结论,要想结束这番风流韵事,他首先就得了解它。凭什么一位上等男人要在一个下等女人身上耗费那么多时光?

这不合乎逻辑。上等男人就该找上等女人；上层社会就由这样的人物占据着，为什么他舍弃了自己的上等地位？然而他清楚其中的原委，并知道自己的想法。他眼前始终闪着费伊那副嘲弄的神色，耳边响着一个星期前费伊说过的话："你吓坏了，查利，你真的被吓坏了。"这是真的吗？过去的两年里他与许多女人打交道总是表现不佳。那正合乎性的法则，欲火不足，便借助技巧。而性正如人生一样，恰恰在年事已高、无法偿付之时，偏要求清偿债务。如果说他曾迷恋那个罗马尼亚女人，那他现在是让埃琳娜拴住了。莫非钓鱼是他跟自己所开的玩笑，而只要他精致高雅的男子气还有赖于她，他就永远不会让她离去？他渐渐恨起他们之间做爱的那股诱惑来。但这些日子里令人困惑不解的是，他常常一如既往地消受她，在睡梦中，有时他会意识到自己正紧抱着她，在她耳边悄悄诉说着爱的甜言蜜语。

以往他寻欢作乐，是场合激发起愉悦。在旅馆房间里与女人约会，比把她带回住处更令人神往陶醉。而现在，他的生活似乎已毫无趣味了。举凡风流韵事，总难免如此结局，艾特尔心中想道。情人们起先以为这一下人生过得有滋有味了，到头来却依旧索然无味，既无奇遇，也不新鲜。这便是他所深信的看似矛盾其实甚为精辟的隽语。自由自在的单身汉，怀着未曾挑明的目的，那便是寻找爱情，然而一旦找到了爱情，他却又向往单身汉的自由自在了。事情便是这样。他一向将此看作是一种搜寻。人们便继续不停地搜寻，经历一桩桩风流韵事，有的带来欢愉，有的徒添烦恼，可每次艳遇都以其独特的方式让人去希冀最终能找到什么。要是一次艳遇过后，却发现什么变化也没有，情况反而更糟；幻想又一次破灭，那该是多么伤心。他只不过败坏了对旧日艳遇的记忆而已。埃琳娜使他对于女人需要男子意味着什么加深了认识，而如他这般很容易被认为毫无吸引力的人,他真纳闷自己是否还有能力与别的女人做爱。确实,他是吓坏了,他暗自思忖着单身生活的种种惬意与好处。他原本只希望与一个女人风流一阵,而对她的别的一切概不计较,这样的风流事纯粹是寻欢作乐、追求感官刺激,犹如阅读色情书刊,尽管放心去读,而不必忌恨那女人又对别的男人倾心用情。这才是他所追求的那种风流韵事,他暗自想道,没想到如今他却被牢牢锁定在埃琳娜的爱恋之中了。他甚至无法获得些许的外遇,因为他既无时间又缺钱,而且什么事也瞒不过埃琳娜,她绝不会一星期三次都被蒙在鼓里。这真是千真万确,艾特尔心想,婚姻与不忠是天生的一对,两者谁也离不了谁。好多个夜晚当他与埃琳娜双双坐在起居室里时,总感到他若只能时时刻刻与她厮守,须臾不得分开,那他就会永远离她而去。

马里恩·费伊的来访使这种感受更强烈了。艾特尔试着对马里恩说:"不过,她爱着我。你难道不明白为什么我感到义不容辞吗?"

"她并不爱你,"费伊说,"要是她觉得自己并未爱着什么人,她就不知道该做什么了。"

"你不肯称赞她。"艾特尔坚持说,但他心中不免为之一颤。她并不爱他,这念头是那么的令人憎恶。

"男人一上年纪,"费伊说,"就只能应付一个女人了。"他微微笑着,"比如说我的继父,佩利先生。"

"或许这几天我会向你要女孩。"艾特尔听到自己这样说。

"怎么回事?你对于耍马戏厌倦了?"费伊问。于是艾特尔不难想象埃琳娜和马里恩是如何共度那一夜的了。"就定在今天晚上吧。"他说。

"你对埃琳娜怎么交代呢?"

"我会对她说点儿什么的。"艾特尔立即回答,于是费伊给他安排了与博比的约会。

他对埃琳娜说,科利要他去参加一次剧本研讨会,他们将在位于电影之都与沙漠道尔之间的一个小镇上会晤。这样撒个谎简直再容易不过了。只是一个夜晚,随便找个借口就能应付过去。根据马里恩的安排,他驾车来到某个酒吧,詹詹正在那儿等着他,他竭力不去想埃琳娜正孤零零地独守空房。她最讨厌孤独,一有点声响便心惊肉跳,在荒漠之夜的寂静中受罪,还得小心地锁紧所有的门窗。

詹詹已经喝醉了。他简直因博比而神魂颠倒了,他这样对艾特尔说,她可真是个出色的小女子。她已在旅馆里订了一个房间,正等着他们。于是他们便一道出发。詹詹顺路买了一瓶酒,随后他们同去见她。说来也巧,博比订下房间的那个旅馆,恰恰是埃琳娜初来沙漠道尔等候科利时所住的。那些酸溜溜的噬人的记忆,不禁令艾特尔想起那个早上,他来到这儿为她取回衣物的情景。

一经介绍给博比,他便确信自己犯了个错误。如果说他心中早有应召女郎的标准,那么博比肯定与他所期待的不符。她的双眼似乎在说,"真希望我们不是在这种场合相遇。"这会是费伊开的又一场玩笑吧。

他们三人在旅馆房间里坐下来,詹詹递过酒瓶,他们从一个盆里取出冰块。博比有些含羞。她总是脸朝着詹詹,和他说起艾特尔所不认识的他们的朋友。她说拉里玩扑克骰子输了一大笔钱,芭芭拉又怀孕了,丹娶了电影之都的一位酒吧女招待,莉莲组建了自己的乐队,却没揽到什么好生意,仍惨淡经营着。尤金在从事男扮女装的模仿表演,而雷内又有了热恋的对象。艾特尔听着,饶有兴味地注视着詹詹,因为詹詹显得那么热情,他那么喜欢博比,对于别人的麻烦他只是咂咂舌头,而对博比则不住地恭维。"你是最最可爱的,宝贝。"詹詹说,博比莞尔一笑。"我就喜欢这个人。"她对艾特尔说。

"这是个浪漫故事。"詹詹说,并看了一下手表。他不得不先告辞了,他对他们说。艾特尔知道他要去哪儿,一个晚上詹詹会为马里恩做三四次这样的牵线介绍。就在他正要出门的时候他朝艾特尔丢了个眼色。"宝贝,你得原谅我们,"他说,"查利已答应给我透露点赛马的内情。"

"要是赌注押得准,给我加上一份。"博比欢快地说,艾特尔则笑了起来。"詹詹和我只会押输。"他说。

在旅馆走廊里,詹詹微微侧过身。"查利,"他悄声说,"她是个好女孩,她很不错,博比。不过我该告诉你,她有点儿性冷,没法改变,就是那种人。但你不必担心,你要她做什么,她就会做什么的。"詹詹很快扼要而确切地解释了"做什么"的含义。艾特尔厌恶地听着。"可怜的詹詹,他比我还糟糕。"艾特尔心想,随即拍拍他的肩,算是告别。

回到房间里,博比仍说个不停,她的声音清晰而细柔。"詹詹是个奇妙的人物,"她对艾特尔说,"你可认识有比他更好的人儿?"

"很难说。"艾特尔回答。

"在我伤心忧郁的时候,他总是很温和很体贴。有时候我觉得,要是没有他我真不知怎么办才好。"

"你常常忧郁伤心吗?"

"唔,过去这两个月日子真难挨,要知道,那之前不久我刚刚离了婚。"

"是想念你的丈夫吗?"

"不是那回事。很难和他凑在一块儿过日子。但我并不介意这说法多么过时:家里总得有个男人,你不这么认为吗?"

他们一定得离开这旅馆,艾特尔想,待在这里简直令人窒息。"我以前在什么地方见过你。是不是?"他说,一如他曾对埃琳娜说过的那样。

博比点点头。"见过,艾特尔先生。"

"是最近?"

"唔,也许是两年前。要知道,我曾经是个演员。当然,我现在还是。我觉得自己还行,真的不错,人们都说我有才华,但你知道,我没有门路。"她叹息一声,"不管怎么说,我丈夫认识一位制片人,也曾帮过他的忙,于是我获得了一张临时演员卡。有一次在你的一部电影的某个群众场面里,我当过临时演员。"

"哪部电影?"他问。

"《洪水满江河》。"

"噢,是那部。"艾特尔说。

"真的,艾特尔先生,我真的认为那是部很了不起的片子。你是位了不起的导演。"她谨慎地看着他,随后用力说道,"我真高兴,终于能遇上你。"

她的个性和成百上千的女演员都差不多。显然她受过关于演员必须表现其个性的指点,因此她无时无刻不在表现自己,硬让她苍白的脸和柔细的声音显出矫揉造作的热情、虚假的厌恶和极不自然的欢快。

"你参与我的电影拍摄感到很愉快?"他问道。

"对我来说那一天实在不愉快。"博比沮丧地说。

"为什么?"

"嗨,要知道,我是这么个荒唐可笑的小东西。我的意思是……哦,我也不明白,我有着各种各样古怪的想法。我想要是镜头里出现我的脸,也许有人会赏识我。"

"你的意思是，某个电影厂主管会说，那个姑娘是谁，快把她找来！"

"正是那样。"博比若有所思地抿了一小口酒。"看我多傻，"她说话的口气既欢快又勇敢，"我还记得那天拍片快结束时，一个做了多年临时演员的女人朝我走过来，叫我别站得太靠前。'他们不会录用你的，宝贝，要是观众对你的脸太熟悉了的话。'她这样对我说，她说得很对。"博比神经质地笑起来，"所以，你看，想当明星没门。"

"遗憾的是，恐怕你的朋友说得不错，要是你是个临时演员，还是别凑近镜头。"这谈话令他想起与埃琳娜相识的那个晚上她说起的事，他的情绪顿时一落千丈。他哪里还有心情与博比做爱呢？

很明显，博比在等他采取主动。她还相当嫩。他伸出胳臂揽住她，她把手放在他的手中，羞怯地坐上了他的大腿。他亲吻她之后，心中明白了他一定得离开这个房间。她的嘴唇紧绷，显得相当恐慌，身子也很僵硬，这种情况他太熟悉了。

"喂，"他说，"我们就不能换个地方吗？在我眼里旅馆的床看起来总是像尸体解剖台似的。"

她大笑起来，显得有点儿放松了。"我不知道，"她犹豫着说，"你瞧，我们可以上我家去，不过那地方太不起眼了。我真不想让你见到那副乱糟糟的样子。"

"我想，比起这地方来，那儿会令人愉快得多。"

"哦，是的，那儿让人轻松舒服，不过，你知道，艾特尔先生……"

"叫我查利。"

"好吧，查利，我的两个小女儿在那儿。"

"我不知道你有了孩子。"

"哦,我有了。她们相当迷人呢。"

那便有办法解决了,艾特尔心想。他将与她一起回家,和她聊一会儿,付给她钱,却以孩子们令他不自在为由不上床做爱。"我们走吧。"他温和地说。

他们驾车穿镇而过时,她仍唠叨个不停。有时,她对他说,她真厌透了一切。她在电影之都的日子倒霉极了。要是她的境况稍稍好一些,她就会回老家去。她知道老家有位儿时的伙伴,仍然愿意娶她,愿接受她的孩子和她的一切。他是她中学时代的恋人;他认识她的父母,他们是世上最善良慈祥的人。只可惜她太傻了,居然去嫁了个乐师。"这条忠告我可以对任何人说,"博比说,"决不要相信那些善于吹嘘的人。"

她那栋备有家具的小平房有四个房间,家具都是廉价的锻铁制品,有一只红色沙发和两把绿扶手椅,墙上还挂着镶了镜框的她父母和孩子的照片。在这样的屋子里,他的心绪并没有好多少。博比在准备酒,保姆已经离去,在什么地方,也许是厨房吧,她已开了收音机。在他坐的地方正对面,是一盏细长的灯,灯旁挂着鸟笼,里面是只小小的鹦鹉。要是她做应召女攒足了钱,就会搬进另一幢房子,家具会换一换,甚至会雇个女用人,但那只鹦鹉还会留着。他为博比感到说不出的难过,难过得眼中涌出了泪水。让博比这样的女人做应召女郎,只有马里恩才会感到高兴。

她回到屋里,给他带来一杯酒。因为她不知道干什么好,便对鹦鹉说起话来。"漂亮的卡比,漂亮的卡比,"她口齿不清地叫着,"你爱我吗,漂亮的卡比?"那鹦鹉一声也不吭,博比只好肩膀一耸。"一有客人在,我就再也没法让它开口。"

"我们跳舞吧。"艾特尔说。

她跳得不好,动作很僵硬。她的全身都不自在。舞曲终止后,她在长沙发上紧靠他坐下了,他们搂着脖子亲吻起来。感觉依然全不对劲;她接吻的动作紧张得像个十五岁的少女,那感觉就像他们的嘴唇根本没贴在一起似的。他得离开这儿,艾特尔又一次暗自想道。

就在这时候孩子哭了起来。"是维拉。"博比如释重负地轻轻说道,她一下子站起来,踮起脚进了卧室。他也不知为什么,居然跟着她进去了,当她怀里抱着一岁的婴儿轻轻摇动时,他便站在她身边。"她尿湿了。"博比说。

"我来抱她,你给她换尿布。"

他对孩子向来不感兴趣,但他此时的心境使他对怀中所抱的婴儿极为疼爱。他一时似醉如痴,多少年华、多少岁月、多少生平事,似乎在昏昏若醉中一笔勾销,一切都获得理解、宽恕、置之脑后了。在威士忌这位爱的伴侣的作用下,此时此刻他能疼爱维拉,能客观地想象她的人生,或想象另一种人生,或十种不同的人生,或想象自己一岁时的光景,以及博比和埃琳娜小时候的模样,埃琳娜定是个尖嘴猴腮眼睛碧绿的小小意大利女婴,和他怀中这金发碧眼的小小一团是多么的不同,又多么相似啊。再过几年,埃琳娜会不会沦落到博比的境地?

博比把孩子接过去,为她换了尿布。她一边忙活,一边抬头望他。他感到十分震惊,因为他知道自己眼中又泪水盈盈了。

"维拉上个月得了肺炎,"博比说,"我护理她不得不特别小心。唉,医生的那些账单还没付呢。"

艾特尔在为某位没有写到的角色的死而悲痛,那角色由弗雷迪埋葬了;不,是他自己埋葬的。世上的一切艰难困苦全落到他心中的某位角色身上,而今再也不能承受了。"可怜的孩子,她一定吃了不少苦。"他说,随即走开了,回到了起居室。他不得不控制住自己的感情，这些是威士忌之泪。与此同时，一个念头如撕裂皮肉一般剜着他的心，如果埃琳娜落到博比的境地，那些男人会怎样对待她？

于是，不知怎么一来，或者说看来必然会这样，他听到自己在叫博比："我可以借笔钱给你吗？"自从那个晚上他与科利签下合同之后，他外出时皮夹中总是带着一千美元的钱。她已经回到起居室，这时候正好奇地、几乎是警惕地盯着他。"别这样，哎，"艾特尔说，一只手轻轻抚着她的脸，"这样做并不图个什么，这只是贷款。"他随即从皮夹中抽出三张，然后第四张，然后第五张一百美元的钞票，把它们折起来塞到她手中。

她叫起来。"哎呀，我可绝对……查利，我可绝对还不起这么多钱哪。"

"你肯定行的，时间长点没关系。有朝一日你会交上好运，而我也会喜出望外，在正需要的时候能有钱还到我手中。"

"可我还是没法理解。"

他真不知道自己一生中是否曾如此善感多情。"别这样，哎，"他又说，像个对生活现实极度不满的年轻人，"这一切糟透了，你明白吗？这就算是礼物吧。事情应该这样，有些人给我更多。"他语无伦次，总算说出了这些话。

随即他打算告辞了。此时此刻他一心只想离开这儿，留下礼物，留下他这小小的令人不可思议的事迹。

但博比受不了。她不让他走，并拉他在沙发上紧挨她坐下。

尽管艾特尔因这番慷慨举动而颇为自得，他仍相当怀疑自己的动机。"为了避免难堪的失败结局，我付出了多大的代价。"他想道，随即忘情地又与博比紧搂着亲吻起来。这次感觉比先前好多了。她很想让他快活，于是，最后他们还是着手实现此行的目的。

但事情进行得不怎么顺利，因为她带着几分惊恐的神色，求他暂缓几分钟，而她那瘦弱男孩般的身子，以及她感恩而又笨拙的亲吻，都令他原本高涨的兴致减却不少。结果，就有必要从詹詹提供的做爱姿势大全中选择一种了。采取了那种姿势，又有各种相关回忆的助兴，他们成功了，两人都感到了满足。他表现不俗，五分钟里，他的背上脸上都沁出了汗。但他装出心满意足的样子，微微笑着结束了此事。

博比痛快得心醉神迷，或至少她满脸装出了乐极痴迷的样子。显然她有了些变化，或许是一阵感官的震颤，从一片冰封雪冻的荒野上悄悄冒出了头。"哟，你真了不起，"她说，"这真是妙不可言。"她继续絮絮叨叨着这类话，想用语言将那阵震颤吹成激情之狮。这是不可能的，他想，他的感觉不会错。在承受着他的同时她脸上始终带着近乎痉挛的笑容，眼睛却望着别处。他在与她做爱时只感到平生从未如此孤独，而现在她却竭力相信他们做得非常成功。"亲爱的查利。"她喃喃地说着，一边吻着他的眼睫毛，抚弄着他的头发。

她几乎成了一堆又黏又稠的胶冻，他花了足足半个小时才摆脱她。最后，就在他们吻别的时候，博比眼睛亮亮地看着他问道："什么时候再与你见面？"

"不知道，很快吧。"他说，心中却因撒谎而厌恶起自己来。

回到家中后，他用一条粗浴巾用力擦洗了一番，然后上床抱住了埃琳娜，他把她紧紧拥在胸前，直到她快活地嘀嘀叫着，说他几乎把她的骨头折断了。他与她竭尽欢爱，一边叫着："我爱你，我爱你。"她的身子就像个洞穴，他可以在那儿安葬自己。然后，他服了一片安眠药，渐渐睡去，直到费伊的电话把他惊醒。

这时已近黎明，过去六个星期里所发生的一切，此刻都涌上心头，轮番地折磨他。他苦苦地熬过这些失眠的时刻，正如那些断胳膊折腿的人们强忍伤痛，等着疼痛消失的时刻到来。艾特尔就是这样等待着埃琳娜醒来，那时他便不再孤独了。可就在他等待之时，他却偏偏想到，要是埃琳娜对他撒谎，一如他所做的那样，和别的男人幽会后，洗个澡再和他上床，他简直会扼死她。这真荒唐可笑。与博比做爱所获的快感，根本没法与埃琳娜给予他的相比。当然，有人若是窥见他与博比做爱的情景，会以为他十分爽快得趣。但那是出于温存体贴，他才轻声叫唤以示快乐，那根本算不得什么，那是他发出的声音，但一想到埃琳娜和别的男人幽会时也发出这样的声音……那简直令人作呕。突然间，他意识到他必须彻彻底底地占有她。

"我可不愿让她享有任何别的生活。"艾特尔自言自语着。他冒出一身极不舒服的冷汗，不由得想道："我是越来越堕落了，唉，我是越来越堕落了。"

第十七章

　　芒辛说的话，只有一部分合乎事实。在赌城的那间小屋里——我和露露离开沙漠道尔去赌城一游时，我们就住在那里——他和我谈了好几个小时。也许我们就是在艾特尔去博比家的那个夜晚回来的，不管怎么说，我错过了几乎所有这一切事情，我根本不知道艾特尔的新剧本，不知道科利曾这么频繁地拜访过他。

　　我太忙了。有天下午露露建议我俩上她的车，备好用作野餐的晚饭，开上三百英里，穿过州界，到她挺喜爱的赌窟去。既然露露在荒原的公路上不会以低于九十英里的时度开车，而我又喜欢每小时开上一百英里，野餐似乎是根本不必要的。然而，后来的结果却是，我们到凌晨两点吃起了她带的三明治，而且恨不能有一桶五十加仑的咖啡。

　　对于赌博，我是有备而去。我到沙漠道尔时所带的一万四千美元，已经花去了一半，我觉得该是赢点钱的时候了。我有所准备，要大赢或大输一场，而到我们离开之时，我输赢都经历过了。我们到达时两人一共只剩几百美元，但露露有活期存款，我就从她的存折上借，后来我明白我们会待些日子，然后将从沙漠道尔银行我的账户上提取现金。

　　我们赌了十二天，要不是科利来打扰，我们或许会再赌上三十天。在赌徒们长长的工作日里，即从晚上十点到上午九点，我们一直下着注。在那样的一段时间里，完全可能会卷起一阵我们熟知的酷暑热浪，或是发生一场地震甚至爆发战争。我们彻夜狂赌，白天则尽量睡觉，吃饭的时候露露便会计点钞票上的号码，想找个幸运的数字，以便晚上赌博时用，而我则忙着在一页又一页纸上做着无穷无尽的演算，试图找出进行轮盘赌的有效办法。就在我开始输钱的时候，我想出了一种办法，而这恰恰是某个人刚刚放弃的办法。有着三万美元的老本，我肯定，至少有相当的把握，每夜能赚一百美元，我赌赢的可能性为二百五十比一。但万一输了，我就输掉了一切，连那老本三万美元。我把这些一一给露露解释，她做了个鬼脸。"你的血化为冰水啦。"她责骂了我一句。

露露赌起来像单人乐队的业余演奏。她会先用她的幸运数字，或两个数字，或十个。她会一直使用组合数字，而后又弃而不用，选取另一个，随便什么数字，比如赌桌上的人数，赌台主持人所穿背心上的纽扣数，随后她又会突然换成下注于红方或黑方、奇数或偶数的赌法，并固守在双零上，然后又突然改用数字二、三、七或十一，似乎一对骰子可以和轮盘赌台的台布互相替换，在她所谓的"倒霉时刻"便坚持用数字二和三，在一切顺利时用数字七和十一。要是赢了一次，她会高兴得叫起来，但若是输了她便哼哼地抱怨两声。有时候她十分困惑，因为她从来记不住投注赔率，甚至记不住赌博游戏的奥秘，即红方赌赢的话就会连赢几轮，直到最后她注意到了此中奥秘，便惊讶得大口喘气。她从不知道自己最后输掉了多少，因为她早忘了自己有多少筹码。为此，她塞给赌台主持人小费，她给小费时出手多大方！于是，让人人恼怒的是，结果她总是赢多输少。看她赌博会让人相信狮和羊的故事。她酷爱轮盘赌，露露对谁都这么说，但她赌博时的那份专注投入，只不过像孩子渴望甜点心或纸杯冰淇淋一样。

露露当然令我烦躁。对于赌博，我并不比她内行，但我有才智——至少我以为如此——而且我很认真投入。赌博对我来说不是件容易的事,我总是随时进行十多项运算,并将当夜轮盘上出现的每个数字一一记下来,标明其为红方还是黑方,奇数还是偶数,以一个罗马数字来标志第三种情况,还始终激动不安地尝试着五种尚不成熟的方法,以求知道不均衡是如何运行的,这一回是红方呢,还是应该轮到黑方,抑或均衡法则将令人遗憾地失灵?

我不时会吃惊地发现自己身在赌场的大厅里,那些路易十四式的枝形吊灯毫无愧色地高悬在一张张赌桌的荧光之上,一旁沿墙而设的现代化酒吧里冷冷清清的,仅有几位观光的游客来开怀畅饮,花上三十美元赌一盘,再去那酷热的妓院中与目光忧郁而撩人的盎格鲁–撒克逊女人嬉闹一番。我看着大厅里数以百计的人,倾听着那一片肃静,以及球在轮盘中依其路线滚动发出的干巴巴声音,便会吃惊地看穿自己,犹如我突然脱光了衣服,一时显得十分怪诞而不可思议,生活也显得怪诞而不可思议。因为钱对我来说通常是真切的,我拥有的钱那么少,在沙漠道尔时,我就像个刚富起来的乡巴佬,买件八十美元的外衣或花五美元吃顿饭,都得精打细算掂量一番。我得承认,我确曾在东京以扑克赌博并大赢特赢,但那时我情绪低落,又很无知,却如露露一般走运。而今我的眼神冷冷的,当我想到赌厅之大而不是轮盘的旋转之时我会吃惊,但我眼中依然神色冷峻,我会往轮盘上押上二十美元,四十美元,八十美元,甚至再翻几番,那数目已远非我小本子上的数字,那是我才智的标志。我已成了一名十足的赌徒。

说起才智真令人赧颜。因为最终我输了许多。现在来谈论赢钱或输钱之夜我的感受已毫无意义。那种感受有着共同的特点,我只想回去下更大的赌注,倘若刚才赢了,我便相信我的新方法已显示出威力了,要是刚才输了,我甚至更有把握,因为吃一堑长一智,明天就不会再犯今日的错误了。无论是输是赢，我都以理智控制着形势，我比别人高明，我看得透，这便是赌博的乐趣所在，因此，长篇大论的叙述是不必要的——所有真正的赌博都大同小异。何必要谈起我的七千美元如何变为五千，而五千又变为八千，八千美元又如何输成三千呢？也不必谈那个夜晚的美妙时光，那三千美元竟赢成了一万，而后又输得只剩五千。真正重要的是，我回到沙漠道尔时，出发时所带的钱只剩下三分之一，赌博的欲望也随着那三分之二一去不返了。

然而，在赌的欲念存在时，那的确是种热望。我和露露在一家有空调的旅馆里包了两个相邻的房间，房间的窗子挂着厚厚的帷帘，我们住在里面，白天就感觉像夜晚一样。这房间是睡觉用的，我们也确实在其中睡眠，就像那些发高烧的病人昏昏欲睡一般，脑袋晕乎乎地歇息。在那些日子里我们没有做爱，一次也没有。对我来说，露露似乎不过是一头山羊，或一车干草，而她对我则更不在乎了。我们一起居住，一起就餐，一起赌博，睡在相邻的两个房间里。我们从没有这么彬彬有礼。

正如我所说的，我们很可能会这么过上一个月，但科利来搅扰了我们。我们才赌了没几天他就来了，当时似乎他没说什么给人深刻印象的话。一位陌生人也可能会从你身后闪出来，说什么我继承了一百万美元之类的话。"好极了，"我会这样回答他，"但是你有没有注意到在刚才的十二轮里，十七这个数字出现了三次？押那个数可赚大钱了。"

科利将一份东西放在桌子上，对我说，一旦我授权——其实只要签个名，不用干别的——他就会付我一万美元。我对此丝毫不感兴趣，对他说："嗨，老兄，就把我的生活拿去再忘个干净吧，我正在找另一种生活呢。"这话使科利对我倍感兴趣，渐渐地一万美元的数目翻了一番。露露和他打趣，而我则说我从来不匆匆忙忙做决定。他只好算了，甚至没要求我给个答复。在他去后的一两天里，我们都忘了这件事。但后来我听到他在与露露通电话，不管他们谈了些什么，我猜到他们说的是赫尔曼·泰皮斯，他起了作用。露露开始从这长时间的高烧中出汗痊愈，她又对我吹毛求疵起来，在我们离开的那一夜，我们对赌博都厌倦了，别的什么东西取代了它。

在开车回来的路上，我们发生了争执。"当然，你并不想考虑前途。"露露说。

再没有什么比前途更牵动我的心了。

"你这人真是毫无生气，知道吗，瑟吉厄斯？"

"我才不愿以我的名义拍一部烂污影片。"

"烂污影片！要是你真的爱我，你就想结婚，而不是这样对待我。而有了两万美元，你在经济上就有了保障。"

"很大的保障，"我说，"两万美元足够给你买指甲油。"

她极为生气，以致车子都开到了路肩上，不得不歪歪扭扭退下来。"你不爱我，"她说，"要是你爱我，就会听我的话。"一路上大半时候我们都在不停地吵。随后露露想出了点子。"你说得对，瑟吉厄斯，"她说，"两万美元还不够。"

"只够老鼠吃的。"我谨慎地说。

"我有办法可以让你得到更多的钱。"

"什么办法？"

她满脸一本正经，像是在考虑该穿哪件外衣。"宝贝，我要你如实告诉我，赫尔曼·泰皮斯邀请你参加聚会对你说了些什么。"

"嗨，现在哪还记得！"

"瑟吉厄斯，我说的是正经话。你一五一十都告诉我。"

在我叙说时，她脸上不无得意地听着，听到某些地方还点点头。"当然啦,就那么回事。"我一说完她便这么宣称。"不瞒你说,宝贝,赫尔曼·泰皮斯的想法我很清楚。他所想的是,这部电影以你的生平为依据,也许你可以参与演出。你可以演主角。"我开始取笑她,可她将手按在我的臂上。"不是开玩笑!"她叫起来,"很明显,科利的背后是赫尔曼·泰皮斯,是他想拍这部影片。赫尔曼·泰皮斯喜欢你。他认为你很性感。"

"是你将我的情况扼要报告他的吧?"

"我也刚刚知道。要是我们这张牌打好了,你要什么,赫尔曼·泰皮斯就会给什么。"她就这个想法点了点头,"如果你成了明星,宝贝,那么我们各自经济上可以独立,我们就可以结婚。"

"我不会表演。"我说。

"没什么可学的。"她便给我上起课来。照露露的说法,再没有比表演更容易的事。一位好导演可以将我的潜质挖掘出来。"要是你蠢如木瓜,"露露说,"他会使你看起来显得诚挚;要是你害羞,他有办法使你看起来像个乡镇小伙;而要是你某个地方演砸了……嗯,要知道,他们一向拍有备用的。像他们那样的做法,你轻轻松松便可应付。"

"这事就到此为止吧,"我对她说,"我可不想当演员。"但我顿时心跳加剧,似乎意味着我在说谎。

"那就等着科利来盯住你不放吧。"她说。

露露没有说错。我们回沙漠道尔才两天,科利便赶来看我们,并硬与我讨论起来。我一向以为人们难于理解我,可令我惊奇的是,科利开门见山便详细剖析了我的个性。"听着,瑟吉厄斯,"我们刚刚单独在一起他就说开了,"我了解你,我要开诚布公地告诉你,你是个病态的孩子。你的个性中有许多素质,可以让你有点出息,比如诚实、正直、勇敢、进取、坚韧、热情,"——他像读莱谱似的很快念出这一串——"但它们并不协调。你还没有开窍，你内心什么也没有动起来。"他继续说着，话语直刺我的内心。"我比你年长，瑟吉厄斯，"他说，"我能说出为什么你持这样的态度，你担心情况会改变。你和露露在一起并不幸福，但你还是不离开她。你确实害怕某一天她会去电影之都拍片，搭上另一个相好。你知道些情况？我并不是责怪她。你害怕后退，你也害怕前进。你只想坐在原地不动，但偏偏这是不可能的，你现在还剩多少钱？"

"三千。"我不知不觉说出来了。

"三千。我可以想象你手头拮据，尽量想维持与露露的关系，希望你身边的这位人儿会付账。你剩有三千美元，也许你可用它维持十个星期。然后怎么样？你会一文不名。懂吗？接下去你将干什么呢？在这一带流浪，在路边餐馆当个侍者，干干这一类活儿？小伙子，别一副沾沾自喜的样子。我会将你的得意劲一扫而光。你知道袋无分文来到一个陌生地方是什么滋味吗？"

"是的，我知道。"我说。

"你以前是知道的，可现在你却对别的东西有兴趣了。你以为在你陶醉于最妙的人儿时，你会满足于玩几个女招待？老弟，我可以告诉你，一旦你和上等的女人百般销魂过，这就会让你倒胃口，在你玩那些稍次的女人时再也提不起劲儿。再没有比这更糟的事了。"芒辛肯定地说。

他成功了。他的话刺入了我的脑中，输掉的那四千美元在我眼中第一次显得那么真切，我觉得失去它们犹如失去了未来时日。芒辛算得很准，我过去每周花几百美元，我也不知怎么花的，而根据他的说法，几个星期一过去，就算十五或十六个星期吧，我会突然感到，我在这度假胜地可以过的日子已屈指可数了，而我还不知道可上哪儿去，对露露该怎么办。

这时芒辛改变了策略。他就像个广告经理，先让你畏惧，再给你希望。"我知道你对电影业的看法，"他说，"你认为电影虚假不可信，你不喜欢他们拍的影片，他们炮制的谎言。我是否该和你说点真心话？电影业也令我厌恶，简直厌恶得天天濒临崩溃。在这行业里所有想做点严肃、重要、进步事情的人们，无不深感厌恶。有这样的人，他们辛勤工作，他们的人数在电影界中占三分之二，甚至五分之四，有些影片的质量你看了会惊叹不已。我要对你说，电影业决不至于仅是一摊荒谬腐败。这儿有的是奋斗的良机，发展的机遇！"芒辛伸出双臂，仿佛一个向外发展的世界正在开拓新的空间似的。"瑟吉厄斯，你一直在想，如果同意，岂不是为一袋钱而出卖了灵魂。你真是个孩子。"他愤愤不平地对我大声说，"这是你的机会，小伙子，你可以赚到钱，成为又体面又重要的人物。你会作为演员而发迹。我本人并不喜欢演员。但你可以向别的方面发展，制片、导演，甚至创作，尽管我并不想建议你搞创作。但你会遇见些值得重视的人物，你还有许多机会。你会受到教育，你可利用你的机会。我究竟图个什么呢，要这般苦苦地劝说你？瑟吉厄斯，我了解你。要是你加入进来，成为一名口才不错、令人耳目一新的演员，那对这世界有利，对你自己也有好处。要是你给自己一个机会，你就会成为这样的人物。哈，你以为别的行业会纯洁些吗？你还根本不知道我们将怎样表现他们把你送去的那所孤儿院呢。"

或许这是科利犯的唯一错误。我一听便火冒三丈。"表现那家孤儿院？"我吼叫起来，"芒辛，你这该死的，尽说谎。"

他因为惹我发火而显得很快活，这让我愈发气恼。"进步的？重要的人物？"我语无伦次地说着，"严肃的？"

"把话说出来吧，孩子。"芒辛愉快地说。

"这全是胡扯。"我大声叫道，"战争、婚姻、电影，我指的是信仰，"我说，甚至不知道这话是哪儿来的，"假设有上帝，想象一下他看到人们走进同一个房间并拜倒在地上时会有何感想吧，我是说只要看看把孩子安置在孤儿院的主意就行了。你有没有想过那是多么荒唐可笑，我是说比如一个男人和一个女人做出合法的安排要一辈子生活在一起？"我说的在他听来一定是疯话。"你也尽是胡扯，芒辛。"

"啊，啊，啊，又是一位无政府主义者。"芒辛哼哼了两声。他伸出了双臂。"你知道吗？"他问道，又扯开新的话头，"无政府主义者是些很有才华的人。也许我心底里想的和你不一样。我知道查利·艾特尔是这样的。"

他轻松的声音使我显得很可笑。"喝一杯吧，瑟吉厄斯。"芒辛微笑着，于是我明白了对他来说要让我发火是多么轻而易举。

在晓以希望之后他又动之以情，于是这世界被反复出卖了十次。"我知道，唯一真正能打动你的，"芒辛说，"是合乎你善良天性的东西。我想你应当参演这部影片，因为这样做有着更重大的意义。这样你可以对一位朋友有所帮助。"

"艾特尔？"我问。我很讨厌自己竟然会继续谈下去，就像什么也没发生过一样。

"正是。只有他能给你恰到好处的指点。我想在这件事上，我可以做通赫尔曼·泰皮斯的工作。你知道这对艾特尔来说意味着什么吗？"

"他想另找工作。"我说。

"没那回事。我认识艾特尔好多年了。你可了解他的才华？但愿你见到过他状态极佳时，如何带一班平平常常的人，凭一部毫不起眼的脚本，拍出极优秀的影片。现在他的才华在白白耗费，因为他的才华在于执导影片，与人一起工作从而受到爱戴和赞赏。你能让他回到本该属于他的岗位上去。"

"你的意思是,我能让他回到你想要他去的地方。"

"听着,你怎么这么不开窍,我了解查利·艾特尔,甚至胜过他了解自己。现在对他来说,什么机会也没有,大门全关死了。你根本不懂电影制作中金钱的种种作用。赫尔曼·泰皮斯有权有势,一手遮天,他可以在任何制片厂里将艾特尔列入黑名单,也只有赫尔曼·泰皮斯才能撤销那黑名单。而你正是我可借以说服赫尔曼·泰皮斯的人,可让他重新起用艾特尔。"

"即使我答应了你,事情恐怕也没那么简单。"

"事情很简单,"芒辛说,"赫尔曼·泰皮斯想拍某部电影时——而我能促使他拍这部影片——即使砍下他一条手臂,他也不会放弃。他甚至会起用艾特尔。"

"我希望你能将这些承诺白纸黑字写下来。"

"你是刚刚走出丛林吗?"科利问,"五十位律师会来争抢生意的。你放心好了,要艾特尔回来工作,这点我比你还急。"

"为什么?要知道,我对此还不大明白。"我对他说。

"我也不清楚为什么,老弟,"科利咧嘴一笑回答说,"也许我该和我的心理医生谈谈。"

"我想和艾特尔谈谈。"我说。

"那就去吧,这事就算吹了。查利·艾特尔傲得很。你以为你可以去找他,问他打算怎么办?你得求他拍这部影片。"

"我不知道说什么好。"最后我这样说。多么糟糕的答复!

"就说同意吧。要不是你太固执,又讨厌出尔反尔,你刚才就会答应的。"

芒辛上午必须赶回电影之都去,不得不告辞了,临走时答应给我打电话。我知道他很守信用。既要回应露露的多情,又得等科利的电话，我几乎没多少时间来好好考虑了。

我好几次很想与芒辛签协议，却克制住了，这倒不全是个性执拗的缘故。我不断想到那位手臂烧伤的日本帮厨，并听到他问："我会出现在电影里吗？他们会暴露我的创痂和脓肿吗？"我越想签协议，他便越令我不安，与此同时，科利或露露则继续用美丽的辞藻描绘我的演艺生涯，吹嘘妙不可言的电影界，一个真实的世界，谈论一切我会遇上的好事，而我却始终认为，他们所说的很虚妄，我觉得真实的世界是在地下——一片乱糟糟的原始洞穴，那里孤儿们在自相残杀。然而，他们谈得越多，我竟越想听他们说，我不知道怎么办好。我不知道怎样做才对，我不知道自己是否感兴趣，我甚至不知道我是不是清楚自己想要什么，自己心里在想些什么。

不管科利怎么说，我最后还是去拜访艾特尔了。我非去不可，因为我再也搞不清，拒绝与芒辛签约，或将我珍贵的人生故事卖给最佳影片公司，究竟哪种做法自私。

起初艾特尔不想谈这个问题。"要知道，"他说，"我答应过不参与此事。"

"答应过科利？"我惊奇地问。

"很抱歉，瑟吉厄斯，我不能说。"

"你是我的朋友，"我对他说，"难道你不觉得这事对我比对科利更重要吗？"

艾特尔叹了口气。"看来，"他说，"这件事我没法置身局外了。"

"那么，你觉得我应当怎么办？"

他非常遗憾地一笑。"我不知道你该怎么办。你有没有想到过，随着年岁增大，提几句忠告变得越来越难了？"

"有时候我觉得不管怎么样，你总得说上几句。"我对他说。

"是的。在我年轻的时候，人们常说这便是辩证法。"说到这儿他点了点头，似乎在决定是采纳还是抛开它。

"请告诉我，"我问，"这个故事，你认为会拍出什么样的电影来？"

"瑟吉厄斯，我们不能太天真，"他很快回答，"这会拍成一部有许多飞机空战精彩镜头的影片。你想除此之外科利还会拍出什么影片来？"

"那科利为你做的安排会怎么样？"我问。

他双肩一耸。"我知道那些安排，"艾特尔说，"要是你的故事要拍成电影，而他们又让我导演，这事我就很为难了。"他用手指点着鼻子，似乎要我别插嘴，因为他还有话要说。"瑟吉厄斯，要是你拿我做挡箭牌，我觉得这可不太好。要知道，你可能给我帮了倒忙。"接着他盯住我的脸看了好一会，神色很是严峻。"你是不是确信，"他最后说，"你不想投身电影事业……也不要这笔钱……以及别的一切？你确信自己真的不想当一名演员？"随后他将科利和他的谈话一五一十地告诉了我。

在他说话时，我感到一丝恶心。那不过是胃中略感不适，脸上一时显得苍白而已，但我却体验到，多年来自己心中一直抑制着的想有所作为的念头是多么强烈，这就像内心深处有两只强劲的手在来回搏击，它们只专注于力的较量，而无暇旁顾。"你看，"艾特尔凑近我耳边说，"直到现在我才意识到我极想获得这一切，而这便是我留在电影之都的原因。"

我很难答话。我坐在那儿，因了解到的情况而心烦意乱。"你说得对，"我说，估计自己的嗓音都在颤抖了，"我想我是在把难题推给你。"

"或许是吧，"他说，随即探过身子来，"我想对你说点儿我的看法。我觉得，要是你有更想做的事，你就该谢绝科利的提议。但你得知道自己想干什么。"

我点头表示赞同。"你觉得我当个作家怎么样？"我慢吞吞地问。

"这个，瑟吉厄斯，这很难说。"

"我知道。我带来了几个星期前我写的一点东西。这是一首诗，不过是玩玩而已。"我曾希望不必拿出来招摇——那是某次梦醒后写的东西——但我的手已伸进口袋，并掏出一张纸递给了他。"我喜欢玩弄辞藻。"我含含糊糊地说。

"瑟吉厄斯，别出声，让我拜读一下你的大作。"

拙作如下：

**醉汉的博普爵士乐和杂烩场**

色眯眯盯着淫荡的塞茜
和骚货阿西再饮一杯

搂住蠢家伙真想干一场
佯装正经忸怩到何时光？

"你该渐次得趣缓进徐开，"
"不会趁醉闹乐胡搅乱来，"

"或稍轻狂放浪纵有造次，"
"莫乱嚷扫兴仅些微不适，"

"既然收拾清洗家中有女，"

"让她忙活也是逐日规矩。"

　　他读完之后哈哈大笑起来。"很有趣，我觉得。没想到乔伊斯对你有那么大的影响。"

　　我知道自己要出洋相，但反正这一次我不在乎。"乔伊斯是谁？"我问。

　　"詹姆斯·乔伊斯。你一定读过他的作品？"

　　"没有，但我想这名字我听到过。"

　　艾特尔拿起我的诗，又念了一遍。"这诗不是挺怪诞的吗？"他说。

　　有一点我很想知道。"你认为我有才气吗？"我问。

　　"我开始相信你有点儿才气了，是的。"

　　"好，"我点点头，"我想……那么……"我心头涌起多少话想一吐为快，多少热烈的情感想表达啊。我感觉自己像个十岁的男孩，和一个可以信赖的人在一起，这份感觉真让人轻松愉快。"要是我谈谈为什么我从来就不想当一名职业拳击手，你愿意听吗？"我问。

　　"我向来认为那是因为你不愿自己的头脑被打坏。"

　　"啊，对了，"我说，"知道吗，正是这一原因。我就怕这一点。你是怎么知道的？"

　　他只是微微一笑。

　　"查利，我一直在担心。有些拳手就是那样，你知道，他们有的甚至技术还差得远，事情本不该那样。不能每次都提心吊胆的。"

　　"或许你的对手也有这样的想法。"

　　"我估计有些人是这样。但当时我不知道。"我摇了摇头，"况且，还有更糟糕的事。一段时间后我觉得自己没有攻击力。一位毫

248

无攻击力的反击手整夜地打,结果受到了太多的惩罚。"我吹了一下口哨。"我简直没法告诉你,我多么不愿意对自己承认,我缺乏真正的攻击力。缺乏真正的攻击力。"

"是的,我知道。"

"有一次,我很有攻击力,"我对他说,"那是在空军拳击锦标赛的四分之一决赛时。在我们基地有种说法,如果谁能进入半决赛,他就极有可能进飞行学校培训。因此那场比赛我一心想赢,可我差一点被淘汰。我什么也记不得了,我的辅导员告诉我,当那个蠢家伙进场来想一举结束比赛时,我以一记漂亮的组合拳击倒了他。他们计数至十后他仍未能起来,而我在比赛结束前脑袋也昏沉沉的什么都不知道。而后在半决赛中我受了打击,被淘汰出局。但他们说,有时候拳手在比赛中只剩了直觉,那是很危险的,因为他不再想着比赛。出拳似乎全凭直觉,也许就像头垂死的动物。"

"那么,你现在的直觉又是什么?"艾特尔问。

"我也说不准,我想是当个作家吧。我不要别人告诉我怎样表达自己。"

"相信你的直觉吧。"艾特尔说,还做了个鬼脸。"我内心里对此非常乐观。按你自己想的去做吧,瑟吉厄斯。"

不知怎么的,我早知道艾特尔会支持我拒绝芒辛的提议。回来的路上,因为已拿定主意,我发现自己心情好多了。我知道我的决定没什么大不了,假如这部以我的生平为素材的影片不再拍摄,那他们会拍别的影片,但至少他们不会再利用我的名义。我觉得自己真正想的是:我永远是位赌徒。如果说我放过了这次机会,那原因便在于我有着更深层的考虑:我想在比金钱或一举成名更美好的事情上一搏。于是我就我与艾特尔共有的那份自负考察了一番。我俩在评判自己时都相当苛刻,因为我们有着根深蒂固的想法:我们必须是绝顶完美的。我们觉得自己比别人优秀,因此应当干得比别人出色。这可是非常了不起的自负。

到了晚上我却又忧惧不安起来,并感到喉头干燥,心跳加剧。我有点害怕而且怎么也放松不了,因为我知道自己决心已下,不会再改变。我甚至硬着头皮将此事告诉了露露。我等着承受一切:她或许会大发雷霆,大吵一场,甚至宣布再也不想见到我。恰恰相反,她的反应令我十分惊奇。她默默无言,许久之后才说道:"你不愿意是吗,瑟吉厄斯?我知道,宝贝。我知道你心里不痛快。"

那一刻我心中充满了怜悯之情。她看起来那么弱小,那么秀美,那么既失望又害怕,可她却不想与我争论。刹那间我感到露露实在是非常脆弱,感到我爱着她。我的气恼全没了。她给了我她能给予的一切,我也会爱她,怎么可能有十全十美的爱情呢?我只想将自己拥有的一切全献给她,而令人痛心的是,我所拥有的东西太少了。

"我爱你,宝贝。"我对她说。

露露眼中涌出了泪水。"我也爱你,"她轻声说,"这点我现在明白了。"

"哦,听我说,"我说,"听我说,我们结婚吧。"

"怎么结?"她绝望地问。

"别急,哎,这事并不难。我们一起远走高飞。放弃它吧,把电影抛在一边。或许你可以登台演出,我会找点事儿干,我发誓我会想办法的。"

露露哭了起来。"这不可能,瑟吉厄斯。"她说。

"完全可能。你讨厌拍电影,你以前对我说起过。"

"说真的,我并不讨厌。"她轻轻地说。

"那随你说,你说到哪里,我们就到哪里,但一定嫁给我。"

她用力点了点头。这正是一个月之前她所要求的事,而一旦我们想这么做,却又实现不了。"这行不通,瑟吉厄斯。"

我也不知道行不行。就在我们坐拥在一起的时候,我竭力想着办法。在我热烈的想象中,这件事似乎真的不难办到。"让我们试试。"我最后说。

"吻我,亲爱的。"她说。

我们紧紧拥抱,她一边流泪,一边吻着我的眼睛、鼻子,那是长长的湿漉漉的吻。"啊,瑟吉厄斯,让我们就这样待一会儿,别着急,等一会再考虑吧。"

她的话又让我不安起来,这是种实实在在的畏惧,仿佛我一出她的住所,便会看到半个世界的焦尸堆积在门口。我们开始做爱,可我却无法专注于她或我或任何别的什么,我脑中所想的尽是人的肉体,迸裂的肉,腐烂的肉,挂在肉摊钩子上的肉,正在燃烧的肉,血淋淋的肉。

我和露露这样互相爱抚亲吻之时,我脑中便始终充斥着这些恐怖画面,而无法想些别的。尽管我一直竭力不去想它,这番努力却毫不见效。她的肉体使我感到恐惧。"不,我不行,今晚我就是不行。"我十分惊恐地对她说。她肯定已明白了这一点,因为她没干别的,只是轻轻地抚摸着我的脸。

"我可怜的宝贝,"露露边说边把我抱在她的胸口,"你怎么啦,亲爱的?我真的很爱你。"

我十分惊恐,怕自己会哭出声来。我不相信自己能开口。我们近在眼前,可我却有遥遥相隔之感,得穿越遥远的距离才够得着她。"感觉全不对劲。"我说,浑身上下汗都出来了。

"说给我听听,不管是什么,我不在乎。"

我真的说给她听,或至少尽量告诉她了。足足半小时,或许更长时间，我告诉她一切从未对任何人说起过的事。那一次次飞行所完成的战斗任务及其名称，军队报刊会给它们取些相当动听的名字，听起来就像是夜总会的演艺节目："响板行动""潘趣酒碗"和"热辣女人"。我说起我们的飞机投弹燃起多么炽烈的大火，那些凝固汽油是多么可怕——任何人只要沾上一星半点，便会燃烧成一团火，足以将他全身骨头烧成灰。我对她说起在我想来那些尸体会是什么样子，因为从来就不让我们去前线参观，但我可以想象那些东方的村庄第二天会是一片死寂，那些焦黑的眼窝瞪着苍天，像是一堆垃圾烧剩的烂臭黑灰。而我们仍不断执行飞行任务，仍继续饮酒狂欢，仍频频出没艺妓馆，仍玩扑克消遣。我们一遍遍体验着凌晨四点起来待命升空的滋味。我们久久谈论着聚会和女人，而在这些方面谁也不知道哪个人最内行。我们还会争论各种飞机的技术性能，哪种飞机最好，以及在空军中当名职业军人会有怎样的前程，我努力把这一切都告诉她，有关那位日本帮厨的事，以及我如何开始讨厌那些飞行员伙伴，到头来我甚至无法去艺妓馆，那里都是些十分出色温顺的女孩，因为人的肉体遍是创痛，因为我们在这真实的世界上焚烧的正是人的肉体，于是我浑身冒冷汗，冲着头脑中的压力大叫："我喜欢这么干。我喜欢这么干。我喜欢大火。我有着男人的冷酷。"从此我的生活中没有了女人，没有了爱，直到我遇上她的那一天。她是我一年多来的第一个，这对我来说太重要了，这比起我经历的任何事情，意义不知要重大多少……可现在，我的旧病似乎又复发了。

"啊，我的宝贝，我亲爱的，"露露说，"要是我能帮你驱除它就好了。"她说话时稍稍显出稚嫩女孩的惊奇，仿佛她从未想到过这些。"你受到的伤害居然比我还多。"那一夜她格外温柔。就这样，在我们躺了好几个小时后，我的恐惧慢慢退去。我又能感知她的肉体，又能爱抚它，感觉它，体会它的美，直到为它腹部的曲线吸引，痴迷于抚弄它的胯部和双乳，我又能消受它了。这是我们度过的最美好的一夜，因为我深深爱她，我想她也爱着我。我们身心完全融合在一起，在做爱之后久久躺着，含笑望着对方。"我爱你。"我对她不停地低声说着情话，她的眼里满含泪水。"我第一次感觉像个女人。"她说。然而，在我离去之前，我们的心境又起了变化。如果说晚上早些时候我很爱她，这时候我更爱她了，从来没有这般强烈地爱过，但这份爱苦涩而无奈，令人惘然若失。因为我俩都明白，今夜过后，爱将难以为继。

我的直觉没错。第二天，毫无疑问，我不再拥有她的爱。我们不再拥有过去的那份痴情。我们不再亲密无间，而总是陷于抑郁消沉，那些感情依旧却明知此情无望的人们，便往往摆脱不了这样的心境。尽管我们一如既往，一切依她所说的去做，甚至尽量让自己相信，没什么大不了的事，但我却始终在痛惜，我们最美好的时辰已一去不返了。

我们依然来往，闹些小小的别扭，甚至还做爱，而同时我们都在等待。她的新片开拍的日子越来越临近，她得开始工作了。而那个日子仿佛是个开头，随即一系列时刻便接踵而来，每一个都意味着别的事情就此了结——她将赴电影之都拍片，我将从银行取出最后一笔存款，我将不得不离开沙漠道尔——这些我们都避而不谈。有一次她对我说，特迪·波普和托尼·坦纳不久便要到这度假胜地来，和她一起拍些作宣传用的照片，她甚至不厌其烦地介绍了影片的内容。她的新片是个三角恋爱故事。故事中特迪·波普最终赢得了她，而她却以为自己爱的是托尼·坦纳。"但愿你不要为此耿耿于怀，"她对我说，"当然，我不得不始终与托尼和特迪一起抛头露面。电影厂要求为影片作大量的宣传。"

"我估计我将难得见到你了。"

"那未免太荒唐。你可以始终和我们在一起。只不过他们拍照时,最好你能稍稍退后些。"

"我就自带活板门①吧。"我说。

"你真是个孩子。"

特迪和托尼来到后,我们的生活便改变了。我们不再去多萝西娅的宿醉宫,而是常常去各家晚餐俱乐部和夜总会,每次总是特迪陪伴露露,我和托尼·坦纳跟在后面。我们在灯光暗淡的屋子里喝掺水的威士忌,频频出入沙漠道尔曲墙扇拱风格的建筑,一个星期就这样过去了。我们四人简直成了形影不离的一道风景。有关特迪和露露坠入情网的传闻又沸沸扬扬起来,他们脉脉含情地互相凝视、手拉手或翩翩起舞一类的照片,肯定拍摄了上百张之多。然而当我们坐下来又没有摄影记者在场时,特迪·波普便会关注起我来,托尼·坦纳则和露露在一旁长久交谈。黎明时刻和他们分手后,我和露露会单独再聚上一两个小时。我看她从来没有这般兴奋过。露露很陶醉于自己身兼三重角色,和三个男人相伴。

"我想知道你最喜欢哪个角色。"有天晚上我问她,她很快便答道:"当然是和你在一起的那个啦,托尼太乏味了。"

托尼长得挺英俊。那是种自然的美。他身材高大,肌肉发达,头发乌黑且卷曲成波浪形,面颊上还有个酒窝。他二十五岁了,走起路来仍趾高气扬,颇有某些喜剧演员咄咄逼人的作风,却又毫无幽默感。我知道他对我另眼相看,但他有时也令我不快。"嗨,小伙儿,"他会这样说,"赶老鼠进下一个洞吧。"这话的意思是,我们该改换话题了。只要他一开口,露露差不多总会咯咯笑个不停。

---

① 活板门,或舞台上的地板门,演员可藏匿其中。

他提起几个话头，随即把它们统统撇下。"宝贝小子，"要是我想和他争辩，他就会说，"别说过再认错。老古董才爱争辩。"要是有女人神经兮兮地痴笑，他会扔过话去："夫人，给利比多上点油吧。"或许，谈谈我和他单独相处时他的友好态度，会有助于对他的了解。在我们仅有的单独相处的半个小时里，他对我显得十分钦佩，因为我曾当过飞行员。"你们那些伙伴，"他神情庄重地点点头说，"我的意思是，你们确实不简单。我曾去海外前线慰问演出，因此，对于你们的生活，还知道一星半点。"

"是的，"我说，"你只知道一星半点。"

"跟你这样的人说话，我总觉得惭愧，我简直算不了什么。唔……"

"我知道你认识马里恩·费伊。"我打断了他的话。

"那个狗杂种。几个过去与我来往的女人在他那儿接客，因此传出话来，说我在拉皮条。正当你在电影界开始出人头地时，就会有这类事落到头上。"

"你就想出人头地，不是吗？"我问。

他谨慎地看着我，似乎不知道我喜欢他与否是不是很重要。"别的还有什么？"他问，"你难道不也一样？"但他的口气随即变了。"话虽这么说，我可出不了名。我肯定出不了名，老兄。"

"这你没法知道，或许你会出名。"

"我出过一桩丑事。有这么个怪人，过去总和我住一起。我挺讨厌她，可又没办法。她真是不可救药。我尽量容忍她，但后来仍提出分手。你可想到会出什么事？她自杀了。不管你信不信，我可完全是为那小妇人好。真是大失策。他们都说是我把她逼上绝路的。"

一旦托尼·坦纳不和我单独相处，他的态度就变了。只要有人在场，他便总是咄咄逼人。他和露露常会有些别出心裁的对话。

"你真乏味。"有次她这样耍他。

"乏味？宝贝，我这是老练成熟。"

露露大笑。"我敢打赌你一上台阶就晕乎乎的。"

"踏上你可爱的小台阶？"托尼用手一捋头发。"只要让我进去，我就把房子拆毁。"他说得那么响，引得邻桌的人都朝这边看。托尼对他们眨眨眼，他们便又转过身去关注自己的盘子。"没事，亲爱的。"他对他们说。

"唉，天哪。"特迪·波普哼哼着。这些天里他老是坐着，显得很忧郁。

"你怎么啦，"托尼问，"很伤心？"

"但愿你早已上了比姆勒①排行榜，"波普对他说，"那会让事情轻松些。"

"有些情况我想告诉你，"托尼说，"你知道上星期我收到多少影迷来信吗？"

特迪打了个哈欠走开了。"你怕我，这太令人遗憾了。"他在我耳边轻声说。他的态度不断有所变化。第一个晚上他曾取笑我。"依我看，你仍是个难为情的飞行员。"他说。后来他又打了个哈欠。"请原谅，我忘了你在恋爱。"

我们的关系逐渐改善。几天之后，他甚至显得很友好。"要是你像我一样，过了三十岁，"有一次他这样说，"你就会明白，一个人不可能再有浪漫的爱情，除非那是惊世骇俗的。"

与此同时，不知怎么的，托尼和露露却在谈论梅萨利纳②。"梅

---

① 比姆勒（Bimmler），一种标示演员受观众欢迎程度的排行榜。
② 梅萨利纳（Messalina），罗马皇后，克劳迪一世的第三位妻子，以淫荡著称。

萨利纳对你没什么影响，宝贝。"托尼说。

"我喜欢你，托尼，"露露说，"你这么粗野。"

"我是文过身的，你不妨试试。"

我们便这样打发着日子。为摆脱抑郁的心情，没几天，我便打听到，沙漠道尔正传播着托尼与露露上床，特迪则与我搞同性恋的流言。"既然我们成了情人，"有天晚上特迪笑着对我说，"我得提醒你，我的名声可不太好。"他开玩笑似的对我说起他的人生故事。"我母亲是个非常可悲的人，"特迪说，"父亲过世的时候我还是个孩子，此后她就走马灯似的让我认识新的叔叔。我想那时我整天惶惶不安。现在，我只希望能有些让我问心无愧的事发生。那种体现人的尊严的时刻。"

"你这话并不当真。"我对他说。

特迪盯着我。"瑟吉厄斯，你不喜欢我。"他说。

"我不会出尔反尔。"

"不，你正是这样。我使你感到不自在了。我使许多人感到不自在，但他们没有理由因此而觉得高人一等。"

"你说得对，"我对他说，"我很抱歉。"

"你真感到抱歉？"

"是的，"我说，"每个人都有按自己的方式去爱的权利。"我这是真心话，我想再没有比这更坦诚的了，但这话听起来一定显得高人一等。特迪往我脸上吐了口烟，并且说："我最讨厌同性恋。但这是出于某些原因造成的。"

"好啦好啦，孩子们，别吵了，"托尼·坦纳喊起来，"我在露露耳根旁说话，她都没法听清了。"

"让我们上外面去，我有话对你说。"我对托尼说道。

"有话当着大家的面说，"他答道，"这能使我感到刺激。"

"你就很能给人刺激。有这么多人围着你。"我隔着桌子对他说。他大约比我重二十磅，想来身子也很结实，而我看来却不怎么样，但我对于会发生些什么事毫无畏惧。拳击的种种乐趣令我十指发痒。差不多同任何事情一样，拳击打得好要有节奏，甚而是不讲节奏而合乎节奏。我已有充分准备，甚至希望托尼拳术出众——这样交起手来可以多打几个回合。"你说怎么办，老兄，"我说，"你出去还是坐在这里让我说给你听？"

但露露平息了这场风波。"你住嘴，瑟吉厄斯。"她对我厉声呵斥，"你真蛮横，你差不多是个职业拳击手。"

"哟，"托尼松了口气，"你从未说起过这一点，是不是？"

我已不知道自己在哪儿，也不知道对我来说谁更坏些——托尼、露露还是我自己。我甚至想不出什么话来说。这一点我得承认托尼比我强——他知道说什么话。

"为什么不上外面去？"托尼说，"不过，当你对付我时，最好留点儿神，因为，要是没把我打死，我可有一帮朋友，他们会来找你算账的。"

"行，那就走吧。"我一边说，一边就要从椅子上站起来。

露露又挡住了我们。那一夜就这么过去。我别的都记不起了，只记得我坐在那儿连喝了几个小时闷酒，满肚子的恼怒狂躁不得发泄，闷在心里像火烧火燎。"喂，老兄，把这事忘了吧。"晚上分手时托尼这样说，而我实在是醉得恍恍惚惚，又困乏不堪，结果，说真的，我居然还和他握了握手。

我们四人就这样互相忍耐着挨过了一个星期。托尼和特迪回电影之都的时候到了。他们离开的那个晚上，露露一直闷闷不乐。后来我带她去一家夜总会，可她仍显得坐立不安。"和托尼相处我可受不了，"她说，"这便是我的感受。我讨厌他的粗俗，你怎么样，宝贝？他让我也变得俗气了。这点最可恶。"

在随后的几个夜晚，我们又去宿醉宫了。一切又恢复了老样子。我们玩鬼魂游戏，听马丁·佩利向我们称颂多萝西娅是多么完美。然而，露露已和以前不一样了。她对我又像以前那般粗鲁无礼，晚上同床时也兴味索然，毫无热情。一份浓重的抑郁消沉像化不开的雾霭，紧紧笼罩了她。

为了让露露振作起来，有一天晚上多萝西娅雇了位放映员，给我们放映了两部露露主演的电影。作为电影我觉得它们相当蹩脚，露露的表演令人费解。有些地方她的表演还符合剧情的需要，可有的地方她表现的是她自己，还有许多场景她的表情对我来说就很陌生了。但她还是做了番努力去贴近角色，这些努力对她本人来说是成功的，因为这使她显得比以往更漂亮了。一位介于女孩和女人之间的少女，整部片子都在轻盈飘舞。她天真幼稚，纯情贞洁，这却诱使一位男士去追逐勾引她。她低沉而嘶哑的嗓音引起一连串含蓄的幽默感。电影在小屋里放映时我就坐在她身边，却感到她看起来像是个幻影。她的嘴唇时开时合，口中不时轻轻吐出些细微的声音，她的身子也缓缓地前后摆动。她带着几分欣赏、痛苦和某种惊恐之情，细细观察自己的银幕形象。

片子放完后她喝了点酒。听着多萝西娅朋友们的一片赞扬，她露出一丝笑容，没忘记向他们道谢，甚至还坐了半个小时。但我们一回到家，她便歇斯底里地发作起来。

"简直糟透了，糟透了。"她哭叫着。

"什么糟透了？"露露的银幕形象在我眼前依然清晰可见，而对她来说，再没有什么比那形象更真切、更令她苦恼不安的了。

"哟，瑟吉厄斯，"她哭着，"我这辈子肯定越来越糟糕。"

每逢这种时刻，似乎什么样的事都会发生。电话铃响起来了。

是托尼从电影之都打来的。露露啜泣着诉说了一番。挂上后,她又哭叫起来。我足足劝慰了半个小时,随后她结结巴巴地说:"瑟吉厄斯,你有权利知道这事。我和托尼睡过了。"

"在哪里?什么时候?"我大声吼道,仿佛知道这些是至关重要的。

"在某个电话亭里。"

说这些话时,她显得伤心而无奈。他使她蒙受了耻辱,她对我这样说。"我再也成不了好女人。"她在一团漆黑中哭泣着,因为我已关上灯,坐在她身边的床沿上抽起了烟。

第二天她便离开沙漠道尔,去了电影之都。她对我说,为了拍电影她不得不去。距电影开拍还有十天时间,可她得动身,已刻不容缓了。她走后的一个星期里,我想与她电话联系,可她总是不在家,也从未回过电话。

## 第十八章

　　一天夜里他们躺在床上时，艾特尔注意到埃琳娜的大腿肌肉松弛了。尽管这是她肌肤上的唯一缺陷，却令他十分不安。他的目光再也没法移开。他心想，得让她离开他了。和他在一起没有什么前途，况且她的青春年华已所剩无几了。

　　他痛恨自己。他是唯一感到对她负有责任的男人，这想法又给了他些许安慰。但随即艾特尔不得不提醒自己，是他主动惹起这桩风流韵事，并使之发展成现在的局面的，因此他难辞其咎。她会有什么结局？她爱上别人时毫无保留，不会待价而沽，因此老是吃亏。在他之后会有许多男人追逐她，也会有不少情爱，但每一个比起前一位来，更不可能与她结婚。要是她始终不能乖巧老练起来，最终便会酗酒，或者走另一极端，染上嗜毒恶习——他想，这可不是耸人听闻——那她会落个什么结局？他心中又一次充满了怜悯，可这怜悯只是因脑中的想象而生，为此他深感痛苦。对于正睡在他身旁的这女人他却无动于衷。这个人只是妨碍了他四肢的伸展而已，他还难以真正相信这个人会充满痛苦。

　　然而他感受到了她的绝望。她常常辗转反侧，无法安寝。一夜又一夜，她会从梦中惊醒，在黑暗中偎在他身旁，因害怕而浑身颤抖。她说，有窃贼在撬门，或她听到厨房里有人。在如此的惊惧中，她会重复从报上读到的每则强奸或谋杀故事。

　　"今天有人跟踪我。"她对他说。

"当然会这样,你是个漂亮的女人。"艾特尔烦躁地回答。

"你没见到他脸上那副表情。"

"我敢肯定他想砍下你的头,把你塞进黄麻袋里。"

"那便是你想对我干的事。"她充满怨恨地看着他。"你只知道寻欢作乐。只有在我心情好的时候,你才喜欢我。"

这话一针见血,激怒了他。"你才只知寻欢作乐,"他对她说,"只有在我说些动听话儿时,你才爱我。"

"你那么高傲,"埃琳娜说,"你根本不知道我心中在想些什么。"

他足足花了半个小时,才探知她心里最新的秘密。她想去当修女。

"你疯了吗?"他问,"你会成为一名惹人爱怜的修女。"

"修女从不孤单。"埃琳娜说。

她的话令他十分沮丧。确实,他想,凡他经手的事,没有不败坏的。要是有哪个女人爱他,和他住在一起,他能赐予她的,没有别的,唯有孤独。"修女始终有伴。"埃琳娜固执地说。

几天之后她开始想,是不是该剪去长发。她一再提起这个话题。他喜欢这么干吗?他认为她剪短发好看吗?他有什么看法?她应当剪发吗?艾特尔装作对此很感兴趣,他最后发表意见,说他开始觉得或许她是该剪去长发。她的长发是她漂亮外貌的一部分,可是,要是哪天晚上头发弄乱了,要梳理整齐很不容易。

"我剪了头发你还会爱我吗?"埃琳娜问,随即判定,"不,你不会爱我的。"

"要是我的爱取决于一次剪发,那你不妨趁此机会试探一下。"他说,心里也在纳闷:她是不是真说中了?

"对,我是该试探一下。"

自打那夜他从博比家回来,他便知道要摆脱埃琳娜,条件还不成熟。于是，他心头始终感到悲哀，他不知道这是为埃琳娜还是为自己悲哀。他会一再黯然地对她说："我知道我什么也没有给你。"仿佛这话说多了，他就能从正审判他的恶魔口中讨得一句好话。"继续努力吧，"恶魔会说，"你还不到极不诚实的地步。"但如果他老是对埃琳娜说他什么也没有给她，他又会受另一种念头的吸引。在那些漫长的不眠之夜，他会想到，若要公正的话，他必须娶她，总得有人与她结婚。否则的话，他会听到她的未来情人这样抱怨："芒辛不愿娶她，艾特尔不愿娶她，为什么我该娶她？"对此唯一的答案是，他们应当结婚，于是他开始考虑该怎样对她开口，随后又如何安排好离婚。他得向埃琳娜说清楚，他们之所以结婚，目的便是为了离婚。这样一来，她就有可能找到别的情人。作为前艾特尔夫人，一位前大导演的离异妻子，那比埃斯波西托小姐的名头好多了。这样他将第四次结婚——那花不了多少代价——可她……她会觉得有个男人对她如此关怀，以至把自己的姓氏给了她。对埃琳娜来说，有没有这名号是大不一样的。要是她能打好这张牌……只可惜埃琳娜永远学不会，她根本不会利用自己的牌。艾特尔对此十分恼火，他凝视着天花板，很想知道自己能否让埃琳娜像他一样看清这一点。就这样，日子一天天过去了，艾特尔继续修改剧本，对于这件事的进展很不满意。

一天下午，正当他忙于工作的时候，露露来了电话。电影开拍推迟了一个星期，因此她决定来沙漠道尔过一夜，为表庆祝多萝西娅将为她举行一次聚会。"查利，你非去不可。"露露在电话上说，"我想我之所以回来，就是想和你谈谈。"

艾特尔说："我听说你和瑟吉厄斯已经分手了。"

"是的，那时是有点狂热，但现在我想伤口已愈合了。"

"我相信你的伤口早愈合了。"艾特尔说。

"讨厌鬼。"

"你说这聚会是多萝西娅举办的吗?"

"查利,绝对没问题。多萝西娅真的希望你来。我不能多说,但请相信我,有充分的理由请你来。"

这次聚会和别的许多聚会差不多。宿醉宫里装饰一新,五十位来宾熙熙攘攘挤满了一间大屋,另有五十位也将陆续到来。对此他丝毫不感到惊奇。露露刚巧在门厅里,她把他们直接带到多萝西娅跟前。多萝西娅正坐在酒吧间的凳子上,接待她的来宾。

"真要命,"多萝西娅说,"每次在聚会上见到可怜的查利·艾特尔,人们总要介绍我们认识。"

"你们两人一旦互相认识,"露露说,她没有理睬埃琳娜,"肯定会有浪漫故事。"

"早就浪漫过了。"多萝西娅说着,便咯咯大笑起来。她眯起眼睛看着埃琳娜,加了一句:"玩个痛快吧,宝贝。"

他们悠闲地穿过大屋,和多萝西娅的丈夫谈了一会。马丁·佩利能与埃琳娜在一起显得很开心。他不时将艾特尔拉到一旁,对他说他有一位多么美妙可爱的人儿。"她是个绝顶出色的女孩儿。"佩利说。他叫着她的名字。"埃琳娜,"佩利说,"你真妙不可言,真讨人喜爱。"

埃琳娜脸红了,她忐忑不安地看着多萝西娅屋里熙熙攘攘的人群。"我想,这是个很愉快的聚会。"她说。

"要知道,我一直很想知道你们俩的事,"佩利继续说着,"大家都很想知道。你们到底打算什么时候结婚?"

埃琳娜脸上毫无表情。佩利在艾特尔背上拍了一下。"这么漂亮温柔的女孩儿,你应当娶她。"

"她才不想嫁我呢。"艾特尔说。

"我去喝点东西。"埃琳娜说过便走开了。

"这是个绝妙的夜晚。"佩利又开口了,他凑近来,带着浓浓的酒气低声说,"你应当和埃琳娜结婚。"

"是的。"艾特尔说。佩利令他讨厌,他和每个已婚男人一样。

在聚会上他们玩鬼魂游戏,猜字谜。一群人围聚在位于大屋和起居室之间门厅里的投币老虎机前,一刻不停地玩着。他们不断喂进二角五分的硬币,那投币口上方标着一行文字:多萝西娅·奥费伊退休基金。这时,艾特尔找不到埃琳娜了。他饶有兴味地参与了猜字谜游戏,并轻而易举地成了他所在那一队的最佳选手。一两个小时后——他已记不清时间——他感到厌烦了,并突然意识到自己醉了。在房间另一头,埃琳娜正手足无措地站在人群外,他看见了,却不想过去帮她的忙。后来,他看见马里恩·费伊在对她说着什么,这并没有令他不安。他相信不会出什么事。

有位男人和多萝西娅一起走上前来,对他道了一声"哈喽"。艾特尔立即认出了他。一听到这个声音,艾特尔便感到一阵畏惧。那是国会议员,颠覆活动调查委员会成员理查德·塞尔温·克兰。艾特尔经常在噩梦中梦见克兰灰白的头发、红润的面颊和精力充沛的脸,听到议员那柔和的嗓音。"我要你们两位互相结识一下。"多萝西娅说过便离开了。

"今晚的聚会真热闹,"克兰说,"不过多萝西娅举行的聚会一向就很出色。"

在多萝西娅主持漫谈专栏的日子里,她每个星期都要提到克兰。他是位杰出的国会议员,多萝西娅告诉她的读者,在她的一切友谊中,再没有比与克兰的友谊更宝贵的了。

"我并不熟悉多萝西娅的聚会。"艾特尔说。他说得很谨慎,小心控制着自己的感情。

"如果你多些了解，你会喜欢她的。"克兰说得很亲热。"多蒂……哦，多蒂曾是位名角儿。像你这般年纪的电影观众总会喜爱这样的人儿。"这时，猜字谜的人群中爆发出一阵狂笑与尖叫声，克兰挺滑稽地皱了皱眉。"艾特尔先生，"他说，"我想和你谈谈。我们上楼去行不行？"

艾特尔默默无言地看着克兰。他一时想不出什么话来回答——有那么多相互矛盾的答复可供选择——便点了点头，怀着一颗怦怦直跳的心，跟随克兰出了门厅。他们来到了楼上一个女佣的房间。桌子上放着一瓶酒，烟灰缸边有一盒未拆封的香烟。

议员先生在床上坐下，并示意艾特尔坐在房间里仅有的一把扶手椅上。他俩一时无话，能听到楼下聚会的种种急切贪婪的嘈杂声音。"我很久以来就一直想与你谈谈。"克兰说。

"我知道。"艾特尔瞟了一眼桌上的威士忌，简短地答道。

克兰往后坐坐，若有所思地注视起他来。"艾特尔先生，"他说，"我知道你不喜欢我，但奇怪的是，就在我查问你的那天，我有种感觉，我觉得在别的场合里我们可以成为朋友。"

"让人看见你与我在一起，岂不是很不明智？"艾特尔打断了他的话。他激烈的心跳已平静下来，可他觉得脸上必须不露表情。这可是荣誉攸关的事。

"搞政治总有风险，"克兰说，"但我相信这不致引起误解。"

"换句话说颠覆活动调查委员会知道你要会见我。"

"他们知道我对你的案子感兴趣。"

"为什么？"

"我们都觉得这是种耻辱。"

"啊，真是的！"

"艾特尔先生，或许你有这样的想法，我们就喜欢迫害人。但这恰恰不符合事实。就我个人而言，可以说我最为关心的是这个国家的安全，我们谁也不想毫无必要地伤害人。对于有些证人我们的工作做得很出色，你知道了会感到惊奇。我可以说，这是我一贯的信念，我们的工作，对于任何行业，都具有一种净化道德、振奋精神的作用。要知道，我的父亲便是位乡村牧师。"克兰以亲切的口吻加了一句，可艾特尔并未报以微笑，他只好冷冷地点了点头。

"就在调查到你的时候，"他继续说道，"我们得到情报，说你是共产党正式党员。但后来我们得知不是那么回事。"

"那调查委员会为什么不这么宣布呢？"

"这要求明智恰当吗？"克兰问，"你当时说的话很有些影响呢。"

"我不明白你们为什么对我感兴趣。"

"我们觉得你能对我们有所帮助。要是我们重新梳理一下你以前的社交关系，可能你会发现一些你甚至尚未意识到的情况。"

"你们会举行秘密听证会吗？"

"我不能代表委员会发表意见，但我认为那是你可以做的一件事。"

艾特尔心中明白，举行秘密听证会的念头已经诱惑他多时了。也许正是这一点，使他没能表现得更殷勤些。"克兰，要是我做证，"他说，"你们打算对报界怎么说？"

"我们不会操纵它们。你可以发笑，但我们觉得报界歪曲了我们的形象。"克兰耸了耸肩，"或许你可以让你的律师或你的公关经理举行一次鸡尾酒会。据我的理解，这是缓和与新闻界关系的好办法。当然，在这些事情上我一点也不内行。"

艾特尔确实笑了。"我的大议员，很难想象在这方面你会是外行。"

"艾特尔先生，"克兰说，"我不知道继续谈下去还有没有意义。"

"政治家对于一些挖苦攻击,必定是司空见惯的,"艾特尔说,"特别是刚步入政坛的时候。"

克兰装出一副笑容。"为什么你要反对我呢?"他温和地说,"我恰恰是想帮助你。"

"我更喜欢自己帮助自己。"艾特尔说。他看着克兰。"你去对你们的委员会说说,要是有那么一点点可能,就做些安排。当然,会议必须秘密举行。"

"我们会加以考虑,"克兰说,"然后通知你。我明天就飞回东部去,不管什么时候,你若想打电话,这是我的办公室号码。"他微笑起来,拍了拍艾特尔的背,还说了个笑话,说的是某位特工人员如何在一次宴席上化装成一名妇女。随后他们下楼去参加聚会。在房间里他们分手了,艾特尔挤进一个角落,又开始喝起酒来。他几乎不知道自己究竟心情舒畅还是恼怒若狂。

马里恩·费伊在他身边停了下来。"你让我失去了一名女孩。"他说。

"你是说埃琳娜?"艾特尔问。

"博比。"马里恩吸了口烟,"上星期科利·芒辛来这儿时我和他做了笔交易。"

"科利要她去干什么?"

费伊耸了耸肩。"他才不要她呢。他是雇她在最佳影片公司里当名仓库管理员。"

"可怜的孩子。"

"她会喜欢那份工作的,"马里恩说,"是份长期工作。"他微笑起来。"你知道吗,唐·贝达今晚在这儿。"

"他不是在欧洲吗?"艾特尔问。

马里恩没接这话茬。"唐对我说他看上了埃琳娜。他要你见见他的夫人,看你是否喜欢她。"

"我想贝达是离了婚的。"他对费伊说。

"他又结婚了。等着见见他的小妞吧,是位英国的模特儿。你不知道?"

贝达的婚事是出了名的,谁也理解不了。他曾在不同时期娶过一位演员、一位黑人歌手、一位具有欧洲贵族头衔的得克萨斯州石油大王的女继承人——那头衔的由来曾是桩轰动一时的丑闻——还娶过据称是南美身价最高的妓女。由于这一切,贝达常常举行纽约最盛大的社交聚会,并因此闻名遐迩。这些聚会成了传奇,它们是宾客不散不结束的聚会,一些中坚分子甚至在乐队离去后还流连忘返,有些好事者或大学生会进来度个周末,赖着不走的人会设法与所有来宾逐个相识。甚至兴起了这样的时尚,人们见面时爱说:"我出席贝达的聚会了,当然,我走得早。"

另外的五十位宾客这时都已来到,屋子里变得如此拥挤,费伊和艾特尔都几乎脸碰脸了。某个地方有人在试图唱一支小曲。艾特尔很感纳闷,不知多萝西娅今晚到底安排了多少会面。他讨厌牵线撮合。他迷迷糊糊地想,人群的挤压和酒精的作用几乎让他受不了。"我不知道,"他说,"但愿今晚别遇上贝达。"

但这已经不可能了。贝达已朝他挤过来,握住了他的手。"查利,老伙计。"他微笑起来。

贝达的奇特之处在于他的模样活像个萨梯[①]。他相貌堂堂,稍显肥胖,脸颊上有块小小疤痕,留着浓黑的小胡子,一双眼睛突出。他浑身充满一个成功男人的自信,知道人们都在谈论他。他曾经

---

[①] 希腊神话中的森林之神,具人形而有羊的尾、耳、角等,性嗜嬉戏,好色。

夸口说，任何人他都能邀请来出席他的社交聚会。"你绝对猜不出会有哪个人物到场，"他会大笑着说，"是我的金钱把他们召来的。"于是每个人都会大笑起来，尽管大家知道贝达确实相当富有。艾特尔有一次对埃琳娜说起贝达，她听得十分入迷。"他是干什么的？"她问。

"谁也不知道。他是一个谜。他炒股票发了财，至少大家都这么说。我听说他拥有旅馆，或许是夜总会。此外，他似乎在与电视有关的某些行业有大笔投资。"

"听起来好像他有五双手似的。"埃琳娜说。

"是的，确实很难看透他。"

贝达近在眼前，正在对他说着："查利，你那位小姐非常可爱。"

艾特尔点点头。"我听说你又结婚了。"

"这是免不了的。"贝达说，一边指给艾特尔看，那是位身材高挑的女子，穿一件红色礼服，容貌清秀端正，脸上却毫无表情，十分傲慢。"她们我都认识，"他微笑着说，"但齐丽亚最是绝色。我不得不将她从那位大胖国王手中抢过来。"

"非常漂亮。"艾特尔说。此时此刻，他因不胜酒力，头晕恶心，便觉得那女子和他曾见过的任何女人一样漂亮，而身价又是那么昂贵。这时他发现马里恩已经溜走了，心中十分恼火。

"喂，老兄，要不要沟通一下？"贝达说。他的话越来越带这种口气了。十年前艾特尔与他初次相识时，贝达正从事写作，甚至因写各类颇为专业的随笔而小有文名。贝达当时与他的首任夫人，那位女演员，一起住在电影之都。那时候他还不大出名。艾特尔觉得他有点儿古怪，因为贝达曾自掏腰包自编自导了一部电影。影片是拍成了，可无论经济上还是艺术上都是一场失败。那片子有着太浓的气氛、太多的伏笔和典故，结果谁也看不懂，纯粹是部诗化的影片。尽管如此,艾特尔仍认为贝达很有才气。

但谁会记得他的才气?记得有个晚上,在贝达家中,贝达让自己的夫人陪艾特尔过夜。那天,艾特尔正巧带去一位他刚认识的女孩,贝达建议他们交换伴侣。四个人都同意了,事后贝达夫人对艾特尔说:"希望能再次相遇。"因此艾特尔至今记得那个饶有趣味的夜晚。自那以后,恰恰是贝达始终避开他。

"查利,我刚才说了,要不要沟通一下?"

"'要不要沟通一下?'什么意思?"

"我可以肯定你喝醉了。"贝达注视起一个女人来,那女人已好奇地盯着他看了一会。贝达朝她眨眼示意,那女人窘迫地避开了。"哦,天哪,是游客,"他说,"他们败坏了沙漠道尔。齐丽亚在纽约住腻了,我向她保证我们在这儿一定会玩得十分痛快。'在太阳底下?'她这样问。"贝达呵呵笑了起来,"哎,查利,你知道我们一向在探究各自的口味。我已经大致清楚埃琳娜的枕席风情了。她很有点粗鲁抑郁的本性,有点儿浪女的风味,而且有充沛的精力。我说得很准吧?"

他们更应该是在谈论当地农村的一种葡萄酒。"你说得不很准,"艾特尔说,"埃琳娜具有的不只是精力。"他不知道这是在保护她,还是在揭她的隐私。"生活变得令人糊涂了。"他心中这样想。

"不只是精力。"贝达重复道,"她是个明白人,是不是,查利?"他问道,随即自己回答,"是的,那么现在这提议通过了。她是个十分敏感的女孩儿。"他大笑起来。"查利,我对你说,我们一定得聚一聚。事情过后我们都会有所收获。"

"别一味兜售技巧。"艾特尔很想说,却并不相信这句充满灵感的话。借着醉酒,他神秘莫测地朝贝达笑笑。"你知道,唐,"他慢吞吞地说,"每一位美食家,都是个被埋没的哲学家。"

"哈,哈,哈,哈。正如芒辛所说:'我爱你。'"

贝达还在咧着嘴笑,艾特尔最终却说:"埃琳娜挺复杂的。"

"这算是什么话?"贝达满屋子扫了一眼,"不复杂的人我还从没见识过呢。我们何不马上溜走,上我的住所去?"艾特尔还不曾答话,贝达就在计点人数了。"我们四个,"他说,"你,我、齐丽亚和埃琳娜,加上马里恩和他的那两个妞儿,你有没有在这儿见到她们?——其中一个非常出色——只有马里恩能将应召女郎带到多萝西娅的聚会上来。我想露露可以,此外任何单个的男人都可邀请。我真想邀上多萝西娅,她是那么的体面可敬。"

"多萝西娅不会去。"

"露露怎么样?"

"不,露露也会拒绝你。"艾特尔说,他在尽量拖延时间。

"你能肯定?"

"她会想到,"艾特尔说,"警察突然搜查之类的事。"

"嗯,那就我们其余几位吧。"

艾特尔开始从角落里往外挪了。"今晚不去了,唐,"他说,"真的不去。"

"查利!"

他以什么作为托词呢?"唐,请你务必谅解,"这借口实在令人难以相信,"我今晚身体不大舒服。"

贝达目光炯炯地盯着他。"你想另挑个晚上让我们四个聚一聚?"

艾特尔的手在口袋里不停地翻弄着一张名片。他想知道是谁的名片,随即记起来了。那是国会议员克兰的名片。"我不知道,我不想再聚,"艾特尔说,"要是我改变主意,就给你打电话。"

"我会打给你。"贝达加重语气说过这话后,让他离开了。艾特尔去了楼上的浴室,呕吐了好一阵。在这种时刻,他的头脑清醒了。一切都恢复了原样,显得很遥远。"我真的想对克兰说不吗?"他暗自思忖,却又呕吐起来,随后若有所思地自言自语:"为什么在我醉得无可奈何之时,脑子却总是这般敏感?"

他一回到楼下,便挤到酒吧前,先服了几颗阿司匹林,然后又端起酒杯。一位小个子商人,来自芝加哥的康索立道埃先生,和他攀谈起来。他向艾特尔请教,若拍一部介绍他企业的纪录片,得花多少钱。那是个乳酸生产企业,康索立道埃先生解释说:"我要求花钱少,影片又拍得好。"

"提要求都是这个样子。"艾特尔说,又倒了一杯。一切都蠢透了,所有的一切。"从我的呼吸你闻得出呕吐物的臭气吗?"他一本正经地说。

一阵熟悉的窸窣声从背后传来,露露过来吻了吻他的脸。"查利,我整个晚上都在找你。克兰对你这么感兴趣,这岂不是太妙了?"艾特尔点了点头,康索立道埃先生向他俩招呼致意。"我的朋友,"他颇为自豪地对艾特尔说,那些刚学会半句外国话的侍臣,说起话来就是这种得意的口气,"我且引退,好让你与你的甜妞儿陶醉。"

"这人是谁?"露露问。

"这家伙想请我导演一部二百万美元的史诗片。"

"查利,真为你高兴。他给多少报酬?"

"五百美元。"

露露斜睨了他一眼,随即大笑起来。"你赢了。"她说,一只手便搭上了他的肩。"查利,今晚你有兴致听听我的心里话吗?"还没等他回答,她就说下去了,"我觉得,唯有你才能理解我现在的心情。"

273

"为什么唯有我呢?"他问。

"因为,查利,我曾经非常爱你。可你伤了我的心。我始终觉得,只有那些能让你伤心的人才最理解你。"

他已醉得无能为力了。多喝少喝几杯威士忌,也没多大关系,他反正已迷迷糊糊,心情烦恼,胃里翻江倒海一般。

"是的,露露,这对我来说也一样。"他说。他觉得,这时候什么话都但说无妨。

"我们那时很傻,不是吗?"

"很傻。"

"要知道我又在恋爱了。"

"和托尼·坦纳?"

她点点头。"我想这一回可是真的。"见他没有回话,她继续说,"人人都反对我们相爱。我是唯一对托尼的某个方面有所理解的人。"

"要描述陷入情网,这是多妙的说法。"艾特尔说。

"我是认真的,查利。托尼有着许多潜质,他的内心比你想象的敏感得多。我就喜欢一个男人结合起来的品质。"

"什么样的结合?"

"噢,既粗鲁又敏感。托尼是这两者挺有趣的混合。要是我能给他琢磨一番,他会成为十分有趣的人。你应该能理解。"她说。

"这一切是什么时候发生的?"

"过去的十天里,"露露说,"顺便说说,这事现在才开了个头。托尼是部活百科全书。而有趣的是,要知道,起先我甚至根本不喜欢他。"

在他们周围,人们推来搡去,聚会时的种种嘈杂喧闹声充斥在他耳畔,而他却在欣赏他和露露共有的一种本领。他俩都擅长恰到好处地与朋友点头示意，不让他们近前打扰。

"那瑟吉厄斯呢？"他问，"你今晚邀请他没有？"

她点点头。"当然邀请了。"露露又摇了摇头，"不过，可能他正待在家里生气吧。"

"两个星期前你认为你还爱着他。"

她笑了。"啊，"她说，"他该学的东西太多了。"她又将手放在他的手臂上。"查利，但愿你能理解，我只希望最好的运气落到你头上。真的，我认识一些最最好的人，你是其中一个。"她说着说着，眼睛却湿润了。"我甚至像你一样地看待埃琳娜了。我觉得我挺喜欢她。"

"那么，你是爱上托尼了？"他重复道。

"我可以肯定是的。"

"你该请我帮你除去这份爱。"

"哟，你喝醉了。"

"没有。我只是想知道你为什么不带他来。"

"因为……我想稍作分别，以便可以想他。现在我很想念他。"

她看起来这么可爱，艾特尔心想。在他们交谈之时，露露那双紫蓝的眼睛始终朝他微笑，它们笑得别有意味，它们似乎在说："你我可以佯装，但我们也都记得。"他感觉自己像个中年醉汉。难道那仅仅是一年之前，两年之前，他俩还是夫妻，而人们都觉得他是屈尊俯就了她？现在，她已离开了他，新一代人已经到来，托尼·坦纳当年只是个为了有机会说一声"哈喽"而在他办公室外等上几个小时的小东西。"你不久要去欧洲？"沉默片刻后他问道。当然不久后她会去欧洲。那就举行一次重要的聚会，然后便上路。

"最气人的是，"露露说，"我觉得托尼并不爱我。"

"那没问题。只要你使他体面起来，他就会爱你。"

"你变得又老又尖酸了,查利。"

但最糟的是,艾特尔心想,他此刻非常想得到她。他比当年做夫妻时更迫切地想得到她。在屋子那一头,他看见唐·贝达正在对埃琳娜说话,他知道,如果他和露露一起溜走,埃琳娜就很可能会和贝达及其漂亮的妻子一起离去。

"你在想什么?"露露突然问。

他能感觉到自己已踮起脚尖,身子在摇晃。"我刚才在想,"艾特尔说,"要回忆一位前夫人的身子是什么样儿,是不可能的。"

露露大笑。"你拍的那些照片哪儿去啦?"

"噢,都毁掉了。"他说。

"我不相信,查利。"她随意地与他轻轻一拥,并用手拧了一下他的耳垂。"我觉得这过于低三下四了,"她说,"不过你若想拍我的照片我并不介意,当然只能拍几张。"

"露露,我们一起离开吧。"艾特尔说。

"干什么去?"

"你很清楚去干什么。"

"把埃琳娜扔在这儿?"

他很讨厌她问起这个。"是的,把埃琳娜扔在这儿。"他说,却顿时感到自己像犯了渎圣罪一般。罪过便在于说这句话竟如此容易。

"查利,我觉得你今晚非常有魅力,但我想忠实于托尼。"

"屁话。"

"你提这样的要求该感到羞愧。我每次总得长点见识。"

"我们离开这儿吧,"艾特尔说,"我会给你看一部新的百科全书的。"

随即他意识到埃琳娜已站在他的身边。无法知道她是不是听到了他的话,而事实上这已无所谓了。看他那么亲昵地朝露露俯着身子，谁都会猜到是怎么回事。

"我现在想回家，"埃琳娜说，"不过你不必一道回去。我知道你还想待在这儿。"她几乎就要大吵大闹一场了，在多萝西娅·奥费伊家的聚会上当众大闹，那未免太糟糕了。

"不，我和你一起走。"他平静地说。

露露开口了。"为什么不留下来，查利？埃琳娜已允许了。"

"你不必一道走。"埃琳娜重复道，她的眼睛闪闪发亮。

艾特尔犯了个错误。"你想上我们家喝咖啡吗？"他问露露。

"不想去。"露露微笑着回答。

"当然啰，来吧，到猪圈里来，"埃琳娜说，"猪在干草堆里等着交配呢。"

"晚安，露露。"艾特尔说。

他们没向任何人道别便离开了。刚到大门口，多萝西娅赶了上来。她醉得很厉害。"和我的政界朋友谈得成功吗？"她笨口拙舌地问。

"你等着道谢吗？"艾特尔说。

"难道你这辈子始终是狗娘养的傲慢臭小子？"

艾特尔狠狠盯着多萝西娅的双眼，那么愤怒，那么饱含着酒气，他顿时想起他们曾经——不管多么短暂——同床共枕过。这让艾特尔感到一阵剧痛。当他们不再相爱时，当年那些绵绵情话散落何处，葬在了天上的哪一片墓地？

"埃琳娜，我们走。"他说，没去搭理多萝西娅。

"你根本不配让别人为你帮忙。"他们匆匆离去时，多萝西娅在后面气汹汹叫嚷着。

开车回家的路上，两个人谁也没有说话。到家后，艾特尔先把车子停进车棚，然后跟着埃琳娜进了起居室，为自己调了一杯酒。

"你是个懦夫，"埃琳娜骂道，"你本来想留在那儿的，可你没有。"

他叹了口气。"嗯，宝贝，你不想留下，我也不。"

"哦，当然。我不，你也不。可你想带露露到某个地方去，我却搅了你们的好事，是不是？"

她变得多像位妻子啊，他心里想道。"你没搅什么事。"他机械地说道。

"你以为我那么需要你？"她对他一下子发起火来，"想知道点什么吗？我一旦喝醉，就离你十万八千里。"

"我一旦喝醉，更加爱你。"他说。

"为什么你要这样子对我撒谎？"她一脸怒气，竭力控制自己不哭出来。"没有你我也可以过日子，"她说，"今晚在聚会上我明白了，我能够离开你，并且永远不再想念你。"他没有说什么，于是她更加生气。"我要告诉你一件事，"她不停地说着，"你的那个朋友，那个混账东西唐·贝达，要我跟他和他的老婆回家去，他还对我说……他以为我是下贱东西。我真想跟他去，"她尖叫着，"我和他是一路货色。因此不用觉得你对我做了亏心事。要是你想寻欢作乐一番，别以为我在阻挠你。我也可以去寻欢作乐一番。"

在这种时刻露出笑容，那简直糟糕透顶，可他不由自主地笑了一下。"我可怜的宝贝。"他说。

"我恨你。"埃琳娜悻悻骂着，走进了卧室。

唉，他醉得这么厉害。可怜的小倒霉蛋，他这样想着埃琳娜。她肯定不相信他会娶她，然而他会的。他独自坐在那儿考虑，该说些什么话，能最有魅力地表达娶她的意思。忽而他不禁哑然失笑。此时此刻，他似乎什么都看透了。这简直太荒谬可笑了，半个多小时之前他还不顾一切地只想与露露上床。那时埃琳娜必定正受着唐·贝达同等强烈的引诱。否则她刚才不会骂他混账东西。犹如一阵微风拂去了他对露露残存的欲望,这时他想到或许他会做出比接受贝达的邀请更糟糕的事。想到将埃琳娜扔在这样的聚会里,虽然让人感到十分不安,却并非是很讨厌的事。正像一个勇敢的人,从镜子中观看医生在他身上施行手术一样,艾特尔感到仿佛他正勇敢地审视自己的内心。曾经有那么一次,不记得是多久之前,有个女孩只不过跟他说了句话,他便像个害羞而又激情的少年,浑身热血奔涌。他长叹一声,脑中朦朦胧胧浮起一些颇具哲理的想法:时间犹如液体,液体会干涸,时间会了无踪影。

毫无疑问,这时候埃琳娜在伤心。他想,埃琳娜真有点儿喜剧性。好喜剧的精髓往往在于正剧的错位,而她看待自己过于一本正经。那么,他就报之以正剧罢,这恰是他提议结婚的好时候。于是他站起身,进了卧室,看到埃琳娜正躺在床罩上。她的脸埋在双臂上,正是普通女演员表现悲痛的经典姿势,完全正确,埃琳娜既然真诚而富喜剧性,应该躺成这副姿势。他轻轻碰了一下她的背,她动了一下。或许她想告诉他,刚才她说的有关唐·贝达的话并不当真?

"出去。"埃琳娜骂道。

"别这样,亲爱的,我有话对你说。"

"请让我单独待会儿。"

他开始抚弄她的头发。"亲爱的,"他说,"我已经坏了不少事,但你必须明白,我很疼爱你。一想到伤了你的心,我就受不了。"从某种意义上说确实是这样。"我的意思是,我希望你永远幸福。"确实,要是他能将幸福赐予什么人的话,他早将它赐给她了。

"只是些空话。"埃琳娜伏在枕头上脱口说道。

"我要求我们俩结婚。"艾特尔说。

她一下子坐了起来，转过脸来对着他。

"要知道，我的想法是，我们可以继续这样子生活。如你觉得这样下去不好，嗯，那么，在我们分手之前我们可以先结婚，然后我们再离婚。我是说，我知道你多么想结婚，因为你感到没有人那样关心过你。而我想向你表明，我真的关心你。"

她的眼中涌出了泪，泪淌下她的脸，慢慢滴落在她的手上。她有气无力地坐在那里，双手搁在大腿上。

"你觉得怎么样，亲爱的？"

"你一点也不尊重我。"她的声音很低沉。

"可我对你已这么尊重了。你看不出来？"

"别提这事了。"她说。

他感受到那种在彻底失败之前才有的隐隐的绝望。"你还没有明白，"他说，"要知道，不管发生了什么，我都会娶你。"

她不知所措，只是缓缓地左右摇头。"唉，查利，"她说，"我恨自己。我一直想鼓起勇气离开你，可我做不到。我害怕。"

"那么，你一定得照我说的，与我结婚。"

"不。你难道不明白我决不能那样做？你就没想想你是在什么情况下提出结婚的？"

"但你一定得与我结婚。"他十分慌乱地说。出路已经安排好，她正向此靠近。而要是他们不结婚，他只好继续与她同居下去。

"如果你不需要我了，我就走，"埃琳娜说，"但我再也不想谈结婚的事。"

最后，她赢得了他的尊重，可他却无法向她解释这点。他用麻木的手指碰了碰她的脚。他暗自想，勇气之本在于选择于事无补却多有风险之事，这就是为什么他所了解的这个世界很糟糕，因为它坚持操行和谨慎的一致。他已完全适应了这个世界，她却还没有。

她会和他同居，直到他不再需要她，关于此后还会发生什么的想法折磨着他的身心，疼得就像真的伤口一样。"我真是堕落透顶。"他大叫着，为证明自己的绝望，他开始痛哭流涕，并紧紧抱住了她。他双手用力搂住她的背，胸口因不停哭泣而剧烈颤动。

埃琳娜待他很温柔。她像个伤心的母亲，抚着他的头发。她说话的声音轻柔而理智："别急，慢慢来，亲爱的。别弄得非流泪不可。"她用手轻轻抚着他的脸，嘴角渐渐浮出一丝痛苦的笑容。"要知道，查利，真的还不算很糟糕。我总可以找到别的男人。"

艾特尔明显感到一阵难熬的酸楚直透心脾，于是他明白自己依然身处痛苦的妒忌牢狱之中。在那一两分钟里他爱她到了极点，但他知道这样强烈的爱只能维持片刻，因为在他爱她的同时他又清楚自己不敢爱她。尽管她很年轻，他却从她的话音中听出，她的阅历非他所能比拟，因此假如他守着她不放，就必然会走上她的道路，而他这一生都在尽量避免走上这条路。

于是，因不堪承受思想上的压力，他又哭了起来。"为什么在我醉得无可奈何之时，脑子总是这么敏感？"一时间他想起多少未及实现和不可能实现的事，人生的苦恼一齐涌上心头。他又哭泣起来，那是一个成熟男人的苦涩的泪，因为，确确实实，这是二十五年来他第一次伤心落泪。然而，在他这样伤心落泪时，部分哀痛却是因埃琳娜而起，因为他明白，既然她不愿与他结婚，他就必须找另外的途径摆脱她，以使自己重获自由。

## 第十九章

我到的时候艾特尔早已离开了。此前的大半个夜晚，我一直在犹豫要不要去。请柬是多萝西娅发来的，我不知道她会不会殷勤相待，也不知露露想不想见我。但我越犹豫，就越清楚我应该去，我还发现自己正得意地想象着露露正因等我而焦虑不安：已经后半夜一点多，这会儿又过了两点钟，而我还没有到。我甚至盼着电话铃响，却又颇感懊丧，因为我想象露露打电话到处找我，打遍了每个酒吧，每家夜总会，唯独没想到往我的住所挂电话，因为她肯定我不会待在屋里——既然我没赴聚会，就必定有什么更赏心的事吧。我在屋里踱来踱去，几乎因盼着与她重新见面而不顾一切了。自从她离开之后，这些日子熬过来可真不容易。要说这些日子是怎样熬过的——多少次我举杯浇愁，多少次我竭力想写点东西，多少个下午我捧着银行存折，似乎看的时间长了，便能让存款数目增加——那实在是一言难尽。有两天我曾带上相机去沙漠中到处物色镜头，以天空为背景，从各种奇特角度为仙人掌拍摄红外照片。但那仍无助于排遣心头的痛苦。我非常恐慌。自从来到沙漠道尔，我第一次在某家酒吧惹起一场殴斗，我很想知道我的心绪究竟怎么了。有时候我觉得自己成了脾气火爆又固执己见的人，好多天我一直在寻找斗殴的机会。因此我竭尽全力克制自己不去多萝西娅的聚会，然而最后我还是坐上了车。

我抵达宿醉宫时已将近凌晨三点。进门的时候，想了一夜的种种借口都烟消云散，充满渴望和怒火的心里只有一个念头：我一定得见见露露。可我来得太迟，心想她可能早走了。聚会的热闹时刻早已过去，自助晚餐的盘碟堆放得到处都是。一支香烟，像根滑雪杖似的，插在一堆土豆色拉上。一块火腿残片浮在一只高脚玻璃杯里的残酒中。某张咖啡桌下是一只底面朝上的盆子。留下未走的人在聚精会神地从事一项小小的活动，他们那样子活像一幅漫画：只见有名醉汉站在一台独臂强盗[①]前，表情庄重而有条不紊地投入一枚又一枚硬币，他似乎输得快掏空口袋了，但与他有节制的热情截然不同，他似乎能主宰机器并懂得此刻他只能殷勤地喂它，而当机器偶尔喀啷啷地输出几枚硬币时，便显出从未有过的惊喜。一位年轻的应召女已倒在沙发上睡着了。她的嘴巴张着，双臂沉重地垂向地板，由于酣睡，她已不那么机敏、迷人和殷勤，而这些是从事她那一行必不可少的。

我发现马丁·佩利也那样子躺着。他的下巴抵在胸前，呼吸不大顺畅。他并未入睡，只是昏昏沉沉。"我干过了，"他对我说，"瑟吉厄斯，你知道我干什么吗？"

"哦，你干什么了？"我问。

"我成了侍者了，"佩利长叹一声，"和那些打牌的小伙子一起消磨长夜，我会感到更痛快。"他的下巴又抵在胸前了。"趁着年轻好好玩儿吧。"他刚睡意蒙眬地说过这话，一阵鼾声便从他鼻孔里传出来了。

屋子里聚会未散，依然一派喧闹，厨房里有人在说笑话。浴室里则时有麻烦，有人在里面沐浴时，别的人偶尔忘记其中有人而闯了进去。我在餐具室里找到了露露，她正两臂搭在两个男人

---

[①] 俗称老虎机，该机有一臂状杆供操纵者使钱币落入槽口，故名。

肩上，以颤音滑稽地模仿一支老歌。他们三个一起唱着，虽不协调，却在力求谐和。甚至当露露见到我，从他们当中溜出来伸手给我时，那两人仍继续唱着，他们互相靠拢补上了空缺，就像一队为赢得奖金而在烈日下立正站队的士兵，不顾那些晕倒的孱弱者而迅即补位一样。

"我想找你谈谈。"我对她说。

"哦，瑟吉厄斯，我醉了。看得出来吗？"

"我们可以在哪儿谈？"我问。

她似乎并不像自己所说的那么醉。"我们可以上楼去。"她说。

要是能有机会，我或许还有希望，可露露很有心计地在主卧室里选定了我们的座位，那儿挂满女宾的衣物，以致我们的交谈不时被打断。到头来我们也不再去注意是谁进来在玫瑰色灯光下找她的外衣。

"瑟吉厄斯，我这一阵对你太狠心了。"露露开了口。

"你和托尼的事怎么样了？"我插嘴问。

"瑟吉厄斯，我觉得你很可爱。但我并不认为，人们因关系亲近，就应该对眼前发生的一切无所不谈。你知道，我只希望我们成为朋友。"她的语气相当平淡。

"你不必担心，"我说，"我不在乎你怎么样。"此时此刻我真的不在乎了。如果说这些日子里我不知道自己究竟是爱她，还是恨不得宰了她，那么，此时此刻我的心境已恢复平静。这阵平静正在揶揄我们：我们的创伤竟这么快痊愈了。我这是在重新感受失去她的痛苦。若在几个月前，一见到电影院前的招贴上有她的名字，一读到漫谈专栏上可能提及她的话，我顿时会抄起一把尖刀来，或者我会去求见任何一位女孩，只要她声称凭三寸不烂之舌或几个手势，便能将露露带到我的跟前。但所有这一切都毫无意义了，此时此刻我只觉得，我对露露已毫不在乎，她不可能再伤我的心。于是我就能宽宏大量地说上一句"我不在乎"，并像位经历了山崩地裂般大灾难的男子汉一样充满自信。

"你会成为一个好女孩，"我试图劝说她，"只要你有些自知之明。"

露露大笑。"你想做个心理学家，一开口却成了笨瓜。瑟吉厄斯，咱们还是好说好散罢。不过我觉得今晚你确实比以前任何时候都更有魅力。"

看她说这话的样子，我知道现在的我成了从未对她有过特别吸引力的平常人了。

"露露，"我很吃惊地听见自己这样问，"真的一切都完了？"

"瑟吉厄斯，我觉得你很可爱很善良，我永远不会忘记你。"她是为了显得仁慈才说这话，其实她早把我忘了。

我盯着她看。"来吧，让我们上床。"

"不，我醉了，而且……我不想伤你的心。"

"试试嘛。"我说。但我自己也拿不准这话是否当真，凭这种花招，谁又能骗得了露露？

"瑟吉厄斯，亲爱的，我不想谈这个。你知道我们之间并不总是完全的肉体关系，我是说那不是纯粹满足肉欲的风流韵事。我认为那是由于气质和性格，难道你不这样认为？"

"那你又怎么解释那时……"我问道，紧接着说起她发过什么誓，我们又干了些什么，用当时她说的原话、她是怎样说那些话的等种种细节来驳斥责备她。露露像在演电影似的，笑眯眯听着，像位急切而富有同情心的青春少女，正为那位她偏偏不爱的英俊男演员感到遗憾。

"哟，瑟吉厄斯，我真不像话，"她说，"我一定是喝醉了。"

"你并没有醉。"

"好啦，和你在一起时我总是很愉快。"

那就够了。我明白事情已无可挽回，于是勉强问道："你打算经常与托尼见面吗？"

"也许会吧，瑟吉厄斯。他非常有趣。"

一个醉鬼跌跌撞撞走过，在楼上的走廊里到处找空酒杯，露露这时靠在我的胳臂上。"我有点担心，亲爱的。"她的声音表明，我们最终还是老朋友。"赫尔曼·泰皮斯后天要见我。我想听听艾特尔的意见，可他很难说话。"

"为什么担心？"

"因为我了解泰皮斯。"她突然一阵哆嗦。"我和托尼的事，请别告诉任何人，"她轻轻说道，"千万答应我！"

楼下，客人们在纷纷告辞。"瑟吉厄斯，开车送我到帆船俱乐部。"她说，"稍稍等我一下，让我化化妆。"

她对于掩饰自己不很在意，因此只就着卧室的镜子化了一下妆，观察了自己的体形、服饰、脂粉的颜色及眼影的浓淡。一时间我觉得她对镜端详得太久了，而镜中那张脸比照镜人显得更光彩，我能感觉到她是多么烦恼，仿佛我能听到一阵风中细语："那就是你，真的是你。你在盯着看的就是你自己，你永远不可能丢弃自己的脸。"因为在我们下楼的时候她默默无言，焦虑不安，仿佛在追寻生活在镜子中的那位女孩。

我们离开的时候，聚会也差不多结束了。告辞时多萝西娅亲了亲露露。"你千万小心，宝贝，听见没有？"她说，随即我们出了门。在多萝西娅家大门外的街上，有十多位少年在等候，等候在沙漠道尔凌晨四点的淡淡曙光中。

"那正是她，正是她。"我们一出去，他们中有几个便叫起来。

"天哪,其中一个我认出来了,"她说,"是城里来的。"

"梅厄丝小姐,我们是名人签名征集组的。"他们的头儿郑重其事地说,"能不能请您在我们的本子上签名?"

"露露,先签我的。"另一个请求道。

我站在一旁,露露则将她的大名签上一本又一本签名簿。"非常感谢,"她写道,"我最最美好的……喂,再写一下……世上最美好的……无比感谢……"她就这样签着。最后我们总算可以走了。在我开车送她去帆船俱乐部的路上,在我这最后一次为她开车的路上,她仰靠在座位上,轻轻拍着头发。我朝她看了一眼,那张脸上的忧虑不安早已没有了。"啊,瑟吉厄斯,"她因受尽恭维,声音中还透着几分兴奋,"这生活不是很美妙吗?"

## 第二十章

两天之后，赫尔曼·泰皮斯在召见露露前半个小时，正在自己的办公室里等着特迪·波普。正如露露曾对我说的，泰皮斯有个习惯，那便是不时召见他的明星们，做些如他所说的"大聊天"。他的这一做法，被媒体经纪人吹成是最佳影片公司能保持融洽大家庭关系的奥秘所在，他们所写的大量文章已使公众对此耳熟能详。泰皮斯在自己家中，在他的乡村俱乐部或电影厂的餐厅里，随时会与人做些简短交谈，但那种"大聊天"总是在他的办公室里，关起门来进行。

泰皮斯的办公室粉刷成某种奶油色——奶油色可以有多种，如玫瑰色、淡黄绿色或米色——最佳影片公司的所有办公室就刷成这些颜色。泰皮斯的办公室很大，有着巨幅玻璃做成的观景窗，里面主要的家具是一张大办公桌，那是制作于中世纪的一件意大利古董，据说购自梵蒂冈。然而，正如一幢旧房子被彻底改造而仅保留了外壳一样，泰皮斯办公桌的内部已改造成了一台开动时毫无声息的录音机、一只保密文件柜、一只冰箱和一个小小的旋转酒柜。办公室内还有几把深色皮革椅，一块咖啡色地毯，以及三幅画：一幅母亲和孩子的名画，有着金黄色的宽宽的画框，另两个手工制作的银色画框分别装着泰皮斯妻子和母亲的照片，后一幅经过人工修饰，因此那头银发明亮得像光环似的。

这个下午，特迪·波普进来时，泰皮斯先生热情地迎接他。泰皮斯与他握手，还拍了拍他的背。"特迪，你能来这儿真令人愉快。"泰皮斯说话的声音嘶哑而且细弱，他在桌子下揿动按钮，启动了录音机。

"每次你找我谈话，我总是很高兴，泰皮斯先生。"特迪说。

泰皮斯咳嗽起来。"你想抽雪茄吗？"

"不，先生，我不抽。"

"这是种恶习，嗜好雪茄。我唯一的恶习，我是说。"他清清喉咙，发出短促刺耳的声音，仿佛在命令一头动物。"现在，我知道你正在想什么，"他亲切地说，"你想知道为什么我要见你。"

"嗯，泰皮斯先生，我正想知道这一点。"

"这很简单，我一句话就可以给你答复。这就是我很想多花些时间和你们年轻人在一起，我是亲眼看着你们这些年轻明星在电影厂里成长起来的，我就想和你们在一起。这点我做得很不够，但这并不意味着我本人对此毫无兴趣。其实我经常想到你，特迪。"

"希望你多想好的一面，泰皮斯先生。"特迪说。

"哎，你紧张什么？我有没有伤害过你？"特迪摇摇头。"当然没有，我真的很喜欢你，这你知道。我现在是老头了。"

"你看起来一点也不老，泰皮斯先生。"

"别和我唱反调，这是事实。这么多年了，我就坐在这间办公室里，有时候会想起那些冉冉升起的明星，以及那些陨落的明星。你知道我会想起所有那些由我捧红的明星，还有那些正崭露头角的新星。再过两三年他们就会名声大噪，但他们决不会盖过你，这点你放心，特迪，你可以说赫尔曼·泰皮斯亲口对我说过：'这几乎可以保证，你放心好了。'因为我想说的是，我感受到了所有明星或新星们对我所怀的那份真正的爱，我可以说，在我们做这些谈话时，他们都觉得我有一颗博大温厚的爱心，我记得从没有一个人在离开这办公室的时候,不对我说一声:'赫尔曼·泰皮斯先生,上帝保佑你。'我是个热心厚道的人。这便是我能在电影界获得成功的原因。你若要在这一行中取得成功,需要什么?"

"一颗爱心。"特迪说。

"对了,一颗又大又红的爱心。美国的公众有一颗伟大的心,你必须去迎合它,你得到半路上去迎合它。我给你举个例子,我有个已经成年的女儿,你知道我的女儿洛蒂,我爱她,每天我都要和她通电话。上午十点钟电话打进来,我的秘书必定会为我接通。要是我对女儿无法准时,又怎能指望她对我准时?你知道,特迪,"他说,并伸出手去拍拍波普的膝盖,"我对女儿的爱其实算不了什么,我更多的爱是留给大家庭里别的成员的,那就是最佳影片公司这个大家庭。"

"大家庭的人对你怀有同样的感情,赫尔曼·泰皮斯先生。"特迪说。

"希望是这样,我真诚地希望是这样。要是这儿的年轻人不思回报,我就太伤心了。你不知道我是多么记挂你们每个人,你们的问题,你们的痛苦,你们的成功。我密切关注着你们的事业。特迪,要是你知道我对你们每人的个人生活了解得多么详细,你会感到吃惊。我甚至很注意了解你对宗教是否虔诚,因为我十分信教,特迪。我改变了宗教信仰,一个人不会像喝杯水那样随意改变信仰的。我可以告诉你,我在新的信仰里获得了巨大的安慰,在纽约有一位伟人,一位伟大的宗教人物,我引以为豪的是,我可称他为我的一位至亲密友,是他所做的工作使得你我能够进入同一座教堂的大门。"

"我想近来我教堂去得不勤。"特迪说。

"我讨厌听这种话。要不是今天有别的事需要谈,我会给你上一课的。"

泰皮斯抬起他的手臂。"看,我向你展示了什么?两只手。有了双手,身体就完整了。你知道,我感觉自己就像由两种信念构成,一种是与生俱来的,另一种是我改变后选定的。我认为自己从这两种伟大信念里继承了宝贵的传统。我的意思你清楚吗?"

"清楚,先生。"

"你占据了我的第一种信念。这是我生身之族最温暖人心的风俗之一,父母应关心子女的一切活动,他们的订婚、结婚和孩子的出生。我可以告诉你一些足以让你感动得流泪的事。你知道即便是最穷苦的人家,最贫困的人,他们在安排子女的婚事时,其兴趣和关注绝不亚于王室。今天,我们生活在一个民主国家,对此我们应该感谢上帝,我们不赞成王室婚姻那种豪华排场,我本人也不赞成那样,我根本不想那样办,但这样一来男女双方都会有不少的议论。我曾就此事与奥米·金·贝克大公讨论过,你猜他对我怎么说,他说:'赫尔曼·泰皮斯,我们不像一般美国人所想象的那样办婚事,我们只是鼓励他们,婚事怎么办由孩子们自己去决定。'这可是一流的见解,货真价实的王族作风。我可以对任何人说,我为拥有大公那样一位朋友而自豪。"

"我觉得很多人都瞧不起王族。"特迪说。

"确实是这样,但你知道为什么会这样?因为妒忌。"泰皮斯掏出手帕,往上面吐了一口,"人们对地位高的人总是妒忌。"

"我的看法是,"特迪说,"王族和别人都一样,只不过他们更爱炫耀自己。"

"你错了,"泰皮斯插话道,"王族付出了极大代价。让我告诉你一些情况。是什么使得知名人物与众不同?那就是他们终日处于公众的关注之下。他们的生活必须如狗的牙齿一般清白,不仅社会生活，私生活也一样。你知道对一位知名人士来说，丑闻意味着什么？那比原子弹还厉害十倍。他们不得不做某些事，这让他们非常痛苦，为什么？因为，社会责任感要求他们这么做。王族成员如此，电影明星以及像我这样的人也是如此，你和我之类的人物，都适用这条。这些是法则，你倒试试去违犯一下看。我们现在是在平等地对话，是不是，特迪？"

"面对面对话。"特迪答道。

"你看看我的这幅画，"泰皮斯指着那幅名画，"我真不想告诉你，买这幅画花了多少钱，但当时我一见到这幅法国名画，一位漂亮的母亲和她漂亮的孩子，我就对自己说：'赫尔曼·泰皮斯，你一定得买下这幅画，为此就是白干十年的活也算不了什么。'你知道为什么我对自己这样说？因为这幅画具有生命，是一位伟大画家的作品。我看到它便会想：'为母之道，这便是你所看到的。'每当我想到你，特迪，我便知道你心里在想什么，我认为你想娶个漂亮的新娘，安个家，下班回家时有爱妻和孩子迎候你。我可从来没有这样的福分，特迪，因为我在你这个年纪，每天要干很长时间的活，时间长得说出来会让你心碎。在我独自一人时，我有时会对自己想，对自己说：'要知道，赫尔曼·泰皮斯，你没能好好享受生活。'我不愿见到像你这样的年轻人，特迪，不得不说同样的话。好在你不必那样了。你知道我一向十分敬重我的妻子，愿她九泉之下安息，她不得不亲自操劳，非常辛苦，当然那是早年的事，但她毫无怨言，半句也没有。"泰皮斯眼中涌出了泪水，他从胸袋里抽出一条干净手帕，擦去了眼泪。花露水的香味顿时充满了整个房间。"随便你想娶哪个女孩，"泰皮斯接着说，"你都不会有这样的问题了，在钱财方面你可让她一百个放心，你该清楚其中的原因，而她可让你生活安定下来。我甚至真想与你和你的商务经理一起坐下来，我们来谈谈怎样清理一下你的钱财，以便你不必未等发薪便向公司借款。"泰皮斯对他蹙紧了眉头。"这是种耻辱，特迪。人们会以为我们没给你发薪以致你不得不借款。"

"这件事我很想和你谈谈，泰皮斯先生。"特迪很快说道。

"我们会谈的，我们会专门谈这件事的，但现在不是时候。你只要记住，特迪，你是美国公众的偶像，而一位偶像只要在公众眼里是清白正派的，就永远不必担心钱的问题。"

泰皮斯给自己倒了一杯开水，慢慢地喝着，似乎在品尝味道。"我知道像你这样的年轻人，不把世界放在眼里，"他继续说，"很多时候都不想结婚。'为什么我应该结婚？'他会对自己说，'结婚对我有什么好处？'特迪，我要对你说，结婚对你有许多好处。只要想一想，整个世界都穿着约束衣①，因此它说：'你，在那儿，你也穿上约束衣了。'明白为什么吗？这世界讨厌单身汉，他不会广受欢迎。人们会想方设法搞垮他。人们听说的事，百分之九十九是毫无事实根据的，但我仍感到羞耻。我无法面对面地告诉你我不得不听说的这类事。它足以让你反胃恶心。我听人说起过这种事，我先让他们说完。'别对我说什么关于特迪的丑事，'我说，'我不要听。如果这年轻人不想结婚，这和你对我说的那些肮脏丑恶的事毫无关系，我就这句话。'我的态度就是这么明确。人们都了解我，他们说：'赫尔曼·泰皮斯反对诽谤的态度是历来如此的。'"

突然间，泰皮斯猛拍了一下桌子。"与你有关的一些流言传播得比风还快，你的影迷俱乐部从四面八方给我们来信。从柯柯希柯希，以及类似的小镇。美国的乡土小镇。蕞尔小镇，堪萨斯。你有没有明白我的意思？你到底想干什么？你知道那些来信说什么，他

---

① 约束衣（strait jacket），用以束缚疯子或犯人双臂的紧身衣。

们说特迪·波普影迷俱乐部的成员们都很痛心，因为他们听说了与特迪有关的最令人恶心的事。他们的忠诚动摇了。听着，特迪，我为你做了辩护，你知道为什么？这并不是出于商业考虑，或是因为我认识你很久了，或甚至是因为我喜欢你，虽然我确实很喜欢你。这是因为我从心底里认为，你会证明我是对的。要是我认为从长远来说不会证明我是对的，那我决不会为某个人辩护，即使那意味着一百万美元的进账。这就是信任。我应当如此信任你吗？"泰皮斯竖起一根手指，"别回答，你甚至不必回答，我知道我可以信任你。"他站起来，走近窗口。

"你还有点明白事理，我的信任已经有所回报。我浏览了一下报纸，刊登着你和露露的合影，你们在沙漠道尔牵着手。那是我所见到过的最美、最动人、予人印象最深刻的照片之一。年轻人的爱情，这便是照片所展示的。这让我想到，但愿给我画这些像的画家依然健在，这样我可雇他来将你和露露这对情人的合影画成像。"

"泰皮斯先生，"特迪说，"那只是一张用作宣传的照片。"

"宣传！听着，你知道电影界中有多少最成功的婚姻，最初也不过是宣传，而后终于缔结良缘吗？我来告诉你。答案是百分之九十九的最美满婚姻，就是这样开始的，这就像旧时代乡下的嫁妆。我了解你，特迪，你是个长相英俊的棒小伙。我见到不少照片了，我不信你和露露会装得活像一对鸳鸯般互相凝视。别试图告诉我露露并没有爱得你发狂，露露可是个感情外露、性子直爽的女孩。特迪，我可以对你说，露露是我认识的最出色的女孩中的一个。她是真正的美国人，真正优秀典范的美国女孩。这样的女子是上帝恩赐的礼物。每当我看着摆在这张桌子上的我母亲的照片时，你可知道我获得了什么？灵感。我将她的照片贴胸珍藏。这些你也应当能做到。"

特迪浑身在冒汗了。他身子前倾，想说点什么，却只说了这么一句："泰皮斯先生——你得容许我说……"

"闭嘴！"泰皮斯喝道，"我不要听你的想法。你是个固执的孩子，既然你知道自己心有所想，为什么还那么固执？你想赞同我的意见，可你又困惑而不知所措。你需要像我这样的人来给你指点迷津。"

特迪开口了，声音非常轻："泰皮斯先生，你知道得很清楚，我是个同性恋者。"

"我没听说过，我没听说过。"泰皮斯大吼起来。

"我就这个样子，"特迪喃喃说道，"没法改变了。原来怎样，就维持原样吧。"

"这是你的人生哲学？"泰皮斯吼道，"你好好听着，要是一个人坐在一堆……臭屎上，他难道不知道赶快站起来避开？"

"泰皮斯先生，你就不能以博大的心胸来理解我的感情？"

"你是我所认识的最忘恩负义的人。你害得我彻夜不眠。你是怎么想的，性便是整个世界？我忘了你是怎么说的，你懂不懂事？我才不愿因此事而留下悔恨。你走着瞧吧，我会马上把你逐出电影界。"

"请听我说……"

"露露，那才是你应该说的。我明白怎么回事了。你是个懦夫。你有了点与社会作对的资本了。社会为你尽了一切努力，你本该热爱社会。我就热爱社会。我尊重它。特迪，你是个孬种，但你我可以一起尝尝这个。"泰皮斯举起了拳头。"我并不想与你过不去，但我这辈子从未听说过这么反常的事。"

对讲机响了。"好了，好了，"泰皮斯对着内线电话说，"你告诉有关的人稍等一下，我马上就会和她谈话的。"

"泰皮斯先生，"特迪说，"我很抱歉。或许我想有孩子，但我从没和哪个女人发生过关系。"

泰皮斯揿动按钮，关上了录音机。他盯着特迪·波普看了好一会。"特迪，我们谈了很多，"他说，"我的要求是，你答应我，别事还没干就认定自己没能耐去把露露那样漂亮性感的女孩弄到手。难道还得我去帮你不成？我告诉你，你行。我就要求你这一条，特迪，别打定主意认为自己不行。今晚好好考虑一下。就这么讲定了，行不行？"

波普不耐烦地耸了耸肩。

"好样儿的，这才像特迪·波普的样子。"泰皮斯送他到门口。"喏，特迪，没人强迫你干什么。要是你刚才回答一声是，我依然要说，'特迪，今晚好好考虑一下。'喏，别人会不会声称我是在强迫你干什么事？"

"谁敢那么说？"

"说得对。我并不强迫人，从来就不。我和他们作充分讨论。有朝一日，特迪，你会说：'上帝保佑你，赫尔曼·泰皮斯。'"

特迪一出门，泰皮斯便按动对讲机。"行了，让露露进来。"他说完便到门口迎候，一见到露露便伸出手臂揽住了她。"能得大驾光临，使陋室蓬荜生辉，我简直难以形容心中有多欣喜。"他说，"亲爱的，你令我忧虑顿消，而那桌上正堆有千重忧虑呢。"他握住她的双手。"我爱你这样的女孩，你一来，这儿便充满阳光。"

也许露露化妆得看起来不到十七岁。"我也爱你，泰皮斯先生。"她声音嘶哑地轻声回答。

"这我知道。我的每位明星都对我这样说。但你的爱，我知道是真诚的。"他先指引她坐上特迪刚坐过的椅子，又从那张意大利办公桌的抽屉里取出一瓶威士忌，并在杯中放了些冰块。

"哟,泰皮斯先生,近来我不喝酒了。"露露说。

"胡说。我了解你,亲爱的,你对我不够尊重,你以为你可以随心所欲地摆布我,"他热诚地说,"嗯,我有话对你说。世上没有什么人你不能随意摆布的。不过我了解你,亲爱的,我真为你神魂颠倒。我希望你别觉得要背着我才能喝上一杯。"

"我想你是唯一理解我的人,赫尔曼·泰皮斯。"露露说。

"你错了,没人能理解你。知道为什么吗?因为你是个了不起的女人。你不仅是个了不起的女演员,作为人你也有着出众的品质——激情、锐气、魅力——这些都是你所具备的东西。我希望这事不要传出去,但你若喝上一杯我并不介意。你已赢得这种权利,想做什么,就尽管做。"

"除了我与你意见不合,赫尔曼·泰皮斯。"露露说。

"我喜欢你。说话多伶俐。但你有点急躁了。我问自己:'赫尔曼·泰皮斯,露露究竟凭什么获得票房的大成功?'我甚至不必回答。答案很简单。鲜灵活泼,"泰皮斯说,还用手指点了点她,"那便是露露的长处。"

他给自己倒了一小杯,优雅地啜着。"你在纳闷为什么我请你上这儿来?"稍停片刻后他说,"让我告诉你吧,我一直在想着你。知道我个人对露露·梅厄丝的看法吗?她是这个国家里最优秀的女演员,而这个国家还有一些全世界最优秀的男演员。"

"你就是全世界最优秀的男演员,泰皮斯先生。"露露说。

"这是恭维话。但你说错了,露露,我不会表演。我太诚实了。我对许多事感受太深而无法表达。好多个夜晚我睡不着觉,在为你忧虑。你知道是什么使我深感忧伤?原因就在于我不是美国公众。要我是美国公众,我会让你在比姆勒排名表上名列首位。你可知道现在你的排名?"

"十七,是不是,泰皮斯先生?"

"十七。你能相信吗?这个国家中有十六位男演员,在公众中的得票率高于你。我无法理解。要是我是公众的话,我便会一直买露露的票。"

"为什么没能有一千万人如你一样,赫尔曼·泰皮斯?"露露说。她喝完后,稍停片刻,便走到办公桌前,为自己又倒了一杯。

"露露,你知道去年你的比姆勒排名吗?十二。今年你本该上升,而不是下降。升到第十、第八、第三、第一,应该那样上升。"

"泰皮斯先生,也许我过了巅峰期了。"

泰皮斯扬起了手。"露露,就因为这句话,我真该把你按在膝上打屁股。"

"哟,泰皮斯先生,那样的话我定会大有长进。"

"哈,哈,哈,哈。我真为你神魂颠倒。露露,听我说。你的问题在于宣传炒作方面还太弱。"

"我已拥有国内最好的媒体经纪人。"她立即答道。

"你以为能买到名声?好的名声是上帝的恩赐。时代已经变了,露露,坦率地说,不管什么样的女孩,只要号称既是这个男人又是那个男人的朋友,就会声名狼藉、不受欢迎的。如今公众喜欢的是正派体面的人。你知道为什么吗?生活已经不那么体面了。你以为他们希望别人来提醒他们这点?让我从心理角度给你解释。十年前,一位原本忠于丈夫的女人,追求的是刺激,会梦想和大明星风流一番——露露,对任何别人我说话都不会这么直率。而如今,你知道么,就是那位到处有男朋友的女士,会守着她的男人,整天看电视,人们就喜欢这样。你以为她希望在荧屏上见到和她一样的人,像她一样狂热迷恋的人?不,她为自己过去的行为感到羞愧。她希望在电视上见到她敬重的女人,一位已婚妇女,一对天作之合，美国第一号美满姻缘。人们的心理确实如此。"

露露改换了一下坐姿。"赫尔曼·泰皮斯，你本该当一名婚姻介绍人。"

"你总是对我这样讲——还是我来说给你听吧。要是你能嫁一位合适的人儿，我给你举个例子，嫁一位比如说比姆勒排名第七，或者第九的影星，你想结果会怎样？你会以为你们在比姆勒排名上只会获得两人的平均名次，不会的，你们结果会夺得国内比姆勒排名的最高名次。明白为什么吗？二加二不等于四。结果会是五，而五又会变成十。那便是复利。你好好想一想，门当户对缔结良缘，获益比复利更多。露露·梅厄丝和随便哪位，乔·麦戈，我不在乎那人叫什么名字，只要他的比姆勒排名高就行，那样一来你们就是美国名列榜首的天作之合，美满姻缘，而美国即是世界，你们便是世界之最。"

泰皮斯向露露送了个飞吻。"你是我的宝贝，你知道吗？你是我最宠爱的宝贝。"

"但愿如此，赫尔曼·泰皮斯。"

"你挑中的那位年轻伙伴，他叫什么名字，那位沙姆斯甜小子？"

"你是指瑟吉厄斯。"

"我观察过他，是个好小伙。我喜欢他。我会录用他的。不是当演员，你知道，而是别的工作，搬运布景啦，开车啦，他那种人擅长干那个，诚实，或许良心也好，但我考虑过他和你的事，你知道我对这事的看法吗？露露，那小伙子与你不配。他太微不足道了。他会拖累你的。我才不管他自称击落了多少飞机，他只是个游手好闲的家伙，他就是那号人。"

"嗬，你不必那么贬低瑟吉厄斯，泰皮斯先生，"露露说，"他

299

很可爱。"

"可爱的小伙子,一毛钱一大把。他只是个孩子,而你是个女人,差异就在这里。我想我们能互相理解。我想对你说我一直在考虑的事,说出来会让你吃惊。想知道我认为你应该与谁结婚吗?"

"我永远不可能知道你的想法,泰皮斯先生。"

"猜猜看。来,猜猜看。"

"托尼·坦纳。"露露说。

"托尼·坦纳?露露,我真为你羞愧。我亲自查看了他的比姆勒排名。一百八十九,他简直是无名之辈。女人自贬身价是种耻辱。我推荐的这位比他好多了。你不用说什么,回去晚上好好考虑一下。特迪·波普,你看怎么样?"

露露一下子站了起来。她神情惊慌,微微张开嘴又闭上。"我很吃惊,泰皮斯先生。"她终于说了一句。

"坐下吧。我要告诉你一些情况,也许你不知道这些。我并不想隐瞒你。特迪·波普是个同性恋者。这让你感到奇怪,是不是?赫尔曼·泰皮斯会是那种人吗?他居然会跪下来乞求一位如你这般漂亮的女子去嫁给一个男同性恋者?"

"你决不会是那种人,"露露说,"你是极其正直、极受敬重的人物。"

"咱们别把话扯远。我要你尽量诚实地回答我一个问题,暂时撇开你的个人生活问题,你是否承认,从提高知名度这点来说,和特迪·波普结婚,你可以为自己获得最大的好处?你们便是美国名列榜首的一对了。说我的看法对。"

"我没法说你对,泰皮斯先生。"露露摇得杯中的冰块喀啦啦直响。她模仿着他的声音,加了一句:"我认为你这是自私。"

"世界上还没有人能够这样指责我。"

"我真该哭一场,"露露说,"我对别人一直说,你就像父亲一样。"

"别伤害我的感情,露露。"

"赫尔曼·泰皮斯,我感到你我之间再不可能像以前那样了。"

"说这种话,"泰皮斯叫了起来,"未免忘恩负义不光彩。我曾为你付出那么多。"

露露哭了起来。"我不喜欢特迪。"她声音低低地说。

"喜欢他!你别哭。我了解你,露露,我要告诉你一些情况。特迪·波普是你唯一可以爱的人。你以为我在发疯?你错了。就因为他是个同性恋者,你就认为这是对你的侮辱。可我总是位过来人,我了解人的感情。你和特迪会合得来的。他感情受过伤害,有颗敏感的心,一位女演员可以从他那儿学到不少东西,体会到人的本性的种种微妙之处。露露,你是位能让他迷途知返的女人,此后他对你会崇拜得五体投地。"

露露拿起手帕揩眼泪。"我恨你,赫尔曼·泰皮斯。"她抽噎着。

"你恨我!你爱我,那才是你讨厌听我说话的原因。但我得让你明白点事理。你是个胆小鬼。一位有着你那么出众容貌和魅力的女人,应该勇敢地迎接挑战。你是我平生所见到的最有魅力的女孩。如果你只是让一位年轻健康的无名之辈为你这么高贵的女人而激动,那实在算不了什么。那太辱没了你。这就像给乒乓球选手颁发赫拉克勒斯大奖,那简直是荒唐可笑的事。可你想想,要是你能让特迪·波普成为真正的男人,人们将怎样崇敬你。"

"可要是我办不到呢?"露露问。

"还没开始你就气馁了,真令人失望。"

"泰皮斯先生,我要引用你的话:'迈步之前四下看清,草丛中可能有狗潜伏。'那是你说的话,赫尔曼·泰皮斯,我有证明人。"

"你让我感到很不痛快,我原本以为你像我一样是个冒险家。"

泪水顺着她的脸颊淌下来。"赫尔曼·泰皮斯,我想结婚,"她声音颤抖着说,"我想只爱一个人,保持美好成熟的夫妻关系,拥有漂亮的孩子,从而为电影界增光。"

"这就对了,露露。"

"但要是我与特迪结婚,这一切都办不到了,我就会沦为人皆可夫的浪女。这你可想而知。要是我成了那个样子,你会感到遗憾吗?"

"露露,你永远不会沦为浪女的。你太完美了。退一万步说,在和特迪保持婚姻关系的同时,总会有一两个人你很喜欢、很欣赏,常可幽会缱绻。我倒并不是建议你这么做,但这类事始终存在。你知道为什么吗?因为地球照样转动。"

"赫尔曼·泰皮斯,这建议有点儿缺德。我真为你害臊。"

"为我害臊?"泰皮斯轻声说,"那你完全错了。我熬了多少个夜晚,想方设法要保住你的事业,而这便是你给我的报答。你太狂了,正是这样。知道明星是什么吗?就像美味可口却容易变质的水果。你得长途运输把它送到市场去,到了那儿又得销售出去。如果不这样,它就变质,就腐烂了。露露,这是一个男人对一位女士的谈话。影片公司的许多高层管理人员都对你不满。你能猜到我曾为你辩解过多少次吗?'该管管露露了,'他们对我说,'露露太难管了。她虽然也有长处,却更令人头疼。'老天在上,我这话可是千真万确,露露,你已经到处树敌了,单这一家影片公司里就有上百的对头了。要是你还不好好合作,他们便会一致行动抽你筋剥你皮呢。"他的声音越说越响。"你的处境的确是这样,"他的语气又平静了,"我不想给你泼冷水,露露,可今年你的比姆勒排名总得有所上升。否则的话,你就只有一条路了。"他朝地上指了指,"那便是一蹶不振。你会潦倒落魄下去，你年龄渐老，容颜衰退，工作难找，再不会有电影公司争抢你。知道电影公司意味着什么吗？那就像一艘战舰。你看看艾特尔，你会因自惭形秽而更名换姓。最终你只得去舞厅做个伴舞女郎，那种不入流的下女。我要是走到这一步，简直会拿刀往脖子上一抹。"

"我真感到吃惊，你竟不惜自降身份来恫吓我。"露露答道。

"你瞒不了我，"泰皮斯说，"你已经吓呆了。因为你清楚，对那些让我下不了台的人，我会怎么看待。"他走上前去，双手按着她的肩膀。"露露，听我说，你甚至不必马上回答，这是我迄今对你的唯一请求。你会拒绝赫尔曼·泰皮斯吗？仔细考虑一下，好好斟酌你的回话。"

露露又一下子哭起来。"啊，泰皮斯先生，我是爱你的。"她哭叫着。

"那就为我做点儿事。"

"我可以为你做任何事。"

"你愿意嫁给特迪·波普吗？"

"我甚至会嫁给特迪·波普。在你这样解释之后，我是想嫁给特迪，泰皮斯先生。"

"我不想勉强你这样做。"

"我本可马上就嫁给特迪，"露露抽噎着说，"可现在不行了。"

"你当然行，"泰皮斯说，"为什么不行？"

"因为今天早上我和托尼·坦纳已经结婚了。"

"泰皮斯先生，请别生气。"

"你在说谎。"

"我没有说谎，我们是秘密结婚。"

"天哪，你怎么可以对我干这种事？"泰皮斯怒吼起来。

303

"这事并不那么可怕，泰皮斯先生。"露露用手帕掩着脸说道。

"你违背了诺言。你在折磨我。你对我说过，你若想嫁人，会告诉我的。"

"那是指嫁瑟吉厄斯。"

"我真想啐你一口，活着真不如死了好。"

"要不要给你倒杯水，泰皮斯先生？"

"不要。"他往掌心里狠狠击了一拳，"我将宣布这婚姻无效。"

"你不能那么办，托尼会告你的。"

"他当然会，他有自己的律师了。"泰皮斯居高临下紧盯着她。"你也会告我吗？"

"泰皮斯先生，你一向说，妻子的本分，便是忠于丈夫。"

"我简直想撕下我这条舌头。露露，你是存心想气死我，才这样结婚。"

"赫尔曼·泰皮斯，我会终身好好报答你，来证明你这话不合事实。"

"我都要气出病来了。"

"原谅我，赫尔曼·泰皮斯。"

"我要让你吃足苦头。"

"赫尔曼·泰皮斯，惩罚我吧，但别去伤害托尼。"

"别伤害托尼！你让我感到恶心。露露，你只顾自己，根本不会为任何人着想。你马上去死吧，我甚至连你的坟墓也不会瞧上一眼。"他举起双臂，向她走近。

露露正想逃出办公室。"回来，"泰皮斯命令道，"别这副样子离开这儿。"

"我崇拜你，赫尔曼·泰皮斯。"

"你折了我的寿。"

"赫尔曼·泰皮斯,你干什么我都不介意,我将永远说,'上帝保佑你。'"

他嘴巴颤动着,伸手指着门口。

"赫尔曼·泰皮斯,请听我说。"

"滚出去,你这个臭婊子。"

她走之后,泰皮斯开始全身发抖。他站在屋子中间,身子明显地直打哆嗦。"血管没爆裂,这还真是奇迹。"他大声说,听到自己的说话声,他稍稍镇定下来,随即走到内线电话前,按下对讲机,嘶哑着喉咙说:"叫科利马上过来。"

几分钟后芒辛便在他办公室里了。"婚礼钟声什么时候敲响?"芒辛刚进门来便急忙问道。

"科利,你真是蠢货,"泰皮斯冲着他大骂,"你是天字第一号大笨蛋。"

"赫尔曼·泰皮斯!发生什么事了?"

"露露今天上午与托尼·坦纳结婚了。"

"哟,天哪。"科利叫道。

"那个特迪·波普,丢人现眼的同性恋家伙,我恨不得把他扭成麻花。"

"我敢说你会那么干的,赫尔曼·泰皮斯。"

"你给我闭嘴。这事都是你出的好主意,我再也不管了。"

"你说得对,赫尔曼·泰皮斯。"

"你难道连发生在鼻子底下的事都不知道?露露对我说的已是既成事实,我恨不得宰了她。"

"那臭女人是该死。"

"我感到恶心。像托尼·坦纳那么个一钱不值的喜剧演员,一个粗俗的家伙。我最讨厌粗俗家伙。这世上难道没有高雅的人物了吗？"

"你就是位高雅人物，赫尔曼·泰皮斯。"科利说。

"你给我闭嘴。"泰皮斯像只肋下受伤的野兽，满屋子转着，随后瘫坐在椅子里。"我造就了你，科利，"他口气严峻地说，"我也能毁掉你。一想到当初认识你时，你是那么个一文不名的商务经理，微不足道的无名小卒，一无所成的可悲家伙，我就悻悻不已。"

"情况不至于那么糟吧，我想。"

"别跟我唱反调。我将独生女儿嫁给你，我让你当了主管助理，我允许你独立拍片。我了解你，科利，我知道你的花招，有朝一日你会掐断我的脖子。但你不会得逞，因为我会先发制人，把你搞掉。你听到没有？有什么想法？"

科利平静地站着，甚至显得很温和。"赫尔曼·泰皮斯，坦率地说，"他说，"托尼的事是我的过错，我承认。"

"你最好自己承认。我真不明白你近来是怎么回事，这些天你什么事也没办成。那个空军小伙子。每次想起因为你成事不足败事有余，我们没法拍那部电影，我就非常懊丧。"

"赫尔曼·泰皮斯，我的一切都是向你学的，"科利说，"我并不担心。我知道你能将失败转化为巨大成功。我甚至还记得你说过，失败的作用便是可让人想出办法。"科利伸出双臂。"赫尔曼·泰皮斯，在我看来，托尼比起特迪来，能够为你干更多的事。我这看法其实来源于你。干很多工作，是的，但有件事我是从你这儿得知的，赫尔曼·泰皮斯，那便是特迪已经完了。总有一天你会从报纸上读到，他因盯着某位警察缉捕队员乞讨而被投入监狱。"

"你这种想象实在令人作呕。"泰皮斯嘶哑着嗓子说。

"我这人其实注重实际。你也一样，赫尔曼·泰皮斯，我知道这城里随便哪家电影厂和托尼打交道都赚不了。但你是个例外。"

"我很反胃。"

"你为托尼设想的宣传活动，我有点数了，要是我说得对，就告诉我吧。"他稍停了一下，"不行，这个主意不好，不大会起作用，很难奏效。"

"你先说说看，然后我再告诉你。"泰皮斯说。

"嗯，喏，当然，这是我信口胡说，但我想，你是不是在考虑让露露先别声张这件事，直到她的影片拍完；然后，我们可以正式宣布。也许甚至可为他们举行盛大的婚礼。这样把托尼捧起来，会给我们极大的成功机会。托尼·坦纳，"芒辛说，"这小子从特迪·波普那么个大牌情人手中将露露夺过去，赢得了她的芳心。人们会说：'你又成功了，赫尔曼·泰皮斯。'而他们这话算说对了。"

泰皮斯一时没有回答。"别尽说好听话，"他说，"我太懊恼了。你可知道我胃里多不舒服？"

芒辛点燃香烟，默默抽了一会。"医生对我说过，你应当松弛神经，别太紧张。"他说。

"你是我女婿，你又是个拉皮条老手。"泰皮斯突然说道。他随即伸手到桌子下，将录音机关上了。"你有没有听说查利·艾特尔对我说过的话？他说：'泰皮斯先生，我们都各有怪癖。'我不喜欢这种腔调。卡莱尔，外面有些流言。"

"赫尔曼·泰皮斯，请相信我。这不是你干或不干什么的问题，不管怎么样，人们仍然会议论你。"

"没有什么可议论的。"

"对。"

"我已有十年没和女人上床了。"

"确实是这样，赫尔曼·泰皮斯。"

泰皮斯抬头望着天花板。"你想到的女孩是什么样儿?"

"一位挺可爱的小妞,赫尔曼·泰皮斯。"

"我估计你将她列入发薪名单了。"

"不瞒你说,我是这样做了。有位朋友在沙漠道尔介绍我们认识。老板,请相信我,这样做比较有利。那小妞不会说出去的,因为,谁知道呢,或许她在这儿有份长期工作嘛。她是个仓库管理员,一个逗人喜爱的小妞。"

"你总是那么说,科利。"

"我和她谈过。她会紧紧闭上双唇,就像处女保护她的童贞一样。"

"你这家伙,没几句干净话。"

"她真的让人放心。"

"要不是为了洛蒂,我就会解雇你。"

"像你这样的天才需要散散心,"科利说,"人生有福不享,赫尔曼·泰皮斯,是没有道理的。"

泰皮斯轻轻拍着两只手。"好吧,你让她来一下。"

"不用五分钟我就把她送到。"

"你快滚开,科利。你认为谁能打破社会的法则?那些法则的存在总归有其理由。每次你送一名女孩来,我甚至都不想再见到她。我不想与她上床。"

"谁也没法适应你,赫尔曼·泰皮斯。"科利说着走出门去。

转眼工夫,一位二十来岁的女子不声不响地从另一道门进了泰皮斯的办公室。她穿着一件定做的灰色女服,脚上是双后跟很高的皮鞋,头发刚染成蜜黄色,束在一只发网里。她用口红涂抹出肥大弓形的嘴唇,以掩饰原本薄薄的嘴唇。

"坐下吧,宝贝,就坐这儿。"泰皮斯指着长沙发上他身边的位置说。

"噢,谢谢,泰皮斯先生。"女孩说。

"你可以叫我赫尔曼。"

"哟,那不行。"

"我喜欢你,你很漂亮,又显得高雅。就告诉我你的名字,因为我记不住姓。"

"我叫博比,泰皮斯先生。"

他慈父般地伸手搭在她身上。"科利对我说,你在这儿工作。"

"我是演员,泰皮斯先生。我是名出色的演员。"

"亲爱的,出色的女演员多得很,这只能令人羞愧。"

"哎呀,我真的十分出色,泰皮斯先生。"博比说。

"那你会有机会的。我们电影厂会给真正有才华的演员提供机会。天才都还稚嫩,大有发展前途。"

"听您这么说,我很高兴,泰皮斯先生。"

"你结婚了吗?有丈夫孩子?"

"我离婚了。婚姻没法维持。有两个小女孩。"

"那很好,"泰皮斯说,"你得为她们的未来着想,我希望你努力培养她们上大学。"

"泰皮斯先生,她们还仅仅是婴儿。"

"你得始终有所计划。我这辈子一直给慈善事业捐助。"泰皮斯点了点头。"我希望你能长期在这儿工作,亲爱的。你到这儿多久了?"

"才两三个星期。"

"演员得有耐心,这是我的座右铭。我喜欢你。你有些困难。你是个很有人情味的女子。"

"谢谢您,先生。"

"亲爱的,过来,坐在我的腿上。"

博比坐上了他的大腿,一时间两人都没有说话。

"你听我说,"泰皮斯的嗓音又细弱又嘶哑,"科利对你说了些什么?"

"他说我应该听从您的吩咐,泰皮斯先生。"

"你不会多嘴多舌吧?"

"不会的,泰皮斯先生。"

"你是个好女孩。要知道,现在你没法相信别人。随便什么人,稍稍知道点事,就到处说。我没法相信你,你会告诉别人的。世界上已没有什么人可信任了。"

"泰皮斯先生,您可以相信我。"

"违背了我可没有好结果。"

"噢,我决不会违背像您这么了不起的大人物的。坐您腿上我是不是太重了,泰皮斯先生?"

"你恰到好处,亲爱的。"泰皮斯的呼吸沉重起来了。"科利说起你应听从我的吩咐,"他问道,"你是怎么回答他的?"

"我说我会的,泰皮斯先生。"

"真是个聪明人。"

她怯生生地伸手去抚摸他的头发,就在此时,赫尔曼·泰皮斯两腿突然分开,博比一屁股跌在了地板上。一看到她脸上那副吃惊的表情,他大笑起来。"别害怕,亲爱的,"他说,一边低头看着那张吓呆了的女人的嘴,和他见惯了的女人微笑的双唇一样,那张嘴正准备着随时为权势效劳。他咳嗽一声,喃喃说道:"是个好小妞,是个好小妞,是个好小妞。"他的声音温和而轻柔。"你是位小天使,亲爱的,我喜欢你,你是我心爱的宝贝,哦,你正是我想要的。"泰皮斯温情地诉说着。

不出两分钟，他便和蔼地把博比送到门口。"我要你来的话，会打电话给你的，我的心肝。"他说。

办公室里就他独自一人了，他点起一支雪茄，按了按对讲机。"《心灵之歌》讨论会什么时候开？"他问。

"半小时之后，先生。"

"告诉内文斯，讨论会之前我要看他的样片，我马上下来。"

"是，先生。"

泰皮斯掐灭了雪茄。"人的心里有个恶魔。"他对着空空的房间大声说。可他又像个刻薄的老太婆，对自己轻轻说着，几乎要流下泪来："他们应当享受，他们应当享受到手的一切。"

第五部

## 第二十一章

在沙漠道尔逗留的余下日子里,我退掉已住了好几个月的房子,在当地为数不多的廉价居住区找了个按星期付租的带家具房间,然后找了份工作。就像存心要让科利·芒辛成为预言家似的,我找的活儿正是洗碟子。那是家豪华的饭店,以前我和露露不知在那儿吃过多少次。他们付的工钱是每星期五十五美元,这是笔很可观的收入。

我也可以干别的工作。正如芒辛说起过的,我可以做个路旁餐馆侍者,或做个停车场管理员,或者在这家那家旅馆里干点活儿,但我选择了洗碟子。八小时的上班,置身于蒸汽、油脂和高温之中,十指为刚出机器的滚烫盘碟所烤灼,眼睛因汗水浸淫而发红,对我来说犹如穷人享受土耳其蒸汽浴。一天的活儿干完后,我会在一家杂货店匆匆吃上点东西。那间店要价虽贵些,却是我能找到的最廉价的店了。我之所以在那儿打发晚餐,是因为比起在当地的廉价小饭馆里吃饭,可显得不失身份一些。我打工的大饭店不给雇工提供膳食,除非是某个友好的女招待尽可能给我帮助——芒辛最后一点预言也说中了——她会偷偷塞给我一份凯撒什锦色拉[①]或一份木莓酱桃子冰淇淋,我就置身于机器的阴影里,用浸泡得发皱的双手捧着吃,毫不影响洗碟机冲洗盘碟的节奏。而与此同时,洗碟机发出犹如念悼词的声音——那最简单不过的讲课声——在我心头不断激起怒火:外面的那些蠢猪们,那些富有的蠢猪们,吃饭非得用那么多盘子吗？

　　在机器的另一端，是个头发灰白、肩膀瘦削的五十多岁的洗碟工，他不断递给我周边残留肉卤的陶盘和沾有蛋屑的叉子。此人沉默寡言，我们共事好几个星期了，他说的话还不足一百个字。他干活的目的是为了喝酒，而喝酒又是为着送命，可像所有的酒鬼一样，他偏混熬得起，好歹活着。他酒醉后的不适，就像晨间所洗的衣服，晾在厨房日光灯的苍白光线之下。于是他上班的前四个小时里会频频呕吐，而后四个小时里又不断啃嚼残渣剩菜，这儿挑一片里脊，那儿拣一根刀豆，就像筵席过后麻雀准确地啄食金谷一样。但比起嗜酒，饥饿就算不上什么了，因此他会急切地等待着晚上痛饮一番剩酒。看他双手抓取食物不停地塞进嘴里，而将剩余的东西扫入工作台下的泔水桶中，我渐而妒忌起他来。在沙漠道尔我还从未如此妒忌过哪个人呢。他的活儿比我的轻松。我并不是因食物而妒忌他，我之所以忌恨是因为他所在的机器那一头温度比我这头低十度。在他揩干盘碟并将它们叠放进蒸箱时，那些盘碟都是凉的，而在我这一头，那些蒸箱在滚沸的水中嘶嘶作响，半死的龙虾做着最后的挣扎想爬出大锅。我再次体验到干最下等活儿所激起的恼怒。干这样的活儿时，想拥有一辆凯迪拉克车的念头肯定离你十分遥远，正如一位步兵不会去想，他如何能荣获一枚将军的星章。但恼人的是，在无数干着最下等活儿的人中，你近旁的这位干的活比你舒服轻松，比如说，始终做卫生值日，于是就可享受早上不必出操的好处。

　　我又孤身一人，并找回了那种到家的感觉。或者不妨说我从

---

① 凯撒什锦色拉：一种用莴苣、大蒜、煮蛋等拌制并用橄榄油、柠檬汁等调味的色拉。

未离过家。下班之后，在那家杂货店吃过晚饭，我便回到租住的房间，洗上个澡——对穷人来说，这是多么奢侈的享受——因为全身长满了痱子，我会搽些爽身粉，赤条条地躺在床上读报，直到沉沉入睡。我就这样过了三四个星期，每晚心中都做着无谓的打算。我会花上一小时重温收支状况，随便哪个晚上都会得出这样的结论：每周的开销最低可压缩到三十四美元，那意味着从我的工钱里扣除一切开支后，我每月最多只能节余五十美元。因此，一年只能省下六百美元，在省吃俭用六年零八个月后，我才能挣回那次和露露一起去赌了十二天所输掉的钱。这个想法令我沮丧不已，使我像个回忆伤心往事的圣徒，盘算着第二天的活儿是何等辛苦。

这便是我的全部活动。那三千美元积蓄差不多没动。我倒不是非打工不可，但既然露露已离我而去，我别无选择，只有坐下来开始学习创作，以便当一名作家。我感受到这份抱负所带来的忧虑。我做好了飞往任何地方的思想准备，如有必要，就去赤道，但人们随时都能找到赤道，而我也没有必要离开沙漠道尔一步。等待着我的是那家高档饭店厨房后面的锅炉和泔水桶，我像隐居一般埋头在那儿干了一个星期，又一个星期，而后又五个星期，抑制着自己的精力，磨炼着自己的精神，以便让自己为那份我怀着宗教般敬畏之心看待的职业做好准备。而与此同时，罗曼司成了单身汉庭园里最有韧性的生长的花草，我始终摆脱不了那份甜蜜的遐想：有那么一天，露露会来到这家饭店，她会急匆匆赶来厨房，看到我系着洗碟工的围裙而大哭起来，她会比以往任何时候更爱我，于是你便会品味到最神奇精纯的魔法：你沉到底层只是为了获得动力以跃到上层。

但这故事不可能永远遐想下去，我的童话渐渐破灭在漫谈专栏里了。每天晚上我硬着头皮读电影之都传来的消息，以抵御痱子的疼痒。有关露露婚姻的报道很多，专栏作家们喜欢称之为"年度婚恋"。那些曾发表"为什么我梦想着特迪·波普和我——露露·梅厄丝撰"之类作者署名文章的影迷杂志，丝毫不觉得窘迫尴尬，却舍得为托尼和露露这只猪形大储罐提供大量篇幅。这故事因此类杂志滥用"吻"字而乏味得出奇。文中写道，每次托尼"吻"露露，或是露露"吻"托尼，那幸运者就会在他们的猪形大储罐中投下一枚硬币。"罐儿很快就填满了，"露露或是她的媒体经纪人这样说，"弄得托尼和我老是缺零钱。"

这一切是不是真的，或多大程度上是真的，我不得而知，因为我找了这份活儿后，就隐居一般再也不去拜访艾特尔、费伊、多萝西娅或我在这度假胜地认识的任何人。结果我竟相信起那些漫谈专栏。令人惊奇的是，这使得我不再相信什么神奇魔法了，我甚至想辞去工作开始创作。而最后，有一天晚上，我终于去看望了艾特尔。

我本以为一切仍是老样子，因为我没出什么事，也就想不到会有什么事落在别人头上。在我想起艾特尔和埃琳娜等人时，我顶多想象他们正在我打工的那家饭店的一张桌子上默默用餐，多萝西娅和佩利在开怀狂饮，马里恩则正在拉皮条。然而，这段日子里发生的事远远超出了我的想象。那个晚上我去拜访艾特尔的时候，他正着手收拾他的东西，准备离开沙漠道尔去电影之都。他和埃琳娜已经分手，他说，埃琳娜现在正和马里恩·费伊住在一起。

我们坐着喝了好几个小时，他把这件事的前前后后都对我说了，而我对听到的一切深感遗憾。他说得很详细，涉及自己或别人的地方都没有什么保留，我所听到的细节可以说与事实相差无几。他一开头便说，这全是他的过错。从多萝西娅的聚会一回来，他就明白对于克兰的提议，他必须拿定主意了。只有两种选择，他再不能拖延下去悬而不决了。他可以留在沙漠道尔，像一匹黑市良种骏马，羁系于芒辛的秘密马厩，或者他可回电影之都去。但和埃琳娜一起回去似乎没什么意义，她看来不配做一名从业人员的伴侣。他的思路沿着旧的轨道转着，根本没有作任何新的考虑。自艾特尔伏在埃琳娜怀中伤心流泪的那一夜之后，他就一直生活在怀疑之中，他始终怀疑自己对她的那份温情。

这一点是那天早上他拿起话筒，接贝达的电话时才意识到的。一听是贝达，他才想到自己一直在试图忘却那次在多萝西娅聚会上他和贝达的谈话。但现在要忘却几乎已不可能了。贝达的声音往他耳中直灌。"听着，老弟，这事就由你定吧。不用客气①，今晚你和埃琳娜能来吗？"

"另外还有谁？"艾特尔问。

"我刚才是说，不用客气。一谈到埃琳娜那般令人愉快，齐丽亚便十分讨厌。"

艾特尔激动起来了。"喂，我会给你回电话，"他说，"我想与埃琳娜好好谈一谈。"

她的反应让他感到吃惊。他原本以为她会拒绝邀请，没想到她会忸怩作态。"你认为这一去会发生些什么？"她咯咯笑着，随即稍作正经地加了一句，"我们聚在一起干什么呢？"

"不会叫你签非得干什么的协议的。"

"我感到可笑，查利。"

"我也觉得可笑。"他装作无所谓地耸了耸肩。"那就别去吧。"他嘴上这样说，心却收紧了：万一她同意不去，他得控制自己的失望。

埃琳娜只是一副若有所思的样子。"你觉得他的夫人很有魅力吗？"

---

① 原文为法语。

"噢,她当然很漂亮,"艾特尔说,"但很难说她对我的口味。"

"你真会扯谎。"埃琳娜显得很快活。"我觉得唐·贝达挺有魅力,"她说,这话令他很吃惊,"但当然不及他的夫人。"

"当然不及。"

"见你在生气,我只是提醒你而已。"她揶揄地说。

"我并没有生气。"他坚持说。

"要是你想去,我就去,"埃琳娜说,"但我总觉得未免有点荒唐。"

他和贝达通了电话。这天他发现自己的心情出奇地亢奋。一桩往事浮上了心头。在他十三四岁的时候,他平生第一次与某个女孩亲吻,在道别之前,他请求那女孩允许他第二天晚上再见一面。第二天,他激动不安地在街上晃荡了一整天,觉得生活本身像是摆满珍馐佳肴的筵席展现在他面前。他激动而又慌乱地等待着傍晚的到来。

此时此刻,他又感到了当年的那股激情。他觉得自己又变得年轻了。白天就这么过去,唯一令人不快的是埃琳娜始终沉默。多么扫兴的女人,他心中恼怒地想着。果然令人扫兴,就在他们即将上车的时候,埃琳娜转身向着他,像位夫人似的一只手搭在他臂上,开口说道:"查利,或许这样做是个错误。"

"都什么时候了,还改变主意?"他咕哝道。

"你很想去,是不是?"

"就给他们挂个电话吧,去不去我无所谓。"

她脸上很不高兴。"我可不是故作正经,"她说,"只不过,要是没有事先策划的感觉,那就好得多,我的意思是,要是一切能自然而然发生的话。"

"你对我说起,你过去常干这种事,以便让你的心理分析医生觉得你很有意思。还有什么比那更让人觉得有策划的意味？"

"那时候我还不懂事，"埃琳娜说，"再说我真的并不喜欢那样做，真的不喜欢。现在只有和你在一起，我才能干这样的事。"她温柔地吻了一下他的脸颊。"查利，我要你许诺，今晚的事不会在你我之间留下隔阂。"

"我们甚至还不知道晚上会发生些什么事呢。"说完这话，他猛踩一脚发动了汽车，他们便出发了。

那晚在贝达家，有一阵子看来不会发生什么事。一连几个小时他们只是坐着喝酒，没别的事可干，那气氛并不愉快。齐丽亚郁郁寡欢。她用长长的烟嘴抽烟，不时往空中喷云吐雾，对于艾特尔和贝达的某些俏皮话，只是淡淡地报以一笑。

然而，一旦埃琳娜渐有醉意，她便变得快活起来。贝达不停地称赞她。听了这些恭维她对自己更自信了，还偶尔插上几句。这些话在艾特尔听来，也不能不说相当逗乐迷人。她晶莹的双眼闪闪发亮，潮润的嘴唇微微张开，在深色衣裙反衬下她的肌肤稍稍泛红。艾特尔不时说上一句，竭力想吸引齐丽亚的目光。齐丽亚似乎对他毫不在意，其实除埃琳娜之外，她对谁都满不在乎。她很少开口，偶尔插上一句，那声音清楚而刻板："你的举止很像我的一位可爱的表妹，埃琳娜。"

"是吗？"埃琳娜谨慎地问。

"是的，"齐丽亚带着一副厌烦而又傲慢的神色说，"我表妹举止极其优雅。"

"哦，可我的举止极其不雅。"埃琳娜以一种滑稽得出奇的英国口音答道。

四个人齐声爆出晚上的第一阵大笑，艾特尔觉得她真是无比可爱。

在这以后,气氛就不一样了。贝达开始和齐丽亚跳起舞来,随后又与埃琳娜跳。舞罢他分递起大麻烟来。"上等的墨西哥大麻烟。"他扬着手得意地说。只有艾特尔谢绝了。又跳过一轮后,贝达大声说,"谢天谢地,大家兴致都挺高。"于是,热身阶段便告一段落。

这一整个晚上艾特尔总有种戴绿帽子的感觉,而他对此又无能为力——他心中十分恐慌。一会儿之后,三个人离他渐远,他便不再跳舞,而独自坐在了一把椅子上,抽着香烟,呷着酒,努力让自己的心平静下来。时间一分一秒似乎过得很慢。

终于盼到了尽头。埃琳娜见他独自坐着,便晃悠悠地走过来问:"你想回家吗?"

"不,除非你也想走。"

"好吧,我现在是想走了。"

他们在门口与贝达夫妇道别,就好像打了一晚上的桥牌似的。但就在开车之际艾特尔听到栅栏后传来了笑声,栅栏里是贝达的庭院。

一路开车时他默不作声。当埃琳娜怯生生地将手搁在他腿上时,他一动也不动,既不向她靠近一点,也不挪开。上床之后依然如此。他仰卧着,双眼只盯着天花板,以致最后他觉得似乎能在黑暗中视物了。埃琳娜辗转反侧,十分不安,叹息了几声。他能感觉到她犹犹豫豫想开口,在斟酌想说的话,却仍归于缄默。她用手触摸着他的手指,用力捏他的掌心,可他全身紧绷着,纹丝不动。

"别碰我。"黑暗中他对她说。

"查利……"她开口了。

"我正想睡。"

"你是想离开我。"她谨慎而又婉转地说。

"我以前不知道你竟是这么个放荡下贱的母狗。"他听到自己这么喃喃地说。

"查利，我爱你。"她说。

"爱我？你什么都爱，"他说，"大猩猩、鬣狗、四眼马。"他的话才开头。"你爱我，"他重复道，"是的，你当然爱，你对任何下贱的狗杂种都会叫个不停。"他全身都在颤动。

"查利，这不一样，"她轻声说道，"我并不爱他们。那是我干的荒唐蠢事。"她哭起来了。"查利，别诋毁我，"她说，"我爱你。我是唯一爱你的人。"

"爱，埃琳娜？"他说，"爱只是一阵很响的噪音。"

有一种念头使他忍受不了，那便是，她并不一心一意爱他，十分专注而对别的一切都不感兴趣。

"哦，你真狠心。"她说。

"狠心？"他叫起来，"哼，我可是一直在向你学习。"

"算了吧，查利。"埃琳娜说。她坐了起来，脸上透出真切的智慧和对他的恼恨，直到在他眼中她又显得漂亮，并很有点令人畏惧。"喂，你听我说，"她说，"今天晚上的事情全都是你安排的，可你却骂我是猪。要是今晚成全了你的好事，你就会重新爱我了，你就会对我说我是多么妙不可言了。"

他感到厌烦，感到困乏——不可能要求一个落败的男人具有胜利者的道德勇气。因此，艾特尔朝着埃琳娜，用他最纯正的口音说道，"那你就非得崇拜愚蠢，把它当作你的守护神吗？"

她随即哭了起来。他能听见她在竭力抑制自己的伤心。她从不大声哭泣，因此黑暗中她发出的每丝细微的声音，在他耳中听来都格外响。他听见她悄悄下床，摸索着去了浴室，开了浴室的灯，在她关门之前，他觉得那灯光犹如鞭子在抽打他的双眼。于是他独自一人了,他只感到恼怒,感到一阵冷冷的敌意。他知道埃琳娜在哭泣,知道她冰凉的双脚正踩在浴室的石头地面上。艾特尔竭力不去想她,但此时他自己的双脚却冰凉了,他因冒出一身冷汗而浑身战栗。"我再也不想碰她一下了。"他暗暗发誓,但甚至在这样发誓的时候,他明白他不能让她独自在浴室里对着坚硬的镜子、瓷砖和铬铁龙头哭泣。"这确实是我的错。"他想,于是他起了床,走近她身边去。她在他的怀抱中颤抖,全身冷得像冰似的。足足好几分钟他抚慰着她,努力让她停止哭泣,此时他的恼怒全融在一片柔情中了,他觉得自己必须表现出这番柔情,他只能说:"这没有什么,宝贝,这没有什么。"

她几乎不知道他已来到身边。"啊,查利,你一定得原谅我。"她终于又哭了,"我一直以为你再也不会搭理我了,可你看,原本没什么事,根本就没有什么事,而我却开始想……我是说,想没有你我该怎么办。啊,查利,原谅我。我发誓我会弥补过失,我会一辈子报答你。"她絮絮叨叨地说个不停。再这样说下去她便会歇斯底里了。然而,就好像事情很重要,有些话非说不可,而不能陷入歇斯底里一样,他能感到她像个伤心欲绝的孩子,紧紧地抱着他。"要知道,"她抽噎着,"晚上我那样子,因为,哦,查利……他们喜欢我,我成了关注的中心。"

于是他便抱住她,把她带回了卧室。她困极了,便在他的怀中睡着了,而他还不停地对她轻声说着"这没有什么,宝贝,你听见么,这没有什么",甚至在她入睡之后,他还在黑暗中轻语;而与此同时,她刚说过的那句"我成了关注的中心……我成了……"也一直在他耳边回响,并深深印入他的睡眠,他的梦境。他几乎感到幸福。他明白了自己是多么珍惜她。然而,他的良心——那位严厉的督察——却知道,他已剥夺了埃琳娜一次极可贵的机会,因为在她对他的个性最具洞察力之时，他却骂她是蠢货。因此可以说，如果说此时他拥着她犹如抱着个淘气后得到宽恕的孩子，那么他入睡之时其实是怀着深深歉疚的。

第二天整整一天他感到全身十分虚弱，仿佛被人用椅子横档痛打了一顿似的。只有在争吵或感情危机之后，他才会以自己愿意的方式感受到对埃琳娜的爱。然而激情过去后他自己都会觉得惊奇。记忆就这般轻而易举地被抹去了？

艾特尔很快明白了。一切都好好的，可一旦他们想重新做爱，情况就不同了。这时候埃琳娜心不在焉，他状态也好不了多少。他恨她。这时候要他不去想她如何委身于别人是根本不可能的。不管她脸上是什么表情，在他眼里都扭曲变形了，还影响到过去，使他看到了除贝达之外她的那一大帮情人，她或许正是以这样的姿态去委身于他们的。于是艾特尔便失去了那份骄傲。过去他总觉得是他给了她一切，他毕竟还有点用，可现在，艾特尔被剥夺了一切，他从未感到自己是如此微不足道。

埃琳娜当然也感觉到了这些。她显得紧张，别扭，又竭力想兴奋起来，这让他感到厌恶。在他们试图做爱之时，他只听得脑中回响着"爱，爱是阵很响的噪声"。他感到这声音像一片毒雾从他眼前弥漫开去、这毒雾将骨头蚀成橡皮，将烈酒化为胶水，因此他不仅讨厌她，讨厌自己，甚至讨厌起一切来。他感到最为可憎的是，他们相互间居然还十分温柔，还谅解对方，而他并不爱她，她也不爱他，谁也不曾爱过别人。他就想着这些，后来又躺在她身旁，甚至还熟练灵巧地爱抚着她，这样做不过是为了别惹她发火而已。每天晚上，或者说一个星期中几乎每个晚上，埃琳娜会鼓动他爱她，然后便直挺挺躺着，但他明白她此时正在想着他在恼怒中所说的话。他甚至会对自己说，自他们认识以来，她已变了不少。在他们

325

最初同居的几个星期里，像现在这样的冷淡，她一天也受不了，而今她居然一个星期也熬过来了。

在这期间，艾特尔完成了他的电影剧本。写这最后一稿时，他一直怕写弗雷迪回到神学院，整个故事在天使的歌声中结束的那一幕。艾特尔并没有写出独创作品的那种得意劲。他心中非常清楚，这最后一稿很巧妙，它的专业表现手法相当杰出，但也存在问题：它以自己的方式表现得太圆满了，以致故事的结尾显得过于矫揉造作。这既然是商业营利性剧本，就需要那种虚假的真诚，他想不出自己对此能够做什么改进。但最后一幕却十分完美，这真是个奇迹。他能将自己根本不相信的事写得如此出色，他对此十分得意，并感到充满了力量。

艾特尔觉得，这个剧本太出色了，如按原先商定的条件提供给芒辛，未免太可惜，而要改变合同，现在正是时候。艾特尔坐在书桌前，为科利的利润而干活时，他脑中不时想起克兰，就像个推销商带着样品上门似的，他对自己说出种种理由：对一个十年来于政治已十分淡漠的人来说，这么固执实在是白白浪费时间和精力。他讨厌供出别人，可那些人却在诋毁他。最近几个月里，要是说他别的没什么长进，那他至少明白了自己算不上什么艺术家，但倘若没有自己的生意，又算得个什么商人呢？这种种理由一齐来叩门，它们脱帽致意，进来留下样品，说了一声以后再来，便纷纷离去。

艾特尔给克兰写了一封措辞谨慎的信，说他不久就可做好准备。而当芒辛按常规又给他来电话时，艾特尔答复说，还得好几个星期才能完成剧本。

"干吗这么慢啊？"芒辛问。

"别担心，凭这个剧本你会大赚一把的。"艾特尔从容地说。他随即离开埃琳娜，到电影之都去了一天，和他的律师商谈，又拜访了他的商务经理。

事情了结得比他原先设想的容易。有天上午，埃琳娜如她早就说过的那样去剪了头发，可结果却很糟。在他冷眼看来，她就像只剪光了毛的兔子。他会不时地瞅着她，觉得她简直就是今天才雇请的勤杂工。当他默默坐着遐想并看着她干活时，他会注意到一旦他的目光落在她身上，她便显得相当绝望。她正拿着扫帚扫地，却心不在焉。他甚至见她将尘土从某个角落扫到另一角落，又扫回来，来回扫了三次。头一天晚上艾特尔曾接到克兰的一份电报，两个星期后委员会将举行听证会，克兰很高兴他将予以合作。当埃琳娜问起电报是什么内容时，艾特尔告诉了她。

"我想这意味着你又可以拍电影了。"她说。

"我想是的。"

"嗯……"她想不出什么话来说，因为她想问的问题只有一个，而她又不敢问。

"你什么时候动身？"过了一会儿她问道，等着他说出和她一起走的话来。对她来说这话至关重要，可他做这个决定很痛苦。

"大约两个星期吧，我想。"他答道，此后他们再没提起这事。

她扫过地后，便坐到餐桌边，泰然凝视着落地窗外的丝兰树，那样子颇像个农民，她的父母必定也曾这么呆呆地透过他们那间糖果店的脏玻璃窗往外凝视。他走到她的身后，手搭在她肩上，说："要知道，我真的很喜欢你的头发剪成这样子。"

"你讨厌这样。"她说。

"不，我不会那么说。"

眼泪不由自主夺眶而出，她为此甚为恼火。她一定发过誓绝不哭泣。他从她身边走开，到了餐桌对面，看着埃琳娜手指上损坏了的指甲。在这确确实实的距离外，他有了种既舒心又伤心的感觉。

327

要是说日后他会为自己如此薄情而羞愧,那么此刻这份感觉却在鼓励他,使他觉得自己今天就可以了结他们的关系。

"埃琳娜,"他说,"我有点事要和你谈。"

"你想让我离开,"她说,"行,我会走的。"

"确切地说,不是这意思……"他开始说起来。

"你厌倦了,"她说,"那行,你就厌倦吧。也许我也厌倦了。"

"不,且等……"

"我早知道会有这一天的。"埃琳娜说。

"是我的错,"艾特尔很快说道,"我配不上别人。"

"谁在乎这是谁的错啦?你……你真是太可恶了。"她说着说着便哭起来。

"嗨,听着,小淘气。"他说,一边想揽住她的肩膀。

她甩开了他的手。"我恨你。"

"我不怪你。"艾特尔说。

"你太会说话了。我真的恨你。你……你这个臭家伙。"埃琳娜粗鲁而绝望地说,艾特尔则朝她皱起了眉头。

"你说得对,"他说,"我是个臭家伙。"

她用手指轻轻敲着桌子,那节奏单调又惹人烦恼。"我这就离开这儿,"她说,"我马上去收拾我的东西。谢谢你让我度过一段美好的时光。"她那嘲讽的才能多么惹人怜悯,他这样想。

"为什么不是我走呢?"他问,"你可以在这儿住一阵。这也是你的地方。"

"这不是我的地方,从来就不是。"

"埃琳娜,别那样说嘛。"

"哼,你闭嘴吧,"她说,"这不是我的地方。"她又哭了起来。

"埃琳娜,我们仍可以结婚。"他说,这话一出口,他感觉并不像原先所想的那么虚情假意。

她没作回答，只是匆匆走了出去。很快他便听见她在砰砰地拉开又关上抽屉，不难想象她怎样将东西从一个包塞进另一个包，她竭力想忍住眼泪，于是就无法抑制地抽泣。最后他不再想这事，只是静静等着她离去。

但事情不像他预料的那么容易。他不喜欢听她在卧室里哭泣，那哭声扰乱了他平静的心境，向他提出了一个问题。她以后干什么呢？他全身心都绷紧了，似乎在坚持着支撑起某个重物，支撑了五分钟，再五分钟，又五分钟。至关重要的是不能软下来。每一次该结束的风流事，就因为收拾行装太花时间而拖延。他甚至想去外面散步，但他不能那样做。他只能叫一辆出租车来，看着她上车，为她关上车门，并向她挥手告别，脸上始终挂着难过而窘迫的笑，那是一个知道自己事情干得不漂亮却很想干得好些的男人才会有的笑容。他忽然想到，此时此刻在她看来，他就像科利·芒辛在沙漠道尔离开她时的那个样子。艾特尔心中一阵酸楚。埃琳娜不该受到如此无情的对待。

他听见她在打电话叫出租车，听到她在报地址时声音结结巴巴，听到她将话筒搁回叉簧上的声音。随后，只听得她啪的一声合上了一只手提箱，又合上了另一只。她一生中积蓄起来的所有东西，可以塞在区区的两个手提箱之中。

她从卧室出来的时候，他已打算让步了。她做任何表示都行，她本可以朝他走近一步，或只要显得无依无靠，他就不会不有所行动，甚至还可能答应带她去电影之都。

但她并没有作什么表示。她只是干巴巴而又尖刻地低声说："我想你对于我上哪儿去会感兴趣吧。"

"你去哪儿？"他问。

329

"去找马里恩。"

这使他又恼恨起来。"你认为真的该去那儿?"他说。

"你在乎吗?"

他有点怂然,为了促使他不让她走,她居然采用这种手段。"我想我不在乎,"他说,"我只是感到好奇。你什么时候做出这安排的?"他的喉咙都觉得疼了,似乎很快就将说不出话来。

"我昨天给他打过电话,然后再预约去剪发。你不喜欢这次的发型。这让你感到吃惊?你认为非得把我赶出门吗?行。"她清了清喉咙,"也许我会成为妓女。别担心,我并不是想尽量让你感到难过。不管怎么样,你总认为我是妓女,因此,你怎么会感到难过?"她的目光呆滞,这次他知道她不会大哭起来。"事实上你一直认为我是妓女,"埃琳娜说,"但你不知道我对你的看法。你以为离开了你我没法活,也许我知道得更清楚。"

外面传来出租车开上宅前车道的声音。艾特尔从椅子上站了起来,但埃琳娜已先拎起了小提箱。她像位女演员似的转过身,做了最后的道白。"至少这一次我拒绝接受别人的恩赐。"她说完便走出门去。艾特尔站着没动,直到出租车开走了,他才坐下来,开始等着她来电话。他认为她肯定会来电话。然而,一个小时过去了,整个下午过去了,又过了大半个夜晚,仍然没有电话。他坐在那儿喝着酒,疲倦得甚至没有力气从托盘里撬下一方冰块来。天渐渐黑了,他长叹一声,不知道自己是轻松自由了,还是比过去任何时候都更可怜可悲了。

## 第二十二章

艾特尔讲完这一切之后,我们仍然坐在起居室里,周围散落着十余只装了一半的纸箱和几件行李。"要我帮你收拾吗?"最后我问。

他摇摇头。"不用,我喜欢自己动手。这是最后的机会,我得独自待一会儿。"

我猜到了他的意思。"听证会的事,他们都为你准备好了?"

艾特尔耸耸肩。"可以这么说吧,很快你便可以从报纸上读到。"

"会读到些什么?"

他没有直接回答这个问题。"要知道,埃琳娜走后,"他说,"我留在这儿可真受不了。尤其是最初几天。那天早上我便驾车去了电影之都,去找我的律师。很多细节跟你说也没什么用,但我肯定和十来个人谈了话。令人惊奇的是,这事还挺复杂。"

"那么你将作秘密举证了?"

"不。"艾特尔点烟的时候,目光移开了。"他们不会让我这么轻易解脱。你知道,那些人都是老手。要是你承认打算作秘密举证,他们便知道你也会公开做证。他们会刨根究底,这你还不明白吗?"艾特尔不无忧虑地笑笑。"哦,我给了他们一点点麻烦。他们对我说听证会必须公开举行,我一听便离席而去,我找自己的律师,我怒气冲冲地又叫嚷又痛骂,但我一直很清楚,到头来还得说些他们需要的东西。"他小心地咽了一口酒。"要是我有什么事要回沙漠道尔……嗯，那样的话，对此我还不清楚，我不会找什么借口。事实是并没有什么事。我所能做的便是承认他们非常机灵。他们知道，每次要上一公顷，最后能获得个帝国。我们同意举行公开听证后，名字的事便接踵而来。"他微微一笑。"唉，那些名字。你根本想不到居然有那么多的名字。当然我从来就不属于那个政党，因此，显然我根本成不了那种不愧为包打听式的证人。但他们仍有办法来利用我。我和克兰的两位专事私下调查的探员有过几次谈话。他们看起来就像摆好留影姿势的全美最佳橄榄球队的后卫和阻截队员。他们对我的情况了如指掌，可我对他们却一无所知。我根本没想到十年的时间里一个人会在那么多文件上签名。他们想知道，是谁要我在一份请愿书上签名，反对亚拉巴马州盐矿剥削童工。就是这一类的事。一百份，二百份，四百份签名。这简直就像躺在诊疗台上，向心理分析医生供出自己童年时的往事。在那次鸡尾酒会上，我和那个危险的政治掮客才说上一两句——是个傻乎乎的作家，不瞒你说，那家伙总自以为是很有力量的自由派人士——他便塞给我一张纸让我签名。"艾特尔摸了摸他的秃顶，似乎想知道在整个调查过程中他掉了多少头发。"一时我感到有点困惑不解。他们要我指控某些人，而另一些，特别是我所认识的最佳影片公司和马格纳姆公司的几位电影明星，他们却毫无兴趣。但当我领悟了颠覆活动调查委员会和各影片公司之间有着怎样的默契时，调查便有所进展了。要知道，他们为我准备了一份五十人的名单。其中有七人我可以发誓我这辈子从未遇见过，但看来还是我错了。毕竟曾有过这么多的大型聚会，而我的这两位橄榄球队员对此却一清二楚。'你们两个某某晚上在某某聚会上曾在同一间屋子里。'他们会让我回想，到头来我便会供出在那种场合人们或许会说的涉及政治的话语。调查快结束时,他们态度显得友好了。其中一个还不厌其烦地说起他喜欢我的某部电影,我们甚至就某场拳击比赛打了赌。最后,我似乎觉得,我喜欢这两名探员,简直和我将供出其大名的某些人不相上下。就这方面来说,我那份名单上一半的人都是这副令人讨厌的德性。"艾特尔厌倦地一笑。"调查进行了两天。随后克兰回来了,我去见他。他很高兴,但似乎仍有许多事要我讲清。我坦白得还不够。"

"还不够?"我说。

"还有不少事要做。克兰叫来了我的律师,他们不厌其烦地对我说,在听证会后我得在报纸上发表个声明。克兰已代我拟了一份。当然我可以用不同的措辞,但他说,他早就推敲过了,给我看的这份也许是最妥帖的。后来我的律师提出了另一项建议。似乎大家都觉得,花钱在电影界的报纸上登个启事,表示我已作过听证并为此自豪,希望处境相同的人能一样履行他们的义务,这样做是通情达理的。你想看看将在下星期见报的我的声明吗?"

"很想一读。"我说。

我匆匆浏览了以下几行文字:

> 我不合时宜白白空耗一年,才认识到颠覆活动调查委员会所起的爱国且有益的作用。今天,我在不受任何胁迫的情况下做证,并因能为保卫国家不受渗透和颠覆而做出自己的贡献感到自豪。基于对我们共有的民主传统的坚定认识,我只想补充一句,向该委员会提供我们所知的一切,以帮助其开展工作,是每个公民的职责。

"这完全是意料中的事。"我说。

艾特尔已在想别的事情了。"你应该知道,"他说,"克兰是信守诺言的。我在他办公室里时,他给好几个电影公司的人打电话,为我说好话。我觉得这过程很令人惊奇。我太敏感了,根本没料到他会当着我的面打电话。"

"你的电影剧本写得怎么样?"我问。我感到有点头痛。

"这事有点可笑,瑟吉厄斯。你知道我什么时候开始感到问心有愧?是在想到惯于骗人的科利·芒辛的计划时。我觉得自己首先该去见他,我对科利说我打算将剧本作为我的作品出售。他甚至一点也不生气。我想他已预料到这一点。科利只是说他很高兴我能回来,他竭力劝说我和他一起工作。你知道吗,我觉得他真的很关心我,我因此很受感动。我们便协商订了一份新的合同。要是科利能说服泰皮斯让我导演该片,剧本收入便两人平分。明天我去之后,一切便会解决。我要做的只是核准我的启事的清样。"

"是的,但你的感觉会如何?"我已无法再听下去了,便突然问道。

刹那间,他脸上那种克制并带嘲讽的表情消失了,显出了脆弱而易受伤害的样子。

"我感觉如何?"艾特尔问,"噢,没什么特别的,瑟吉厄斯。要知道,只转眼工夫,我便想到他们已让我屈服了,要是我不想多服些安眠药,就得让自己逆来顺受,得过且过,不予抗争。于是我平生第一次产生了自己已彻头彻尾沦为妓女的感觉,但我承受着一番番拳打脚踢,一次次无端的好意,还心怀感激,因为我的命运本来可能比这糟得多。现在我只感到心力交瘁,一旦说出事情,我就会感觉好些,因为,瑟吉厄斯,请相信我,这是卑鄙勾当。"他点起一支烟,又从嘴边拿开了。"到头来你便只剩了那种自尊,只能对自己说你很令人讨厌。"他将烟放到嘴边吸了一口又拿开。"顺便说说，"他喃喃说着，脸上显出歉疚之色，"我一直在想，那次我劝你拒绝最佳影片公司提供的机会，是不是有点儿专横过分了。"

"我并不遗憾。"这话多少有点违心。

"你肯定吗？"他的手转动着玻璃杯，"瑟吉厄斯，我在考虑想邀请你做我的助手。"

我突然生起气来。"是他们叫你这么干吗？"我问，"他们还在想以我的生平拍电影？"

他感到了委屈。"你这说得过分了，瑟吉厄斯。"

"也许是的，"我说，"但要是今晚我不来看你呢？那样的话你会想到邀请我吗？"

"不会，"艾特尔说，"我得承认这是我刚刚想到的主意。但这一点没多大关系。你总不能一辈子擦刀叉洗碟子。"

一时间我又举棋不定起来。但我随即想到，如果做了艾特尔的助手，在电影厂里见到露露时她会怎样招呼我。于是我将他的提议归入记忆的存档中，那儿尽是些我们不予考虑的事，我对他说"忘了这件事吧"，并看了看手表。

在我起身告辞之时，我冒昧地说了一句："你要我留意一下埃琳娜吗？"

正在收拾行装的艾特尔显得有些孤苦凄凉。"埃琳娜？"他问，"嗯，我不知道。我看你想怎样就怎样吧。"

"你有没有听到她的消息？"

他似乎想说没有，但随即点了点头。"我收到她的一封信。一封长信。那是我在城里时转给我的。"

"你打算给她回信吗？"

"不，我根本不知道怎么回信。"他说。

艾特尔走到门口与我道别。正当我走下车道时，他叫住我，还走出了门。"我会把她的信寄给你,"他说,"我不想保留,又不想把它撕毁。"

"我读过之后,要不要给你写信?"

这点他也考虑了一番。"我觉得不必了,"他谨慎地说,"要知道,我有种感觉,要是我不克制自己,我会非常想念她。"

"那么,再见。"

他微笑着,笑得很迷人。"瑟吉厄斯,刚才邀你当助手的事,请多谅解。"

"我想你是为我好。"我说。

他点点头。他正想说什么,却改变了主意,然后,正当我要转身离去的时候,他终于还是开了口。"要知道,我不想让你担心,"他说,"不过,那两个探员针对你问了不少问题。"

我本该相当吃惊,可看来并非如此。"哦,"我声音轻轻地说,"你对他们说了什么?"

"没说什么。我是说,我跟他们说了你生活中的一些琐事。我想如果什么也不说,反会引起怀疑,我想我已让他们相信,没有必要来打扰你。"

"只是你还不能肯定。"我说。

"是的,"艾特尔承认了,"他们也许会来找你。"

"噢,谢谢你告诉我这一点。"我冷冷地说。

于是他第一次直盯住我的眼睛,低声而简短地说:"瑟吉厄斯,为什么你对我这么不客气?我可一直以来都尽量对你坦诚相待。"

我点了点头。一时间我的喉头有些哽塞,不得不匆忙说话。我没法不说,我仍挺关心艾特尔,因此我稍稍撒了点谎说,"很遗憾,也许你今天对我稍稍坦诚过头了。"他双眼一时明亮起来,而我也不管心中怎么想,也不知自己是否过于狠心或坦诚是否更重要,只觉得还得用话伤害他。"我觉得,"我说,"把你想象得比实际情况好是不公正的。"

然而他已有所准备。"是的,"他说,"你现在够大了,用不着偶像了。"他的手在我肩上一拍,随即转身进了屋。

我直到周末才收到那封信。与此同时我有机会了解到关于艾特尔的不少情况。每天晚上,我待在租住的小屋里,读着报上艾特尔时来运转的消息。在他做证后的一周里,漫谈专栏作家们写起他来,仿佛他是个带来启示的英雄。当这一阵热潮过后,可读到的有关文章便寥寥无几了。报上曾刊登最佳影片公司的一则预告,称他们购入了查尔斯·弗朗西斯·艾特尔和卡莱尔·芒辛合著的题为《圣徒与情人》的最新电影剧本,该影片将由艾特尔导演,芒辛制作。至于有人对芒辛怎么会与艾特尔合作感到好奇,大多数漫谈专栏做了这样的解释:是芒辛和泰皮斯说服了艾特尔,使他认识到去颠覆活动调查委员会做证是他的责任。这类故事是没法作深入探究的,而且也没人再去探究,于是,有一阵子艾特尔不大见报了。他正忙于导演影片,偶尔我会在报纸上读到这么短短一行。

艾特尔早把埃琳娜的信寄给我了。我将信读了一遍,因为字迹潦草,一页页读得磕磕绊绊。她写得满纸墨水渍和污迹,有些词划掉了,一行行歪歪斜斜,在页边的空白处还添了不少说明、插入语和箭头。这信的内容,与那天我在艾特尔起居室里和他的谈话似乎有些差距。

## 第二十三章

亲爱的查利：

我真的可见到你读这封信时的微笑。你会想她真是太傻了，这一点也不新鲜，因为我俩都知道我傻，我粗鲁，此外我还记得你有一次对我说过的话："埃琳娜，别尽说那些心理分析的话，多想想会让你变得有教养的东西。"哟，可别忘了我也挺有教养，只是很不寻常罢了，因为绝不会有是天主教徒而无教养的事。我希望人们会那样认为，你却让我的想法落空了。只有换个角度看，你的话才有些道理，但你绝想不到我给你写信时是多么胆怯惊慌，你那么爱挑剔，但在中学读书时我的各科成绩中英语最好，这可是真的，不管你信不信，我甚至获得优等，这些我没有告诉过你，不过那时无论我说什么，你也不会相信。我讨厌这样子写信，查利，因为我知道，正如有一次你所坦言的，我听起来像个泼妇，但对我来说重要的是我有能力给你写信。

但我根本还没写到我想说的话。我开始写这封信，为的是向你表示感谢，因为你以自己的方式非常好心地对待我，比起你对自己的评价，你善良得多。我一想到你，查利，本会哭出来的，但现在还不行，我何必要撒谎呢？我还有些怨恨你，但我所希望的是，五年以后，我也不知道什么时候，几年后的将来吧，我真的能能想到你而心怀感激，因为即使你是个势利鬼，查利，你真的多么势利，你其实是讨厌那样的，正如我讨厌自己这个样子，我说的可是真心话。

我之所以写这封信，原因只有一个。我想对你说，你不用感到愧疚，因为那很可笑。你不欠我什么，而我则欠你很多。自从我和马里恩·费伊住在一起，已发生了一些令人十分不安的事情。其实，这类事早就发生了，当我们和你的朋友唐·贝达及他的妻子齐丽亚在一起的那个晚上，我们最终恰恰落了个应得的结局，一想到那个晚上我就感到厌恶——除非我不知道，因为很可能不论用什么方式，也不会有进展。不过，倘若我真的对你说实话，那么，事情比这还要早得多，甚至在我遇上你之前，其实就在我们认识的前一夜。你知道是怎么回事？我觉得我这一生从来没爱上过什么人。甚至都不爱自己。我不明白什么叫爱。我原先以为和你在一起我明白了，可现在我其实仍不明白。因为要知道，我很清楚自己不爱马里恩，但我说起这些并不是要伤你的心，查利，不过从性的方面说来，马里恩是非常奇特的，我不想详细地讲，但他有一点很像你，他认为如果他干了些丑事，那就会改变或毁坏这个世界，或者别的什么。不管怎么说他这个人有点与众不同，因此从某些方面看我的境况和与你同住时一样不错。我知道你会有什么想法。你会说她这个人嘛，事情当然总是那样；但这并非事实。我第一次和马里恩逢场作戏，是你我刚开始相处之时，那夜我并不想与他打得火热，事实上也没有，因为我只想相信我爱着你，我甚至事后对你撒谎，说我还是小孩时便认识马里恩了，那不是事实。我是在这儿镇上的一个酒吧里认识他的，有天下午我跟了他去，我知道他是皮条客，名声很不好，即使我不知道，他对此也直言不讳。现在，我知道我再也不能欺骗自己了，我太不像话了，我一无是处，查利，我和别人一样也是破烂货，过去我从没想到过这一点。我母亲过去老是说我一无是处，昨天突然之间我想到，如果她说得不错那会怎样，那太令人害怕了，查利。我不知道怎么说才好，但要是那些愚蠢而又妒忌的家伙全没说错，那可怎么办？

无论如何有一件事我还从未对你说过。这便是离开你的那天，曾有片刻时间我感到很滑稽，真想笑出声来，因为你可知道我脑中冒出了什么？——"好啦，姑娘们，我们又得走了。"我想到的便是这句话，原因在于，我曾对科利说过这同一句话，我曾为一个男人敞开过大门。然而，你可知道滑稽在哪里？曾有三四个男人要我嫁给他们，有两个在第一夜就这样要求，但我全拒绝了，因为我觉得他们配不上我。其中一个甚至是个流氓，你明白这意思吗？我的医生过去常说我有种思想，以为我是女王，是女皇，是吃男人的老虎，当然他说得不错。从根本上说我是很骄傲的。我可以给你举个最好的例子，证明我做到多傻的程度。当科利出门而去，他和我的关系了结之时，你知道我在干什么？我试图自杀。我为此深感羞愧而一直未告诉你这件事，但这是事实。滑稽的是，我在初识马里恩的那个下午，我就对他说了。我说到科利离开之后，我坐在科利为我租下的旅馆房间里，那是个糟透了的旅馆，科利干这类事一向非常谨慎，这事挺令人讨厌，因为我觉得我爱他这么多年了，到头来我却恨他了，但事实上当时我什么感觉也没有。后来我一个人喝起酒来，我几乎从未独自喝过酒，我只是感到孤独，感到有些害怕，糟糕的是我开始感到头晕，眩晕得如此厉害，似乎整个房间都在晃动，而古怪的是房间的晃动对我来说似乎比什么都糟糕，我当时觉得如果房间晃个不停，我就会死去，我也不明白自己是怎么产生这念头的，反正我觉得我得自杀，否则我会死去——那不是挺荒唐吗？不管怎么说当时屋里有一包安眠药，我就全部服下了，肯定有五六颗吧，服过之后我十分担心我会将它们呕吐出来，但这种情况没有发生，我只是更头晕了，随后有种想法不断浮现在我脑中。我不断地想起过去我们吵架时科利老是说起的话。他老是说，"现在不用多说，亲爱的。我们会想出办法的，眼下我正有个问题需要分析解决。"他老是那么说，因此当我坐在旅馆房间里醉得不行的时候，我就不停地对自己说，仿佛我成了科利·芒辛的声音或什么的，"别担心，埃琳娜，我们会想出办法的。"而我又不停地回答他，"科利，我们肯定会想出办法，因为我将缠着你不放。"于是我又不停地对自己说我不能死，因为如果我死去我就会纠缠科利，这念头令我十分烦恼，我觉得非给他打个电话不可，我想叫他别担心，我想告诉他我不会干任何烦扰他的事，我要让这个电话成为一次美好平静而不落俗套的小小通话。可我在电话上一听到他的声音就惊慌了，我以为我是在与医生或圣彼得说话，我不明白当时在想什么，我开始对他大喊大叫，说我已服了毒药，马上就会死去。我至今仍记得，查利，挂上电话后我无法停止哭叫，我感到昏昏沉沉很不舒服，房间依然在晃动，最后我几乎想跪在地上祈求它停下来。科利到来后起先非常顶真，他扇了我两记耳光，因为我想当时我正在歇斯底里发作吧，然后他问起毒药的事，我指了指药瓶，我记得他说了声"谢天谢地，你这个白痴"，随即大笑起来，而我的心情比以往任何时候更糟，因为我明白我干什么都不行，甚至连自杀都不会。后来我发现我服的不是安眠药，而是镇静剂，他设法让我把药全呕出来，又叫旅馆侍者送来了咖啡。他不停地给我灌咖啡,这样,就用不着请医生来了。为什么我要告诉你这些?我也不知道,只是,两三个小时之后,到半夜光景,我已不再感到难受,只觉得很紧张,我也不在乎即将失去科利,我只觉得恨他,对我来说他甚至似乎是个陌生人,我开始因他让我呕吐并站在一旁看着我吐而兴奋起来,我不必告诉你,那是多么怪异,因为你知道我是多么不愿意你见到我未化妆的样子,况且我一向要求有点儿个人隐私,我的这种想法是如此强烈,甚至此时此刻一写到当时的兴奋和刺激我都感到羞愧,因为科利看着我呕吐,但不管怎样,那似乎是非常非常兴奋和刺激的事,于是我就和科利上床了。这就是我想告诉你的事。以前和科利在一起从来没有这么刺激过,我得令人讨厌地承认,这也许会让你感到很不痛快,你知道吗,科利相当不错,像你一样很有本事,只是人胖了些,他虽粗鲁却不过分,我一向表现出和他在一起很痛快,从某种角度说是这样,因为这是我的过错而不是他的责任,要知道我一向不相信他,要是一个女人从心底里不相信某个男人,那么我猜想她的反应会冷淡,虽然说这事挺复杂,也轮不到我来谈论这个,就因为第一夜我初遇你时,不可能相信你,我想也许我甚至有点儿讨厌你,因为我记得见到瑟吉厄斯喜欢露露,我有些妒忌,而你似乎对我有种优越感和屈尊俯就的态度,然而我并没有对你做作,在某种意义上你是我平生所遇的第一个男人,就算是说谎也好,因为就在我对你说的和科利共度的前一夜,就在遇上你并与你共赴泰皮斯聚会的前一夜,我真的已经不再拖着科利不放了,我觉得自己如置身于虚无缥缈之中,突然间我感到自己已脱离科利获得了自由。我不知该怎么表达,就仿佛不管上哪儿你都能得到那种感觉,而可笑的是随后我和科利谈了很久,

342

我们商定他应不时来看看我，一起过夜的话，他应当付钱，就像我是个应召女一样。我想我们商定的数额是五十美元，他走的时候我估计他是想对我讲清楚，我们将不再住在一起，除非是偶尔混上短短一个小时，于是他对我说第二天他会让你过来，查利，你必须明白的是，我们相处的第一天，那晚去聚会以及后来在你的住处，我一直在想，你将成为我的主顾了，我想这个词差不离吧，于是我出奇地兴奋。我并不是说我在做作演戏，因为我并不做作，我出奇地兴奋，但要知道当时我并不明白，现在也不清楚，是否由于你是个男人或是当时的处境的缘故，第二天当我意识到时，当然你并没有把我看作应召女，科利也从来没说过那种话，我很沮丧又很快活，我都不知道自己究竟是什么感觉了。你待我那么好那么和气，我变得十分困惑，正是那时我犯了个错误，因为我本该有这点理智，当时便应离你而去，但我所能想到的去处只有那个小小的旅馆房间，我挺害怕自己在那儿发疯，而我又不想回电影之都去，因为回去的话我能去找谁？于是，我当然只能随波逐流听任事情发展，而不知不觉之间我又陷入情网了，可我不相信这一点，我不愿意相信，因为你知道这再次令我感到困惑，而通过上一次与科利做爱，我认识到从某种意义上说，只要你不为中产阶级老古董的一切甜言蜜语所动而堕落，那么即使你想吞食整个世界，你也能做到，而你正是在让我因此堕落。我就讨厌那样的事，尽落到女人头上，也许只跟男人出去了两三次，她们便马上被迫开始考虑结婚的事。我的母亲和我的不少姐妹便是这样结婚的，她们的日子又辛苦又乏味，她们个个都过怕了。我也怕过这种日子，那太傻了。记得我曾有个好朋友，她有个稳定的男朋友，我常常在星期六晚上，当科利去参加电影界的盛大晚会时,和他俩聚在一起,我知道你不会相信,我不想让你联想起唐·贝达,但和那些朋友在一起是截然不同的,因为第二天我会感到很愉快,我们三人互相喜欢,像好朋友一样,我几乎从不因此而觉得下贱。举例来说,星期天早餐时我们仍与前一天一样十分快活,那是因为我们不把事情复杂化,我的朋友很喜欢我,谁也不会要求别人解决他们一辈子的事。但这正是你要求于我,我也要求于你的事,而我和你一样都十分讨厌这么做。那正是初识你的那个星期里我和马里恩·费伊上床的原因,但我感到胆怯,我不得不老是对自己说,你太出色了,我爱上你了,生活真奇妙,啊,查利,我是这么一个冒牌货,因为我总是害怕,一直依附着你,科利来访的时候我都不想看他一眼,在我眼里他简直令人厌恶,他之所以看起来又胖又讨厌,是因为我一直在想,我也曾和他一起销魂过,不管怎么说,至少有过一个晚上吧,而我又想要相信,我只爱你一个。

我太容易激动,或许我应该多多写信,因为我一向没法与你好好谈,而现在行了,我想可能是因为我们的事已完了,但有些事你确实应当有所了解,因为你绝不可能以我的眼光去看,例如我和出租车司机之间的事。我不明白为什么他们总能感觉到这一点,但他们知道对我说话不必客气。甚至那天我离开你的住处,将手提箱往车上一放,告诉出租车司机马里恩的地址,车子开出不到两分钟,那司机便对我说,"认识这位怪人费伊多久啦,宝贝?"我一听简直不知是什么感觉。他边说边挑逗地望着我,正是蛮横粗鲁野小子那种色眯眯的眼光,我父亲和女人说话时就常常那样看着她们,我一听气坏了,便朝他高声叫骂,要他闭上他的臭嘴,一路上骂个不停。到了马里恩的住处,一进门,我便准备忍受一切,我甚至希望他立即打

344

发我去接客。你可曾硬着头皮忍受这样的羞辱？

不管怎么说，马里恩并没有打发我去。他只是把我灌得越来越醉，其实我已喝不了多少了，我不清楚你是否知道，那天我从你那儿出门时已经醉了。那天早上我曾给马里恩打电话，对他说我就要过来了，后来我感到害怕，就在一只高玻璃杯中倒满了威士忌，每次走进厨房就喝上一口，因此当我到他的住处时早有点醉醺醺，而他又灌了我不少，以致后来的事我甚至都记不清了，我所记得的仅仅是，当时我不停地想："科利会感到心疼了，他活该！"这令我很纳闷，查利，或许从某种意义上说，我爱科利甚于爱你，因为我记得曾不断想到他而不大想到你，而等到我开始写这封信，情况就完全不一样了。或许从某种意义上说我爱马里恩甚于爱你俩，我不知道，我甚至不在乎，例如有时候和他在一起总感到游移不定，但当感觉好时我觉得似乎就与和你在一起时相差无几，我不知道这是由于我浅薄无知呢，还是由于我太微不足道，或是别的什么原因。现在想来你当时的说法不无道理，你那时老是说我所能想到的只有自己。这一点我确实认识到了，至少有些情况和马里恩有关，他倒不像你那么胆小和势利，我甚至不知道他是怎样看待我的，这也不是什么稀罕事，因为我一向不理解别人是怎样看我的，可你想知道我和马里恩之间那场傻乎乎的争论吗？我一直向他要求做一名应召女郎，可他说不，他要我嫁给他，然后我就可以成为应召女郎。我猜他想当名超级皮条客。像唐·贝达或什么大人物一样。嫁给他是不可能的，他只是开玩笑而已，我也不想结婚，我讨厌这主意，是马里恩提出来的，他要娶我，这是真的，查利，我问他为什么，他说他喜欢带我参加他母亲的咖啡聚会（那种聚会你是怎么称呼的？），或别的诸如此类的话,他老是拉我一起喝得醉醉的,或是抽大麻,虽然坦率地说我对此倒不在乎。但有时抽起大麻来,我都害怕得简直想爬墙,或者也许会心脏病发作而死。马里恩常骂你。我想一定是什么事情上你伤着他了。这都挺荒唐。我不知道我们今后怎么办,这挺怪,我不想伤你的心,但他老是坚持要去看齐丽亚和唐·贝达,但不管怎样你一定听说过这事,另有些他干的事我本可以告诉你,但那些都不重要,我觉得非常差劲的是,我把他写得像个怪人,可我干的事比这还可恶,我在他面前说你,就跟我常常在你面前说科利一个样,十分挑剔,每次我都感到惭愧,这事说到底便是一句,我是个坏女人,我一直没有变好,你说我是坏女人,是说对了,我要你相信,查利,因为你如此不幸,如此悲惨,这不公平,我不知道为什么我要说这不公平,但我只希望你能时来运转,能交上好运,虽然对你来说什么才是好运,那得有些天赋才能说准,但我想我得承认我和你一样,很伤心地发现,我没有如自己希望的那样爱你,我说了不少伤害你的话,我在此向你道歉。我怎么会干出那样的事?查利,你应当有好报。这不公平。

在另起一段的开头,有片墨水渍,有些字句被划去了,显然,她决定就此收住,于是签下了名字。我看着这划去的句子,这墨水渍和签名,心想她曾坐了多少时间,打算再写上几句。但似乎再也想不起写这封信的理由,脑子又醉得昏沉沉的,此时她脑际必定闪过了自己人生的种种经历,直到她决定不再写什么,于是便签下名字,封上信,随即寄发了。

## 第二十四章

我读过埃琳娜的信,便去看望她和马里恩,可她见了我显得很腼腆,而马里恩又难以相处,于是我只得早早告退。我选择的时机不对,因为那个晚上我心情极为沮丧,去后只坐了半个小时,话不投机又频频冷场。记得当我起身告辞时,埃琳娜曾来门厅,在我身边站了会儿。"你不再喜欢我了。"她这样说。

"也许是吧。"我喃喃地说,并当她的面轻轻带上了门。我的沮丧消解了一些,因为我让她感到痛苦了。可后来我躺在自己租住的小屋里,却倍加沮丧起来,情绪低落到了极点。读埃琳娜的信使我心头蒙上了阴云,而看到她与马里恩住在一起更令我烦恼难过。我一向以为自己已领略够了最最苦涩的心境,然而看来我还得从头尝起,正如人们从生活中屡屡体会到的,并没有什么往日的最苦心境,不管人们曾经感觉如何痛苦,总有更难过的时候。于是我不断地回忆过去,到后来那些往昔的忧愁苦恼一经和今天我所感到的相对照,竟然令我怀恋起来了。我就这样耗尽了精力,以致早上醒来时,我感到比昨夜临睡前更疲倦困顿了。那些日子里我不断驱策自己。我开始写作了。我以孤儿院学到的龙飞凤舞般的潦草字迹涂满张张白纸,为了报复露露——要诅咒一个作家,最恶毒的莫过于说他即使报复起来也像个懦夫——我不甚连贯地在长长的篇幅中极力诋毁她。罗斯修女灌输在我灵魂中的《教理问答》此时一起泛上心头,使我辱骂起在沙漠道尔所认识的人物,结果我不仅痛恨露露,也恨艾特尔、马里恩和埃琳娜,但我同时也厌恶自己。我从来不曾如此自怜,从来不曾如此讨厌自己,而最糟糕的是我已肯定自己写不出什么好东西了。我没有才华,没有女朋友,我也不知道自己还有没有能力再交女朋友,总之,我的勇气几乎已消磨殆尽,就像个八岁男孩掉在久已废弃的矿井的深深井底一样。我本以为人生就永远是这副状态了,可后来终于发生了一件事,将我的病态一扫而尽,我总算爬出了矿井。我超越了自我,可我并不真正清楚此中的原委。

有天晚上我干完活回到住处,发现有两个人坐在我的屋里。他们穿着浅灰色夏装,拿着帽子的手搁在膝上,那是种深褐色的草帽,帽顶四周饰着缎带。艾特尔对他们的描述并不过分——他们看起来确实像全美最佳橄榄球队的后卫和阻截队员。但如果我们采用这形象的话,我得说后卫与阻截队员之间还是有些差别的。看起来像阻截队员的那一位身材高大,四肢修长,玩起球来一定十分出色,照多萝西娅看来,此人可算个典型的杂种。我一眼就看出,要是这家伙失去控制,可够我受的。他动起手来至少不比我差,而这仅仅是开头时的情况。很明显他是个不肯服输的人物,何况他还会用其他方式格斗。到不了收场我便会领教他的胳膊肘和膝关节的厉害,以及他如何擅长以手掌根连击我的腰肾和脖颈,当然还有其他部位。看来在他的一生中他已修理过不少人了。

那后卫显得稍矮却更重些,脸相倒有些和善。他是个摔跤能手。他是那号人,在加入酒吧斗殴前会露出一副不无痛苦又颇为谦恭的笑容,随即他会抓住挨得最近的人,一下扔到房间对面去。除此之外,他们看起来都具有优秀运动员的那种灵性,那种实际的才智。

"哈喽,"我说,"你们来这儿多长时间了?"

随即我明白这下事情糟了,因为我下班时总是精疲力竭,虽然我力求口气平淡,可一出口声调却不低。记得当时我还想到,他们来这么个带廉价家具的房间找我谈话,而不是在我过去住的带酒吧和可照出他们全身的长壁镜的高档住宅,这会造成多么巨大的不同啊。

看起来像个阻截队员的那位手中拿着一份剪报。"你的名字叫奥肖内西还是麦修内西?"他说道,一边盯着我。他注视人的样子很古怪。他不是看着我的眼睛,而是瞧着我的鼻梁,这是他玩的花招,因为这让我感到更不自在。

"前面的对。"

"海军陆战队的还是空军的?"

"空军的。"

模样像后卫的那位仍在对我微笑。

"为什么你要冒充海军陆战队上尉?"

"我从不冒充。"

"你想对我说这报纸在说谎?"

"请注意,老兄,"我说,"报纸总不会错的。"

他咕哝一声,将剪报递给了后卫。后卫说话带着南方口音。"小伙子,为什么你拼写奥肖内西少一个'h'?"他问。

"这事你得问我父亲。"

"他是个囚犯,是不是?"

"我父亲身份多得很。"我说。

"是的,"阻截队员说,"他是囚犯。"

我在床上坐了下来,因为两把椅子已由他们占了。我小心翼翼地掏出并打开一盒烟,相信自己干得不错:我的双手没有发抖。但要为他们点烟而手不抖可就非我所能了。我根本不知道,他们究竟

349

是这天路过沙漠道尔顺便来让我招待上一小时呢，还是有什么较大的误会。"在继续谈话之前，"我说，"你们并不介意给我看一下证件吧？"

我们又坐了分把钟，那阻截队员才从他的胸袋中掏出皮夹，从中取出并递过一张看似挺重要的卡片，上面印有照片，有"特别调查人员"这几个凸出的字，并盖有颠覆活动调查委员会的大印。此人名叫格林，哈维·格林。

"那么，你们想了解什么？"我问。

"查清某些人的某些事情，也包括你。"

"查什么事？"

"我们会提出问题，要是你说不知道，可能会有些小小的麻烦。"

"我看不出有什么麻烦。"我说。

"跟我说，小伙子，露露·梅厄丝是赤色分子吗？"后卫问。

我哈哈大笑。"要知道，我从不认识什么赤色分子，我从不涉足那样的圈子。"

"但你认识查利·艾特尔，是不是，伙计？"

"是的，我认识他。"

"艾特尔曾住在这儿，和那些政治上有问题的人在一起。"

我开始感到有点放心了。"那么，他可能告诉过你那些人的名字。"

"他当然说过。"格林说。

"跟我说说露露的情况，伙计。"后卫说。

"我们从不谈论政治。"

"那你们谈些什么？"格林问。

"个人的私事。"

"你和她有私下的亲密关系？"

"你难道不知道这事？"

"我们等着你提供情况。"

"我热恋过她。"我说。

格林嘴角一撇，显得十分鄙夷不屑。"你的意思是曾和她有过有伤风化的非法关系。"

"我并不那样认为。"我说。

"你认为不是那样，"格林说，"因为如果你认为是的话，像你这样的爱尔兰裔青年是不会与那些走上邪路的人交往的。"

这时我有些害怕。这位哈维·格林，唯一与他名字相符的是他的眼睛——它们呈现一种煮沸提炼而成的绿色[①]。我脑中顿时回忆起某位也有着这般绿色眼睛的警察，那人来到孤儿院，因为我们中有几个孩子在糖果店里偷过几个便士。那人对我盘问了半个小时，最后他逼我承认自己没说实话而整得我哭了起来。因此我精神上十分痛苦——这样说恰如其分——我很害怕再次发生那样的事。

不过，很少有警察能始终协调一致行动的，此刻那位后卫就帮了我的大忙。我猜他和格林都有点讨厌对方。不管怎么说，那后卫感兴趣的是别的事，而不是我的思想状况。"你真走运伙计，搭上一位电影明星。"他说话幽默，可也有些傲慢，那口气中透露出，他每周收入肯定有一百二十美元，而老婆孩子也一定住在城郊。"你一定觉得那些高额账单付起来很过瘾吧。"

在我所能感到的一切之外，我还觉得某种机会正在到来。令我吃惊的是我竟笑了起来，并且说："你对个人的生活细节有很好的直觉。"

"我见得多了，因此知道你自我感觉相当不错。"后卫说。

---

[①] 哈维·格林的名字为Harvey Green，英语中green意为绿色。

"我可从不自我吹嘘。"

"别自吹，我们都知道电影明星是些性感缺失的女人。"后卫说。他坐在椅子上，身子前倾，渐渐有些气恼。在我们说这些时，格林坐在一边，令人不快地摇着头。"你难道不觉得她们性感缺失吗？"后卫重复道。

"这事取决于男人。"我谨慎地说。

"是的，"后卫说，"那便是你的理论。"他的脸渐渐涨红了。"那就给我们谈吧，快车手，谈谈露露的情况。"而未等我担心该如何搪塞，后卫又开了口。"我听说，"他打开了话匣子，"露露……"这一说便足足两分钟。他确实没多少想象力，至少思路有点乱，因此他说个没完没了。"嗨，我敢打赌，没一个正派体面的应召女愿意和她说话。"他最后说。

我鼓足勇气，换句话说我一时不知哪来的勇气，竟斗胆说道，"如果你有话要问，我想用一下录音机。"

后卫愣住不说了。他脸上的笑容连同那急切的神情一起消失了，他坐在那儿显出一脸困惑。我最不愿见到的便是这种表情。我一时觉得，这下肯定糟了，我走得太远了，到头来我会躺在医院的病床上，下巴被揍扁，锁骨上了石膏，他们会拧我的肉，让我保持足够的清醒时间，口齿不清地向警察局的速记员供认，"是的，我承认，是我酩酊大醉后从桌子上滚翻下来受伤的。"

后卫坐在椅子上往前倾着身子，他的一根手指捅着我的大腿。"我们听说你穿一件特迪·波普送你的淡紫色衬衫，"他说，"你看起来不像什么薰衣草，小子，但我猜想你喜欢薰衣草[①]。"

"他们是什么时候把你从缉捕队提拔上来的？"我问。

---

[①] 英文词lavender意为薰衣草，或淡紫色。

格林插了进来。他盯着我两眼的中间。"这话你敢再说一遍?"他说。

我真不愿承认,可我确已有点歇斯底里了,但这种歇斯底里却有着出奇的镇定,至少对我来说是如此。我的情绪几乎快失去控制了,然而我的声音却格外镇定、平稳、和缓。"格林,"我说,"我在银行里还有三千美元,我会用这笔钱请一名律师。因此,如果你与一位空军飞行员过不去并有什么闪失,请想想你们的委员会在公众面前如何交代。"这话我感觉挺过瘾,我根本没提因病退役的事。

"你是个颠覆分子,变节者。"格林说。

"把这话写下来,我将控告你诽谤。"

"你就不想多谈一点?"格林说。

我想,要是我邀他下楼去决斗,我就多少像个英雄了,可我并没有那样做,而是又微微一笑。"每个人都说得很多。"我说。

于是他们动身走了——记得当时我不无惊诧地想到,也许他们也有点儿怕我——走到门口时,格林停住脚步转身对我说,"要想离开这儿,得事先通知我们。"

"行,但请先寄我一份要我这么做的书面文件。"

"就这句话,别离开这儿。"他说完便出门而去,我待了一分钟才过去锁上了门,以免他们再来惹麻烦,随后躺在床上,让自己尽量松弛下来。

因为我就是在与这种人相处之中长大的——他们的阴影笼罩了孤儿院——说到底,我知道我与他们并没有多少差别,并不如我所想象的那么不同。自从他们来这屋里,与我做那番谈话,我内心就始终紧张矛盾,可我大半赞同他们所说的一切。于是我又隐约想起多年来自己内心的那种秘密对话,我不止一个夜晚就这样躺着:尽管洗碟归来后精疲力竭又饥肠辘辘,但我开始思考了,至少我学会了怎样努力思考。而要思考,人生就得如狩猎一般,随时猎取最难捕捉的猎物——我们真实的动机,而不是表面假装的理由——因此我就非得审视自己的内心不可。那可不是件容易的事,因为,我所能发现的是什么？我不过是个无名之辈,一个真孤儿院出来的冒牌爱尔兰人,没什么力气的拳击手,已丧失快速反应能力的飞行员,一名潜在的暗探,每位警察都可以在其身上一试拳脚,而最糟的是,在房事方面我也是初出茅庐——单这个念头就足以令人终止思考。这方面谁能掌握更多呢,而知之更多等于是对自己说,"要是我继续想这事,不会有什么好结果。"最糟糕的还在于,要是我不留神,就会成为这世界上一名替死鬼,那是孤儿院出来的人可能遭遇的最坏命运。无数的人和无尽的历史,似乎都不过是添加了些替死鬼而已。当然我也想到我并不懂历史,而要是我想对外面这充满不平的世界大声疾呼,那现在该是我开始写一本书的时候了。

于是,我磕磕绊绊地干起每个人都曾以这种那种方式勉为其难的事,这过程中既有奶牛蹭栏般的优雅,也伴随往日我私下的担忧：也许我过去练拳击时头部受过太多的打击,我毕竟再也无法很好地思考了。我想到勇敢和怯懦,我们每个人都表现得十分勇敢或十分胆怯,或各自程度有所不同；我想到诚实和欺骗,以及它们促成的人生之舞：就在我们趋近另一极端时,一则谎言就把我们拒斥了,我们因误解而茫然摸索前行,并基于以往的套话和谎言来理解自己。而且在我想起某些词时,隐隐约约觉得它们不是词,而是我的经历中一个个重要的片段,而每个人的经历对他自己来说都是重要的,我想到了这样一对对词,爱和恨,成功和失败,温暖是怎样的感觉,寒冷又是怎么回事,我躺在粗糙不平的床上,感受着痱子疼痒和心中的惊恐,谦逊而又傲慢地寻思着。我知道自己懦弱,不知道能否变得刚强。那时候我自己算是沉到了底,确实是到了底。

我落到底，在其中打着滚。我看着自己，而我看的时间越长，情况就越不那么可怕，越容易理解了。那时我就开始作最初的艰苦努力，来培养最难形成的习惯，以获得作家的头脑。尽管从我最初的习作还难以判断，我颇具才华抑或仅仅是个傻瓜，我仍继续写了一段日子。后来我不写了，因为我产生了许多人曾经怀有、许多人将再度萌发的念头——我就是怀着那种念头开始的——但我明白到头来一个人必然要行动，确确实实的行动。我们行动时完全是茫然无知的，可尽管无知我们必须行动，否则我们永远学不到什么，因为我们很难相信别人的话，我们只能在自己的内心衡量所发生的一切。于是我写了一些相当拙劣的文字，随即又停笔不写了，但我知道我还会再次尝试。

这段时间两名探员一直没来信或电话，我渐渐断定这该是我离开沙漠道尔的时候了。要是我真有什么把柄落在他们手里——这一点我才不相信呢——那就听便吧。我打算去墨西哥，这个念头吸引着我，我想动用老兵安置费去墨西哥的艺术学校学一门课，或者学考古——在阳光下度过一生，那倒不错。毕竟政府得偿付我这笔费用，而人总得生活，不可能每年都有玩扑克赢一万四千美元的机会。我甚至开始琢磨起一个十分古怪的念头来。我每每想起埃琳娜，便会因上一次在马里恩住处对她的态度而愧悔。我渐而悟出，我怎样看待她的信，多少受了我无法取悦露露这件事的影响，至于究竟是谁的过错、多大的错、该归咎于谁，我将把这些问题撇在一边。在这期间埃琳娜的信渐渐对我起了作用。如同以前读艾特尔的证词一样，这封信我读了许多遍，不久我便断定自己对不起埃琳娜，我就是有那种感觉。因此我要再次去看她和马里恩，而且要是我觉得她与马里恩在一起并不舒心——我心里肯定她的境况挺糟——那么，我将对她表示愿意帮助她。她可以与我一起去墨西

355

哥，如果她愿意的话，我们一路上可以姐弟相称。虽然回头想想，我知道这最后一点我不可能十分当真。不管怎么说，我越想这事，就越喜欢这种前景，尽管有时候我觉得自己准是疯了，竟想带上埃琳娜一起走。因为回想起来，我知道自己心里早已明白，人生的机遇并不是很多，而倘若埃琳娜和我选择了对方，这可不是逢场作戏。问题在于我和埃琳娜是否具有这种品德和性格，能让各人最好的素质表现出来，我对这一点有怀疑。但另一方面或许我还相当年轻，有的是机会。倘若我俩性格恰恰相反，以后也可以决定分手。但我只是反复考虑着，拖延着，并因自己专门利人的想法而自我陶醉着，以至错过了太多的时间。后来，某个晚上，在我干完活下班的时候，我从一名女侍者那儿听说了当晚马里恩和埃琳娜之间发生的事，这真是条惊人的消息。不管怎么说，我可能耽搁得太久了。

## 第二十五章

　　这件事我还有什么好说的呢？埃琳娜内心很孤独，这一点费伊非常清楚。那份孤独就像大坝后积聚的水，在守候着她，只要一有缺口，激流便会把她卷往昔日洪水泛滥的土地。他知道她就是那种有轻生倾向的人。

　　几个月来有种想法一直缠绕着他，他觉得自己的生活已失去目标。黎明前的几个小时里，他躺在床上，因门开着而惊恐不安，常常以为他听到的街上的声音，便是他一直在等候的杀手终于来了，另一阵更加剧烈的痛苦便会袭来，因为这痛苦出自怯懦。"我不过是个拉皮条的，除此之外我可没干过别的。"他会这么暗自想着。因为自己只能从酒吧到夜总会来回游荡，他便会怀着一份失意，心想莫非他所需要的，就是一个罗经方位点，只要任何一点，他便可以向着它，到黑人的东非勇敢地游猎。

　　但这游猎始终未能成行。一年过去了，两年过去了，费伊似乎永远得干他的营生了，谁也不再把他当作有某种癖好的阔少。费伊有了自己的行当，干得挺顺手。他遵照经商的规则，备有两套账本，雇了律师，按收入比例支付津贴，甚至还和某位操纵从电影之都到沙漠地带的犯罪团伙的黑社会头目搭上了关系。可他也有倒霉的事：就在埃琳娜来之前一星期，他被某个小流氓毒打了一顿。那家伙要了一名女孩，却拒绝付钱。挨打之后他没有声张，没有向他的保护人诉说这件事。他们本可过问，给他撑腰，可那太丢人了。

他最不愿意承认他变得如此体面，居然连小流氓也不把他当回事了。"我不过是个零售商。"费伊挨打后这样一想，便觉得自己的恼怒有点荒唐可笑了。

在他十五六岁时，有一阵子他很想知道自己亲生父亲的情况。他很讨厌多萝西娅吹嘘他父亲是欧洲王室成员的话。他更喜欢相信父亲是个十分聪明而又生活放荡的牧师。如今，一想到他如何在忏悔室里竭力向牧师说起这想法，却总受到斥责，每个星期都受到斥责，他便十分沮丧。那时候他还信教，常常斋戒，打算进修道院，甚至入院静修了一个星期，这令多萝西娅感到困惑和几分隐约的自豪。但那个星期几乎憋得他发疯，最后他用剃刀将圣坛幕帘的边角裁下了小小一块，随即惊惶不安地离开了。

现在他哪会去想当年那件事的结果？这一切他都经历过了，他还读到过有关巫师审讯及黑色弥撒活动的文献记载，读到过阴谋下毒，思妇腰间所烤的爱情之饼，以及女修道院院长用针刺修女，以弄清她们是否是巫婆、是否被撒旦附身等等。他在少年时便觉得，自己仿佛已了解千年历史，但那些都已过去了。他长到十八九岁踏上社会时，颇有点自得，因为没人猜得透他读过多少东西，他又在想些什么。

自埃琳娜来与他同居，他便常做噩梦。他摆脱不了这念头——她便是他的修女，他要将她点化为女巫。他在头脑中构想着大量的故事、小说，设想自己是位忍受极大痛苦的牧师，正向上帝请求让魔鬼附在他身上，以便独自下地狱忍受狱火烤灼，而让别人——那些修女、教徒，以及城堡、乡村和整个世界免于灾难。马里恩神父就一直为此而祈祷，在祈祷的同时他又干了些什么呢？干的事情微不足道，却是罪该万死，因为他诋毁唱诗班男童歌手，将全村半数富贵人家的妻女肚子搞大了，在修女们的隐居之床上用魔鬼之杖敲打她们，把她们逼疯，将女巫之乳作为虔诚的乳房让人吮吸，从最笃信、最纯洁、最清心寡欲的修女那儿盗走她的虔诚，结果使她不再爱上帝，却淫荡而又疯狂地爱上马里恩神父。他甚至对她说，这么做完全正确，因为肉体与灵魂是分开的，要想保持灵魂纯净，就必须追逐罪恶，让肉体沉入污秽，以便灵魂得以升华。然而光将修女沦为女巫还远远不够，她还得受尽谴责，但这事绝不可操之过急，过急她便成了烈女，太迟则她已死去，因此得格外谨慎。那位借魔鬼之手拯救世界的牧师，必须先利用魔鬼来毁灭世界，为此他已点化为女巫的那圣徒般的修女首先须吞食别人，别的一切，包括修道院、教堂、城堡及整个世界。她又谴责又控诉，直到别人在炼狱遭受火刑，她也烧灼自己，并从火刑柱上发出尖叫，"啊，上帝，请怜悯马里恩神父吧，他是地狱中的圣徒。"这一切结束时他是纯洁的，他们均受了火刑、而他就因为祈祷而幸免，他恳求着，"啊，我的上帝，我曾为你的事业而效劳，并发现我的那些人全不够格，他们都不值得你眷顾。"但当他祈祷时，他一直怀着噩梦般的恐怖，因为上帝将惩罚他，会驱赶他入地狱去见魔鬼，这并非因为一些区区小事，如诱奸、鸡奸、责打了虔诚的修女、点燃起地狱炼火，以及种种别的罪名和破坏，而是比这些大得多的罪孽，是因为如此可怕的滔天大罪，就是上帝见了脸色也必定会惨白。"啊，我的上帝，"在马里恩·费伊脑中某个幽闭的角落，马里恩神父祈祷着："我犯有罪孽，我真是万恶不赦，因为我咒你罚入地狱。"

因为埃琳娜睡在一旁，马里恩躺着犹如囚在狱中：挨得那么近，他全身上下痒痒的，忍受着这轻度的苦行。艾特尔充分领略过的她的玉体的芬芳，费伊的鼻孔却无法消受。他只能通过吸食大麻让自己的思想穿越林莽，沿着修道院冰凉的石砌地面前行，而埃琳娜修女就在那儿忍受火刑，她的身子没在火中，双脚却沉在冰里。

最后，费伊觉得他的头脑几乎要爆裂了；那份强烈的诱惑，只要再挨近些，谁能躲得过？他只能睁着眼，咬紧牙，对着床脚，对着踮起脚尖施舞的灵魂喃喃低语："这是胡扯，尽是胡扯。别胡扯了。去他的吧。"就仿佛他的思维真成了借以探测内心巫师的尖针，当在他头上找到了无痛进针的那一点，他便完了，被揭穿了。或者说，他是被解放了？因为在远处，遥不可及之处，有着某种异端邪说，认为上帝即魔鬼，而他们称之为魔鬼的正是被逐的上帝，就像高贵的王子被剥夺了真正的天国，而冒充为上帝的魔鬼却征服了一切，只有极少数人看穿这骗局，他们知道这上帝根本就不是上帝。于是他祈求着，"让我变得冷酷无情，魔鬼，我就以你的名义主宰世界。"这样的念头纷至沓来，层出不穷。最后，这种种思绪搅得他头脑发热，他便伸过手去推醒了埃琳娜，在她耳边轻轻说："来吧，让我们玩玩清醒一下。"自埃琳娜来后，对他来说，她就像一团火，就像森林烧成的灰烬，催育出新的植被，以便再次焚烧。在他费力做爱之时，总感到与她格格不入，他鞭挞着自己：一个惊恐万状的牧师。他变得心不在焉，脑子里出现的是披着法衣的修道士，正在惩罚背弃了信仰的淫荡修女。完事之后，他脑中一片空白，这时，有个罪恶的念头在他脑中一闪而过，他背转身去，想就此睡觉，那个恐怖的念头却在脑中翻腾：他必须哄埃琳娜自杀。

她来与他同住之后，他发现不知不觉中他在很快地滑向自己也不知道的方向，直到有一天他蜷曲着紧挨在她身旁，以暖和寒冷的肢体，这时候他才既惊恐又得意地明白了自己的心思。一种想法闪过脑际并频频出现："这些天里，说不准哪一天她就会自杀。"他还未及考虑这事，便像个将自己意志强加于人的铁腕君主在心中冷酷地加了一句："你必须迫使她自杀。"费伊就像反对夜间不锁门的决定一样提出了异议，他恳求过自己，他这样哀求："不，那太过分了。"却只听到一片嘲笑,这种反应一向只会推动他往前迈出新的步伐。"要是你这点都干不了,你就永远干不成什么事了。"他随即在黑暗中打了个寒战。就算他曾命令自己谋杀埃琳娜,那似乎也不及这个想法更重要、更可恶。谋杀算不了什么。人类互相谋杀数以百万计,发现这比爱容易得多。然而,要迫使埃琳娜自杀却是真正的谋杀。他发现自己对此十分痴迷,因而极感惊恐,他知道自己必定会这么干。

但怎样才能成功?他怀疑自己,不相信他真会这么干,可这段日子里他的思想就像定时炸弹的定时装置,嘀嗒嘀嗒地走个不停,而他已无法加以控制。费伊内心深处有这样的感觉:这是最后的结局,在那里他将超越自己干过的一切,正如许久之前他答应我的,推进到最后,然后再收场——他不知道会在何时何地,但肯定会有不少的经历,肯定会有点名堂。对此他很有把握。

因此,埃琳娜来到他的住处还不到一个小时,他便要她嫁给他,当时他也不知道自己为什么这么做。"我们不妨结婚吧。"他说,"你想结婚,这对我反正都一样。"

埃琳娜尽管醉得不行,仍谨慎地笑笑。"生活真是荒谬怪诞。"她说。

"确实如此。"

"我和科利一起住了三年,可他从来没带我去参加过一次聚会。"

"艾特尔也从不求你嫁给他。"

她没有回答,只是啜着酒。他依然盯着她,喃喃说道,"你看怎么样,埃琳娜,嫁给我吧。"

"马里恩,来到这儿我感到可笑。"

他笑了起来。"明天再跟你说。"

就这样他们开始一起生活，度过了短短的几个星期。这些日子里他们从不曾节制饮酒，不曾十分节制，可他们也未曾大醉，至少费伊不曾醉过。他老是厌恶地看着埃琳娜，她没多少酒量，因此她始而欢快，继而十分兴奋，渐而快快不乐，终至沮丧消沉，只能又借助杯中物消愁。大部分时间里她说个不停，和他的朋友们一起大笑，还对费伊说，和他在一起她感到多么自在，而和艾特尔在一起她总是感到受冷落。

但有时候她也会恐慌不安。有几个下午晚上，他外出为应召女安排约会，留她单独在屋里，她似乎非常害怕孤独。"你非得外出吗？"她问。

"这类事不可能自动发生。"

埃琳娜便会生气。"我不妨当名应召女，这样我可以对你有更多了解。"

"或许你会有所了解的。"

"马里恩，我想做应召女。"喝醉之后她会这么说。

"现在不行。"

她眯起眼睛，努力想给人以深刻印象。"你这话是什么意思？"她说，"你把我看作妓女吗？"

"区区一个词能说明什么？"他这样说。

他出门之前，埃琳娜一直守着他。"马里恩，早点回来。"她恳求着。几个小时之后他回来时，她就仿佛第一次想到这事似的向他宣布，"你以为我爱你？"她哂笑了一番后说，"我想当一名应召女。"

"你喝醉了，宝贝。"

"你放聪明点儿，马里恩，"埃琳娜叫起来，"你想我为什么和你住在一起？是因为我太懒惰，不想一个人过日子。你对这有什么看法？"

"每个人都怕孤独。"他说。

"除你之外。你这么傲慢，这么有力。但我并不认为你是什么了不起的人物。"

这样发作过后，她会啜泣，请求他原谅，对他说她说过的话并不当真，也许她真的爱他，她也不清楚了，他便说，"我们别这样折腾自己了，结婚吧。"

埃琳娜摇摇头。"我想当一名应召女。"她说。

"你不是那材料，你应付不了，"他对她说，"我们先结婚，然后再看情况。"

他拿不准该怎样看待她。他觉得自己讨厌她，认为埃琳娜是对自己神经的一种考验。在床上他也厌恶她，确实他只不过想研究一下这份厌恶，想观察一下她怎样决意沉迷，而他却无法沉湎，就算片刻也不行。要不是为了从这研究和观察中获些快感，对他来说，要主动去挨近她实在是很难的。他受到怂恿，带她去参加一系列聚会，去唐·贝达家，在他自己家，与他的一些应召女郎，与一些陌生男士，与詹詹，以及与任何愿意会见他的人聚会。

她时而阴郁，时而欢快，他控制着她的情绪，就像马戏团的驯兽师，轻轻甩动鞭子，而她便是驯服的动物，他可以在她的毛发上擦拭手指。这想法似乎能给人无穷力量，他对自己发誓说他是认真的，他感到每次新的表演都突破了旧的局限，到头来他会耗尽她的精力，她的愉悦，她就什么也没有了。于是，通过对肉体加以指点，说它永远不能到达灵魂，说最大的罪恶在于相信两个人能一起生活，他便能将她的灵与肉分开。

她则竭力想停下来。一天早上，在贝达家待了一夜之后，马里恩又要她嫁给他，她说，"我不久将离开这儿。"

363

"上哪儿去?"他问。

"你觉得你讨厌我,"她说,"要是我真的相信,我就不会来与你住在一起了。"

"我爱你,"他说,"你想为什么我要求你嫁给我?"

"因为你觉得这是个大玩笑。"

他一听便大笑。"我身上有许多矛盾。"他说,笑的时候脸上显得很孩子气。

然而有一天夜里,他无法入睡,便起来绕床踱步,并细细瞧着她,似乎她已死去一般哀悼她,他心里很不情愿地泛起一缕怜悯之情,这缕纯洁而又痛苦的怜悯之情从他心中挣脱出来,犹如骨肉流产,半死不活,令人极感疼痛。

她渐渐已能接受和他结婚的想法,而他却觉得她可恶,因为她并未意识到自己全然依赖他的允诺。他们共同生活中唯一有点像婚姻的地方,便是她将他的住处弄得一团糟,而他觉得这一点很滑稽。她老是在他的房间里乱扔自己的衣物,老是在厨房里洒落食物,掉落杯盏,老是乱扔烟蒂烧出洞,然后便是道歉,或者当他要她整理某个房间时,发上一通脾气。在她带她的两件行李来这儿之前,他生活很有规律,家中也井井有条。可自从她来,并将她的东西扔得满屋狼藉,他就生活在极度恼怒之中。他们有个女佣,一个脸上毫无表情的墨西哥中年妇女,她每天上午来两个小时收拾整理屋子,而用不了多久,屋子就会被埃琳娜弄得乱七八糟。他们常常因女佣而吵个不休。埃琳娜一口咬定那女人恨她。"我听到她在骂我笨蛋。"她对他说。

"她也许是在祷告。"

"马里恩,要么我走,要么她滚。"

"那你就走吧。"他说。这话他越来越经常地挂在口上了,他相信埃琳娜不会离开，便以这事来奚落她。"你骗得了谁？"他说，"你想你能到哪儿去？"

埃琳娜的行动让他感到惊奇。她开始与墨西哥女佣交朋友。在上午晚些时候，他能听到两个女人在闲谈，偶尔其中一个会笑出声来。埃琳娜开始说起，她过去错怪那女人了。"她心地挺好。"埃琳娜对他说。他饶有兴味地观察着，相信这不过是一时的热情。他想，她决不可能与一个墨西哥农妇交上朋友，那女人只会让她想到她自己也是土包子。但这事太过分了。有一天，女佣送给埃琳娜一只木制的餐巾套，埃琳娜拥抱了她。费伊当即支付了一周的工钱，打发了那女人，并要埃琳娜自己打扫收拾房间。此后他们的住处便凌乱不堪，他们还常常因埃琳娜去看那墨西哥女人而吵嘴。"脏货总喜欢找脏货。"他对她说。这话挺灵，埃琳娜从此不出门了。

不久，他常撂下她独自在家，一撂几个小时。他回来时，她便妒羡得要命。有一次，他趁这种机会对埃琳娜说，他也是没有办法，可发现她并不怎么激动。"当然，这只是暂时的，"他说，"我出门太多了。"两天后他移到另一间卧室过夜，在躺着未睡的好几个小时里，他听到她在屋里走动。有一次他听到她在抽泣，他强忍着不去睬她，以致全身都汗湿了。

他们最后还有过一次聚会。齐丽亚离开唐·贝达回东部去了。晚上，马里恩邀请了贝达一人过来。这些天里贝达心情不好。

"你因齐丽亚而伤心了？"马里恩问他。

贝达大笑。"十五年来我从未为哪个女人伤心过。但我住这儿，总得忍着点儿。"

埃琳娜嗓音低沉着说，"我理解贝达，我欣赏从不伤心的男人。"

"宝贝，我很赏识你，"贝达说，"你比你自己感到的更可爱。"

埃琳娜看着费伊。"你有什么要求?"她问。

"今天晚上不用问我。"费伊答道。

"那就别管。"她对他说。于是费伊独自坐在起居室里,埃琳娜和贝达则到住宅另一头的房间里去了。费伊吸着大麻烟,脑中不时掠过那个他自认为极为幽默的想法:"我脸蛋还嫩,身子却老了。"

贝达终于出来了,埃琳娜却还未露面。他边梳理头发,边和马里恩搭话。"你的小妞有点儿烦躁。"贝达说。他脸色有点苍白。

"她只是有点儿高傲。"

"马里恩,别数落她。她与众不同,很有勇气。"

"是的,"费伊说,"他们说,人人都有勇气。"

"要知道,"贝达说,"你这种人使得我这样的人落了个坏名声。"

"皮条客,我没想到你会介意。"马里恩答道。

"我会到监狱来探望你。"

贝达走后,马里恩走进卧室,看着埃琳娜。她正仰卧着。"我应该跟这人回家。"她冷冷地说。

"他会留你待上一天的。"

埃琳娜在床上转过身去。"你再也不提与我结婚的话了。"她说。

"你爱我吗?"

"我不知道。"她朝墙上看着。"谁会爱上你?"她说。

他大声笑起来,"那我就弄不懂了,那么多小妞儿都把我当作意中人。"

埃琳娜舒了口气。"我觉得讨厌极了,我感到恶心。"

他一下子发火了。"你和别人全一样。干着自己想干的事,然后却认为因为你觉得讨厌,干那事的就不是你。"

"就算你说得对,又怎么样?"她说。

费伊不得不向她解释。他不得不向每个人解释。"听信整个世界的胡扯吧,"他说,"那便是爱。胡扯堆成山。"

"你并不那么快活。"埃琳娜说。

"那是我的错。要是某个想法对我不起作用,那并不意味着它就有错。"他又点燃了一支大麻烟,并将烟气吐在她身上。"埃琳娜,你想过要嫁给艾特尔,你爱他,你这样说过。现在你还爱他么?"

"我不知道,"她说,"忘了他吧。"

"我越琢磨这事,就越认定你曾爱上过他。"马里恩大笑。"对了,现在我明白了,你真的爱上过他。"

"别说了,马里恩。"

"真可怜,"他说,"我说对了吧,你有着意大利人的铁石心肠,却爱上了他。你会说自己狂热地爱他吗?"

他正涉及她心中最隐秘的事,他清楚这一点,便继续深入。

"这是个可悲的故事,"他说,"你和查利错过了,没能缔结良缘。我来告诉你查利·弗朗西斯的一个秘密。他是个失意的教师。你能理解那种类型的人吗?艾特尔那样的男人,内心深处总是念念不忘地希望别人信任他。"

"你了解些什么?"埃琳娜说。

"你没法信任他,是吗,埃琳娜?"

"别缠着我,马里恩。或许令我失望的人太多了。"

"不是吗?难怪你从不愿告诉艾特尔你在夜总会廉价搭上的那些小子。"

"没有你想象的那么多,"她说,"不管你信不信,我也有我的自尊。"

"是的,"马里恩说,"也许你太高傲了,而看不出艾特尔爱上

367

了你。他自己也不清楚，而你又太笨，没点拨他一下。但他是爱你的，埃琳娜，你就是没有头脑，不然就可以结婚，生活也安定了。"

她仔细听着每句话，尽量想露出一副笑容。

"跟着我吧，埃琳娜，"马里恩说，"我不在乎你是不是信任我。对付笨女孩，我可是个专家。"

"我对你说过，让我当个应召女郎。"她干巴巴地说。

"啊，我认为你当不了应召女郎，你应付不了。"马里恩说。

"为什么？我能成为很出色的应召女郎。"

"不，"马里恩冷静地说，"你太稚嫩。你缺乏品位。"

她脸部肌肉抽搐一下，仿佛他打了她似的。"那就让我沦为妓女吧。"她嘲笑着说。

"我们结婚吧。"马里恩说，吸了一口大麻烟。

"我永远不会嫁你。"

"高傲，不是吗？亲爱的，要是我对你说，我才不想娶你，你会说什么。"

"我想当名妓女。"埃琳娜重复说。

"我不管妓女的事。"马里恩说。他心中很失望。"但我可以向一位朋友引荐你。他有一份工作，那儿你可半在妓院内干活。"

"什么叫半在妓院内？"

"就是在妓院里，"马里恩说，"就像墨西哥边境上开的那种。"

埃琳娜看来十分害怕，恐惧之色显现在她脸上，随即又消失了。"那个我不干，马里恩。"她说。

"你自以为了不起，是大博士吗？想想在那种地方出没的穷光蛋们，想想他们怎样和你上床。"

"马里恩，你没法强迫我干那个。"

"我没法强迫你干任何事，"他说，"只是，听着，埃琳娜，我对你已厌倦了。我对你有点儿厌倦了,也许你最好从这儿滚出去。"

"我正想搬走。"她说,但声音不怎么响亮。

"那就搬出去。"

"我会走的。"她说。

"马上走吧。"

埃琳娜仰卧着,又在呆呆地望着天花板了。"我但愿死去,"她喃喃说道,"我想自杀。"

"你没这个胆量。"

"别讽刺我,这用不到什么胆量。"

"你不会自杀。"马里恩说。

"不,我会的。我会这么干的。"

他出去了一会儿,用颤抖的手在橱柜的药瓶、发油罐和塑料带中摸索,随即他拿着内装两颗胶囊的小瓶子回来。"这是我一直为自己保留着的,"他说,"它们作用起来像安眠药一样。"他把小瓶子放在床头柜上。"你要点儿水吗?"

"你以为我不会服用?"埃琳娜问。她仿佛离他很远很远。

"我认为你不会。"

"出去,让我一个人待着。"

他回到起居室,坐了下来,听着自己的心在怦怦地跳。这声音似乎响彻了全身。"这件事不能这么下去。"他想,这时他听到埃琳娜起了床,向浴室走去,他的心不禁又剧跳起来。他听见浴室里自来水的声音,一会儿声音没了,不久她又打开龙头放水了。这次的声音是在浴缸里。他心头一惊,不禁想道:"我真能做得这么绝吗?"

浴缸进水声停了。他再也想不出这些声音意味着什么。他坐着没有动,并决心至少坐上一个小时不起来。他把这看作是对埃琳娜尽义务,因为这么坐定在椅子上简直是受罪。要是他能在屋里走动,甚至点上支烟,那他就会感到轻松些,但他不断对自己说他必须体验她的感觉。他相信这时她已经死去,便哀悼起她来。"她比别的女人出色,"他自言自语着,"她是那些女人中最坚强的一个。"

他坐了整整一个小时,眼睛始终盯着钟,时间一到,他便走到浴室门口。埃琳娜把门锁上了,他咔咔地摇动门上的把手,一边叫着,"埃琳娜?……埃琳娜?"没有回答。他想如果稍稍等一下,门会开的。他又摇动把手,并用手掌砰砰敲起门来。随即他稍稍呜咽几声。一种童年时代的惊恐袭上心头,仿佛他被锁在里面了。他因自己感到惊恐而发怒,便想破门而入,这时他想起口袋里那一串钥匙中有一把万能钥匙。他费了好大劲,总算在开门锁时双手没发抖。门打开了,只见埃琳娜坐在注满了水的浴缸边,一条浴巾披在身上,右手死死地攥紧了药瓶。她像尊雕像似的端坐着,全身的力量都集中在手指上了,那只手突出在膝盖前上方,无声而又用力,几乎凝成了永恒,使她看来俨若石雕。眼泪淌在她的脸颊上,她的双眼紧盯着他,仿佛她不得不抓住某样东西,不管那是什么,即便是他也行。

费伊伸出手去,从她手中把药瓶抠出来。瓶里那两颗药还在,他仿佛被烫伤似的发出一声叫唤,他知道此刻他感到松了口气,可因为埃琳娜看出了他的感受,他又恼恨不已,恨不得一拳将她打倒在地。

埃琳娜抬起头,勉强地低声诉说起来:"啊,马蒂,我很抱歉,我实在抱歉,可我不想那样,我不想……了结生命,我发誓我不想了结生命。"她恳求着,似乎他是意大利匪帮的首领,而她在乞求他的点滴怜悯。随即她开始抽泣起来,因为困乏不堪而哭得很轻。"我一两天里就离开这儿,我保证很快就走。"

费伊知道他被击败了。他无可奈何——毕竟他还有点怜悯心。

于是他让她上床睡了,而他整夜躺在她身边,不眠也不想什么,全身因困倦不堪而备感酸疼。第二天她心情十分抑郁,第三天她仍非常消沉,可他已经输了,因而生活中又添了一重绝望。

当她开始收拾行装时,他没有阻止,她说即将动身时他只是点了点头。"去哪儿?"他问。

"到电影之都找份工作。"

"行,让我开车送你回去。"

"我不想搭你的车。"她摇摇头说。

"那我开车送你去机场。"

"我没钱坐飞机。"

"我会给你买机票。"

"不,你不能这么做。"

"你一定得依我。"他说,他的声音使她不由得抬头看了看他。"请务必这么办。"他又说。

"我不明白你为什么这样做。"埃琳娜说。

"我也不明白,但还是让我给你买张机票吧。"

她同意了。他给旅行社挂了电话,预订了机票,将她的行李放进了小车。

去机场的路上,就在这沙漠地带公路干线的唯一弯道上,他超过了另一辆车。就在超车时他才发觉迎面有车驶来,因为他见到了车灯。当他发现那是辆卡车时,已经太晚了。他急忙返回自己的车道,但瞬息间他意识到已不可能,随即他听到埃琳娜的一声尖叫,卡车头撞上了小车后轮挡板,他感到一股惊人的冲撞力猛地击中了他,方向盘顿时脱手了。随即他感觉似乎他的肢体被往四面八方撕扯。凭着感觉他知道他们已停下来不再翻滚,他的头和胳膊卡在了一起,十分疼痛。他尽力想让头脑清醒,觉得有一件事他非记住不

371

可，他听到埃琳娜在一旁低泣，他想告诉她这件事。在他的手套箱里有一把枪，要是他能够开口就好了，他会叫她把枪扔在沟里，因为警察会抓住枪支的事指控他，他早就知道有朝一日他若入狱，那将是些荒谬可笑的原因，如未获允许拥有枪支。"这没什么。"他想，并竭力保持头脑清醒，似乎那是用他受伤的嘴可以咬住的东西。"这没什么。要弥补它，或许我需要一年时间。更多的教育。"他还想说什么，可一阵剧痛使他昏迷过去了。

卡车停下了，跟在他们后面的小车也停下了，不出一分钟十来个人围住了费伊的车子。他们先将埃琳娜扶出来，她神志还清醒。她的鼻子淌着血，有人碰到她的手臂时她呻吟起来，因为那手臂断了。他们将她扶出车外时，她嘴边淌着鼻血，一只手臂托着另一只，还有力气自己站起来，走了一步，又一步，这时他们赶紧扶住她，让她躺了下来。这一刻她相信自己就像个孩子逃离夜间闹鬼的小床似的想摆脱他们，遁入黑暗，她脸上淌着血轻声叫唤着——尽管在她自己听来就如大喊大叫——"啊，查利，原谅我。啊，查利，请原谅。"

然而她还有另一些话要说，这些话全混杂一起，爱之谜仍如以往那般神秘。"马里恩，马里恩，"她想，随着疼痛的缓解，她渐生睡意，"马里恩，为什么你一点也不喜欢我呢？为什么你不明白你也可以爱我呢？"不久救护车开来了，她躺在路肩上，听到了救护车警报器的尖厉鸣叫。

## 第二十六章

在医院里，马里恩受到了警察的监管，他们还不准任何人天亮之前见埃琳娜。我与值班护士就谁该付埃琳娜的费用一事苦苦争执十分钟，最后只得掏空了皮夹，将我那一周的工钱全给了她，并决定给在电影之都的艾特尔打个电话。我当时心想，假如他不来，我将不得不担当起照料埃琳娜的责任，而这时我已明白我根本不想这么做。因为我知道倘要欣赏自己的古道热肠，得熬上太长的日子。

电话簿上未列出艾特尔的号码，芒辛的也没有，但我想起了艾特尔的商务代办的名字，并挂通了他的电话。从这位代办说的话听来，我想象他正披件睡衣，嘴角叼了支雪茄，有些紧张，但据我所知，他看起来可能像位客户账目经理。

"喂，你是谁？"那代办说。

"我是谁无关紧要。我是他在沙漠道尔的一个朋友。"

"我都不想听到那个地名。听着，你别来打扰我的朋友查利。"

"你能给我他的号码吗？"

"你要它干什么？"

"我需要，"我说，"请相信，我有急事。"

"别打扰查利·艾特尔。人人都拿他们的难题来纠缠艾特尔。"

"他的一位很好的朋友正生命垂危。"我只得夸大其词。

"是个女人？"

"那又有什么关系？"

"听着,查利·艾特尔没有必要为任何女人起床。他现在是个大忙人,看在上帝分上,别纠缠他了。"

"你听好了,要是这消息今晚不通知他,"我对着话筒大叫,"明天早上他就会和你过不去。"

就这样,在电话亭里满头大汗折腾了半个小时,花了两元的零钱,还有一次误接的电话,我终于与艾特尔通上了话。这时候我实在是太烦躁太激动了,说话必定已含糊不清。"你雇请的是哪门子代办?"我劈头就这么问他。

"瑟吉厄斯,你喝醉了?"艾特尔在电话里说。

我随即把情况都对他说了,足足二十秒钟我没听到回话,只有一片沉默。或许那仅是我的想象,但我有种感觉:这消息使他大为恼怒。然而,他回话的时候却说,"哦,上帝。她还好吗?"

"我想是的。"我说。我把所知道的详情都说了。

"你认为我应当来一下吗?"他问,见我沉默无语,他加了一句,"明天我们拍片很忙。"

"要我为你回个话吗?"我说。

"好吧,我会做出安排,"他的话直入我的耳中,"告诉埃琳娜我马上搭飞机,明天上午就来看她。"

"你自己对她说吧。今晚他们不让探视。"

"伤得一定很严重。"他颇带绝望地说,我一时倒同情起他来。

第二天上午艾特尔比我早到医院,我在门口台阶上遇见他时,他已探望过埃琳娜出来了。"我打算娶她。"这是他对我说的第一句话。

这事没多少选择余地。他进去探视时,她正坐在医院的病床上,手臂用悬带吊着,鼻子用纱布橡皮膏贴着,看起来就像她想隐藏自己的面目似的。埃琳娜眼睛望着别处,直到艾特尔的手搭上她的肩膀。"哦，查利。"她只是简短地说。他看得出来，她因服用镇静剂而显得昏昏欲睡。

起先他们想不出可以说的话。她注视着他，轻轻地说，"听说你又导演影片了。"

他点点头。

"对你来说离开摄制组一定很不容易。"

"倒并不那么难。"他说起话来又有点迷人了。

"你工作时感到愉快吗？"她彬彬有礼地问。

"感觉还不错。电影厂的人大多挺宽容。甚至有人还称赞我的公开声明。"

"哦，那太好了。"她说。

他们都想朝对方微笑。"我猜你已重振自己的事业？"埃琳娜继续说。

"只是部分吧，还得做不少弥补的工作。"

"你会拍出部好电影。"

"我会尽力的。"

"我知道你将拍出部好片子，"这一次她点了点头，"你又和过去一个样了，查利。"

"和过去不一样了。"艾特尔说。

他说话的口气有些异样，这使她朝他稍稍靠近了些，她很小心地轻声问道："查利，你想念我吗？"

"非常想念。"他说。

"不，查利，我要听你说真话。"

"我说的是真话，埃琳娜。"

她默默地流泪了。"不会的，查利，你很高兴摆脱了我，这我不怪你。"

"这不是事实,"他说,"你知道我的作风,我还没让自己多考虑别的。"他咳嗽了一下,有一两个词没有说出来。"有天晚上,"他说,"埃琳娜,我很想你,当时我明白如果不控制自己,我就挺不住了。"

"我很高兴你多多少少想到过我。"

他接着说了句话,话一出口他便觉得自己犯了个错误。"你好些了吗?"他问,"我是说,这事故一定很严重。"

这就好像他竖起一面镜子,映出自她离开他以来所流逝的全部岁月,他感到她被苦难的潮水裹挟而去,直至他不再存在,而此刻她已独自躺在医院病床上,她的过去已杳若云烟,而未来毫无着落,这病床、四壁和无菌病房里的种种设施,就像一片冰冷雪白的大海包围着埃琳娜。"还不怎么糟糕,"她说,随即又哭起来,"啊,查利,你最好还是回去吧。我知道你一向讨厌医院。"

"不,我想照顾你。"他一开口,便不由自主说出这话来。

"娶我吧,"埃琳娜不假思索地突然说道,"啊,查利,请娶我吧。这次我一定学好,改变自己。我答应我一定这么做。"

他点了点头,他的心麻木了,情感一片混沌,觉得一定有退路,却又明白什么退路也没有了。因为一听她说这话,他耳畔便响起在他半心半意地求婚时她说过的话。"你根本不尊重我。"当时她那样说。他像个乞求自尊的乞丐,明白自己不能拒绝她。他抱着埃琳娜,感到全身冰冷如石,可他知道自己会娶她,而不能抛开她,因为生活的法则如此严苛公正,它要求人们必须前进,否则就要为停步不前付出更大代价。要是他此时不娶她,他就永远难以忘记,过去他曾带给她幸福,可这时除了医院病床她已一无所有。

于是他继续爱抚着她的肩膀,轻声地问了些问题,谈论起他们的婚姻。这时他心中确信不管他对她有什么看法,他们总是一对,两人有伤痛可相互慰藉，那可比独自忍受强多了。也许一年之后她交了别的朋友，那他还可以离婚。

一个星期后，就在她出院的当天，他们结婚了。我从报纸上读到了这条消息。他带埃琳娜到电影之都外围的某个小镇，在那儿举行了仪式，科利·芒辛做了男傧相——细细一想，这倒并不怎么让我吃惊。

在随后的那个月，艾特尔邀请我出席婚礼的信才辗转寄到我手里。我寄去了礼物，并回信解释了我无法前往的原因。我已离开沙漠道尔，这时正待在二千英里外的墨西哥城某家廉价旅馆，在写一本有关孤儿院生活的小说。此后，我又听说了些零碎消息，那就像沉底的卵石所搅起的些许余波。在我读到的有关他们婚姻的文字中，有过一桩小小丑闻，一次小小宽容，虽然某些报纸以显著位置刊登了马里恩·费伊的照片，但那些漫谈专栏作者的笔调都还相当温和。电影之都会有些什么街谈巷议我虽不得而知，却不难猜到。过了几个月，那是在马里恩的案子判决之后我收到了他转寄来的一张明信片，明信片上印的是他服刑的牢房，一间洁净、明亮、卫生的囚室。"敬启者：我有种感觉，"明信片上写着，"我们原先的谈话，我现在才有所理解。你的犯人朋友，马蒂。"在明信片下沿他又加了一句，"又及：你仍当警察吗？"

一年半后，当《圣徒与情人》上映时，我花了一美元八十美分，去百老汇的一家首轮专映影院观看。影评写得精彩，影院里几乎座无虚席。我一时颇感惆怅，便买了些爆米花，边嚼边看电影。就电影来说，这片子还不错，制作得好，没有多少令人难堪的场面，但也不怎么动人，至少我是这么认为的。坐在我旁边的少女和她的男友在互相抚摸调情，他们为一些聪明的对话发笑，但也打了一两次哈欠。我很不愿意承认，可影片中确有我很欣赏的部分。尽管艾特尔宣称他对基督教会一无所知,但在某些细节上却颇有巧妙精辟的见解,要是想拍部天主教徒也爱看的电影,那他的这些见解甚至比我的还讨巧。以后几年里我一直想给艾特尔写封信,但我总拿不准该写点什么,渐渐地这写信的念头也淡忘了。我感觉是我疏远了他,可要这样对他说又未免有点伪善。一年又一年过去了,我们常私下里孤独地计算着逝去的时日,可这与数字或判断或关于朋友的飘忽不定的记忆几乎没有什么关系。

第六部

## 第二十七章

如上所述,后来我动身去了墨西哥。在经过种种耽搁,以及某些可疑的繁琐手续——这令我想起颠覆活动调查委员会的那位后卫和阻截队员——之后,我的身份证件终于办成了。我得到一笔政府的老兵安置费赖以度日,还进了一家艺术学校,并和几个美国人结了伴。其中一位是个个子高高的黑人青年,过去曾在大学校队打过篮球,现在他想成为一名诗人。我们曾在墨西哥城近半数的低档酒馆里,在街头乐队演奏的音乐声中争论文学。另有一位是个摩托车赛车手,头部曾受过伤,因而常常十分伤感,身体也随时都可能衰竭。我的伙伴除这两人外还有几位。我得过且过地住了几个月。我想我和大多数到那儿消磨日子的美国人差不多,不同的只是我总是很消沉。我常常想起露露。

每个星期天我都去墨西哥城里的斗牛场观看斗牛。我渐渐对斗牛有所了解,这项运动对我来说有了新的含义。通过朋友介绍,我认识了几位斗牛士,在我的西班牙语大有长进后,我便常常和他们一起泡咖啡馆,一泡就是几个小时。不久我和一名墨西哥女子好上了,她是某个年轻斗牛士的情妇。这事本身有点不同寻常。大多数年轻的斗牛士都很穷,供养不起女人,事实上通常对女人不予过问,他们遵循着一种不那么严格的理论,即不愿将他们的竞技囿于闺房之内。那位斗牛士很受一些人推崇,他干得不错,下个赛季将成为一名正式斗牛士,因为他有朋友,能拉到赞助。我的朋友都告诫我，和那女子相好有危险，那斗牛士或许会找我拼命。可事情的结果却多少有点出人意料，因为关于斗牛士，人们的说法各不相同。那斗牛士得知此事之后，却邀请我共进晚餐，我们度过了一个长长的极为敏感刺激的墨西哥式夜晚。我们始终冒着爆发致命冲突的危险，后来却喝得酩酊大醉互相搂着肩膀走出餐馆，虽然那对他来说挺不容易，因为他身高才五英尺四英寸，体重不会超过一百一十磅。而且坦白地说，他才十九岁，几乎是个文盲，那张可怜的印第安少年的脸上还满是粉刺。

后来他试图以墨西哥人的方式报复我。他私下里挺神秘地给我上过几课，只有墨西哥的见习斗牛士才会那样就斗牛技艺授课，而我几乎还不知道怎样使用穆莱塔①。我手抓斗牛士的斗篷，就仿佛它是件匈牙利军官的大衣。我的手很笨拙，根本还没学到什么技艺，他就带我去了一家牧场，给我一头他当天得到的小牛做训练。这样安排简直要命，因为他的情妇就在一旁观看。那些小牛真的并不构成危险，它们几乎不可能致人死命。若是接连四五次被它撞到，就像我一样，只要你腿脚灵便，那情形跟被自行车撞上四五次其实也差不了多少，但我必定是大出洋相了。那些墨西哥人都坐在牧场的石头矮墙上，随着尘土飞扬，他们不断地哄笑。五分钟结束时，我成功地刺中了小牛，接着又刺中一次，随即是第三次，这时小牛才撞到我的腿，开始在我身上踩踏。我记得自己倒地后，小牛就在我耳边吼叫，而那些斗牛士的助手们则嬉笑着用他们的红斗篷将小牛引开了。当时我心中涌起一股激情。我明白了刺中公牛是怎么回事，更确切地说是刺中一头未来的公牛，我很想成为一名斗牛士。别的还有什么？人不是往往比他自己所想的更不顾一切吗？

---

① 穆莱塔：斗牛士用以吸引公牛注意力的红布。

于是，我开始了为期六个月的十分奇特的生活。我和这位斗牛士及他的情妇一起出游，我跟他学习斗牛，而他也一直知道他那女人在与我偷情。最后他只是支付那女人的一切开销，别的什么也不管了。他越是因她对我感兴趣而妒忌难受，每次我想离开他们时他却越恳切地求我留下。我因此花费了太多的积蓄，况且这日子过得并不痛快。因为那女人以前吃过很多苦，她十四岁就进了墨西哥的市政机关，在那种地方谁也不会有什么前途。说实话，倒不是因为那女人引不起多少兴味，只不过她有点令我回想起了埃琳娜。

每次他劝说我留下，就会对我添一份忌恨。真不可思议，他是如何熬过那女人和我在一起的时辰的，像大多数拉丁美洲人一样，他在这类事上的想象犹如一座富于创造力的火山。第二天他便阴沉着脸，要是原定该他出场，他便会出去斗牛。相对而言，他是个相当胆小的家伙，但世上三分之一的优秀斗牛士都拥有懦夫的诀窍，至少在我看来，他们会干得比那些勇敢者更激动人心。因为我一向最痴迷那些着意表现出强烈恐惧，而后又成功地进行富有想象力的搏杀的斗牛士。胆小者了解人们对公牛的种种畏惧，因此在那为数不多的能控制自己身体活动的日子里，他们便知道更多的变化，更多的机会，以及在哪种时刻可以玩些新鲜花样。

那就是这位墨西哥斗牛士的风格。在他害怕的时候动作笨拙，表现相当差劲，如果碰上一条难以对付的公牛，那他简直令人绝望。但偶尔他出场时脸色苍白阴郁得像个死人，冷透骨髓，因他已超越恐惧，在这一天或许死就跟继续活下去同样吸引人。如果他碰上一条还不难对付的公牛，他斗起牛来会表现出我从未见过的新颖技法。那么不管我们之间有过什么不愉快的事，这时，我会不知不觉把他看作是位大师。作为斗牛士他有一种罕见的惹人怜悯的感召力，他能使得斗牛场里一半的观众感到似乎他们也在与牛相斗。而另一半观众则会讨厌他,因为他的斗法太不正统了。他是我所见到过的唯一能揪住牛的耳和尾巴在场内徒步三圈的斗牛士,而那些保守的观众却将坐垫纷纷朝他头上掷去。于是我最后意识到他是斗牛这一行业的激进领衔人物,从某种不可理喻的角度看来,我和他的情妇则是考验他素质的不可或缺的人。可他非常讨厌我们。我花了很长时间想以这些素材写一部小说,有朝一日也许我会把它写出来。

不管怎么说,我多少有所长进,最后终于离开了他们,这过程说来话长,就不再赘述了。我以自己的名义出场斗牛,经历了种种曲折磨难,因为身为美国人在墨西哥当名斗牛士,这可不是公众所认可的。但很长时间里对我来说斗牛比干任何别的事更为重要。我得承认,当我有些小小的成功时,我常常梦想我会成为第一位获得公认的伟大的美国斗牛士。但我想我毕竟年纪太大,不可能达到炉火纯青的地步了,问题不仅仅在于你有多少勇气,还在于你有多少耐力,因为要斗的不仅仅是标准的公牛,还有难以对付的低价出售的劣种牛,以及老奸巨猾的斗牛场老板和一脸笑容却常常豢养着一伙恶徒的赛事主办人。我几次受伤,最后一次伤得较重,使我十分懊丧。随之,我的身份证明文件在非法续签时出了事——人们若在墨西哥待得太久,都是这样续签的——有的搞混了,有的在行贿赂时出了疏漏,结果我被遣送出境。再没有什么斗牛士,什么见习斗牛士,什么老兵津贴,有的只是腿上一块引人遐想的伤疤,即将开始的新的人生旅程,以及新添的自怨自怜。

路上停留了一两次后,我在纽约安顿下来,那是曼哈顿格林尼治村外一套只供应冷水的公寓。我与几个女孩交往,有了些十分复杂的浪漫故事,我想自己从中学到了些东西——人生就是受教育,学到的应当加以应用——我还努力写着我的斗牛生活的长篇,但这小说并不精彩。它最终成了对那位罕见的计数奇才欧内斯特·海明威的模仿，而我也体会到重复一位优秀作家的作品，就创作能力而言是无法令人满意的。

　　这阶段我靠一份不同寻常的职业维持生计。我的积蓄只剩了几百美元，于是我孤注一掷，在纽约东部的贫民窟租了一间统楼面，粉刷一新，贴上几张斗牛的招贴画，开办了一所斗牛士培训学校。几个星期过后，学校开张的消息传遍了格林尼治村，学员渐渐多起来了。我对此事觉得很矛盾。一方面我对斗牛已有点厌倦，至少不想再耗费时日去讨论它，我知道自己的水准还远远不够当一名教师。但另一方面这种上课挺有趣，也许在一旁看着也颇有意思，因为我将一辆独轮车改成了一架刺杀机，场地里还到处是一副副牛角。一对对学生轮流操起牛角，给搭档练习身披斗篷手持红布躲开公牛。在上课时，听着整个楼面上响着十至二十个稚嫩的声音，在叽叽喳喳地叫着喝着："喂，牛！呼嗨，牛！对准你了，牛。"他们的T恤衫因出汗而变得灰白了，他们差不多都挺快活，尽管有些人甚至连头母牛都从未见过。让我惊奇的是，我的学生有一半是女孩子，只是在我对格林尼治村有所了解后，才渐渐明白此中原委。这些女孩中什么宝贝都有，包括一名来自布鲁克林正在攻读硕士学位的犹太姑娘，以及一个出生于矿区小镇、从事抽象画创作而又做脱衣舞表演的年轻女子。倘想以教斗牛术作为职业，倒是相当有趣的，但我很不愿意将时间花在这上面，因为我很想干点别的事情。

　　有一天我从报上得知多萝西娅·奥费伊·佩利来了，住在镇上。这一次报上的消息倒是真的。我心血来潮，便去几家旅馆打听，很快在第三家旅馆找到了她。不知不觉中我们攀谈起来，两人的距离很快拉近了，因为就我们共同认识的人她有许多情况要告诉我。让我俩都觉得惊奇的是，那个晚上我们竟在旅馆里一起过夜，而在随后的十天里，多萝西娅实际上是住在我那仅有冷水的公寓里，结果我有机会观察到她性格的另一面。多萝西娅的貂皮短大衣——那是从一位经营皮货的朋友那儿批发来的——搭在我十美元一把的扶手椅背上，她用拖把拖洗着我那脏兮兮的油毛毡地板，一边就如何对付公寓管理者向我传授着经验，因为多萝西娅明白在贫穷处境中，富有戏剧性的事情首先便是，没有什么地方是禁止倾倒垃圾的，从顶楼的卫生间直到底楼的醉鬼恶棍，这是公然的战争，每个人都得守住自己的地盘。

在家庭气息不那么浓的时候，和多萝西娅一起生活倒是种有趣的经历，算不上美妙，却挺刺激。多萝西娅年龄比我大那么多，她对于做爱贪得无厌——这点谁能责怪她？——因此在我与她分手之前，她提出在我写书时由她供养我。但那样做个由女人供养的情人，总有点过分。尽管原则上我并不反对这么做，尽管我也曾多次兴致勃勃地想过，这是我可以选择的一种生活，但这终究是徒劳。因为做个由女人供养的情人，就很难再维持尊严，而倘若你这一生想有所进取，尊严是少不了的。人生要想干些有意义的事，就得随时保住自己的尊严。

最后，我总算说服多萝西娅，她该回到西海岸去，而我则留在东部。她走了之后，我发现自己竟能心平气和地面对这道难题了：做个爱人者或被爱的人，究竟哪个更好呢。我想起艾特尔和他的罗马尼亚情妇，想起那个墨西哥斗牛士和他的相好，想到多萝西娅，据她自己说，她是多么喜爱我，而我却几乎没什么感觉，当然没理会那种爱的激情。于是我又回到了老朋友的圈子，我会回想起露露，令人愉快的是那份痛苦的感觉没有了，至少大半消失了，因为我仍记得露露坐在多萝西娅跟前的情景。我由此对那部写斗牛生活的长篇有了些新的构想，并硬着头皮写起来，结果发觉自己写下些小说的片段，最后我渐有所悟。在我写作时，我觉得自己比过去开窍多了，我总算挺过来了，能够将自己身上较有光彩的部分以某种固定的形式记录下来，因此我感到欣慰，因为我不过是个孤儿，却已开始幸运地跻身于艺术创作的世界。

我过去一误再误，未受多少教育，这时候感到了学习的魅力和紧迫性，我清楚地认识到自己知识很贫乏。于是，在我没有工作也不写作的那一年里，大半的时间我都泡在公共图书馆里。只要有机会，我就常常在里面一泡十二个小时。我读一切感兴趣的东西，读所能找到的优秀小说，也读文学评论。我读历史书，哲学家和心理分析学家的著作，读那些写作风格与自己投合的作品。因为一个人的写作风格，部分在于他如何看待别人，他是否想让他们敬畏他，或者希望他们平等看待他。我也读了一点儿人类学家的著作。我还学习外语，法语、意大利语，甚至学了一点德语，因为我生来就有点语言天赋。我花了两个月时间读《资本论》，要不是芒辛早就说过，我或许会把自己当成社会主义者呢，而当我一旦抛开这书，就仍是个无政府主义者，而且将始终是个无政府主义者。或者看来会如此。心情抑郁的时候我觉得自己会重新皈依教会。不管怎样，我的教育在继续。虽然我觉得无法衡量它，我月复一月地思考从书中读到的一切，并感到比任何别的事更兴奋。而自埋头读书的那年以来，我觉得还没有遇到过令我印象深刻的专家。这话听起来似乎有点儿吹牛，但毕竟我是在孤儿院长大的，那时候，那些能够上大学的人在我眼中神秘得就像贵族们乘坐游艇去地中海航行一般。

随着继续不断的学习，我发现我的求索有了一种规律。我读每本书，就像不知不觉沿着求知的螺旋形路线盘旋上升，到最后最难的题目也会迎刃而解。我学到的东西越多，就变得越自信，因为不管那作者的名气多大，思想多么深邃，我知道他们没有一个可以成为主宰我的最终权威，因为归根到底他们经验的结晶和我的并不相同，于是我变得自负，有了异乎寻常的自信：我能写出比任何活着的人更透彻的社会生活。于是我继续写着，在写作中一次次尝到了失败的滋味，因为最为漫长的个人旅程，莫过于从第一阵创作热情到作品定稿的过程了。不少夜晚当我置身图书馆中，在学者们穷毕生之力得以完成的多卷巨著中读着一条条脚注时，我知道写这些书的那些严谨学者们的幽灵，一定清楚此中的遗憾，因为每条脚注都是跨向更深奥意义的一步，而那更深奥意义威胁到学者的逻辑进展，直到经验和词语都了无意义，从这些经验和词语人们无从探知整体外部世界，如果确实存在这么个整体，而不是无限奥秘的话。

生活中的事并不常常如此抽象深奥，接连好多个星期，我感到了爱的极度饥渴，盼望着找到爱情，并找了一个又一个女孩。我在当地享有的斗牛士名声在这方面帮助不大。日子一天天一月月过去了，我仍办着斗牛术培训班，根本干不了别的事。但自到沙漠道尔以后我已改变了许多，因此我总能想起艾特尔，想象着他的生活，埃琳娜的生活，电影之都的生活，以至有时我的想象会把我带到我再不会去造访的任何地方，对我来说他们的生活变得比我自己的一切都更真实了，我可以看到他们一天天地打发着日子……

## 第二十八章

……艾特尔回电影之都几年后的某个晚上。已是黄昏时分，从早上八点起艾特尔就一直在忙着拍他的新片。这时候，摄影师们都在收拾器材，以备第二天继续拍摄，电工们正将场景灯光移到明天需用的位置，演员们走出各自的卸装更衣室，纷纷向他点头告别。艾特尔感到一丝淡淡的惆怅，每次干完活，当巨大的摄影棚关闭时，他心头便会浮起这份惆怅，仿佛回到了童年时的心境：冬日的下午，他放学后匆匆回家，阴沉沉的寒风一路推搡着他，而黑夜眼看就要降临，那心境是多么抑郁啊！他的一名助手拿着几份油印的物品需求单站在一旁，正要请他签名，旁边还有一名服装师正向他点头示意，那动作很有点垂头丧气的意味，似乎他为了获得艾特尔的指示，已到处找他几个星期了。实际上，午饭时他们已商议过五分钟，可那服装师是个主意多变的人，不管他们做出过什么决定，此刻或许又要请艾特尔重新拍板了。

"不必啦，行了行了，"艾特尔大声说，"明天早上再定吧。"随后他扬起手一挥，算是对这些场景、设备、有声摄影棚以及尚未离去的所有摄制组人员告别。他抽身而去，留下了十个有待他拍板的问题。他拍了拍另一位助手的背，推开一道隔音门出去，来到电影厂内的街道上。电影厂的头面人物们坐在他们的凯迪拉克敞篷车里，正以每小时十英里的速度缓缓移动。速记员和秘书们正从办公大楼宽敞的大理石门口出来。某条小街上，另一个摄影棚正在关闭，暮色中一伙尚未卸装的水手和海盗显得惟妙惟肖，他们大声说着话，乱哄哄地向他走来。用不了多少时间那些鲜艳而零碎的服装就会脱下来堆在电影厂的储藏室里了。十多个人和他打着招呼。艾特尔像个政治家似的接受着他们的问候，他朝一个人点点头，对另一人笑笑，看着他们头扎染血的手帕，身穿深红衬衫和因剧情需要而缀有补丁的长裤，显得精疲力竭，一副乱糟糟的样子。

他进了自己的办公室。那是间隐蔽的小屋，这些小屋是专供导演们使用的，他先吩咐秘书接通科利·芒辛的电话，随即给自己倒上一杯酒，并刮起胡子来。

他还没有刮完胡子，电话接通了。"今天进展得怎么样，老朋友？"制片人大着嗓门说。

"我觉得一切正常，"艾特尔说，"进度仍按预定计划。"

"明天我就到现场来。今天我去见了赫尔曼·泰皮斯，我对他说这会是部好片子。"

"大家都这么认为，科利。"

"我知道，我知道，老兄。但这部片子必须成功。"

"所有的片子都得成功。"艾特尔焦躁地说。他说话时，空着的手仍在刮着胡子。"喂，科利，"他以多少有点不同的口气说，"我午饭时打电话给埃琳娜，对她说今晚我要和我讨论剧本。我想她不会打电话问你的，但要是她问你，帮我搪塞一下吧？"

他能感觉出芒辛在犹豫。这是他一个月之内第三次请求芒辛帮这类忙。"查利，不管你要求什么，我会照办的，"芒辛缓缓地说，"可别忘了明天的事也很重要。"

"别自以为是，"艾特尔尖锐地说，"知道为什么今晚我要出去吗？"

芒辛叹了口气。"代我向那女士问好。"

艾特尔来到高级人员停车处，跨进小车的时候，天已黑了。他驾车熟练地穿过电影厂外交通相当拥挤的几条街，然后加速驶上一条通往海滨的宽阔大道。露露正在她的海滨别墅里等他，她会因他迟到而不高兴的。

他和露露偷情已有半年了，他们常常幽会，差不多每周一次。最大的问题在于找到幽会的地点。露露在电影之都郊外的住宅不能用，因为老是有朋友来串门喝上一杯，所以他们不得不选择这海滨别墅。现在已是冬天，又下着雨，住在海滨的电影界人士多数搬回城里了。这使得那幢别墅多少显得隐蔽幽静，但仍有可能被认识的人撞见，因此艾特尔将他的车停在远处，然后步行进别墅去。再过一个月春天就将来临，他们又将不得不安排别的幽会地点。

开车来的路上，艾特尔尽量不去想他正拍摄的影片。这是自《圣徒与情人》以来他所执导的第四部片子，故事并不怎么出色，是部喜剧片，讲一对男女发现他们无意中成了夫妻，影片几乎没什么新意，但预算相当高，是他回电影之都以来分派给他执导的影片中投入最多的一部，而且由最佳影片公司两位最走红的男女明星领衔主演。他的事业一定程度上就取决于这部喜剧片能否成功，因为《圣徒与情人》只获得部分成功，其余三部影片质量平平，虽未辱没他的大名，却也未给他添什么光彩。考虑到这种种情况，他的压力是够大的。因此在驾车去露露的别墅时，艾特尔思考起未来几天里他必须面对的问题来。他在为那位女明星和某个年轻女演员之间日甚一日的敌意发愁，那女演员的配角演得很好，太好了——这使女明星黯然失色——艾特尔心想这个周末他还得与剧本作者就一场高潮戏的对白做些修改，那对白的喜剧味实在不足，此外，艾特尔还一直十分担心，不知道影片的节奏究竟太快还是太慢。这问题不到影片剪辑制作完，谁也没法回答，而要是他的直觉判断不了，他就只能寄希望于对影片进行拼凑修补。艾特尔叹了口气。那幢海滨别墅已映入眼帘,可他脑中仍在想着这天的工作。

露露已等得不耐烦了。"我以为你再也不会来了。"她说。

"今天真是太糟糕了,"艾特尔说,"你不知道我是多么盼着早点来这儿。"

露露的反应有点不合情理。"查利,"她说,"要是今晚我们就此分手,你会不会非常生气呢?我是很恼火的。"

他控制着没让自己的恼怒显露出来。他安排这几个小时的幽会是多么不容易,她应当理解这一点。然而,他只是微微一笑。"你想怎么办,就怎么办吧。"艾特尔说。

"查利,你知道我对你怀着多深的感情。天哪,你是在托尼之外我唯一的情人,我用不着告诉你这意味着什么。"

艾特尔又温和地一笑。他已听说她另有两桩绯闻,今后还会有多少,谁也不知道。

露露在起居室里的家具之间来回踱起步来。"我需要你的指点,"她突然说道,"查利,我面临难关了。"

"难关?"艾特尔警觉起来。露露是不是想提出要求?

"托尼惹出麻烦来了。"露露悄声哭了起来。"我恨死他了。"她说。

"出什么事了?"

"我的媒体经纪人蒙罗尼刚才来电话,讲了足足半小时。他说我必须向报界发个声明,但他不知道我应当说些什么。查利,我也不知道,而我又必须在十分钟里告诉他声明的内容。"

"怎么回事?"

"托尼在匹兹堡一家饭店里殴打了一名女招待。"

艾特尔咂了咂舌头。"这处境可就狼狈了。"

"真糟透了,"露露说,"我知道托尼出去肯定惹麻烦。为什么电影厂要派他出去作宣传演出呢?他们应把他关在笼里。蒙罗尼说,他已经醉了两天了。"

"嗯,你觉得你该怎么办?"

"我不知道。要是我一步走错,就可能毁了我的事业。"

"处理不好的话,更可能毁了托尼。"

她摇了摇头。"他才不会倒霉呢。他是电影城里的头号明星,电影厂总得保他。我可出不得半点差错。"露露气恼得大哭起来。"为什么托尼非得闹出点事儿来啊?"

"你不觉得应当和最佳影片公司联系一下吗?"

"不,"她说,"查利,你没用心想想。你难道没看出来,他们想保的只是托尼?他们甚至没给我打电话。这就是明证。他们想散播的说法是,是我害得托尼成了那个样子,因为我是个坏女人。"

"最佳影片公司也不能失去你。"艾特尔说。

"他们才不在乎。托尼的比姆勒排名比我高。"

"那只是暂时的。"

"查利,别再一味说宽心话了。"露露尖声叫着。

"别对我吼叫,露露。"

她好不容易镇定下来。"很抱歉。"她喃喃说。

"蒙罗尼说什么来着?"

露露放下手中的杯子。"他真是个白痴。这件事过后我就辞退他。他认为我应发个声明,表示和托尼断绝关系,说什么托尼很野蛮粗暴,我很理解那名女招待蒙受的苦楚,等等等等。"

"人们不喜欢这种话。"

"当然他们不会喜欢。但蒙罗尼说这是上策,他的看法是在最佳影片公司攻击我之前我得先发制人,"她一下子摊开双臂,"查利，我的脑袋瓜都没法好好思考了。"

"露露，宝贝，"艾特尔说，"让我给你倒点酒。事情没你想象的那么糟。"

"我紧张极了，查利。请帮帮我。"

他点点头。"公关方面我是外行，但我还是学到一点点。"艾特尔微笑着。"首先一条，依我说，要想和最佳影片公司作对是个错误。他们太强大了，你斗不过他们。"

"我知道他们厉害。"她气呼呼地叫着。

"但你不必去反对他们，你可以利用他们的力量。"艾特尔意味深长地停顿了一下，"除非万不得已，他们并不想失去你。要是你提供了这种可能，使最佳影片公司能保住托尼和你，他们会感到高兴的。"

"查利，说具体点儿。"

"哦，你知道，人们都喜欢某一类忏悔，"艾特尔说，"我的建议是，你把责任揽到自己头上，你的自责要做得让每个人都同情你。"

"我想我明白你的意思了，"露露说，"但蒙罗尼知道该怎么办吗？"

"你有没有打字机？"艾特尔说，"我只要五分钟便可写好它。"

她让他坐在书桌前。艾特尔点起香烟，喝上一口酒，便开始打起字来：

近日正在波内·凯尔贫困儿童救济会忙于为儿童义务演出的梅厄丝小姐，今天回家获悉情况后说，这全是我的过错，不能责怪托尼。对那位可怜的女招待我感到非常难过，我知道托尼心里更不好受。感情和心理上的麻烦使他犯下如此过错，这全是我造成的。实际上，托尼有着很温和的个性，可我未能给予他所需要的爱和慷慨无私,尽管我以自己幼稚愚蠢的方式深深爱着他。或许,通过这件事——这事主要是我的责任,我会变得成熟谦恭,而这正是长期以来我所追寻的目标。我将马上飞往匹兹堡,和托尼在一起。我希望这事过后,托尼甚至会比我有更多的好运。

"查利,你真了不起,"露露再次拥抱着他说,"我马上给蒙罗尼打电话。"然而,她手持话筒,却犹豫起来。"这波内·凯尔贫困儿童救济会怎么办?"她问。

"我与古斯塔夫森很熟。这是他主持的一项慈善募捐。给他寄张五百美元的支票,就什么问题也没有了。他甚至会发表自己的看法。'本市一位最具爱心的女演员。'"艾特尔露齿一笑,"只要请蒙罗尼给他挂个电话就行,打电话时顺便让蒙罗尼预订机票。"

电话都打完了,露露过来坐在了他的大腿上。"不必马上去机场,还有两个小时,"她说,"但我得请女佣理好行装,去那儿等我。"

"等等再说吧。"

"哟,查利,你真是好样的,"露露说,"蒙罗尼认为这太妙了,他拼命对我说,他自己也在考虑从这个角度寻求解决办法。待电讯社一发布我的声明,他就会给最佳影片公司送去一份。"

"要是报纸一刊登,我相信他们肯定会登的,"艾特尔说,"至少一个星期里你会成为公众注意的中心。"

"我会永远对你感激不尽的。为什么我知道只有你能对付这事?"她情意绵绵地问。

"因为我们是老相好了。"他微笑着说。

"查利,我们做爱吧,"露露说,"现在你看起来很可人。"

他们上床销魂了一刻钟,完事之后,露露在他的秃顶上连吻三下。"我所认识的男人里,你最有青春活力。"她说。

他感到很舒服。屋子里很温暖,紧挨着她的身体,也让人感到热乎乎的,白天工作的紧张感已烟消云散。他温存地拥抱着露露,微笑着听她像只小猫似的喵喵叫唤。让她休息一会吧,他想,接下去的十天里够她忙的。

露露在他怀里轻轻扭动,他叹了一声。这时她的思维又活跃起来。"查利,"她慢慢说道,"还有件麻烦事。"

"就一件?"他轻声问道。

"哦,你知道我正打算与托尼离婚,这样一来就没法离了。至少一年离不了。"

"你真的想这么快与他离婚?"

"我不知道,真的不知道。也许我的确爱他。"

"或许是的。"

"我想起这点就恨:他利用了我。我当初实在不该与你分手。"

"我们注定了是朋友,"艾特尔说,"这样更好些。"

"有时候我很害怕,查利。我向来不习惯担惊受怕。"

"恐惧一阵子就过去了。"

她撑着坐了起来,点起一支烟。"我昨天见到了特迪·波普,"她说,"说来真怪,我一向不喜欢他,可现在我为他感到难过。"

"他现在干什么?"艾特尔问。

"他还在找工作,他对我说他也许会在某部独资拍摄的影片中有点事做。我叫他去美国东部,他说他会去。但我看他不会去,我想他是害怕演戏。"

"但愿我能为他做点儿什么。"艾特尔说。

"特迪某些方面与众不同,为人确实不错。"露露说着,边将烟气吹在自己的肚子上。"他惹恼了泰皮斯,那么不走运,恰恰在这当口还去监狱探望马里恩,这可是要有点勇气的。只是他太傻,说了那番蠢话。他不必当着每个人的面,承认马里恩是他的朋友。"她碰了碰艾特尔的手臂。"对不起,查利。"

"为什么?"嘴上虽这么说,他心头却很不痛快。

"嗯,我忘了马里恩和埃琳娜的事。"

"这没什么,大家都已经忘记了。"艾特尔耸了耸肩。

"埃琳娜是个好人。"露露说。

"是的。"

露露看起来有点伤心。"我离开特迪后,一直觉得赫尔曼·泰皮斯是对的。也许我应该与特迪结婚。我们也许会成功,那我俩现在的日子就好过多了。"露露开始哭起来。"唉,查利,我真难过,要是没遇见特迪就好了。"

艾特尔安慰着她。他们谈了一会儿,艾特尔看了看表。"要是你想赶乘班机,得穿戴起来了。"

"我几乎忘了,"她说,"真希望待着不用走。"

她在浴室里还和他说着话。"我不在的时候,祝你好运,拍片成功。"露露大声说。

"谢谢。"

"我在匹兹堡时如需要咨询,能不能给你家里挂电话?"

"我想可以吧。那种情况下我能找些理由,向埃琳娜解释。"

"她很妒忌,是不是?"露露问。

"有时候有点吧。"

"查利,希望你这部片子交好运。上帝知道你应当走运。我认为《圣徒与情人》是我看过的最伟大的影片之一,城里每个人都这么认为。你早该为此获得赫拉克勒斯奖。"

"我没有获奖。"

她往脚上搽粉时没有说话。"查利，你和埃琳娜在一起感到幸福吗？"露露问。

"不能说不幸福吧。"

"埃琳娜很有长进。"

"我想是心理分析医生的帮助起了作用。"

"别相信那话，"露露说，"我找我的心理分析医生就诊五年了，可他从没给我帮上什么忙。那全靠你，是你让埃琳娜好起来的。你对谁都有好处。"

"我成了小说人物了。"艾特尔说。

"你总是对自己太苛刻。"

"也许我现在太随和了。"

露露打开浴室的门，朝他吐了吐舌头。"胡说，你还记着那些。"她特意让门开着。"查利，跟我说说维克托吧。那天我本想送他件礼物，可我忘记了。"

"维基，"艾特尔说，"啊，我喜爱维基。"

"我真想象不到你会成为父亲。"

"我也想不到，但我爱这孩子。"

他爱他吗？他在想，心头顿时有种感觉，真想一把将孩子抱在怀里。维克托长得像埃琳娜，不是现在的埃琳娜，他觉得，而是他俩初识时的埃琳娜。然而，事实又如何呢？有时候，他一连一个星期都不会想到维克托。

"你怎么知道自己爱他？"露露好奇地问。

艾特尔想回答说"因为我盼着他比我更有出息"，但他没说出来，而只是笑笑。

"也许我应该有个孩子，"露露说，"对我来说不知道这是不是个解决办法。"

"最好给你的女佣打个电话,让她到机场碰头。"

露露穿戴就绪后,他将她的车开出车库,为她打开车门。"只需保持镇静,一切都会好好儿的。"艾特尔说。

"想开你的车随我去机场吗?"

"你认为应该让人看见我们在一起吗?"

"我想不好。"露露伸出双臂,又拥抱了他。"啊,查利,我非常爱你。你知道你现在有了真正的尊严吗?"

这是相当得体的称赞,艾特尔想,因为尊严,真正的尊严,无非是表露出对人类每种欲望的代价的洞察而已。

"你这样说真太好了,露露。"他说,随即微笑起来。"要知道,我希望这话别扩散出去,好多年里我也从未对别人说起过,那就是,我母亲嫁给我父亲之前,不过是个法国女佣,当然她只在上等人家干活。"

"啊,查利,查利。"露露说,随即他们一起大笑起来。"为什么你以前不曾想到,"她问,"你是我的至爱呢?"

他轻轻地吻了一下她的脸颊,目送她开车离去。这时他才听到海浪拍岸的声音阵阵传来。他漫步走向大海,看太平洋上的波浪轻柔而稳定地层层卷来,涌上海滩。时间还早,他不必急着回家,于是他微微颤抖着,坐了下来,伸手搅着沙,同时回忆起有一年他曾注视一位拿着冲浪板的姑娘走下海滩,当时他曾试图以说话来吸引她,那情景此时想来已恍若隔世。可一阵久已忘却的痛苦又袭上心头,他想起当时他多么想把她搞到手,似乎她便是通往他某种不甚了然的人生的入口。

艾特尔有些黯然,可这黯然里也不无快意。他盼着回家,几天的冷淡后,现在他对埃琳娜怀着温情,就像每次他有过外遇,总会对她情意绵绵一样。他们入睡之前他便会拥着她,对她说他是多么爱她。她曾非常需要这些情话,现在并不那么需要了,但她仍会感到幸福,而艾特尔回想着他们婚后这几年的生活,暗自庆幸它们总算过去了。他们第一年的日子真是难熬,人们的闲言碎语,对往事的记忆,足足有好几个月,他们常常难以和谐相处。那种尴尬的情形已经过去了;要说他的妒忌心淡化了,他一度有过的激情也消失了,他们至少仍共卧一室,而且这卧室比大多数房间都考究。

他俩一度面临的最后一大难题是,埃琳娜发现自己怀孕了。她一想到流产便吓坏了,而他感到人生将受到羁缚。孩子终于降生了,现在他喜爱他,或者说至少他尽力爱他,况且正如露露说的,埃琳娜有了长进。她会持家,会使唤用人,甚至会招待客人了。在这些方面她有了长进,许多人都在羡慕他的婚姻。艾特尔长叹一声。说到底没有什么爱情,只要每个人以各自的方式尽量去爱,这难道可能吗?"生活使我成了个决定论者。"他边走边想着。

他进了小车,慢腾腾地开车回家。他们的房子坐落在电影之都的山丘上,他缓缓开上山,将车停进车库,又待了一分钟,让自己的心神回到埃琳娜身上来,随后才走进起居室去见她。她正在读书,这时抬起头来,他一眼便看出她闷闷不乐。不过,在那些他外出与人幽会的夜晚,她总是这副郁郁寡欢的样子。他很想知道她是否清楚底细,或这仅仅是自己心虚。他感到惊奇:他对她内心在想些什么知道得竟如此之少。

"维克托好吗?"他一进门便问。

埃琳娜没精打采地一笑。"今天他很可爱,"她说,"我正想对你说说他干了点什么呢。"

"好的,"艾特尔说,"我很想听听。不过,让我先喝点东西。"喝点酒可除去露露在他嘴上留下的气味,为他吻埃琳娜做好准备。吻她时,他只是在她脸颊上若即若离地稍稍一点,以便她上床后不致对他有所要求。

"剧本讨论得顺利吗?"埃琳娜问。

"还行。"

"科利为什么拿不定主意?"她有点愠怒,"他老是变来变去。"

"他就是这样。"艾特尔附和着,在她身边坐了下来。

"今晚我很想你,"埃琳娜说,"中午你打电话来时,我挺失望。"

"我知道。"

"不,你不知道。"

"啊,宝贝,我累了,"他温柔地说,"别指责我。"

"我想知道哪个夜晚我们才能聚在一起。"埃琳娜显得心灰意懒。

"这个周末吧。我答应你。或许星期五晚上。"

"星期五下午我有跳舞训练,那时我会很累。"她说。上一年她又开始舞蹈训练,或许主要是为了保持体形,而不是出于什么抱负。但她跳得还不错,家中有客人时,偶尔她还同意为客人们表演一下。

"行,我们这个周末会有时间的,宝贝。"艾特尔说。他将身体陷进沙发里,舒舒服服地呷了一口酒,又揉了揉眼睛。"今天你过得怎样?"他问。

"下午我打桥牌了。"

"好的。"

"可我讨厌桥牌。"

很显然她的心情不好,艾特尔坐直了身子抚着她的手臂,他显出一副疲惫的样子,就像真的与科利讨论过剧本一样。"你怎么啦?"他问。

"今天上午我去看心理分析医生了。"

"嘿,你仍然每星期去两次啊。"艾特尔说。

401

"是的,我明白,查利,但今天上午我和他吵了一架。"

这可是每小时得付三十五美元的呢,她应该和别人去吵架才是。"为了什么呢?"艾特尔试探着问。

"我不想谈我的心理分析医生。"

"好吧。"

"只不过因为我们谈话总是老一套。"

他很留意地问,"你是指心理分析医生还是说我?"

"哟,亲爱的,你知道我指的是医生。他很聪明,但我不知道我是否仍需要他。"

"那就辞了他。"

"我想我会的……不过……"

"不过什么?"

"这一架吵得太愚蠢。"埃琳娜说,没有直接答复他的问题。"我对他说起——如果你的影片成功的话——我们筹划着想买的那幢新房子,我们讨论了一番,结果……唔,查利,结果是我不想买那幢新房子了。"

"你不想买了?"那天去看房时她曾显得那么兴奋。

"嗯,我既想买又不想买,这样我们把我的矛盾态度都揭露出来了。"

"是这样。"

"哎,别生气。这种话非到万不得已我是不会说的,但我们所发现的是,我感到房子太大了,我们显得太富裕了。"

"好吧,我能理解那样的感觉。"但他对她感到恼怒。因为过去的这几年里,每当她准备停当,她就想要一幢比他现在打算买的这幢更大的房子。

"心理分析医生不爱听我的话。他说我在倒退,说我幼稚,说那就是我对金钱以及对你的态度,这是弱势自我的标志。"埃琳娜说话时,他挑剔地听着她的声音。这些日子来她的吐音清楚多了,原先的粗哑大半已消失,可如今她的声调却又难听了。

她触摸着他的手。"我也不明白是怎么回事,查利,可我开始对他尖叫起来,我对他说跟他谈房子很好,因为他那幢房子有二十个房间,他是个沾沾自喜的胖子,势利鬼,我无法忍受他那副自鸣得意的样子,要是他不喜欢我说话的样子,没人要他收我的钱……"她渐渐安静下来。"这实在太糟糕了。"

"这类事以前也发生过。"

"是的,不过,查利,这次我是当真的。我真的是这样看待他的,我再也不相信他了,下次我跟他说话时一定不当众吵闹了,我只是要他知道,他是多么讨厌乏味。因为要知道,我可不愿过他认为我应当过的那种生活。"

"你这话指的是什么?"

"我的意思是,确实我得好好感激他。但他并不理解我。他真的不理解。"

"我不明白你的意思。"

"查利,我知道你对那新房子的想法。你迫不及待想得到它,比你想象的还要迫切。我想我们会买下它的,因为我们到头来总是依你的意图办。"

"这话公正吗?"

"也许不公正,但我想说的是,我的意思是,我们有了孩子,或许还会有第二个,我和用人们关系都不错,我很喜欢舞蹈训练课,而且,查利,我爱你,我可以这么说,因为我一想到失去你,仍感到害怕。不过查利,听我说,我不知道你是否了解我是多么爱维基,我一直在担心,生怕我这个母亲不称职。但做到这些就够了吗？有了维基就够了吗？我的意思是我的奔头在哪里？我并不想抱怨，可我这一辈子将干点什么？"

艾特尔爱抚着她。"我心爱的，"他说，因为有点激动，他的声音也颤抖了，"自我认识你以来，你比任何人都更有长进，我不用再为你担心，我也不会再担什么心了，因为我知道不管你干什么，你这一生会不断长进、越来越出息的。"

她的眼中涌出了泪水。他这个晚上尽在看女人流泪。"不，查利，"埃琳娜说，"你知道，这话并没有回答我的问题。除非你明白这一点，否则我没法与你谈。我这一辈子将干点什么？"

他把她拥在怀里，抚弄着她的头发，心中有一种身为保护者的感觉，这份保护感使她停止了抱怨，不再要求什么。因为，在她过来的一路上，在他帮她有所长进的一路上，有着多个与此类似的时刻，这时他感到自己的骄傲全然取决于她的长进，似乎最终她成了他参与创造的唯一作品，但他仍明白他再也没法帮助她，谁也帮不了她，因为她现在已进入这样的境界，这儿她的问题就是每个人的问题，这儿没有答案，也没有良医，这儿只是一片高地。只有哲学在绝望地苦苦度日。他心中有种不祥之兆，她会离他而去，几年后，许多年之后，或许他会需要她，她会不会出于善良、忠诚和厌倦无聊而被迫留下来？

"很抱歉，查利，"她说，"你已累了，我不该麻烦你。"

他的确太累，打不起精神来了，虽则怀抱着埃琳娜，一时间他竟自顾沉思起来。他有点憎恶地想着埃琳娜，他为自己对她说的话实在可鄙而狂躁不安。那都是些胡说，那都是他的伤感所催生的软弱怯懦，只在脸上绽放的花朵。未来是不可知的，埃琳娜也可能先和他一起生活，渐渐学得更像位贵妇人，然后，保持忠诚或不，要维克托或不，保留这段记忆——那都是些什么啊——或不，她必然会出于生理需要,开始寻找新的配偶,某位年轻粗鲁的制片人,她可以将他训练成一位绅士,那制片人也可将她训练得更像个贵妇人,而他,艾特尔,则被抛在了脑后⋯⋯他不禁露出他那冷峻刻薄的十八世纪式的笑容,他最终可以自由自在地找个护士或女佣什么的。维克托则会来看望他。每个活着的人至少都获得安慰奖。但这是遥远的将来的事,因此他不再遐想,和艺术家未开发的无穷想象道了再见,带着这种想象提供的深深欣慰,他注意到在这个晚上是埃琳娜比他先睡着了。

她熟睡中的呼吸平静而均匀,似乎在为他催眠,可他迟迟难以入睡。他悄悄起了床,来到维克托的卧室,看看正在酣睡中的孩子,可他心头只浮起一缕微微的温情。于是他披上大衣,走到窗外的露台上,往下眺望那铺满电影之都山谷的错落有致的房屋和街道,再往外极目远处便是大海,以及海滨公路上成串的小车灯光。今晚他就是沿着那条路开车回家的,他想起在回家途中,就在那片霓虹灯广告牌、那个汉堡包售货摊以及那片在电影之都外围匆忙建起的简陋的旅游度假营前面,他遇红灯而停车时,曾凝望大海,看到一艘货船,亮着它的货舱灯和桅灯,缓缓驶向天际。它正出洋远航,驾船下海的人在寻求冒险的经历。

就是在那时候,许多个月来还是第一次,艾特尔差不多是懒懒地想到了我,他想着:"瑟吉厄斯有没有可能在那艘船上?"

随即绿灯亮了,他又驾车上路,便忘了那艘货船。而此时此刻,站在自己家的露台上,艾特尔开始了另一种航行,他的思绪回到沙漠道尔,做了番怀旧之旅。他依依不舍地回想起在那些落魄的日子里,他曾多么迷恋于埃琳娜的玉体,正是那些日子标志着——他能不能这么说?——他经久不衰的青春的终结。现在这一切都已过去了,就像他凝视货船驶向天际时所在的交叉路口,以及路口那边大道上一英里又一英里的路程，都已过去了。想到这一切已一去不返，他心头感到一阵剧痛，记起了他想传授给我的见识，他因自己已是中年而沮丧痛苦，因为人生的经验倘不传授于人，就必定在心中枯萎，而这比失去更糟。

"人们无法追寻好时光，瑟吉厄斯。"他在心中轻轻对我说道，一边回想着我最初是怎样来到沙漠道尔的。"因为欢乐终有尽头，就像爱或恶行一样，"——就像是刚刚想到的，他补充道——"还有义务。"就这样，艾特尔想到了我，他不无怅惘。"瑟吉厄斯，一个人的一生究竟该干点什么？"他仍如记忆中那么随和友好地问，"有些人知道答案，你算一个吗？"

在瞬息即逝的活跃想象中，他替千里之外的我编造了回答，并让我与他道了别。"因为，要知道，"他在心中承认，"我已失去艺术家最后的愿望，这愿望告诉我们，当别的一切皆已失去，当爱情、奇遇、荣耀、怜悯等等全都一去不返时，依然存在的是那个我们可以创造的世界，这对我们和别人来说，比一切发生、经历、逝去的拙劣表演更加真实。因此，请务必努力，瑟吉厄斯，"他想着，"为那个世界，那个真实的世界而努力，在那个真实的世界里，孤儿们在自相烧杀，那儿再没有什么比简单的事实更难于发现的了。你必须以艺术家的骄傲，面对现存权势的高墙，吹响你反抗的小小号角。"

这便是他的话，他说得很好。但我若有机会，就会对他说，人必须始终如一地追求快乐，因为快乐是我们继续努力的力量源泉。我们不是置所有良好道德教养、对疾病的恐惧和罪恶之感于不顾而冒险走向神秘的核心之地吗？更不用说那些痛苦的拘囿、肤浅的欢愉以及我们这多愁善感的国度里公众和专家们的声音了。要是有上帝，有时候我相信那是有的，我肯定他会说："往前走吧，我的孩子。我不知道我能否帮助你,但我们用不着那些人来告诉你该干什么。"

有时候我颇有些狂妄,竟冒昧回敬上帝的话,于是我问他:"你同意性是哲学的起源吗?"

作为资历最老的哲学家,上帝却只是倦怠而隐秘地答道,"还不如说性便是光阴,而光阴又是新路的联结。"

于是在我冷峻的爱尔兰人灵魂中,一时升腾起模糊的肉欲之乐,它极为罕见,犹如最难得一掬同情之泪的眼睛,而我们仍一起大笑起来。因为听说性便是光阴,而光阴又是新路的联结,这是那场古怪而简略的对话的一部分,这些话不止一个晚上给我们高尚的人类带来了希望。